W0350260

Hobbit Presse
Klett-Cotta

CHRISTIAN VON ASTER

DAS EHERNE BUCH

Eine Geschichte vom Ende allen Krieges

KLETT-COTTA

MIX
Papier aus verantwortungsvollen Quellen
FSC
www.fsc.org
FSC® C083411

Hobbit Presse
www.hobbitpresse.de
© 2015 by J. G. Cotta'sche Buchhandlung
Nachfolger GmbH, gegr. 1659, Stuttgart
Alle Rechte vorbehalten
Printed in Germany
Umschlaggestaltung: Birgit Gitschier, Augsburg;
Illustration: Helmut »Poul« Dohle, 2015
Abbildungsnachweise: Schwert von iStockphoto © MrsWilkins;
Schmuckelement von iStockphoto © Ekaterina Romanova
Gesetzt von Dörlemann Satz, Lemförde
Gedruckt und gebunden von CPI – Clausen & Bosse, Leck
ISBN 978-3-608-93934-7

Für Carina,
die mich vieles
über Krieg und Frieden lehrte

PROLOG

Der Eiserne Rabe hatte seine Schwingen über der Ebene von Khabrach ausgebreitet. Dicht an dicht standen seine dunklen Zelte in strenger Formation, wie schon in so vielen Kriegen zuvor. Jene aber, die den Raben kannten, ahnten, dass etwas anders war. Sein schwarzes Auge schien geschlossen, den angriffslustigen Schnabel hielt er gesenkt und die viel besungenen Krallen ruhten reglos im satten Gras der Ebene.

Auf den Klingen und in der Steppe war kein Blut zu sehen. Weder das des Raben noch das seiner Widersacher. Keine Spur jenes Rots, das Ehre und Macht seit jeher forderten und das den Soldaten an Orten wie diesem gewöhnlich bis zum Knöchel reichte.

Khabrach war eine der wenigen freien Städte des Reiches, die erblühten und wieder vergingen, die immerfort umkämpft waren und ihre Namen und Bräuche mit jedem neuen Herrn wechselten. Khabrach aber würde heute weder brennen noch von der Karte getilgt werden. Denn der Fürst von Navrodt, der über sie herrschte, hatte verfügt, dass die Stadt kampflos kapitulieren sollte. Bei Sonnenaufgang, sobald der Statthalter dem Sohn des Eisernen Raben das Zepter der Stadt zu Füßen legte, würde sein Wappen, das flammende Hirschhaupt, dem des Hauses von Stahl weichen.

Nachdem die Armee auf ihrem Marsch von Ghidt-Lhorr die Vorratskammern zweier Provinzen geplündert und die Bevölkerung gegen sich aufgebracht hatte, stand am Ende ihres Weges ein Sieg ohne Schlacht. Die Soldaten des Raben waren erschöpft, aber guter Dinge. Heute Nacht würden sie feiern.

Im Licht der schwindenden Sonne wurden Fässer aus den Versorgungszelten gerollt, und überall flammten kleine und große Feuer auf.

Während die Priester hinter den Mauern der Stadt ein letztes Mal die Riten ihrer Götter begingen, vergnügten sich die Soldaten vor den Toren mit Würfeln, Wein und Freudenmädchen, die der Herr von Khabrach ihnen überlassen hatte.

Die Stimmung war ausgelassen. Soldaten scherzten und tranken. Schwielige Hände warfen Würfel aus geschnitzten Knochen oder schlossen sich gierig um bleiche Brüste, während der Wein aus Krügen und Helmen raue Kehlen hinunterfloss.

Zwei Stunden nach Sonnenuntergang waren innerhalb des Lagers nur noch die Wachmannschaften und Armbrustschützen nüchtern. Sie und ihr Anführer, dessen prachtvolles Zelt sich inmitten der anderen erhob.

Neben den Standarten am Eingang stehend, ließ Hirrach von Stahl den Blick über das Heerlager schweifen. Khabrachs Dirnen schienen ihm weniger hübsch als die aus Shem-Goll, was für seine Männer aber offenbar keine Rolle spielte. Während sie sich im Zuge des Sieges scheinbar an allem und jeder erfreuen konnten, gab es für ihn seit dem Tod seines Bruders bloß noch die Eine: Sie trug den Namen *Krieg*, hüllte sich in Vergeltung und trug ein kostbares Geschmeide aus Ruhm und Ehre um den Hals. Derweil sich seine Getreuen flüchtigen Liebeleien hingaben, grämte sich Hirrach, dass ihm die leidenschaftlichen Stunden mit seiner eigenen Geliebten verwehrt geblieben waren. Statt einer heldenhaften Schlacht und der Gelegenheit, sich seinem Vater zu beweisen, hatte hinter diesen Mauern nur ein feiger alter Mann darauf gewartet, auf Befehl seines Herrn das Knie zu beugen. Hirrach war gekommen, den Sieg über diese Stadt zu erringen und dabei jenes gierige Funkeln in den Augen seiner Braut zu sehen, das ihn befriedigte wie nichts sonst. Doch sie war nicht einmal hier gewesen und gab sich stattdessen anderen hin, irgendwo im vom Krieg zerrissenen Reich.

Verbittert betrachtete der Heerführer die Mauern der Stadt, deren helle Steine sich deutlich vom Abendhimmel abhoben. Seinem Vater würde es gleich sein, wie Khabrachs Zepter seinen Weg ins Nest des Raben fand – ob durch Krieg oder Kapitulation, durch Feder oder Schwert, der alte Rabe scherte sich nicht darum. Seine Leidenschaft für den Krieg war längst der zärtlichen, aber unverbrüchlichen Liebe alter Männer zur Macht gewichen. Er weilte daheim und zählte seine Pfründe, während Hirrach in seinem Namen Siege erstritt. Das war das Vorrecht des Alters, wenn die Kräfte der Väter auf die Söhne übergingen, damit diese ihre Kriege führten.

Langsam glitten Hirrachs Augen über die Banner mit dem Wappen seiner Ahnen. Jegliche Disziplin im Lager war längst dem Taumel des Triumphs gewichen. Mit finsterem Blick trat er zurück ins Zelt und betrachtete seinen Prachtharnisch: die Prunkrüstung der Raben, aus schwarzem Stahl geschmiedet, mit jenen fein ziselierten Federverzierungen auf den Armteilen, die sein Vater ehrfürchtig als *Schwingen des Krieges* bezeichnete. Zahllose mächtige Männer hatten am Ende unzähliger Schlachten vor dieser Rüstung gekniet. Hirrach aber würde sie, wenn der Statthalter ihm am folgenden Tag das Zepter der Stadt überreichte, nicht anlegen. Denn sie hatte es nicht verdient, vom Atem eines Feiglings getrübt zu werden.

Er blickte in den Spiegel über seinem Feldbett. Das schwarze Haupthaar und der Backenbart waren ordentlich gestutzt, seine Haut sauber, die Nägel gekürzt. Wäre er heute im Kampf gestorben, hätte der Tod sich mit ihm schmücken können.

Seufzend wandte er sich ab, setzte sich unter den Augen seiner Wachen an das kleine hölzerne Schreibpult und las ein letztes Mal die Nachricht, die er an seinen Vater verfasst hatte. Darin beschrieb er akribisch das Geschehen auf der Ebene, seine Einschätzung der Lage, seine Verwunderung und seine Meinung zur künftigen Haltung gegenüber dem flammenden Hirsch.

Am Ende würde sein Vater ohnehin tun, wonach ihm der Sinn

stand. Denn der alte Rabe war eigenwillig und engstirnig genug, mitunter selbst gegen einen stürmischen Wind zu fliegen.

Bedächtig faltete Hirrach das Schreiben zusammen, hob mit der Linken die kleine Schale mit dem Siegelwachs von der Kerze und träufelte behutsam etwas davon auf das Papier. Dann befeuchtete er seinen Ring und presste ihn in das heiße Wachs.

Als er die Hand wieder hob, zierte das stolze Haupt des Eisernen Raben die Nachricht. Er reichte sie einer der umstehenden Wachen.

»Schickt einen Reiter los. Die Vögel sind zu unsicher in dieser Gegend. Die Leute hier haben Hunger. Und Pfeile.«

Die Wache nahm das Papier, verneigte sich knapp und verließ eilig das Zelt. Grübelnd starrte Hirrach dem Mann hinterher. Die Nachricht würde seinen Vater vermutlich erst eine Woche vor der Rückkehr seiner Truppen erreichen. Aber der alte Rabe würde zufrieden sein. Nicht zuletzt, weil er ihm etwas Entscheidendes verschwieg: Seine Soldaten hatten einen Mann aufgegriffen, der sich ins Lager geschlichen hatte. Ein Spion, ein gedungener Meuchelmörder womöglich. Nichts, das an einem Ort wie diesem ungewöhnlich gewesen wäre. Der Grund jedoch, weshalb Hirrach ihn in seiner Nachricht nicht erwähnte, war das Clansmal auf der Brust des Mannes. Denn obwohl für jene Tätowierung kaum ein Viertel Fingerhut Farbe verwendet worden war, hätte der alte Rabe dieses Zeichens wegen ohne Zögern einen erbarmungslosen Krieg entfesselt.

Doch auch wenn Eonh von Stahl nichts davon erfahren durfte, wusste Hirrach, dass er mit jemandem darüber sprechen musste. Und er wusste auch genau, wer dieser jemand war.

»Habt ihr ihn rufen lassen?«

Die angesprochene Wache nahm Haltung an.

»Sire, er wurde längst verständigt. Wenn Ihr mir die Vermutung erlaubt …«

Der Mann schaute ihn fragend an und wartete Hirrachs bedächtiges Nicken ab, bevor er fortfuhr.

»Nach allem, was man hört, hat er seit Bekanntwerden der Kapitulation ohne Unterlass getrunken.«

Hirrach seufzte. *Seit Bekanntwerden der Kapitulation,* seitdem waren ungefähr fünf Stunden vergangen, was bei Thorden Baut ohne Weiteres ein gutes halbes Fass bedeuten konnte. Und er hatte mit Sicherheit nicht den schwächsten Wein gewählt. Der Heerführer stieß einen leisen Fluch aus. Es war wichtig, sich so schnell wie möglich über den Eindringling zu beratschlagen. Mit jemandem, der genug von List und Strategie in Zeiten des Krieges verstand, dass er ihm womöglich erklären konnte, was dieser Mann, dessen bloße Existenz ihm schon ein Rätsel war, in seinem Heerlager zu suchen hatte.

Wenn Baut sich aber tatsächlich in Rage getrunken hatte, würde es dauern, bis er wieder ansprechbar war. Es gab exakt zwei Dinge, mit denen der Alte sich nächtelang ohne Schlaf befassen konnte: Krieg und Wein. Und von beidem verstand er mehr als die meisten anderen.

Leise fluchend schloss Hirrach seine Augen und atmete tief ein.

»Ich bin mir sicher, die Männer geben ihr Bestes, Sire«, ereiferte sich die Wache.

»Glaub mir, Soldat, wenn es um Thorden Baut und ein gutes Fass Wein geht, könnte eine ganze Armee ihr Bestes geben, es würde zu nichts führen.« Er lachte auf. »Aber wenn uns die Garden von Khabrach heute schon keine Verluste beschert haben, sollte zumindest der alte Baut noch seine Chance bekommen, nicht wahr?«

Bevor sein Gegenüber etwas darauf entgegnen konnte, stolperte unvermittelt ein weiterer Soldat ins Zelt und stürzte vor den Füßen seines Kommandanten zu Boden. Ihm folgte ein tobender alter Mann in einer edlen, aber schlecht sitzenden, fleckigen Robe, in deren nachlässig gebundenem Gurt ein Dolch steckte. In der einen Hand hielt er einen Humpen und in der anderen einen Stiefel, mit dem er gerade ein weiteres Mal ausholte, um damit auf den Gestrauchelten einzuschlagen. Über seinem wirren grauen Bart funkelten zwei angriffslustige blaue Augen. Mit heiserer Stimme brüllte er: »Was denkst du kleine Lanzenwanze eigentlich, mit wem du es zu tun hast? Ich habe wahrscheinlich schon deinen Großvater unter den Tisch gesoffen!«

Als der Stiefel des Alten erneut auf ihn niederging und der Soldat schützend die Hände vors Gesicht hob, musste Hirrach einschreiten, doch nicht ohne dabei zu lächeln. Zumindest war Baut nüchtern genug, um aufrecht zum Zelt seines Herrn zu gelangen.

»Thorden!«, fuhr er ihn scharf an.

Zögernd ließ der Angesprochene seinen Stiefel sinken, drehte sich langsam zu seinem Kommandanten um und nahm einen Schluck aus seinem Krug, wobei er eine leichte Verbeugung andeutete.

»Als ich hörte, dass du mich zu sehen wünschst, Herr, zog ich mir sogleich etwas über und beeilte mich, deinem Willen zu genügen. Nur diesen Humpen konnte ich freilich nicht allein beim Feuer stehen lassen.«

Baut versuchte stramm zu stehen. Als ihm das nicht gelingen wollte, ließ er sich auf den Stuhl vor dem Schreibpult sinken, grübelte einen Moment lang und begann schließlich, sich unter Hirrachs belustigtem Blick umständlich seinen Stiefel wieder anzuziehen.

»Es ist gut, dass du da bist, Thorden. Ich muss dir etwas zeigen und hoffe, dass du klar genug denken kannst, um mir mehr darüber sagen zu können.«

Baut schaute ihn verwundert an und zerrte seinen Gürtel zurecht, worauf Hirrach dem Berater seines Vaters aufhalf, ihn zum Ausgang führte und die Wachen anwies, ihnen zu folgen.

Im flackernden Widerschein der Fackeln bewegte die kleine Gruppe sich durch das dunkle Lager. In einiger Entfernung waren, vom Licht des Mondes beschienen, die hellen Mauern von Khabrach zu erkennen.

Den Wein im Atem des Alten riechend, konnte Hirrach kaum glauben, diesen Helden von der legendären Schlacht am Keilerstein stützen zu müssen. Einen jener Männer, die gemeinsam mit seinem Vater das Reich in seiner gegenwärtigen Form begründet hatten und über die es beinahe ebenso viele Lieder wie über die alten Götter gab.

Baut grinste ihn weinselig an.

»Weißt du, wenn du mich schon stützt, könntest du mich eigentlich auch gleich tragen.«

»Genaugenommen tue ich das ja schon beinahe«, knurrte Hirrach.

»Unsinn. Außerdem habe ich dich auch schon oft genug getragen.«

»Da war ich nicht älter als vier, Thorden!«

»Pah! Die einen sind vier, die anderen betrunken. Getragen werden beide gern. Früher hättest du keine Widerworte gehabt.«

»Glaub mir, die hatte ich eher, als du denkst. Aber mein Vater hatte sie mir verboten.«

»Ja, weil er ein wahrer Freund ist! War er schon immer. Nicht so ein kleiner fieser Mistbock wie du.«

»So sprichst du mit deinem Vorgesetzten?«

»Wenn der Vorgesetzte einen vollgeschissen hat, darf man das.«

»Da war ich zwei, du garstiger alter Mann!«

»Später hätte ich es mir auch nicht mehr gefallen lassen. Weißt du eigentlich, dass ihr zwei die einzigen verschissenen Bälger wart, die ich gewickelt habe? Du und Ruach, ihr …«

Es bedurfte nicht mehr als eines kurzen strengen Blickes, um Baut zu signalisieren, dass er zu weit gegangen war. Selbst so lange nach seiner heimtückischen Ermordung traf die Erwähnung seines älteren Bruders Hirrach wie ein Schlag ins Gesicht.

Der Alte senkte betreten den Kopf. »Verzeih, Herr. Ich wollte nicht …«

Seine Entschuldigung klang trunken, aber ehrlich. Hirrach wusste, dass der Alte es nicht so gemeint hatte. Baut war der engste Vertraute seiner Familie, er war bei seiner und der Geburt seines Bruders zugegen gewesen, hatte ihre Weihe vollzogen und zusammen mit seinem Vater die Hand ihrer Mutter gehalten, als diese schließlich im Kindbett verstarb. Wenn es im ganzen Reich auch nur einen Mann gab, den sein Vater einen Freund genannt hätte, dann war es Baut. Er war dabei gewesen, als Eonh von Stahl das Zepter Ghidt-Lhorrs verliehen wurde und als der Wundbrand ihn beinahe das Leben gekostet hätte. Selbst als die Eisenmutter ihm seinen dritten Sohn tot in die Arme gelegt hatte, hatte Baut an der Seite des Raben gewacht. Das Haus von Stahl war nicht denkbar ohne Thorden Baut. Egal, wie betrunken er war.

Sie gingen weiter. Nunmehr aber schwieg der Alte. Hirrach war das nur recht. Nicht zuletzt, weil er hoffte, dass die gedrückte Stimmung Baut etwas ernüchterte. Die kleine Gruppe passierte ein letztes Feuer mit einigen schlafenden Soldaten daran und wendete sich dann einem unscheinbaren Zelt zu, das sich, vermeintlich unbewacht, inmitten der anderen erhob. Ein Eindruck, der sich mit einem Schlag änderte, als sie sich im Inneren plötzlich den Spitzen zweier Armbrustbolzen und einer fünfköpfigen Wachmannschaft gegenübersahen.

Als sie ihren Kommandanten erkannten, ließen die Schützen ihre Armbrüste sinken, die übrigen Soldaten schoben ihre Schwerter zurück in die Scheide.

Seiner Trunkenheit zum Trotz entging selbst Baut nicht, wie nervös die Wachen wirkten. Der Alte runzelte die Stirn, leerte mit einem letzten Schluck seinen Humpen und wendete sich verwundert an Hirrach.

»Was ist denn mit denen los? Hat denen niemand gesagt, dass die Schlacht ausfällt?«

Auf ein Zeichen des Heerführers traten die Wachen beiseite und gaben den Blick auf einen Gefangenen frei, der gefesselt und vornübergebeugt auf einem niedrigen Schemel saß. Der Mann, der augenscheinlich gefoltert worden war, blutete aus zahlreichen kleinen Wunden. Sein rechtes Auge war zugeschwollen, sein dunkles Hemd zerrissen, sodass auf seiner Brust im unruhigen Licht der Fackeln deutlich eine Tätowierung zu erkennen war: ein blutroter Keilerkopf mit einer schwarzen Krone.

Baut verstummte. Seinen ungläubigen Blick starr auf die Tätowierung gerichtet, trat der Alte näher an den Gefangenen heran, wobei Hirrach hätte schwören können, dass er lediglich drei Schritte brauchte, um wieder vollkommen nüchtern zu werden.

»Bei allem, was heilig ist! Jetzt und hier? Ein Keiler?«, hörte er Baut ungläubig flüstern. Zögernd streckte er die Hand nach der Brust des Gefangenen aus. Als der Alte seine Tätowierung berührte, zuckte der Mann zusammen.

»Das Clansmal des Keilers. Unglaublich!« Auf Bauts Stirn glänzte kalter Schweiß.

Hirrach nickte. »Ich weiß. Seit der großen Schlacht am Keilerstein wurde keiner mehr gesehen.« Er machte einen Schritt auf den Alten zu. »Was also mag es bedeuten, dass dieser Mann sich gerade jetzt in unser Heerlager schleicht?«

Baut biss sich angespannt auf die Unterlippe, betrachtete nachdenklich erst den Gefangenen und dann die Wachen. Schließlich fiel sein Blick wieder auf Hirrach.

»Er ist tatsächlich heute aufgegriffen worden?«

»Gegen Mittag. Hat sich nicht einmal gewehrt. Wir wollten ihn verhören, mussten aber feststellen, dass er keine Zunge hat. Es scheint beinahe so, als wäre er nur gekommen, um von uns erwischt zu werden. Aber das ergibt doch keinen Sinn, oder?«

Baut runzelte die Stirn und strich sich mit der Hand durch den Bart, während Hirrach fortfuhr: »Wenn er mich hätte umbringen wollen, hat er sich verdammt dumm angestellt. Hat es ja nicht einmal in meine Nähe geschafft. Ich frage mich, wer in welchem Teil des Reiches welchen Stein umgedreht haben mag, dass nach Jahren ein Keiler darunter hervorgekrochen kommt?«

»Zumal der rechtmäßige Träger jenes Wappens längst tot ist. Seit dein Vater ihm das Land und den Kopf genommen hat«, gab Baut zu bedenken.

»Und Garrudt Bitterkling hatte keinen Sohn, keinen Erben. Sein gesamtes Geschlecht starb zusammen mit ihm am Keilerstein. Davon sind wir doch alle ausgegangen. Bis heute.«

Baut atmete tief durch, seine Brust bebte. Der Heerführer konnte sehen, wie der Alte zitterte. Dann fuhr er ruckartig herum. Das trübe Blau seiner Augen wirkte plötzlich völlig klar.

»Hatte er etwas bei sich, als er aufgegriffen wurde?«

Hirrach wendete sich an eine der Wachen, die umgehend die Armbrustbolzen auf einem Tischchen beiseiteschob und ein unscheinbares Lederbündel aufschnürte. Als Baut nun neugierig näher trat, kamen darin ein kleiner Dolch und ein Umschlag zum Vorschein. Letzteren zierte das gebrochene Siegel des Keilers. Die Augen des Alten verengten sich.

»Er hatte … eine Nachricht dabei?«, fragte er mit stockender Stimme.

»Eine völlig sinnentleerte, wenn du mich fragst.« Hirrach griff nach dem Papier und entfaltete es, wobei auch noch der Rest des Siegels auseinanderfiel. Er hielt die Nachricht so vor sich, dass Baut mitlesen konnte.

Auf dem Zettel standen lediglich drei Wörter: *Das Zepter Ghidt-Lhorrs.*

Der Alte senkte den Kopf. Hirrach konnte ihn schlucken hören und fragte leise:

»Ahnst du, was das bedeutet, Thorden? Erkennst du irgendeinen Sinn darin?«

Als Baut den Blick wieder hob, waren seine Augen feucht. Zögernd schaute er zu den Wachen hinüber.

Hirrach verstand und befahl seinen Männern, sie mit dem Gefangenen allein zu lassen.

Nachdem einer der Soldaten die Fesseln des Mannes überprüft hatte, verließen sie geschlossen das Zelt.

Kaum dass die Wachen fort waren, nahm Baut seinem Kommandanten das Schriftstück aus der Hand und betrachtete es aufmerksam. Ungeduldig schaute Hirrach ihm dabei über die Schulter.

»Ist es ein Rätsel? Verbirgt sich eine Botschaft darin?«

»Nein, Herr. Weder noch.« Bauts Stimme klang bedrückt. »Es ist eine Antwort.«

Mit diesen Worten ließ er seine Hand sinken und legte das Papier zurück auf den Tisch.

Hirrach drehte sich verwundert zu dem Gefangenen um.

»Dann … dann ist er also nur ein Bote?«

Thorden Baut seufzte kaum hörbar.

»Nein«, murmelte er. »Dieser Mann ist gekommen, um dich im Namen des Keilers zu töten.« Der Alte zögerte kurz. »Und so seltsam es scheint, es wird ihm gelingen.«

Als Hirrach sich dem Alten fragend zuwandte, erkannte er in dessen Hand den Dolch des Gefangenen, der im selben Moment blitzschnell vorschoss.

Es war die kurze präzise Bewegung eines Mannes, dem das Führen einer Waffe so selbstverständlich war wie Essen und Trinken.

Hirrach spürte nicht einmal, wie die dünne Klinge seinen Hals verletzte. Dennoch zuckte seine Hand empor, stoppte jedoch abrupt, als ihm plötzlich der Atem stockte. Der Sohn des Raben sackte in sich zusammen. Er spürte, wie Baut ihn auffing und sanft niederlegte. Der Alte bettete Hirrachs Kopf in seinen Schoß, strich ihm vorsichtig das Haar aus der Stirn und blickte ihn traurig an.

»Es tut mir leid, Hirrach. Unendlich leid. Glaube mir, hätte es einen anderen Weg gegeben, ich hätte ihn gewählt.«

Hirrach wollte etwas entgegnen, aber seine Stimme versagte mitsamt der Kontrolle über den Rest seines Körpers.

Während sein Blick sich zu trüben begann, bemerkte er Tränen in den Augen des Alten. Nur noch verschwommen nahm er wahr, wie Baut langsam aufstand, einen Schritt zurück trat und sich murmelnd dem Gefesselten zuwandte.

»Ich habe um ein schmerzloses Gift gebeten. Du solltest nicht leiden wie dein Bruder. Mehr konnte ich nicht für dich tun.«

Hirrach sah noch, wie Baut die vergiftete Klinge neben dem Gefangenen zu Boden fallen ließ. Dann zückte er seinen eigenen Dolch, stieß ihn dem Tätowierten in die Brust und löste ihm die Fesseln.

Als das getan war, beugte der Alte sich noch einmal zu Hirrach hinab, der mühsam gegen den Verlust seines Bewusstseins ankämpfte. Das Blut in seinen Ohren rauschte. Wie durch einen tosenden Schleier vernahm er die letzten Worte des Alten.

»Aber du sollst die Hintere Halle nicht ohne Antwort betreten: Die Worte auf jenem Papier sind die Antwort auf die Frage, was der

Keiler mir dafür bietet, wenn ich den Flug des Raben für alle Zeiten beende …«

Dann wurde es, während Thorden Baut nach den Wachen rief, um Hirrach von Stahl herum endgültig schwarz.

I

Jaarn erwachte spät des Nachts in der Kammer hinter den Bücherregalen. Verwundert rieb er sich die Augen und erkannte über sich, im Schatten einer Kapuze, das faltige Gesicht Bruder Khronhs, der energisch an seiner Schulter rüttelte.

Kaum dass er wach war, wisperte der Greis ihm eindringlich zu: »Steh auf. Er will dich sehen. Sofort.«

Mit einem Mal war er hellwach, die Worte des Alten waren ihm bis ins Mark gefahren. *Er.* Jaarn wusste, was das bedeutete: Der Hohe Bruder, der oberste Bibliothekar von Ghidt-Lhorr verlangte nach ihm! Was immer auch der Grund dafür sein mochte, ihn zu dieser nächtlichen Stunde wecken zu lassen, jetzt war nicht die Zeit zu hadern. Denn am Gürtel des Hohen Bruders befanden sich die Schlüssel zu allen Stockwerken. Er vermochte Jaarn in diesem Turm aus Stein und Papier jede Tür, selbst die nach draußen, zu öffnen. Allein deswegen durfte er, wenn er den Turm jemals verlassen wollte, jetzt nicht zögern.

Die meisten seiner Brüder schliefen. Links von ihm schnarchte der dicke Khudrach und im spärlichen Licht eines brennenden Kerzenstummels konnte er erkennen, wie Ghilmin, der Übersetzer, sich unruhig hin- und herwälzte, als träumte er von den Wirren der älteren Sprache.

Nur die Betten der während der Nachtstunden mit den Abschriften betrauten Brüder waren leer. Alles wirkte wie immer. Der Bibliothekar schien tatsächlich lediglich nach ihm verlangt zu haben. Und das, obwohl Jaarn mit seinen fünfzehn Jahren noch nicht einmal das Recht erworben hatte, die Gänge ohne Begleitung zu durchschreiten. Der Hohe Bruder musste einen guten Grund haben, mitten in der Nacht einen seiner Schüler zu sich zu bitten.

Hastig schwang Jaarn sich von seinem Lager, tauschte sein Nachthemd gegen die grobe graue Kutte der Bücherbrüder und folgte dem alten Khronh.

Der greise Bruder drängte zur Eile und in schnellem Takt wechselte sein Stab über die Bodenbretter. Jaarn bemühte sich, mit ihm Schritt zu halten.

Während sie zwischen den Regalen hindurchschritten, herrschte die übliche gedämpfte nächtliche Geschäftigkeit im Turm. Die meisten Brüder, die dort hinter ihren verzogenen Pulten saßen, kannte Jaarn: den buckligen Whibrinn mit der flinken Feder, Kolbrin van Ghast, von dem man munkelte, dass er der Sohn eines Fürsten sei und natürlich Bruder Barik, der komplett aus Bart zu bestehen schien und den er noch nie bei Tag hatte arbeiten sehen.

Mit zusammengekniffenen Augen saßen sie über den Abschriften, Ausbesserungen und Übersetzungen, die der Hohe Bruder in Auftrag gegeben hatte, und mühten sich, unter seinen strengen Vorgaben, das geschriebene Wort und die Legenden vergangener Tage vor dem Vergessen zu bewahren.

Die Pulte waren Tag und Nacht besetzt; hier lebten, alterten und starben die Brüder seit Generationen. Und wenn er selbst alt genug wäre, würde auch Jaarn mit tintenfleckigen Fingern dort sitzen dürfen.

Zwischen den Schreibpulten hindurch folgte er Khronh weiter Richtung Treppe. Je näher sie den Stufen kamen, desto schneller schlug sein Herz. Jene hintere Treppe nämlich führte tiefer hinab als alle anderen. An ihrem Ende lag das Tor nach draußen. Ein ungeheuerlicher Gedanken für jemanden wie Jaarn, der im Inneren dieser Bibliothek aufgewachsen war.

Die Sammlung der historischen Bücher verlassend, stiegen sie im

Schein der Fackeln über ausgetretene Stufen eine Ebene tiefer. Hier wurden überwiegend militärische Schriften aufbewahrt: Werke großer Strategen und Berichte über die Schlachten des älteren Reiches. Dann folgten die Landkarten. Vergilbte Pläne voll von Städten, die längst vergessen und von Kriegen ausgelöscht worden waren, an die sich ebenfalls niemand mehr erinnerte. So aber erging es den meisten Städten im Reich. Lediglich die Mauern der fünf Großen trotzten jedem Ansturm. Ghidt-Lhorr war die Dritte und dementsprechend mitsamt der Bibliothek ebenfalls über Jahrhunderte hinweg vom Krieg verschont geblieben.

Khronh trieb Jaarn mit dem Stock an und riss ihn aus seinen Gedanken. An Regalen mit Berichten über Schlachten und Heldentaten vorbeihetzend, begegneten sie immer wieder Mönchen mit knarrenden Wägelchen, auf denen sich alte Bücher stapelten. Die Bibliothek war in steter Bewegung.

Kurz bevor sie die nächste Treppe erreichten, sprach ein herbeihastender Bruder, dem es sichtlich unangenehm war, sie aufzuhalten, Khronh mit gesenktem Kopf an.

»Verzeiht, Herr …«

»Nicht jetzt«, unterbrach der Alte ihn unwirsch und wollte ihn beiseiteschieben. Der Mann aber blieb beharrlich.

»Es ist nur, weil Ihr darum batet, Euch Bescheid zu geben, falls wieder Bücher abhandenkommen.«

Khronh blickte ihn ungläubig an.

»Ich weiß nicht, wie es geschehen konnte, Herr. Aber es ist wie mit den anderen zuvor: Sie sind einfach fort. Spurlos verschwunden. Als hätten sie nie in den Regalen gestanden.«

Der Alte schloss die Augen und winkte ab. Dann griff er nach Jaarns Handgelenk und zog ihn hinter sich her.

Obgleich es ihm sonderbar vorkam, dass in dieser Bibliothek etwas verschwand, wagte Jaarn nicht, nach den verschwundenen Büchern zu fragen. Stattdessen musterte er den Alten, dessen grimmigen Gesichtsausdruck er nur zu gut kannte. Als erster Diener des Hohen Bruders war Khronh vermutlich der Strengste unter den

Brüdern. Er schien keine anderen Interessen als die Einhaltung der hiesigen Regeln zu haben. Man munkelte sogar, dass es ihm Freude bereitete, andere für ihre Verfehlungen zu bestrafen. Auch deshalb begegnete man dem alten Khronh in diesen Mauern gleichermaßen mit Furcht wie mit Respekt. Jaarn jedoch hatte keine Angst vor ihm, wusste er doch um das Geheimnis des Alten. Etwas, das Khronh weit mehr Freude machte, als seine Brüder zu schikanieren: Der Alte kümmerte sich nämlich heimlich um zwei Katzen, die in der Bibliothek umherstromerten. Wenn andere zugegen waren, schimpfte er zwar auf die Tiere, die er dann aber, wenn er sich allein wähnte, heimlich fütterte und umsorgte. Jaarn hatte ihn einmal dabei beobachtet und wusste inzwischen, dass Khronh immer etwas Trockenfleisch im Ärmel trug und die Tiere bei Gewitter sogar in seiner Kammer schlafen ließ.

Sie betraten nun das Stockwerk mit den sinnlichen Schriften, das er auf einen energischen Wink des Alten hin hastig passierte, während er dem Geräusch des knorrigen Stockes auf den Stufen noch tiefer nach unten folgte. Vorbei an den verbotenen Schriften, an Büchern, die den Pflanzen des Reiches gewidmet waren, und anderen voller Tiere und mythischer Kreaturen stiegen sie immer weiter hinab.

Dicht hinter Khronh bleibend, durchschritt Jaarn Stockwerk um Stockwerk und ihr Abstieg durch das papierene Abbild der Welt schien kein Ende nehmen zu wollen. Bis die Schlüssel des Alten schließlich das Tor zu den öffentlichen Lesesälen aufsperrten.

Mondlicht fiel durch die Fenster auf leere Pulte, neben denen bereits die Stapel georderter Bücher für den kommenden Tag bereitstanden. Wenn am Morgen die Türen aufschwangen, würden sich Edelleute, Gelehrte und Privilegierte aus allen Winkeln des Reiches hier einfinden, um dem Wissen vergangener Zeitalter zu frönen.

Doch auch die Lesesäle ließen sie hinter sich und betraten schließlich über steinerne Stufen das Erdgeschoss des Turmes. Und hier sah Jaarn es zum ersten Mal aus nächster Nähe: Beim Anblick des mächtigen Tores vergaß er beinahe zu atmen. Bis zu diesem Tag hatte er es lediglich in geschlossenem Zustand und mit schweren Riegeln über dem dunklen Holz gesehen. Nun aber stand es wahrhaftig offen. Den gepflasterten Weg dahinter, erhellt durch Dutzende Fackeln, säumten bewaffnete Soldaten, deren Reihen bis ins Innere der Stadt zu reichen schienen. Führte der alte Khronh ihn womöglich wirklich nach draußen, hinaus aus dem Turm, der Bibliothek, in eine Welt, die er bis jetzt nur aus den Schriften kannte?

Das Herz schlug ihm bis zum Hals, als Jaarn sich aus Khronhs Schatten löste und ungläubig auf das Tor zuschritt. Er hatte es beinahe erreicht, als der Alte in seinem Rücken barsch raunte: »Trödel nicht rum, Junge!«

Verwirrt fuhr Jaarn herum und sah den Greis gebückt durch eine unscheinbare schmale Öffnung inmitten des Mauerwerks verschwinden. Eine Geheimtür, die, wenn sie geschlossen war, in der Wand nicht auszumachen war.

Einen verstörten Blick über seine Schulter zurück in Richtung Tor werfend, beeilte er sich, Khronh zu folgen. Hinter dem schmalen Spalt erstreckte sich am Fuß einer hölzernen Treppe ein großer, in das massive Gestein geschlagener Raum. Die ringsum angebrachten Teerfackeln vermochten nichts an der eigentümlichen Kälte zu ändern, die von den Felswänden ausging und den Atem der Anwesenden sichtbar werden ließ.

Abgesehen von Khronh erblickte Jaarn drei weitere Männer, die im Zentrum des Gewölbes eine Art Altar flankierten, über dem das Rabenbanner ausgebreitet lag. Zwei von ihnen trugen das Habit der Bücherbrüder. Der eine, der ein gewöhnlicher Mönch zu sein schien, stützte den anderen. Um in diesem den Hohen Bruder zu erkennen, bedurfte es lediglich eines Blickes in seine Augen. Das Licht der Fackeln spiegelte sich in den geschliffenen Gläsern, die in einem schmalen hölzernen Gestell auf seiner dünnen Nase prangten. Dahinter vermeinte Jaarn das gesammelte Wissen jedes einzelnen Stockwerkes erahnen zu können.

Als er diese Augen auf sich spürte, lief es Jaarn kalt den Rücken hinab. Doch mehr noch schauderte es ihn, als er begriff, dass es keinesfalls der Hohe Bruder gewesen war, der ihn hatte rufen lassen. Denn neben dem Bibliothekar stand kein Geringerer als der Herr über die Dritte der Fünf, der Fürst von Ghidt-Lhorr, der alte Rabe höchstselbst: Eonh von Stahl.

Vor dem Stadtvater auf die Knie fallend, überlegte Jaarn fieberhaft, ob er sich etwas hatte zuschulden kommen lassen. Weshalb sonst hätte der Rabe sich nachts von seinem Thron erheben und hierherkommen sollen? Gewiss nicht eines Buches wegen. Was immer aber der Grund dafür sein mochte, Jaarn schwante nichts Gutes. Mit noch immer gesenktem Haupt blinzelte er zu seinem Fürsten empor und betrachtete ihn verhalten: Seinen einstmals schwarzen und längst grau gewordenen Bart und seine gebeugte Haltung, die kaum die eines Herrschers zu sein schien. Selbst seine blassen Augen unter den mächtigen dunklen Brauen wirkten eigentümlich traurig, beinahe so, als hätte irgendetwas das Feuer im Inneren des Fürsten zum Erlöschen gebracht.

Und dann bemerkte Jaarn im Bart seines Gegenübers jene gelben Verfärbungen, wie er sie von Brüdern kannte, die heimlich Grimmkraut rauchten. Der Anblick verstörte ihn. Jaarn wusste, was das Kraut in einem Menschen anrichten konnte. Manch ein Bücherbruder hatte seinetwegen das Alphabet neu erlernen müssen. Dass der alte Rabe sie rauchte, konnte Jaarn nicht glauben. Und doch: Ihm gegenüber stand nur noch ein Schatten des Stadtvaters, eine Ahnung jenes Bildes, das die Legenden vom alten Raben zeichneten.

Kaum dass Jaarn vor ihm auf die Knie gesunken war, machte der Fürst eilig einen Schritt auf ihn zu, streckte die Hände nach ihm aus und stammelte:

»Nein, nicht! Steh auf, mein Junge. Schnell. *Ich* bin es, der vor *dir* knien und dich um Vergebung bitten sollte!«

Verwirrt ließ Jaarn sich emporziehen, nahm dabei den unverwechselbar beißenden Geruch des Grimmkrauts im Atem des Fürsten wahr und blickte verstört vom Hohen Bruder zu Khronh hinüber.

Während er ihm aufhalf, blickte der Rabe Jaarn ernst an: »Ich habe dich um dein Leben betrogen, mein Junge. All die Jahre, die man dich auf mein Geheiß hin glauben ließ, der Sohn einer Frau zu sein, die dich auf der Schwelle dieses Turmes ausgesetzt hat.«

Obwohl die Worte des Fürsten konfus klangen, ahnte Jaarn, wie ernst es ihm war. Sein Gegenüber fuhr unbeirrt fort: »In Wirklichkeit war deine Mutter die wunderbarste Frau, die je in den Fünfen wandelte. Meine geliebte Hedhra, die in jener Stunde starb, da dein Leben begann.«

Jaarn schwirrten die Sinne. Doch der alte Rabe ließ ihm keine Gelegenheit, seine Gedanken und Gefühle zu ordnen, und flüsterte mit bebender Stimme:

»Verloren all die Stunden, Tage, Jahre, einzig, um dem Wunsch deiner Mutter zu entsprechen. Drei Söhne gebar sie mir und hoffte, nur den ersten davon an den Krieg zu verlieren. Wie hätte sie, nachdem auch der zweite sie seinetwegen verließ, dem Schwert auch noch ihr drittes Kind opfern können? Bei deiner Geburt bat sie mich mit ihrem letzten Atemzug, dich, ihren Jüngsten, nicht auch noch dem Krieg zu überlassen.«

Auch wenn er langsam zu begreifen begann, was der alte Rabe krächzte, schien Jaarn dieser Gedanke doch unvorstellbar. Zögernd hob er an: »Dann … dann ist meine Mutter der Grund dafür, dass …«

»Oh ja. Grund und Ursache dafür, dass du nicht sein durftest, wer du bist. Um nicht auf die Schlachtfelder zu stürzen und ein Held im Namen deines Vaters zu werden, musstest du in derselben Nacht, da du geboren wurdest, sterben.« Eonh von Stahl lächelte bitter und die verfärbten Spitzen seines Bartes zitterten. Leiser als zuvor murmelte er: »Nicht einmal deine Brüder wussten, dass du deine Geburt überlebt hast. Einzig der Hohe Bruder und ich kannten dieses Geheimnis. Bis heute.«

Geradezu berauscht von der Erkenntnis seines wahren Wesens richtete Jaarn sich vor dem blassen Fürsten auf, als dieser sprach:

»Du bist Jaarn von Stahl, Sohn des Raben, nunmehr einziger Erbe des Throns von Ghidt-Lhorr.«

Hin- und hergerissen zwischen Wut und Staunen betrachtete Jaarn seine Hände und versuchte, das edle Blut darin zu erahnen. Er war verwirrt. Sollte er tatsächlich all die Jahre nicht mehr als eine Lüge zwischen Büchern gewesen sein? Der Eiserne Rabe schlug die Augen nieder.

»Ich offenbare dir diese Wahrheit nicht, um mich reinzuwaschen, sondern weil mich heute im Abstand weniger Stunden zwei Botschaften erreichten. Ich musste erfahren, wie ich am selben Tag ohne Kampf eine Stadt gewann und meinen Erben verlor. Feigheit schenkte mir ein Zepter, und ein totgeglaubter Feind nahm mir den zweiten meiner Söhne.«

Seine Stimme bebte, und auch wenn der Stadtvater Ghidt-Lhorrs es nie zugegeben hätte, bemerkte Jaarn doch, wie nahe er den Tränen war, als er in einem feierlich-verzweifelten Ton sprach: »Darum bist du, als jüngster meiner Söhne, ausersehen, im Gedenken an deine Mutter Frieden über eine Welt zu bringen, die ihn beinahe vergessen hat!«

Jaarn verstand nicht. Die gesamte Geschichte des Reiches fußte auf nichts anderem als Krieg. Es gab *niemanden*, der im Laufe der Jahrhunderte nicht seinen Platz und seine Rolle darin gefunden hatte. Er wusste nicht, was er von den Worten des Fürsten halten sollte und ob aus ihm nicht womöglich der Wahnsinn oder der Rausch sprach.

Hilflos blickte er sich noch einmal im Gewölbe um. Der alte Khronh lehnte an der Wand und war, auf seinen Stock gestützt, eingenickt. Der Bruder, der den großen Bibliothekar stützte und unter dessen regloser Kapuze die Augen lediglich zu erahnen waren, hatte sich die ganze Zeit über nicht bewegt. Er war nur hier, um dem Hohen Bruder zu Diensten zu sein, kaum mehr als die menschliche Krücke seines Herrn. Doch als Jaarn jetzt zu ihm hinüberblickte, irritierte ihn etwas: Ein Ärmel seiner Kutte war etwas verrutscht und darunter, knapp über dem Handgelenk, konnte er ein Brandmal erkennen, das … Bevor er diesen Gedanken aber zu Ende führen konnte, hob der Gebieter der Schrift seinen Blick, nickte Jaarn zu und öffnete seinen beinahe zahnlosen Mund. Die Stimme des Hohen Bruders klang eigentümlich fest, als sie durch das Gewölbe unterhalb des Turmes hallte.

»Der Krieg, mein Junge, mag der Vater aller Dinge sein. Aber vielleicht ist es an der Zeit, dass ihre Mutter sich ihrer annimmt.«

Stirnrunzelnd betrachtete Jaarn den Alten. Im gleichen Augenblick hob der Fürst zu sprechen an: »Es gibt eine Legende, mein Sohn, die man sich heute kaum noch erzählt, weil sie die Menschen schon einmal enttäuscht hat und ihre Zeit lange schon vergangen ist.«

Jaarn versuchte, sich auf die Worte des Fürsten zu konzentrieren, doch die Sätze rauschten in seinem Kopf durcheinander. Ihn bei den Schultern greifend, blickte der Stadtvater ihm fest in die Augen.

»Du wirst noch alles erfahren. Bald schon. Das Einzige aber, was du heute Nacht wissen musst, ist, dass du mein Sohn bist und eine große Aufgabe vor dir hast, von deren Erfolg das Schicksal kommender Zeitalter abhängt.«

Der alte Rabe griff nach dem Banner auf dem Altar und riss es mit einer einzigen entschiedenen Bewegung fort. Darunter kam ein mächtiges Schwert zum Vorschein, dessen Schneide und Heft mit feinen Verzierungen versehen waren, eine prachtvolle, einzigartige Klinge, deren Griff und Parierstange Edelsteine schmückten, in denen Jaarn fein gearbeitete Buchstaben zu erkennen glaubte.

Eonh von Stahl blickte seinen Sohn bedeutungsvoll an.

»Meine beiden größten Schätze verbarg ich in diesem Turm vor den Blicken meiner Feinde. Dich und deine Bestimmung.«

Jaarn schwirrten die Sinne. Nachdem ihm dieser Mann, der allem Anschein nach tatsächlich sein Vater war, offenbart hatte, ihn um seiner Mutter willen vom Schwert fernhalten zu wollen, überreichte er ihm keine zwei Minuten später im Namen der gleichen Mutter ein ebensolches.

»Ein Schwert?«, fragte er ungläubig.

Der alte Rabe aber schüttelte den Kopf.

»Es mag danach aussehen, in Wahrheit aber ist es das Eherne

Buch, das hier seit so vielen Jahren in den Grundfesten der Bibliothek unter seinesgleichen ruht.« Seine Finger versonnen eine Handbreit über der Klinge haltend, schien der Fürst seltsam bedacht, sie dabei nicht zu berühren. Noch rätselhafter als zuvor fuhr er fort:

»Du wirst vorsichtig sein müssen, Freund und Feind werden schwer zu unterscheiden sein. Doch wenn es dir gelingt zu finden, was verlorenging, und das Eherne Buch dem Kriegbringer zu Füßen zu legen, dann wird jener Gott zu dem Wort stehen, das er einst gab!«

Ein Schwert, das ein Buch und ein Bücherbruder, der ein Sohn des Raben war. Jaarns Beine zitterten. All das musste ein Traum sein. Oder hatten Trauer und Grimmkraut das Gemüt des Fürsten womöglich doch zu sehr verwirrt? Er biss sich auf die Unterlippe, blickte noch einmal in die Gesichter der alten Männer und wünschte sich insgeheim bloß noch aufzuwachen. Da legte der Fürst ihm erneut die Hand auf die Schulter.

»Morgen wirst du alles Übrige erfahren.« Eonh von Stahl seufzte schwer und blickte Jaarn ernst an. »Nun aber geh wieder nach oben. Verbringe diese letzte Nacht inmitten deiner Brüder. Morgen werde ich dir ein Zimmer im Palast bereiten und am Tag darauf wirst du aufbrechen, um deine Bestimmung zu erfüllen.«

Mit diesen Worten wandte der Fürst sich ab und schritt auf die Stufen zu, die zum Ausgang des Gewölbes emporführten.

»Aber Sire ...« Jaarns Stimme war von Zweifel erfüllt, als er sie zaghaft erhob.

»Nenne mich Vater«, sagte der alte Rabe beinahe liebevoll und drehte sich noch einmal zu ihm um.

»Vater ...«, das Wort kam ihm nur schwer über die Lippen, »... verzeiht, aber glaubt Ihr, dass ich dort draußen allein bestehen kann?«

Der Fürst lächelte ihn voller Zuversicht an.

»Sorge dich nicht, du wirst nicht allein sein. Morgen wird ein Mann nach Ghidt-Lhorr zurückkehren, der dich begleiten und beschützen wird. Er wird es kaum glauben können, plötzlich noch einen Raben im Nest zu finden. Aber es wird ihn freuen, dessen bin ich mir sicher. Und ohne jeden Zweifel wird er dich mit seinem Leben beschützen. Denn Thorden Baut ist mein ältester und engster Vertrauter. Ein Freund.«

II

Als Jaarn das nächste Mal aus dem Schlaf schreckte, spürte er einen leichten Kopfschmerz, bevor er einen seltsam strengen Geruch wahrnahm. An beides aber verschwendete er zunächst keinen Gedanken und wollte sich stattdessen, da die Morgensonne nicht durch das Fenster hereinschien, noch einmal auf seinem Lager strecken, herumdrehen und weiterschlafen, bis Khudrachs Schnarchen oder das erste Tageslicht ihn weckte.

Und obwohl er genau das auf diese Art bereits so oft zuvor getan hatte, wollte es ihm heute doch nicht gelingen. Zum einen, weil er gefesselt war. Zum anderen, weil er überhaupt nicht in seinem Bett lag.

Kaum dass Jaarn dies begriff und schlagartig hellwach war, begann er plötzlich auch die Riemen um seine Beine und Handgelenke zu spüren. Er lag, die feuchte Kutte an seinem Körper klebend, auf nacktem Fels inmitten vollkommener Finsternis.

Die Fesseln schmerzten und waren derart straff, dass er sich nicht bewegen konnte. Er versuchte ruhiger zu atmen, sich zu konzentrieren und seine Gedanken zu ordnen. Womöglich hatte das Ganze mit dem Raben zu tun. Die Geschichtsbücher strotzten von Geschichten über Fürsten, die die Kinder anderer Fürsten entführten.

Wer aber hätte überhaupt wissen können, dass er der Sohn Eonhs von Stahl war? Den Worten seines Vaters zufolge hatten nur er selbst und der Hohe Bruder Kenntnis davon gehabt.

Jaarn versuchte im Dunkel etwas zu erkennen, drehte sich mit einem Ruck zur Seite und spürte dabei erneut, wie die dünnen Lederschnüre ihm tief in die Handgelenke schnitten. Im Zuge der Bewegung stieß er gegen eine Art Säule, die dadurch ins Wanken geriet und mit einem dumpfen Geräusch umstürzte. Staub wirbelte auf, Dreck spritzte ihm ins Gesicht. Das Geräusch aber war ein vertrautes. *Bücher!* In seinem Kopf begann es zu arbeiten. Womöglich gar die verschwundenen Schriften? Vielleicht ging es hier um sie. Weshalb aber hätte man dann auch noch ihn entführen sollen? Aus welchem Grund sollte irgendjemand …

Ein leises Knirschen am anderen Ende des Raumes, das Schleifen von Stein auf Stein, beendete abrupt seine Gedanken. Der matte Schein einer Lampe drang in die Kammer. In ihm konnte Jaarn einige der am Boden liegenden Bücher erkennen: *Dhur'Kharrs Gesänge, Boa'Thais glorreiche Niederlage* und das *Oktameron* des Horgon von Mhirr. Schriften, die es in keiner der Fünf, ja im ganzen Reich nicht noch einmal gab. Wer immer für den Diebstahl dieser Bücher verantwortlich war, wusste genau, was er tat.

Jaarn drehte sich in Richtung des Lichts und ignorierte den Schmerz, als die Riemen sich weiter in seine Handgelenke gruben. Im Gegenzug erhaschte er schließlich einen Blick in einen niedrigen, direkt in den Fels gehauenen Gang und erkannte gleich darauf einen gebückten Schatten, der, wie es schien, zwischen den Steinen hindurch in den Raum geflossen kam.

Die Gestalt war in das graue Gewand der Bruderschaft gehüllt und trug eine kleine Öllampe in der Hand sowie ein starres längliches Bündel über der Schulter. Als sie auf ihn zukam, erkannte Jaarn in ihrem Rücken eine zweite, kaum sichtbare Öffnung in der Wand. Ein weiterer geheimer Raum im Fundament des Turmes?

Wichtiger schien ihm zunächst aber etwas anderes: Als der Mann seine Lampe auf einem zweiten Bücherstapel abstellte, erkannte Jaarn die vernarbte Hand, die aus dem weiten Ärmel der grauen Kutte hervorragte. Es war die gleiche, die wenige Stunden zuvor noch den Bibliothekar gestützt hatte.

Dann fiel sein Blick auf das in Tuch eingeschlagene Bündel über der Schulter des Unbekannten und plötzlich verstand er: *Das Schwert!* Jener fremde Schemen stand im Begriff, nicht nur die Bücher, sondern auch das Eherne Buch zu stehlen!

Verzweifelt begann Jaarn, in der Hoffnung, dass irgendjemand ihn hören würde, aus Leibeskräften zu schreien. Doch nur, um im nächsten Moment von seinem Entführer mit einem Stofffetzen geknebelt zu werden.

Über ihm kniend, verknotete der Fremde den Knebel und schlug dann seine Kapuze zurück. Jaarn musterte ihn eindringlich. Dieses Gesicht hatte er noch nie zuvor gesehen. Dieser Mann war kein Bücherbruder. Er musste sich, um jenes Schwert und die Bücher stehlen zu können, eingeschlichen, eine Kutte geraubt und sich als einer von ihnen ausgegeben haben.

Der Fremde blickte ihn teilnahmslos an. Aus der blassen Haut seines unrasierten Kinns stachen graue und schwarze Stoppeln hervor. Abgesehen von den Narben, die sein Gesicht wie ein Muster durchzogen, hatte er zwei verschiedenfarbige Augen: Das rechte war grün, das linke blau und von einem milchigen Schimmer getrübt.

Jaarn schoss eine Schrift über die alten Harachiten durch den Kopf, denen zufolge solche Augen einem Mann erlaubten, einen Blick auf die andere Seite, in die Welt der Götter und hinter die Dinge zu werfen.

Es schauderte ihn, als der Unbekannte ihn mit diesen ungleichen Augen fixierte und ihm lächelnd zuraunte: »Schön, schön. Bist also endlich wach. Gefällt mir. Bedeutet nämlich, dass du nicht tot bist.« Sein Grinsen wurde breiter, während er aus seinem Ärmel ein kleines Fläschchen hervorzog und gegen das Licht der Öllampe hielt. »Ahnst ja nicht, wie schwierig es is', einem im Schlaf die richtige Menge davon zu verabreichen. Bei zu wenig wärste schon während des Runterschleppens wach geworden. Und bei zu viel … na ja … wie gesagt: Bin froh, dass du wach bist.«

Zornig funkelte Jaarn den Unbekannten an. Der aber ließ sich davon nicht beeindrucken, stand auf und griff wieder nach dem Bündel.

»He, Junge! Schau nicht so grimmig. Wenn einer wütend sein sollte, bin ich das. Sollte alles ganz anders laufen. Und dann zaubert der alte Rabe noch ein Küken aus dem Nest.«

Der Fremde richtete den umgestürzten Bücherstapel wieder auf und begann ihn mit einem ledernen Riemen zu umwickeln. Jaarn verfolgte jede seiner Bewegungen und erkannte, dass nicht nur seine linke Hand von einem Brandmal geziert wurde. Auch am rechten Handgelenk hoben Narben sich vom Rest der Haut ab.

Während der Mann das Bücherbündel verknotete, konnte er ihn murmeln hören.

»Höchstens noch 'ne Woche hätt' ich gebraucht. Hätt's ausgetauscht und wär' längst über alle Berge! Und jetzt?« Er schüttelte den Kopf und zog den Knoten fester. »Bücherbruder geworden, Fluchtgang freigelegt, Schriften gestohlen, den alten Ceswell dieses Ding anfertigen lassen, und dann so was. Der dritte Sohn des Raben. Kydhan wird mir den Hals umdrehen.« Er ließ von den Büchern ab und wendete sich Jaarn zu. »Weißt du, ich hasse Geheimnisse. Zumindest solang's nicht meine eigenen sind.«

Er versuchte, dem Fremden etwas zu entgegnen, was allerdings an seinem Knebel scheiterte. Dennoch tat der Mann so, als hätte er Jaarn verstanden.

»Natürlich. Gerade, wo du dachtest, jetzt fängt das schöne Leben an, Sohn des Fürsten und so weiter. Tut mir leid, dich enttäuschen zu müssen. Obwohl: besser, wenn *ich* dich enttäusche. Hat nämlich nicht mehr lang zu leben, der alte von Stahl. Da draußen hat noch einer 'ne Rechnung mit ihm offen. Rupft alles, was auch nur vage nach Rabe aussieht.«

Verständnislos blickte Jaarn den Narbigen an, während dieser sich anschickte, ein weiteres Bündel zu verschnüren.

»Beweg' mich in Kreisen, wo man so was mitbekommt. Gibt viele, die das Geld brauchen können, Kerle, die für ein bisschen Gold alles tun würden. Aber dieses Mal hat der Keiler sich wen ganz Besonderes ausgesucht. Übrigens genau den Mann, der dich auf deinem Weg in die Welt begleiten und beschützen sollte.«

Jaarn zog die Stirn kraus. Er verstand gar nichts mehr. Ihm dröhnte der Schädel. Innerhalb weniger Stunden war sein ganzes Leben auf den Kopf gestellt worden. Sein Gegenüber bemerkte seine Verwirrung.

»Glaub mir, Bursche, Thorden Baut is' alles andere als ein Freund. Er hat vor seinem Aufbruch nach Khabrach mehr als die Hälfte der städtischen Gardisten gekauft. Hat nur darauf gewartet, deinen Vater vom Thron zu stoßen, um endlich aus seinem Schatten zu treten. Nach all den Jahren, in denen niemand ihn darin wahrgenommen hat. Fühlte sich immer zu Höherem berufen, der alte Baut. Brauchte nur noch einen Grund, sich gegen den Raben zu wenden. Da kam ihm der wieder erwachende Keiler gerade recht. Und glaub mir, früher oder später wird ihm irgendjemand von dir erzählen. Und dann wird er alles tun, um auch dir die Flügel zu stutzen.«

Der Narbige verknotete das Bücherbündel und streckte seinen Rücken. Jaarn, der unter den gegebenen Umständen nur zu gerne darauf verzichtet hätte, Teil irgendeiner Bestimmung, Sohn des Raben oder was auch immer zu sein, hoffte, dass diese ganze Angelegenheit nur ein Traum war, und wünschte sich nichts sehnlicher, als sobald wie möglich in der Kammer hinter den Regalen zu erwachen, seine Kutte überzustreifen und dem Alltag eines angehenden Bibliothekars nachzugehen.

Sein Gegenüber hielt kurz inne, zog ein zweites Fläschchen sowie ein Stück Stoff aus seinem Ärmel und träufelte, während er weitersprach, einige Tropfen auf das Tuch.

»Vor 'n paar Stunden haben Baut und seine Vorhut im Morgennebel das Stadttor erreicht. Inzwischen sind sie sicher bereits dabei, die letzten Getreuen deines Vaters aus dem Weg zu räumen. Jetzt is' er vielleicht sogar schon auf dem Weg zu seiner Audienz, um den alten Raben in den Arm zu schließen, ihm Einzelheiten über den Tod seines Sohnes zu offenbaren und ihm einen Dolch ins Herz zu stoßen.«

Der Unbekannte verschloss die Flasche und verrieb die Flüssigkeit im Tuch, wobei er zischend die Luft durch die Zähne einsog und den Kopf schüttelte.

»Danach wird Baut alles tun, um seine Macht in der Stadt zu festigen. Zeigen, dass es besser is', sich ihm nich' in den Weg zu stellen. Und dann wird er von dir erfahren. Is' also besser, wenn wir bis dahin weg sind.«

Jaarn brauchte einen Augenblick, bis er begriff. Wenn dieser Mann recht hatte, würde er seinen Vater verlieren, bevor er ihn überhaupt kennengelernt hatte. Selbst wenn er sich gestern noch für eine Waise gehalten hatte, erschreckte ihn diese Vorstellung. Etwas in seinem Inneren zog sich zusammen.

Das durfte nicht geschehen! Er musste den alten Raben warnen, es zumindest versuchen!

Jaarn begann sich am Boden zu winden, wobei er für einen Moment sogar die Fesseln vergaß, die nach wie vor in sein Fleisch schnitten.

Der Fremde seufzte.

»Beruhig dich. Die Dinge gehen ihren Weg. Machen sie seit eh und je. Und während sie das tun, muss man ihnen folgen. Ab und zu kann man vielleicht eine Pause machen. Oder anderen Leuten ein Bein stellen. Ist schon so einiges möglich, wenn die Dinge ihren Weg gehen. Selbst wenn er vorgezeichnet ist. Und weil du, mein Junge, mir noch nützlich sein wirst, werden wir wohl ein Stück dieses Weges gemeinsam gehen.«

Nachdenklich betrachtete der Narbige den getränkten Lappen in seiner Hand.

»Was jetzt kommt, tut mir leid. Taubkraut. Wird noch etwas schlimmer werden als vorhin. Is' aber die einzige Möglichkeit, dich unter den Augen von Bauts Leuten lebendig aus der Stadt zu bekommen.«

Mit diesen Worten beugte er sich vor und presste Jaarn, dem sofort die Sinne schwanden, den Lappen auf Mund und Nase.

Der aufgehenden Sonne trotzend, ließ der Morgennebel ihr Licht kaum bis zu den zerrütteten Mauern durchdringen. In den wabernden Schwaden des milchigen Graus wirkte die Ruine wie das Gerippe eines vor Urzeiten niedergestreckten Ungetüms.

Im Moos zwischen den geborstenen Bodenplatten staken Fackeln, inmitten der Mauerreste brannte ein kleines Feuer. Eine Handvoll Männer starrte trübsinnig in die Flammen, die in der feuchten Luft knisterten. In Decken gehüllt hockten sie dort, die Hände an ihren schartigen Schwertern, gerade noch so nüchtern, wie sie für den Fall, dass etwas schiefging, sein mussten.

Ihnen war anzusehen, wofür sie bezahlt wurden. Allerdings auch, dass diese Bezahlung, selbst wenn sie ihre Arbeit so gut wie möglich verrichteten, nicht üppig war.

Die Männer, die seit einer Woche in den Ruinen des Keilersteins lagerten, waren Söldner. Die Sorte Männer, die ihren Lohn so schnell versoffen, dass sie niemals eine vernünftige Rüstung besitzen würden. Die meisten von ihnen stammten aus Shem-Goll, der Schurkenstadt, hinter deren Mauern der Abschaum des Reiches hauste.

Der General des Keilers lehnte an den Resten einer Wand. Nachdenklich betrachtete er die Männer, die er persönlich und vor allem ihres Aussehens wegen ausgesucht hatte. Die kleinsten Übel aus einem Haufen Unrat. Raubeinige, narbenübersäte Gestalten, die ihm furchteinflößend genug schienen, dass niemand sich an sie herantraute. Das war insofern wichtig, da sich selbst in einer kaum belebten Gegend wie dieser neben den Todsammlern überall marodierende Truppen herumtrieben, um mit ihren Dolchspitzen in schwelenden Trümmern oder einfältigen Wanderern zu stochern.

Er schob seine abgewetzte rote Lederaugenklappe zurecht, wendete seinen Blick von der kleinen Söldnertruppe ab und betrachtete den weitgehend unversehrten Teil einer Mauer, an der, seinen Anweisungen entsprechend, das Wappen des Keilers aufgezogen worden war. Keines der alten Banner, die vor nunmehr siebzehn Jahren in der letzten großen Schlacht zerfetzt worden und längst ausgeblichen waren. Damals, als der Rabe dem Keiler die Krone vom

Haupt gerissen und ihm seine Krallen ins Herz gestoßen hatte. Als Garrudt Bitterkling gefallen und jeder einzelne seiner Offiziere im Namen Eonhs von Stahl hingerichtet worden war. Alle bis auf ihn, Zadt Mhaw, der seine Uniform abgelegt und sich in Lumpen davongemacht hatte, sodass jener Tag ihn anstelle des Lebens nur seine Ehre und ein Auge gekostet hatte.

Er war nie stolz darauf gewesen, davongekommen zu sein. Inzwischen aber schien ihm jener schwache Moment, in dem er sein Leben über seine Ehre gestellt hatte, beinahe Bestimmung gewesen zu sein. Wie sonst hätte er es, nach den unzähligen Kämpfen, die er seither mal für diesen, mal für jenen Herrn gefochten hatte, vermocht, den Keiler heimlich im Dunkel zu füttern, um ihn von Neuem erstarken zu lassen? Und das Banner über ihm, dessen kräftiges Blutrot durch den Nebel strahlte, war ein deutliches Zeichen dafür, wie sehr der Keiler sich erholt hatte.

Seine Uniform wieder offen tragen zu können gab dem General ein erhebendes Gefühl. Auch wenn er der einzige Uniformierte in der Ruine war. Der tadellose Sitz seiner Kleidung und sein graues, selbst nach fünf Tagen im nebligen Hinterland ordentlich im Nacken gebundenes Haar verrieten, wie sehr er sich von seinen Begleitern unterschied. Allein schon in seiner Haltung war ihm seine militärische Ausbildung deutlich anzusehen. Und womöglich war diese auch der einzige Grund dafür, dass diese Söldner ihn noch nicht hinterrücks erdolcht und ausgeraubt hatten. Aber möglicherweise hofften sie auch darauf, dass sein Plan aufging, auf bessere Bezahlung und einen Posten in der wiedererstarkten Armee des Keilers.

Mhaw legte den Kopf in den Nacken und starrte in den grauschwarzen Himmel. Da saß er nun mit seinen sechs bewaffneten kleineren Übeln zwischen den kläglichen Überresten der Festung seines einstigen Herrn und wartete auf die Nachricht, die alles ändern sollte.

Eines wusste er dabei aus Erfahrung: Egal, wie schlecht man seine Männer bezahlte, es machte einen großen Unterschied, ob man dies drei oder sechs Tage lang tat.

Obwohl die Situation mit jedem Tag schwieriger wurde, war der General des Keilers noch immer voll Zuversicht. Wenn sie jedoch noch länger ausharren müssten, würde sich das stille Murren der Söldner bald in offene Auflehnung verwandeln. Über kurz oder lang, dachte er mit einem wachsamen Blick auf den wüsten Haufen, würde er im Laufe des Tages ein Exempel statuieren müssen.

Diese Befürchtung aber ging einen Moment später im dumpfen Echo lauten Hufgeklappers unter, das sich von jenseits der Mauern näherte.

Der General erhob sich und legte seine Hand auf den Schwertgriff. Auf einen kurzen Wink von ihm rappelten sich auch seine Begleiter missmutig auf. Kaum dass sie alle standen und den Ursprung des Geräusches auszumachen suchten, brach unter den Resten eines moosbewachsenen Torbogens ein berittenes Pferd aus dem Nebel. Sein Fell glänzte schweißnass. Und obwohl der Reiter das Zeichen des Raben trug, erschrak er doch im Angesicht des Keilerbanners nicht. Der Mann, der offenbar längere Zeit ohne Pause geritten war, hing erschöpft im Sattel. Mhaw trat näher und nickte ihm zu.

Der Berittene zögerte kurz, schien Mhaw dann aber an seiner Augenklappe zu erkennen und ließ sich vom Pferd helfen. Einer der Söldner reichte ihm eine hölzerne Schale mit dem, was vom Abendessen übriggeblieben war. Hastig begann er, den verwässerten Eintopf hinunterzuschlingen, und hoffte dabei auf ein Stückchen Fleisch, das diese schäbigen Gestalten übersehen hatten.

Dem Einäugigen, der seinen Blick nicht einen Moment von ihm abwendete, war seine Ungeduld anzumerken. Die Nachricht war zu bedeutsam, als dass er noch länger hätte warten können. Der Bote hatte seine Schale, ohne freilich ein Stück Fleisch gefunden zu haben, nicht einmal zur Hälfte geleert, als Mhaw sie ihm energisch aus der Hand riss und den Mann mit seinem verbliebenen Auge anfunkelte.

»Erst die Nachricht. Du wirst nicht bezahlt, um dir hier den Bauch vollzuschlagen.«

Sein Gegenüber schaute wehmütig der Schale nach und erhob kleinlaut seine Stimme.

»Herr, ich komme direkt aus Khabrach. Alles verlief wie vorgesehen. Der Fürst von Navrodt hat die Waffen gestreckt und dem Raben die Stadt kampflos überlassen, so wie der Keiler es befohlen hat. Auch Meister Baut hat seinen Teil des Handels erfüllt: Dem Boten, der dem alten von Stahl Khabrachs Kapitulation überbrachte, folgte bald darauf ein zweiter mit der Nachricht vom Tod seines Sohnes.« Die Stimme des Mannes klang müde. Auf Mhaws Gesicht hingegen breitete sich ein Lächeln aus. *Der Keiler preschte voran. Und nichts würde ihn jetzt noch aufhalten!*

Der Bote streckte seine Hand nach der Suppenschale aus, doch der General hielt sie noch ein wenig weiter von ihm fort.

»Ist Baut bereits auf dem Weg zurück in die Dritte? Sprich schnell, dann lass ich dich wieder an deinen Napf.«

Die umstehenden Söldner grinsten. Der Mann aber war zu kraftlos, um wütend zu werden.

»Wie geplant, Herr, Meister Baut besticht und verspricht. Die Zahl seiner Verbündeten wächst mit jedem Tag, seine Gefolgsleute haben inzwischen den größten Teil der Armee überzeugt, dass die Zeit des Raben vorüber ist.«

Mhaws Lächeln wurde breiter.

»Sehr gut, sehr gut. Seine Blutlinie endet ebenso plötzlich, wie die des Keilers vor siebzehn Jahren. Die Götter sind wahrlich gerecht. Und wie steht es um die Moral der Soldaten?«

»Bis sie zurück in Ghidt-Lhorr sind, werden die meisten bereit sein, einem neuen Herrn zu dienen.«

Der Einäugige schlug dem Boten wuchtig auf die Schulter. Dabei spürte er die Kälte der vergangenen Tage aus seinen alten Gliedern weichen.

»Und Baut, der Verräter, hält sich weiter an den Plan?« Der Reiter nickte, den Blick starr auf die Schale mit der Suppe gerichtet.

»Ja, Herr. Sobald Meister Baut den alten Raben getötet hat, wird er mit Hilfe der Verschwörer das Zepter der Stadt an sich reißen.«

Verzweifelt streckte der Mann ein weiteres Mal seine Hände nach der Schale aus. Mhaw drückte sie ihm so heftig gegen die Brust, dass er dabei einen guten Teil verschüttete.

»Hauptsache, er vergisst nicht, die Leiche seines alten Freundes in Salz einzulegen. Es gibt schließlich jemanden, der sich sehr auf den Anblick dieses alten Kadavers freut.«

Während der Bote hastig zu löffeln begann, blickte der General zu dem Keilerbanner empor. Ghidt-Lhorr, die Dritte der Fünf, stand im Begriff zu fallen. Zum ersten Mal in ihrer Geschichte. Durch denselben Verrat, der auch die Blutlinie des Raben ein für alle Mal beenden würde.

Das erste Mal seit vielen Jahren war Zadt Mhaw zufrieden.

Und der Keiler würde es ebenso sein.

Abermals schlug Jaarn seine Augen an einem ihm fremden Ort auf. Und abermals spürte er kalten Schweiß auf seiner Stirn. Sein Schädel schmerzte tatsächlich weit schlimmer als zuvor. Zum einen des Taubkrauts wegen, zum anderen aber auch, weil der falsche Bruder ihn auf seinem Weg durch den Tunnel offenbar nicht sehr rücksichtsvoll behandelt hatte: An seinem Hinterkopf spürte er das Pochen zweier großer Beulen.

Sein Entführer hatte ihm zwar den Knebel aus dem Mund genommen, seine Beine waren jedoch noch immer gefesselt. Sein Kopf ragte unter einer rauen Decke hervor, die den Rest seines Körpers bedeckte. Der schwere Stoff roch nach Moder, Urin und Erbrochenem.

Er fühlte sich hundeelend. Zu den Kopfschmerzen gesellten sich ein bitterer Geschmack im Mund und das anhaltende Gefühl, sich übergeben zu müssen. Während sein Körper sich nicht zwischen Bewusstsein und Ohnmacht entscheiden konnte, spürte er, wie ihm Speichel über das Kinn lief und die Decke tränkte.

Die Augen offen zu halten kostete ihn so viel Kraft, als lägen

Mühlsteine auf seinen Lidern. Und seinen Kopf zu bewegen schien ihm beinahe unmöglich.

Jaarn versuchte, ruhig zu atmen. Der Himmel über ihm wankte, und er war nicht sicher, ob sein geschwächter Geist ihm etwas vorgaukelte oder ob er auf einem Karren lag. Undeutlich vernahm er Hufgetrappel und das Rumpeln von Rädern, so dumpf, als ob ihm jemand Wolle in die Ohren gestopft hatte. Nicht einmal seine Finger spürte er mehr. All seine Sinne schienen unnütz, waren wie betäubt und er selbst ein besserer Leichnam, der sabbernd und hilflos auf einem Fuhrwerk durch die Gassen Ghidt-Lhorrs gezogen wurde.

Der Fremde musste das Taubkraut noch mit etwas anderem versetzt haben. Alles, was Jaarn über giftige Pflanzen wusste, hatte er aus Büchern gelernt, und so viel er darüber auch gelesen hatte: In diesem Moment war es, als spielten die Gedanken in seinem Kopf Versteck. Auch die Wolken über ihm machten seltsame Dinge. Sie vermischten, trennten und verwandelten sich. Verformten sich wieder und wieder in sinnschwangere Zeichen und sonderbare Gestalten. Und diese verrenkten sich, besprangen einander, fielen lüstern übereinander her und taten Dinge, von denen man allenfalls in den verrufenen Büchern der Bibliothek lesen konnte. Und obwohl er sich deutlich erinnerte, was gerade erst vorgefallen war, schien Jaarn in diesem Moment nichts wichtiger zu sein als das, was jene Wolken dort über ihm veranstalteten.

Von Zeit zu Zeit schoben sich Häuserdächer vor seinen Blick, unterbrachen die unaufhörliche Verwandlung der Wolken und gaben ihm Gelegenheit, sich in seinem Kopf noch einmal auf die Suche nach einem klaren Gedanken zu machen. Aber da gab es nur Worte wie *Wirrwurz*, *Geistschleier* und *Krötenklee*, Pflanzen, von denen er irgendwann einmal gelesen hatte. Dann schwanden die Dächer wieder, die Wolken rieben sich aneinander, und ein breites Lächeln spannte sich über sein schmutziges, von Speichel benetztes Gesicht.

Plötzlich aber stoppten die Wolken. Oder besser, alles stoppte.

Der Karren war offenbar zum Stehen gekommen.

Jaarn konnte undeutliche Stimmen vernehmen und begann nun an jenem dumpfen Gefühl in seinem Inneren vorbei den Ernst der Situation zu erahnen: Er, der Sohn des Raben, war aus der Bibliothek von Ghidt-Lhorr entführt worden und lag wehrlos und betäubt auf einem Karren in einer Stadt voller Verräter.

Der stechende Geruch der Decke stieg ihm unangenehm in die Nase, und langsam begann er, die Worte um sich herum, die wie aus weiter Ferne zu ihm drangen, unterscheiden zu können.

»… Anweisung, niemanden aus der Stadt zu lassen … Tore auf Geheiß des Hohen Herrn Baut abgeriegelt … keinen Ärger … besser umkehren … schäbiger Karren …«

Das mussten die Wachen am Stadttor sein. So weit konnte Jaarn noch denken. Im Licht der Morgensonne sah er eine Krähe über die Häuser fliegen. Er spürte Tränen in sich aufsteigen. Seit seiner Kindheit hatte er von der unendlichen Weite des Reichs, der Pracht der Weißen Stadt und der Freiheit geträumt. Die Wirklichkeit aber entsprach diesen Träumen nicht. Bevor seine Gedanken jedoch weiter abschweifen konnten, bemühte er sich, sie in seinem Kopf zusammenzuhalten.

Wenn die Stadt abgeriegelt war, hatte er lediglich ein Gefängnis gegen das nächste getauscht und würde der ihm von seinem Vater übertragenen Aufgabe kaum gerecht werden können. Was die Fesseln freilich ohnehin erschwerten.

Obwohl er, wie er es im Turm gelernt hatte, die Dinge mit Vernunft zu betrachten versuchte, schlug Jaarns Herz bis zum Hals. Und plötzlich vernahm er die Stimme seines Entführers, die er sofort wiedererkannte:

»… Pest im Turm … dringender Auftrag … aus der Stadt schaffen … Infizierter …«

Daraufhin herrschte Stille. Es war ein beängstigender Moment. Ein Moment von der Art, wie nur das Wort *Pest* ihn erzeugen konnte. Für viele Menschen war sie das Einzige, was noch schlimmer war als Krieg.

Schwere Schritte von Männern in Rüstung näherten sich, bevor einen Augenblick später zwei Gesichter den Himmel über ihm verdunkelten.

»Der sieht wirklich nicht gut aus.«

Durch die Decke hindurch konnte er, der Taubheit seines Körpers zum Trotz, eine Schwertspitze zwischen den Rippen spüren.

»Ich könnt's von seinem Leid erlösen, das kleine Pestferkel«, knurrte die zweite Torwache, die nicht näher zu kommen wagte. Der andere Mann beugte sich unterdessen über Jaarn und musterte ihn eingehend, wobei er sich die Hand vor Mund und Nase hielt.

»Das ist ja widerlich. Stinken die alle so?«

»Die Frage ist doch eher, ob sie aufhören zu stinken, wenn man ihnen den Garaus gemacht hat«, entgegnete der andere, während Jaarn spürte, wie das Schwert tiefer in die Decke eindrang.

»Bist du des Wahnsinns?«, hörte er die entsetzte Stimme der zweiten Wache.

»Will ihn doch nur 'n bisschen zucken sehen.«

Während der Schmerz beinahe unerträglich wurde, antwortete wieder die Stimme seines Entführers: »Wär' für ihn gewiss das Beste. Obwohl Ballgadt ihn auf Geheiß des Hohen Bruders eigentlich lebend untersuchen soll. Bevor die Pest in ganz Ghidt-Lhorr zum Ausbruch kommt. Aber vielleicht sollte man's wirklich einfach beenden.«

Ballgadt. Jaarn kannte diesen Namen. Der Weise vom Wald war ein Vertrauter des großen Bibliothekars, der vor der Stadt ein Laboratorium unterhielt. Aber auch dieser Name vermochte das Stadttor nicht zu öffnen.

Noch immer spürte Jaarn das Schwert der Wache, der es eine diebische Freude zu bereiten schien, ihn damit zu quälen.

»Sei's drum, Bücherbruder. Wir haben Order, niemanden aus der Stadt lassen«, ließ die erste Wache im Brustton der Überzeugung noch einmal verlauten, was Jaarns Entführer aber nicht weiter zu bekümmern schien.

»Soll mir recht sein. Dann kann ich ihn einfach irgendwo abladen und dem Hohen Bruder gegenüber behaupten, ich hätte seinen Auftrag ausgeführt.«

Er machte sich, was zumindest die sich bewegenden Dächer nahelegten, daran, das Fuhrwerk zu wenden, setzte dann aber noch einmal nach: »Wobei es in Phach ja keine zwei Tage gedauert haben soll, bevor die ganze Stadt etwas davon hatte.«

Jaarn erinnerte sich an die Geschichten über Phach, jene Stadt, die binnen zweier Wochen Opfer der Gilbseuche geworden und schließlich mit allem und jedem darin niedergebrannt worden war.

»Warte!«, ertönte die Stimme eines der Wachmänner. Aus den Augenwinkeln konnte Jaarn sehen, wie dieser sich mit dem anderen beriet und vermutlich abwog, ob sie Ballgadt ein Heilmittel suchen lassen oder Jaarn einfach verbrennen sollten.

Das Schwert wurde zurückgezogen. Kurz darauf war das Knarren einer Winde und das langsame Öffnen eines schweren Tores zu vernehmen.

»Wenn Ballgadt mit ihm fertig ist, schafft ihn einfach nach Shem-Goll und schleudert ihn dort über die Stadtmauer. Wenn jemand die Pest verdient hat, dann die.«

»Werde ihm den Vorschlag unterbreiten«, entgegnete der falsche Bruder lachend.

Plötzlich beschlich Jaarn eine seltsame Panik. Er wollte den Wachen zurufen, dass er keineswegs an der Pest erkrankt war, dass er der Sohn des Raben war und dieser Mann im Begriff stand, ihn zu entführen. Als er aber den Mund zu öffnen versuchte, rann bloß trüber Speichel über sein Kinn. Er hatte keine Kontrolle über seine Zunge, sodass lediglich ein unverständliches Lallen aus seinem Inneren drang.

Dennoch erregte er damit die Aufmerksamkeit der Wachen, die beide noch einmal näher traten.

»Na, wenn der es mal überhaupt noch lebendig bis zum alten Ballgadt schafft.« Angewidert verzog der Mann das Gesicht, während die Augen des anderen plötzlich aufleuchteten, als er etwas zu entdecken schien. Jaarn spürte eine Bewegung und hörte ein raschelndes Geräusch. *Die Decke!* Der Mann hatte die Decke zurückgeschlagen! Und wenn er seine Fesseln sah, würde er womöglich begreifen, dass hier irgendetwas nicht stimmte.

Doch es ging nicht um die Fesseln.

»Was sind das für Bücher?«, fragte die Wache in scharfem Ton. Der Mann mochte nicht lesen können, aber dass die Schriften den Turm gewöhnlich nicht verließen, war auch im Rest der Stadt bekannt. Jaarns Entführer blieb ruhig.

»Auch für Ballgadt. Alles, was jemals über die Pest geschrieben wurde.«

»Mehr noch als über den legendären König Harach, wie mir scheint«, nickte der zweite Gardist anerkennend.

»Na, der hat im Gegensatz zur Pest ja auch nur die Kybrier das Leben gekostet«, murmelte der andere und schlug zu Jaarns Entsetzen die Decke zurück über die Bücher.

Dann rammte er ihm das Schwert noch einmal derart heftig in die Seite, dass es die Decke durchstieß. Als der Soldat es wieder fortstecken wollte, leuchtete etwas Blut an seiner Spitze.

»Das würde ich jetzt aber ordentlich abwischen«, meinte der zweite Wachmann entsetzt. »Nicht, dass du sie auch noch bekommst.«

Der Angesprochene strich das Schwert zweimal über die Decke und schob es dann missmutig zurück in seine Scheide. »Halt den Mund«, knurrte er und wandte sich dem vermeintlichen Bruder auf dem Kutschbock zu. »Und du sieh zu, dass du mit deinem Siechenwicht verschwindest, bevor wir es uns noch einmal anders überlegen.«

Jaarn vernahm ein Zügelknallen, die Dächer setzten sich wieder in Bewegung, und bevor sie das Stadttor durchquerten, erblickte er das Banner mit dem Raben. Vom Turm aus hatte er es Tag für Tag über den Mauern der Stadt wehen sehen.

Nun lag es vom Mast gezerrt und zerrissen auf den Zinnen.

III

Verstört betrachtete Jaarn den zähen grauen Inhalt der tönernen Schüssel, konnte allerdings nicht erkennen, um was es sich handelte. Dass das Essen jenseits des Turmes noch schlechter als dort sein könnte, hätte er kaum für möglich gehalten. Doch was immer es auch war, der Narbige gab ihm gerade so viel wie nötig. Womöglich, weil er verhindern wollte, dass er zu Kräften kam.

Zu Jaarns Erstaunen befanden sie sich inzwischen tatsächlich in Ballgadts Haus im Wald, wo der Fremde zusammen mit ihm eine kleine Kammer im oberen Stockwerk bezogen hatte. Dort hatte er Jaarn an der hinteren Wand des grob gemauerten Raumes festgekettet. Seine eiserne Fußschelle war dabei aber zumindest weit genug, um nicht bei jeder Bewegung zu schmerzen, und die rostige Kette reichte bis zu einem Strohlager, der Latrine und einer Ecke unter einer kleinen Fensteröffnung. Durch diese hatte er den Wechsel von Tag und Nacht wahrgenommen und wusste deshalb, dass ihre Flucht aus Ghidt-Lhorr bereits zwei Tage zurücklag.

Vom Ende seiner Kette aus beobachtete er den Narbigen. Die meiste Zeit über hockte er neben der verzogenen Tür an einem kleinen Schreibpult, unter dem ein leichter, mit Stahlspitzen bewehrter Streitkolben ruhte. Daneben lagen, ordentlich gestapelt, die Bücher aus der Bibliothek. Immer wieder klopfte es an der Tür und der Fremde bat Männer herein, denen er nach einem kurzen Gespräch schließlich einzelne Schriften überließ.

An der anderen Wand, außer Reichweite seiner Ketten, stand ein niedriges Bett, unter dem sein Peiniger in einer flachen Kiste das in Stoff eingeschlagene Eherne Buch verbarg. Drei Mal hatte Jaarn seinen Entführer die Klinge während der vergangenen Tage hervorholen sehen. Wobei etwas an jener Kiste ihm jedes Mal merkwürdig vorgekommen war. Nicht etwa die ledernen, mit grobem Nesselstoff umwundenen Riemen, die es ermöglichten, sie auf dem Rücken zu tragen. Oder das verblichene Wappen, das er auf die Entfernung nicht hatte identifizieren können. Ohne es näher benennen zu können, irritierte ihn etwas anderes, was Größe und Form jener Kiste im Verhältnis zu ihrem Inhalt anbelangte.

Seit die Wirkung des Taubkrauts nachgelassen hatte, versuchte er, sich alles einzuprägen, was in diesem Raum vor sich ging. Sowohl die Gesichter der Männer, die der Narbige empfing, als auch die Bücher, die er ihnen übergab. Inzwischen waren es bereits ein gutes Dutzend. Die fremden Besucher hatten Jaarn am Boden in der Ecke zwar bemerkt, aber stets ignoriert und selten auch nur eines zweiten Blickes gewürdigt. Junge Burschen in Ketten neben Männern an Schreibpulten schienen in dieser Gegend nichts Ungewöhnliches zu sein. Wobei diesen Männern, die augenscheinlich aus dem ganzen Reich und allein der Bücher wegen kamen, alles andere vielleicht auch schlichtweg egal war. Die meisten schienen genau zu wissen, was sie wollten. Ebenso wie der Fremde, der sich, kaum dass sie eintraten, schon nach einem der Stapel bückte und das entsprechende Buch hervorzog.

Als sich nun, nachdem es kurz geklopft hatte, die Tür der Kammer leise knarrend öffnete und ein weiterer Fremder eintrat, verhielt es sich ebenso.

Im Gesicht des dunkelhäutigen Mannes prangte ein mächtiger gezwirbelter Schnurrbart. Er war größer als der Entführer, trug ein weites Gewand aus schimmernd rotem Stoff mit eingewobenen Silberfäden und blickte sich misstrauisch um. Jaarn verachtete ihn sofort. Auch ohne ihn zu kennen, so wie all die anderen vor ihm. Sie mochten den Anschein ehrbarer Männer erwecken, waren aber nicht mehr als Bücherschänder, die sich an der Beute aus der Bibliothek von Ghidt-Lhorr weideten. Einige von ihnen glaubte Jaarn sogar schon in den Lesesälen gesehen zu haben.

Der Narbige neigte sein Haupt vor dem Neuankömmling, trat an einen der Bücherstapel und zog darunter einen abgegriffenen, in schwarzes Leder gebundenen Folianten hervor, den er dem Mann mit beiden Händen anreichte.

»Der *Bericht der Eisernen Garde über die Vorfälle am letzten Tag der Schlacht von Navrodt.* Wie Ihr es erbeten habt.«

Behutsam nahm der Mann das Buch entgegen, betrachtete es und fuhr geradezu ehrfürchtig mit den Fingern über den Einband. Dann hob er den Kopf und schaute den Narbigen an, wobei Jaarn Tränen in seinen Augen zu erkennen glaubte.

»Diese Schrift in Händen halten zu dürfen erfüllt mein Herz mit unendlicher Freude.«

»Füllt Euer Herz mit was immer Ihr wollt, Meister Guldabadt. Solange Ihr wisst, was Ihr dafür schuldig seid.«

Als der Narbige seinen Namen aussprach, zuckte der Fremde zusammen. Bestürzt blickte er zu Jaarn hinüber, der ihn finster anfunkelte. Sein Gegenüber aber legte dem Bärtigen beruhigend eine Hand auf die Schulter.

»Der Junge ist Teil des Plans. Niemand wird Euch verraten. Ich weiß ja, wie wichtig Euch Eure Stellung ist.«

Der Dunkelhäutige zögerte kurz. Dann murmelte er zögerlich.

»Ich weiß, was ich schuldig bin, und werde zu Diensten sein, wenn Ihr mich braucht.«

Daraufhin wendete er sich, ohne Jaarn mit einem weiteren Blick zu bedenken, zum Gehen. Der Narbige schloss leise die Tür und begab sich lächelnd zurück an sein Pult.

Meister Guldabadt. Jaarn prägte sich den Namen des Fremden gut ein. Vielleicht würde es irgendwann eine Gelegenheit geben, diese Männer zur Rechenschaft zu ziehen und die Bücher nach Ghidt-Lhorr zurückzubringen. Was ihm bei diesen Geschäften jedoch schleierhaft war, war die Bezahlung. Der Narbige hatte für die Bücher keinerlei Gold erhalten. Was immer der Preis aber auch sein mochte,

Jaarn glaubte, einen Schurken von einem aufrichtigen Menschen unterscheiden zu können. Und ein Mann, der Bücher stahl, war ebenso zweifelsfrei ein Schurke wie einer, der sie von ihm annahm.

Nachdenklich wendete er sich wieder der Schüssel zu, deren Inhalt in den vergangenen Minuten kaum ansehnlicher geworden war. Missmutig rammte er den hölzernen Löffel in die graue Pampe und dachte, während er ihn ohne rechte Begeisterung in den Mund schob, darüber nach, worin das Geschäft dieser Männer mit seinem Entführer wohl bestehen mochte.

Der widerliche Geschmack von Fisch, Moder und irgendetwas, das die Götter gewiss nicht dafür geschaffen hatten, gegessen zu werden, brachte ihn zum Würgen.

Ohne ihn anzusehen, lachte der Narbige leise auf und blätterte weiter in der vor ihm liegenden Schrift.

Wütend biss Jaarn die Zähne aufeinander, packte die Schale so fest, dass seine Knöchel weiß hervortraten, und schleuderte sie mitsamt Inhalt Richtung Pult.

Gewiss hätte die Schüssel den dort Sitzenden auch getroffen, hätte dieser sie nicht im nächsten Augenblick mit einem einzigen Schlag seines Morgensterns zerschmettert. Als ihr Inhalt zu Boden klatschte, hatte er Jaarn bereits emporgerissen, gegen die Wand gedrückt und ihm die Hand um seinen Hals gelegt. Aus seinen verschiedenfarbigen Augen blickte der Narbige ihn kalt an.

»Willst es wirklich wissen, hm?« Er drückte fester zu. Jaarn japste nach Luft. »Die Freude mach ich dir gern. Ich bring dir bei, wie *schlechtes* Essen sich von *keinem* unterscheidet«, stieß er verächtlich aus und ließ ihn los. Jaarn rutschte an der Wand herab und blieb keuchend mit schmerzverzerrtem Gesicht liegen. Stöhnend drehte er sich auf die Seite und bemerkte einen kleinen Blutfleck, der sich auf der Kutte knapp unterhalb seiner Rippen ausbreitete. Verwundert blickte er an der Wand empor: Aus der Mauer ragte das spitze Ende eines Steins.

Über der Stadt wehte kein Banner, als Zadt Mhaw die Dritte der Fünf im letzten Licht des Tages erreichte. Weder das des Raben noch irgendein anderes. Abweisend erhoben sich ihre Zinnen am Horizont und über den Toren ragten leere Fahnenmasten empor. Seit die Herrschaft des Raben beendet worden war, wusste die Stadt nicht mehr, wem sie dienen sollte. Mochte Thorden Baut auch das Zepter in Händen halten, mochten seine Männer auch durch die Straßen patrouillieren und er selbst sich noch so laut als Statthalter preisen lassen, so spürten seine Untertanen doch, dass er nicht ihr wahrer Herr war.

Wie recht sie damit hatten, zeigte sich, als sich die Stadttore für den General des Keilers und sein Gefolge öffneten. Inzwischen war es nicht mehr der bunte Haufen Söldner, der in den Ruinen des Keilersteins gelagert hatte. Das Dutzend Männer um Zadt Mhaw ritt in Formation, was sie beinahe wie richtige Soldaten wirken ließ. Jeder von ihnen trug jetzt das Zeichen des Keilers. In den meisten Fällen ein kaum mehr als handtellergroßes Stück Stoff, das sie an ihren zerschlissenen Brustpanzern befestigt hatten. Mhaw selbst hatte seinen alten Lederharnisch angelegt, in dem er vor siebzehn Jahren dem Raben entgegengetreten war. Als er geflohen war, hatte er die Rüstung zunächst versteckt, aber insgeheim nur auf den Moment gewartet, da er sie wieder überstreifen konnte. Und jetzt war dieser Moment endlich gekommen.

Gefolgt von Männern, die es nicht gewohnt waren, dass sich die Tore einer Stadt kampflos vor ihnen öffneten, trabte der General des Keilers hocherhobenen Hauptes im Sattel seines braunen Hengstes über die Zugbrücke. Mit Genugtuung gewahrte er, wie die Torwachen einander verunsichert anblickten. Oh ja, auch nach all den Jahren löste der rote Keiler in den Menschen noch etwas aus. Sie hatten ihn nicht vergessen. Und mit Sicherheit hatten sie nicht damit gerechnet, ihn auf das persönliche Geheiß Thorden Bauts nach Ghidt-Lhorr einlassen zu müssen.

Gemächlich trabten die Pferde über das grob behauene Pflaster. Mhaw hatte seine Männer angewiesen, Ruhe zu bewahren und sich keinesfalls provozieren zu lassen. Unnahbar und stolz sollte der Keiler aus dem Schatten treten und jene erschauern lassen, die ihn für tot gehalten hatten.

Auf ihrem Weg durch die Gassen der Stadt erntete die kleine Gruppe verwunderte Blicke, und um sie herum wuchs das ungläubige Flüstern der Leute. Die Tatsache, dass die Bewohner Ghidt-Lhorrs in diesem Moment an ihrem Verstand zweifelten, entschädigte den General für vieles. All die Entbehrungen der vergangenen Jahre, in denen er für zahllose Herren gekämpft und für ihr Gold gemordet hatte.

Ohne Zwischenfälle erreichten der Einäugige und seine Männer die Freitreppe des Palastes. Zufrieden betrachtete Mhaw die beiden Rabenstatuen an ihrem Fuß. Prächtige, aus schwarzem Stein gefertigte mannshohe Vögel. Seine Befriedigung rührte vor allem daher, dass einem von ihnen der Kopf, dem anderen der Schnabel abgehackt worden war und man beiden ihre steinernen Flügel zerbrochen hatte.

Die Stufen zum Thronsaal emporschreitend, genoss der General noch einmal die verstörten Blicke der Palastwachen. Obwohl er den Sieg auf dem Schlachtfeld vorzog, wusste er, dass dieser Triumph weit größer war als alle, die er je mit dem Schwert hätte erringen können: Die Knechte des Raben mussten ihn mitsamt dem Wappen des Keilers im Herrscherpalast von Ghidt-Lhorr willkommen heißen.

Als schließlich die riesige goldbeschlagene Tür zum Thronsaal in voller Pracht vor ihm aufragte, schlug der General sein Auge nieder und gedachte einen Moment lang seines toten Herrn: Garrudt Bitterkling. Wie gern hätte er dieses Portal an seiner Seite durchschritten.

Das Tor öffnete sich und farbiges Licht fiel ihnen durch die hohen Zierfenster des Saales entgegen. In dem bunten Glas waren kunstvolle Szenen der Gottwerdung des Kriegbringers verewigt worden. Lächelnd bemerkte Mhaw, dass der geschnitzte Rabenthron, auf dessen Lehne angeblich jede Feder in all ihren Einzelheiten zu erkennen gewesen war, bereits entfernt und durch einen weniger prunkvollen ersetzt worden war. Statt seiner stand dort ein Treibholzthron, wie er Herrschern gebührte, die noch ihrer Bestätigung durch die übrigen Stadtherrn harrten. Dort, auf jenem Thron, flankiert von zwanzig Speerträgern in leichter Gardeuniform, saß er: Thorden Baut, der Rabenmörder und Keilerknecht. Im weiten Herrschermantel Ghidth-Lhorrs, der vom gleichen Rot wie die Herrschermäntel aller fünf Städte des Reiches war und aus dem man vermutlich gerade erst das Wappen des Raben herausgetrennt hatte.

Als Mhaw und seine Männer näher traten, verstellten ihnen einige Thronwachen den Weg und ersuchten sie um Herausgabe ihrer Waffen. Das Auge des Generals blitzte auf, und als er die Hand nach seinem Schwert ausstreckte, war nicht abzusehen, was genau er damit vorhatte. Bevor er es jedoch ziehen konnte, mussten sich die Gardisten auf ein energisches Zeichen von Bauts Berater unverrichteter Dinge zurück auf ihre Posten begeben.

Jede einzelne Sekunde auskostend, schritt der Einäugige an der Spitze seiner Männer auf den Thron zu. Er versuchte in Bauts Blicken zu lesen. Innerhalb von vierzig Schritten musste er sich ein Urteil darüber bilden, was in jenem alten Mann vorging, der mit seiner Hilfe Eonh von Stahl gestürzt und die Herrschaft über Ghidt-Lhorr errungen hatte. Ob er sich an ihre Abmachung halten würde? Oder ob ihm die Macht bereits nach so kurzer Zeit zu Kopf gestiegen war? War er noch immer ein Verbündeter? Wie sollte Mhaw weiter mit ihm verfahren? Seine wichtigste Aufgabe hatte Baut jedenfalls bereits erledigt. Der Rabe war tot und seine Blutlinie am Ende.

Während sie sich dem Thron näherten, hallten die schweren Schritte der Keilertreuen von den Wänden des Saales wider. Sie hatten etwa die Hälfte der Wachen passiert, als Baut sich plötzlich erhob und ihnen eilig entgegenschritt.

»Willkommen, Lord Mhaw!«

Damit raubte er dem General einige kostbare Schritte, die dieser für seine Einschätzung gebraucht hätte. Der Einäugige wusste, dass sein Gegenüber die Hand an seinem Dolch sehr wohl bemerkt hatte.

Dass er sich davon nicht abschrecken ließ, sprach jedoch eher für als gegen seine Ergebenheit. Auch wenn eine solche Schlussfolgerung nicht sicher war. Mhaw hatte in Gedanken bereits zahlreiche Szenarien durchgespielt, die von seiner Klinge am Hals des Rabenmörders bis zum Niederknien vor ihm reichten. Damit, dass Baut ihm entgegeneilte, hatte er allerdings nicht gerechnet. Und wenn er ihren Blicken glauben konnte, irritierte dieses Gebaren nicht nur ihn, sondern auch die umstehenden Thronwachen.

Bevor er jedoch weiter darüber nachdenken konnte, hatte Baut seine eigenen Berater beiseitegestoßen, den General erreicht und war ihm um den Hals gefallen. Zadt Mhaw ließ es geschehen, spürte, wie sein Gegenüber die Arme unter die seinen schob und ihm so den Griff nach der Waffe erschwerte. Er beschloss, das Spiel mitzuspielen, die Wachen dabei aber nicht aus den Augen zu lassen. Seine Männer würden, wenn es darauf ankam, nicht zögern, ihre Schwerter gegen die Gardisten zu erheben. Zunächst aber schloss jetzt auch er seine Arme um Thorden Baut.

Die Köpfe der beiden Männer näherten sich einander. Kaum dass Mhaws bärtiges Kinn auf Bauts Schulter und dem Rot des Herrschermantels ruhte und sein Mund an dessen Ohr lag, flüsterte der General dem Herrscher Ghidt-Lhorrs eindringlich zu: »Ich bin gekommen, dir den Dank des Keilers und eine Botschaft zu überbringen: Du magst auf diesem Thron sitzen, was immer du aber deine Untertanen, deine Wachen und die Herren der übrigen Städte glauben lässt – du sitzt hier im Namen des Keilers. Und für ihn allein. Und wenn du nicht mitsamt deinem Thron und deiner Stadt brennen willst, solltest du ihm dienen, wie du es geschworen hast.«

Längst wirkte die vermeintliche Innigkeit ihrer Umarmung auf die Umstehenden verstörend. Zumal Baut sie augenscheinlich zu beenden suchte, was Mhaw jedoch nicht zuließ. Stattdessen fuhr er leise fort: »Ghidt-Lhorr und seine Reichtümer scheren den Keiler nicht. Umso mehr aber deine Stimme im Rat der Städte. Vergiss nie, mit wessen Hilfe du auf diesen Thron gelangt bist und dass inzwischen genügend Keilertreue in der Stadt sind, um dir, wann immer ich es will, einen Dolch ins Herz zu treiben. Selbst wenn du deine Wachen verdoppelst.«

Thorden Baut wurde bleich. Und noch immer ließ Mhaw nicht zu, dass er die Umarmung löste. Nicht, bevor er seinen Standpunkt unmissverständlich dargelegt hatte.

»Du weißt, dass ich auch jetzt nicht zögern würde, dich unter den Augen deiner Wachen zu töten. Dass es mir egal wäre, ob ich es mit dem Leben bezahlen würde. Dies alles bedenke gut, Thorden Baut. Was immer du tust, was immer du befiehlst, mag deine Hand auch das Zepter halten – der Keiler lenkt sie.«

Noch bleicher als zuvor wagte der Statthalter dem Einäugigen nur zögerlich zu antworten. Zadt Mhaw allein konnte hören, wie die Stimme des Herrn von Ghidt-Lhorr dabei zitterte.

»Ich versichere Euch, Lord Mhaw: Wem ich diene und wem ich zu danken habe, ist mir bekannt. Wisst mich einen treuen Diener des Keilers. Ihr … Ihr müsst ihm ausrichten, dass ich alles getan habe, was in meiner Macht stand.«

Mhaw runzelte die Stirn. Langsam begriff er, dass irgendetwas nicht stimmte.

Baut flüsterte stockend weiter: »Was mir an Wissen und Fertigkeit zur Verfügung stand, habe ich eingesetzt, dem alten Raben seine Flügel zu brechen. Und es ist mir gelungen. Hirrach von Stahl ist tot. Und sein Vater ebenfalls. Allein, er … er verbarg ein Geheimnis in den Mauern dieser Stadt. Eines, von dem weder ich noch irgendjemand sonst bis vor wenigen Tagen etwas ahnen konnte. Bei meinem Leben, ich habe mein Bestes gegeben. Doch ich fürchte, ich … ich muss Euch etwas offenbaren …«

Als der einäugige General den Palast von Ghidt-Lhorr wenig später finsteren Blickes verließ, tat er es in dem Bewusstsein, dass die Blutlinie derer von Stahl keineswegs am Ende und die Rache des Keilers noch längst nicht vollendet war.

Jaarn atmete schwer. Er war auf seiner Flucht bereits tief in den Wald vorgedrungen. Unter anderen Umständen hätte er bitterlich gefroren. In diesem Moment aber scherte die Kälte ihn kaum. Seine graue Kutte schien allerdings nicht für die Welt jenseits des Turmes geschaffen. Doch er war zu aufgeregt, zu sehr saß die Angst ihm in den Knochen, als dass er Hunger, Durst oder Frost hätte verspüren können.

Zwei Tage hatte er gebraucht, um seine Kette mit Hilfe jenes spitzen Steines in der Wand unbemerkt so weit aufzubiegen, dass er sie in dieser Nacht schließlich hatte abstreifen können.

Er war dem Narbigen entkommen. Zumindest für den Moment. Auch wenn ihm klar war, dass dieser Mann ihn nicht so einfach davonkommen lassen würde. Falls es ihm gelingen sollte, ihn wieder einzufangen, würde der Narbige – sofern er ihn überhaupt am Leben ließ – gewiss nicht zimperlich mit ihm umspringen. Das hatte Jaarn während der vergangenen Tage unter Ballgadts Dach begriffen.

Blasse Wölkchen traten ihm aus Mund und Nase, während er keuchend, stets darauf bedacht, sich vor den Blicken möglicher Verfolger zu verbergen, stinkenden Sumpflöchern auswich und von einem Baum zum anderen hastete. Die Augen wilder Tiere schimmerten durch das Dickicht, als er sich, geduckt im Schatten wuchernder Farne, vorantastete. Jedes Mal wenn irgendetwas im Mondlicht über den Weg sprang, blieb ihm beinahe das Herz stehen.

Immer wieder ließen schreiende Käuze oder aufgescheuchte Fledermäuse ihn zusammenfahren. In der Ferne gewahrte er Feuerschein, wählte jedoch, aus Angst, in die Wirren einer Schlacht geraten zu können, einen anderen Weg. Er hatte keine Ahnung, in welcher Richtung Ghidt-Lhorr liegen mochte. Zunächst aber galt es ohnehin, so schnell wie möglich den Waldrand zu erreichen. Dort würde er über seine weitere Flucht nachdenken können. Auch über das Schwert, seine Bestimmung und jene Dinge, die sein Vater ihm offenbart hatte. Und das, was er ihm verschwiegen hatte. Das war es, was Jaarn durch den Kopf ging, kurz bevor er unversehens gezwungen wurde, seine spärlichen Kenntnisse über Fallenkunde mit der Wirklichkeit abzugleichen.

Selbst bei Tag wäre die Fallgrube schwer auszumachen gewesen. Bei Mondlicht aber war es so gut wie unmöglich.

Als Jaarn durch das dünne, mit Blättern getarnte Flechtwerk brach, fast zwei Meter in die Tiefe stürzte und mit einem dumpfen, knackenden Geräusch auf dem lehmigen Boden der Grube aufschlug, schrie er vor Schmerz. Alles tat ihm weh. Es war gut möglich, dass er sich etwas gebrochen hatte. Obwohl er, da doch Arme und Beine in gleichem Maße schmerzten, nicht mit Sicherheit hätte sagen können, was. Er betastete noch seine Glieder, als er über sich plötzlich gedämpfte Stimmen vernahm.

»Wenn ich's dir doch sage, so klingt kein Wildschwein. Nie nicht. Hab genug von den Viechern getötet, um so was unterscheiden zu können.«

Das meckernde Stimmchen klang wie das eines kleineren, vermutlich nicht allzu gebildeten Mannes. Zumindest erklärte die Erwähnung von Wildschweinen, deren Felle die Jäger nicht unnötig beschädigen wollten, das Fehlen spitzer Pfähle im Inneren der Grube.

»Unsinn. Es hat gequiekt. So wie sie's immer machen. Hab ich genau gehört. Is' eingebrochen, hat gequiekt und sich den Hals gebrochen. So wie immer.«

Die zweite Stimme klang anders. Ebenfalls die eines Mannes, der aber mit Sicherheit um einiges größer als der erste war. Seine Worte ließen eine gewisse Rohheit erahnen.

»Du musst es ja wissen. Oder … Moment mal! Warst du nicht der Schlaubeutel, aus dessen Grube sich letzte Woche erst eines der Tiere wieder rausgebuddelt hat? Weil du zu dämlich warst, ein ordentliches Loch zu graben?«

»Halt den Mund. Werden ja sehen. Ich sag dir, es war ein Wildschwein. Aber ein kleines.«

Die Stimmen der beiden kamen näher, Zweige knackten und schließlich deutete sich am Rand der Grube die Ahnung eines Lichtscheins an.

»Willste wetten?«, fragte der Kleine.

»Um was?«

»Zwei Humpen und eine gepflegte Ohrfeige.«

»Ha! Wird mir eine Freude sein, dir bei einem guten Schlückchen eine aufs Maul zu hauen!«, entgegnete der andere mit einem dreckigen Lachen.

Einen Moment später tauchte über dem Rand der Fallgrube eine Hand mit einer Fackel auf, gefolgt vom schmutzigen, grinsenden Gesicht des kleineren Mannes, dessen unvollständiges Gebiss die Vermutung nahelegte, dass er in seinem Leben bereits einige Wetten verloren hatte. Er sah aus, als hätte er sich den Schädel rasieren lassen, dann aber den Barbier nicht ordentlich bezahlen können, sodass von seinem Kopf nun vereinzelte wirre Haarbüschel abstanden. Und wie er dort über den Rand starrte, schien der Bursche sogar noch einen kleinen Buckel zu haben. Er trug einen groben Fellumhang, hatte die Fackel in der einen und einen kurzen Dolch in der anderen Hand. Mit letzterem deutete er nun triumphierend hinab in die Grube.

»Siehst du, ich hab's doch gewusst!«, lachte er meckernd auf.

Gleich darauf verdunkelte der Kopf des zweiten Mannes den kleinen Ausschnitt des nächtlichen Himmels, den Jaarn vom Grund der Grube erkennen konnte. Doppelt so groß wie der des anderen und mit so breiten Schultern darunter, dass der Mann wohl selbst vier tote Wildschweine durch den Wald schleppen konnte. Im Schein der Fackel spiegelten seine Augen das, was der Klang seiner Stimme schon hatte erahnen lassen.

»Hm, hast recht, 'n Wildschwein is' das nicht. Aber klein is' er trotzdem«, grunzte er.

Jaarn hob eine Hand vor sein Gesicht und beschloss zu schweigen, bis er die beiden Männer besser einschätzen konnte.

Der Große nahm die Fackel und reckte sie etwas tiefer in die Grube.

»Willst du mir jetzt gleich eine runterhauen?«, fragte er genervt.

Der Kleine aber schien ihn nicht einmal zu hören. Seine Augen leuchteten und seine Stimme zitterte vor Aufregung:

»Da brat mir doch einer … Sag mal, täuschen mich meine alten Augen oder trägt das Bürschchen dort unten eine graue Kutte?«

»Bisschen dreckig, könnte aber schon grau sein, glaub ich«, murrte der Große.

»Du bist so blöde, dass es wehtut, Gunhar. Hast du vergessen, wofür Meister Baut in Ghidt-Lhorr jüngst eine nicht gerade unansehnliche Belohnung ausgelobt hat? Könnt' schon unser falsches Wildschein hier sein.«

Jaarn durchfuhr es heiß und kalt. Sollte der Narbige etwa recht haben und der Vertraute seines Vaters ihm tatsächlich nach dem Leben trachten?

»Aber hieß es nicht, er hat irgendein Schwert dabei?«

»Was weiß ich. So was lässt sich verkaufen, verstecken oder verlieren. Wir sollten ihn fesseln, in die Stadt schaffen und schauen, was wir für ihn bekommen. Wenn es der is', um den's geht, is' er sicher gut hundert Wildschweine wert. Und wenn nicht, wird irgendjemand sicher noch genug für ihn bezahlen, dass es sich für uns lohnt. So ein hübsches Kerlchen lässt sich allemal gewinnbringend losschlagen.«

»Ich hol das Seil«, knurrte Gunhar und sein Gesicht verschwand vom Grubenrand. Versonnen betrachtete der kleine Kerl den am Boden der Grube kauernden Jaarn, kratzte sich mit dem Dolch über sein unrasiertes Kinn und murmelte vor sich hin:

»Keine Ahnung, warum irgendjemand für einen wie dich so viel zahlen sollte. Gibt's in Ghidt-Lhorr doch an jeder Ecke, solche Knaben. Aber is' ja auch egal. Warum einer zahlt, is' eigentlich immer egal. Hauptsache, er tut's.« Wieder dröhnte sein meckerndes Lachen in die Grube hinab.

Im nächsten Moment ertönte oben aus dem Wald ein Geräusch, es hatte etwas von einem gedämpften, abrupt endenden Schrei, war aber für Jaarn nicht genau auszumachen. Der Mann über ihm stutzte kurz, ergriff die Fackel und wendete sich um.

»Gunhar?« Seine zögernde Frage verhallte ohne Antwort im Dunkel. Er fragte lauter. Wieder nichts. Der Mann schaute noch einmal zu Jaarn hinunter, öffnete den Mund … und kam nicht mehr dazu, etwas zu sagen. Im gleichen Moment nämlich packte ihn irgendetwas bei den Füßen und riss ihn blitzschnell nach hinten. Einen Moment lang krallten seine Hände sich noch verzweifelt in das Erdreich am Rand der Grube, dann waren sie verschwunden.

Plötzlich herrschte im Wald eine gespenstische Stille. Jaarn krümmte sich zusammen und wagte nicht einmal zu atmen. Den Blick hielt er dabei unentwegt emporgerichtet, bereit, dem Ungetüm ins Auge zu blicken, das sich die beiden Männer geholt hatte.

Über dem Grubenrand schien der Mond. Sein Licht aber reichte nicht bis zu ihm hinab. Jaarn tastete nach einem Stück Holz, einem Stock, einer Wurzel, irgendetwas, womit er sich vielleicht wehren könnte.

Und dann erschien es über ihm: riesig, furchteinflößend. Obwohl … Nein. Genaugenommen war es weder das eine noch das andere, sondern lediglich das Gesicht des Narbigen, der ihm kopfschüttelnd die Hand entgegenstreckte.

Als Jaarn sich schließlich aufrappelte und sie zögerlich ergriff, flüsterte er:

»Hast es noch immer nicht verstanden, Jüngelchen? Magst es glauben oder nicht, aber ich bin nicht dein Problem. Bin vielmehr der Einzige, der überhaupt auf deiner Seite is' und darauf achtet, dass du deine Bestimmung erfüllen kannst.«

Als sein Entführer ihn dann aus der Grube gezogen hatte, blickte Jaarn sich verwundert um und suchte das Waldstück nach den Fallenstellern ab. Schließlich sah er zwischen einigen Zweigen die Füße des Größeren der beiden aus dem Unterholz ragen und wollte gerade näher treten, als der Fremde ihn zurückhielt.

»Solltest sie dir nicht genauer anschauen. Darauf haben sie dich im Turm zwischen deinen Büchern sicher nicht vorbereitet. Is' aber die einzige Sprache, die solche Leute verstehen«, raunte er.

Jaarn war erschöpft. Und noch immer tat ihm alles weh. Nach

Flucht war ihm nicht mehr zumute. Dankbar würde er dem Narbigen jedoch nicht sein. Auch wenn er sich als sein Beschützer aufspielte. Zorn leuchtete in seinen Augen und mit erhobenem Zeigefinger herrschte er den Fremden an:

»*Du* bist weder mein Freund noch mein Beschützer! Du bist allenfalls derjenige, der mein Leben zerstört, mir meine Freunde, meinen Vater und den Ort genommen hat, an dem ich aufgewachsen bin! Du hast mir alles genommen, was mir wichtig war! Und darum werde ich wieder versuchen, dir zu entkommen. Wieder und wieder. So lange, bis es mir gelingt. Selbst wenn ich dir dafür irgendwann deinen vernarbten Schädel einschlagen muss.« Für einen kurzen Moment schien sein Entführer tatsächlich beeindruckt. Dann aber hoben seine Mundwinkel sich zu einem bitteren Grinsen. Er packte Jaarn am Kragen, drehte sich um und zerrte ihn beinahe mühelos hinter sich her.

»Haben nichts genützt, deine Bücher, was? Bist genauso närrisch wie der alte Rabe. Zu dumm, Freund und Feind zu unterscheiden. Weil du nicht verstehst, was vor sich geht.« Er schleifte ihn durch das Unterholz Richtung Waldrand, auf einen weit entfernten Feuerschein zu. »Ich hab also dein Leben zerstört, ja? Alles kaputtgemacht, ja?«

Jaarn schwieg. Wortlos ließ er sich von dem Mann durch das Dickicht ziehen, bis sie kurz darauf den Rand des Waldes erreichten.

Hier ließ der Narbige ihn los und stieß ihn von sich.

»Vielleicht begreifst du's ja jetzt.«

Verwirrt blickte Jaarn auf. Sie befanden sich auf einer Lichtung, die höher lag als ihre Umgebung. In einiger Entfernung sah er, von Hunderten Fackeln erleuchtet, die Stadt. Er erkannte sie sofort. Es war Ghidt-Lhorr. Die Dritte der Fünf. Beinahe zum Greifen nah, als müsste er nur seinen Arm ausstrecken, um sie berühren, um zurückkehren zu können. Doch etwas war sonderbar. Denn es war nicht bloß das Licht der Fackeln, das bis zu ihnen emporleuchtete. Auch nicht das der umliegenden Heerlager oder Schlachtfelder. Es war ein anderes, mächtigeres Feuer. *Der brennende Turm.* Die Bibliothek von Ghidt-Lhorr stand in Flammen!

Und vor ihren Fenstern, aus denen er stets so sehnsüchtig in die Welt und die Freiheit hinausgeblickt hatte, baumelten die leblosen Gestalten seiner Brüder.

IV

Auf dem Weg zurück in den Unterschlupf hatten sie geschwiegen. Zwei Mal hatte der Narbige ihn, um nächtlichen Patrouillen zu entgehen, gepackt und ins Dickicht gezerrt. Die Männer gehörten zu einer Reihe kleinerer Heerlager am Rande des Waldes, wo einige Dutzend Soldaten darauf warteten, am Morgen in eine Schlacht zu stürmen, die nächsten Monat vermutlich ebenso vergessen sein würde wie sie selbst.

Mit Bedacht hatte sein Entführer Jaarn um die Lager herumgeführt. Sein Wille zur Flucht war vollkommen erloschen, jede Hoffnung auf eine Rückkehr in sein bescheidenes, büchergesäumtes Leben dahin. Wie innerlich betäubt war er dem Narbigen mit ausdruckslosem Blick durch das dichte Gebüsch gefolgt. Wäre unterdessen ein wildes Tier aus dem Unterholz gebrochen, um ihn zu zerreißen, es wäre ihm egal gewesen.

Inzwischen waren der Narbige und er wieder in Ballgadts Haus angelangt. Für Jaarn aber spielte es keine Rolle mehr, wo sie waren, wer ihnen Unterschlupf gewährte oder was der Fremde bezweckte. All das war jetzt egal. In seinem Inneren spürte er eine alles verschlingende Leere. Er war allein, um alles beraubt, woran er je geglaubt hatte. Seine Welt hatte ihren Mittelpunkt verloren.

Der Narbige betrat als Erster die Kammer, in der schon seine Ketten auf Jaarn warteten. Ihm stieg der Duft seiner Gefangenschaft, der Geruch von warmem Kerzentalg und altem Stroh in die Nase. Dann aber begriff er, dass dieses Gefängnis nunmehr womöglich sein neues Zuhause war, bevor die Stimme seines Entführers ihn aus seinen Gedanken riss:

»Verzeiht, dass ich Euch warten ließ, Herr. Doch es brauchte einige Zeit, bis ich unseres kleinen Ausreißers habhaft werden konnte.«

Etwas an diesen Worten ließ Jaarn aufhorchen, riss ihn geradezu aus seiner Starre. Das war zwar ohne Zweifel die *Stimme* des Vernarbten, nicht aber seine *Sprache*. Die war für gewöhnlich derb, seine Sätze kurz. Dieser Mann schwieg mehr, als dass er redete, und er mied Respektsbekundungen, wann immer es ihm möglich war. Jaarn hatte ihn mit Fürsten und Gelehrten reden hören, doch keiner davon war ihm so viele Worte wert gewesen wie jener, den er gerade angesprochen hatte.

Verwundert hob Jaarn den Kopf. Vor ihm am Pult seines Entführers hockte, ihnen den Rücken zuwendend und von zwei bewaffneten, düster dreinblickenden Männern flankiert, ein Fremder. Er trug einen schwarzen Kapuzenumhang und saß im Kerzenschein über einer Reihe offener Bücher, von denen Jaarn zwei sofort erkannte: *Der Eiserne Kodex* und *Der Klingenborn* waren Schriften, vor denen man ihn Ehrfurcht gelehrt hatte, bevor er überhaupt hatte laufen können. Wer immer es war, der dort saß, hatte sich aus der Beute des Narbigen das Kostbarste herausgesucht. Und während die Leere in Jaarns Innerem wieder seiner Verachtung für diese Bücherdiebe wich, schwor er sich, dereinst auch diesen Mann ausfindig zu machen und zur Rechenschaft zu ziehen.

Statt auf die Worte des Narbigen zu reagieren, blätterte der Fremde seelenruhig weiter und seufzte dabei leise. Etwas an diesem Laut irritierte Jaarn. Unterdessen ließen die beiden Bewaffneten, die Hände an ihren Schwertknäufen, weder ihn noch seinen Entführer aus den Augen.

Der Narbige schwieg geduldig. Auch das war ungewöhnlich. Ebenso wie die Tatsache, dass einer seiner Gäste in Begleitung bewaffneter Wachen daherkam. Jaarn ahnte, dass irgendetwas anders, dass dieser Mann wichtiger als jene war, die zuvor ihre gierigen Hände nach den Schriften ausgestreckt hatten.

Und dann dreht der Fremde sich langsam zu ihnen um. Noch bevor Jaarn das Gesicht des Mannes sehen konnte, gewahrte er dessen im Buch ruhende Hand. Zwischen diesem Erkennen und ihrem Blickkontakt lag kaum mehr als ein Wimpernschlag. Ein winziger Augenblick, der jedoch ausreichte, dass Jaarn hastig vor seinem Gegenüber auf die Knie fiel und seinen Kopf senkte.

Als der Fremde sich nun, gestützt von einer der Wachen, erhob, kam unter seinem Umhang eine schlichte graue Robe zum Vorschein. Weit markanter waren aber seine Augengläser, die Jaarn mehr als einmal vom Staub hatte befreien dürfen.

Vor ihm stand kein Geringerer als der Hohe Bruder, Gebieter der Schrift und oberster Bibliothekar von Ghidt-Lhorr.

Jaarn spürte, wie die Hand des Alten sich zitternd auf seine Schulter legte. Dann erklang seine brüchige Stimme, die schwächer war als noch vor wenigen Tagen in den Gewölben unter dem Turm.

»Habt ihr es also tatsächlich geschafft? Ich habe gebangt und gehofft. Mit dem Zorn des Keilers ist nicht zu spaßen.« Der Hohe Bruder musste husten. Das Reden schien ihm Schmerzen zu bereiten, wovon er sich jedoch nicht beirren ließ. »Und dann läufst du auch noch davon, Junge. Ich hatte ihn ja gewarnt. Er hätte wissen müssen, dass du es versuchen würdest. Und dass es dir gelingen würde. Zumindest vorübergehend.« Nach einem weiteren kurzen Hustenanfall schwieg der Alte einen Moment lang. »Wenn ich es recht bedenke, scheint es mir fast, als hätte er dich vielleicht mit Absicht davonkommen lassen.«

Seine Stimme klang vorwurfsvoll. Der Hohe Bruder wandte seinen Kopf in Richtung des Narbigen.

Dieser räusperte sich. Seine Stimme klang geradezu unterwürfig.

»Ich hielt es für eine gute Gelegenheit, dem Burschen eine kleine Lektion zu erteilen.«

Auf Jaarn wirkten sie in diesem Moment wie zwei Gleichgestellte. Und das, obwohl doch der Hohe Bruder selbst dem alten Raben überlegen geschienen hatte. Bei diesem Gedanken schauderte es Jaarn.

Der Alte nickte in die Ecke des Raumes, hob seine Hand und wies auf das Stroh und die dort liegenden Ketten.

»Und das war vermutlich auch irgendeine Art *Lektion?*«

»Ich bitte um Vergebung, Herr. Ohne Ketten und Taubkraut hätte ich mir nicht zu helfen gewusst. Es gab, bevor Ihr kamt, für mich keine andere Möglichkeit, ihn unter Kontrolle zu halten. Sonst wäre er womöglich sogar noch früher geflohen.«

Der Alte nickte nachdenklich. »Gut. Die Abmachung lautete ja ohnehin, dass du es auf deine Weise tust.«

»Euer Vertrauen ehrt mich, Herr.«

Jaarn stutzte. Ein weiterer schlimmer Hustenanfall schüttelte den Greis, während er abwehrend eine Hand hob.

»Genug davon. Wir sollten uns beeilen. Ich weiß nicht, wie viel Zeit mir noch bleibt, und du …«, mit diesen Worten wandte er sich Jaarn zu und bedeutete ihm, sich zu erheben, »… solltest etwas mehr über das Wesen jener Aufgabe erfahren, für die dein Vater und die Götter dich ausersehen haben.« Während der Alte sprach, bemerkte Jaarn einen dünnen Blutfaden, der aus seinem Mundwinkel lief. Als der Hohe Bruder plötzlich wankte, eilte er auf ihn zu, um ihn zu stützen.

Entsetzt schaute er zu dem Narbigen hinüber, der, ebenso wie die Begleiter des Bibliothekars, betreten die Augen niederschlug. Jaarn verstand. Und es bedurfte bloß noch eines einzigen Blickes, um seine Ahnung zu bestätigen: Die Kutte unter dem Mantel des Alten war dunkel verfärbt. In seinem Bauch klaffte eine hässliche Wunde. Sie schien tief, war zwar, wie es den Anschein hatte, so gut wie möglich verbunden worden, blutete allerdings noch immer. Nach allem, was er über so etwas gelesen hatte, wusste er, was eine Bauchwunde, deren Blutung sich nicht stoppen ließ, bedeutete.

»Ich bin froh, dass er dich rechtzeitig zurückgebracht hat, mein Junge.« Der Hohe Bruder lächelte mühsam, seine Schmerzen waren ihm anzusehen. Er gab den beiden Bewaffneten ein Zeichen. Sie nahmen ihre Hände von den Schwertern, griffen ihm unter die Arme und führten den Greis zum Bett des Narbigen, wo sie ihm halfen, sich niederzulegen. Die ganze Zeit über ließ der Hohe Bruder Jaarn nicht aus den Augen.

Einer seiner Begleiter machte Anstalten, den Verband noch einmal zu wechseln, doch der Alte winkte ab.

»Dafür haben wir keine Zeit. Lasst mich mit dem Jungen allein. Ich habe ihm einiges zu erzählen. Damit er weiß, was auf ihn zukommt. Was all das bedeutet. Und wofür er es tut.« Der Alte nickte den beiden Männern knapp zu. Dann tauschte er, während sie den Raum verließen, einen etwas längeren Blick mit dem Narbigen, der jedoch auf seinen Wink hin nicht einfach ging. Stattdessen trat er an das Bett, kniete sich davor und schloss den Alten in die Arme.

»Es war mir eine Ehre, Euch gekannt zu haben, Herr. Ohne Euch wird diese Welt nicht mehr sein, was sie war.«

Der Gebieter der Schrift erwiderte die Umarmung schwach. Einen Augenblick lang meinte Jaarn, Tränen in seinen faltigen Augen zu erkennen. Dann verließ auch der Narbige das Zimmer, schaute Jaarn kurz an und zog leise die Tür hinter sich zu.

Jaarn nahm die Kerze vom Pult, schob den Stuhl ans Bett und setzte sich neben den alten Mann, der ihn aus müden Augen anblinzelte. In seinen Augengläsern spiegelte sich die Kerzenflamme, als er seufzend ansetzte:

»Du musst mir jetzt gut zuhören, Jaarn …« Es schauderte ihn, noch nie zuvor hatte der Hohe Bruder ihn bei seinem Namen genannt. Immer wieder *Bursche, Junge* oder *Knabe*. Oft sogar. Aber niemals bei seinem Namen. Bis jetzt. »… mir bleibt nicht die Zeit, dir diese Geschichte mehr als ein Mal zu erzählen. Und es gibt nicht mehr viele, die es können. Oder wollen. Aber es ist wichtig, dass du den Ursprung all dessen verstehen lernst. Und darum hör jetzt gut zu, lausche der Legende vom Ehernen Buch!«

Er hustete wieder. Blut lief ihm über die Unterlippe und tropfte auf die Kutte. Jaarn beugte sich vor, um es wegzuwischen. Der Hohe Bruder aber wehrte ab und begann zu erzählen:

»Es begab sich in jenen Tagen, da der Krieg sich zum wahren Herrscher des Reiches aufschwang, als die Menschen die Hoffnung aufgaben, dass er jemals wieder enden würde. Längst gor er in jedem Winkel des Reiches. Kinder, Brüder und Väter fielen in Schlachten, an deren Ursprung niemand sich erinnerte.« Es brauchte einen Moment, bis Jaarn begriff, dass sein Gegenüber die Geschichte auf die gleiche Weise wiederzugeben versuchte, wie er sie selbst einst gehört hatte, getreu der Überlieferung, was angesichts seiner gegenwärtigen Situation geradezu befremdlich wirkte. Wieder schüttelte der Husten den Alten, der sich jedoch auch jetzt nicht beirren ließ.

»Bei Tage hallte Schlachtenlärm durch das Reich, nachts erhellten brennende Dörfer die Wälder. Nirgends im Reich war man sicher vor dem Schwert, das dieser gegen jenen und ein anderer wieder gegen den nächsten erhob. Damals legte das Land jene Rüstung an, die es heute noch trägt. In jenen Tagen fegte Dhur'Kharr, der Kriegbringer, lachend in seinem Streitwagen über den Himmel. Zur Seite den Tod und den treuen Toss D'uun, den Gott der Schmiede. Gemeinsam mit ihnen fuhr Dhur'Kharr über die Welt und blickte mit Stolz auf die flammenden Schlachtfelder herab.« Bei den letzten Worten verzog der Alte schmerzerfüllt das Gesicht, griff sich an den Bauch und betrachtete verwundert das Blut an seiner Hand, bevor er leise weitersprach:

»Wundervoll klang das Lied der Schwerter in den Ohren des Kriegbringers und wohlwollend bestaunte er die rote Blüte des Krieges, die allerorten spross. Die Menschen hatten ihm dienen gelernt und brachten ihm Väter und Söhne als Opfer dar. Keine Tür blieb ihm verschlossen, kein Schwert unberührt, und Dhur'Kharr erfreute sich gleichsam am Ruhm der Sieger wie am Leid der Besiegten. Er war der Herr der Welt, vergessen die alten Götter, die er erschlagen hatte. Während sein flammender Wagen über den Himmel preschte, wagte der Schmiedegott das Wort an ihn zu richten.« Der Hohe Bruder seufzte und atmete mit einem seltsam rasselnden Geräusch ein.

»Ihr müsst Euch ausruhen, Herr! Ein wenig nur. Schlaft, sammelt Eure Kräfte und erzählt mir dann, wie es sich ...«

Mit einer Kraft, die er nicht erwartet hatte, packte der Hohe Bruder plötzlich mit der blutigen Hand seinen Arm und starrte ihn derart finster an, dass er es nicht wagte, den Alten noch einmal zu unterbrechen.

»Toss D'uun ersuchte seinen Herrn, nicht an seiner Treue zu zweifeln. Zugleich aber erinnerte er ihn an eine Zeit, da mehr als nur Krieg im Reich blühte. Tage, da die Menschen noch den Frieden kannten und den Frühling, die Sonnenwende und die letzte Herbstblüte feierten, da er seine Schmiede Pflüge und andere Dinge hatte fertigen lassen. Den Kriegbringer aber rührten seine Worte nicht. Nun würden sie eben Waffen fertigen und feiern würde man seine Siege, entgegnete er und trieb die Pferde an. Der erste Schmied aber sprach, derweil der Tod schwieg, weiter von Frieden und vergangenen Tagen. So eindringlich, dass Dhur'Kharr schließlich herumfuhr und ihm, um ihn zum Schweigen zu bringen, einen, wie er glaubte, unmöglichen Handel andiente.«

Bestürzt gewahrte Jaarn, wie sich der Zustand des Alten während seiner Erzählung zusehends verschlechterte, und fragte sich, weshalb der Alte darauf beharrte, seine letzte Kraft dieser Geschichte zu widmen.

»Inmitten des Krieges, hoch über der Welt, sprach jener Gott die Worte, die das Schicksal der Welt besiegeln sollten: *Schwerter sind es, die Geschichte machen. Bring mir ein Schwert, das aus Geschichten gemacht ist, und ich verspreche dir das Ende allen Krieges.*«

Als er einen Moment lang die Augen schloss, trat ihm erneut Blut auf die Lippen. Jaarn blickte sich um, griff nach einem Becher Wasser und reichte ihn dem Alten. Dankbar nippte der Bibliothekar daran und stöhnte leise auf.

»Dhur'Kharr glaubte, dem Herrn der Esse eine unlösbare Aufgabe gestellt zu haben. Aber er täuschte sich. In der gleichen Nacht noch erschien der Eisengerber dem ersten seiner Schmiede im Traum und offenbarte ihm, was zu tun war. Daraufhin entsandte dieser Boten in alle Teile des Reiches und begann ein Schwert zu schmieden, wie die Welt es zuvor noch nicht gesehen hatte. Und bald darauf kamen sie. Aus aller Herren Länder, von überall her fanden sie ihren Weg, schlichen sich über die Schlachtfelder und an den Heerlagern vorbei, schlugen sich durch die Wälder und überwanden um des Friedens willen Gebirge und reißende Flüsse: Geschichtenerzähler, die alle Sagen, Märchen und Legenden mit sich führten, die je in der Welt erzählt worden waren. Und sie kamen, um sie dem Wasser zu erzählen, in welchem das Schwert gehärtet werden sollte. Als der glühende Stahl schließlich zischend ins Wasser drang, verbanden sich alle jemals gewesenen Geschichten mit jener Klinge, der Geschichtenklinge, dem Legendeneisen, dem Ehernen Buch. Und bald schon erzählte man sich am Rande der Schlachtfelder und überall im Reich davon: Jeder, der es berührte, so hieß es, wusste plötzlich alle Geschichten der Welt. Die Augen der Menschen begannen zu leuchten und die Klinge wurde ihnen zum Symbol eines fast vergessenen Friedens.«

Von einem neuerlichen Hustenanfall überwältigt, hielt der Hohe Bruder ein weiteres Mal inne. Nun aber hatte seine Erzählung Jaarn in ihren Bann gezogen. Langsam begann er, die Bedeutung dieses Schwertes zu verstehen. Vor allem aber drängte es ihn, zu erfahren, was mit der Geschichtenklinge geschehen war. »Und dann? Was passierte dann?«, fragte er aufgeregt.

»Bald fand sich ein Held, der das Legendeneisen dem Kriegbringer in seinem Tempel auf dem Gul'Firrin zu Füßen legen wollte. Arren van Gidmon. Als dieser das Eherne Buch aus den Händen des Schmiedevaters empfing, war er fest entschlossen. Niemand vermochte ihn aufzuhalten. Fürsten und Diebe warfen sich ihm in den Weg, um das Ende allen Krieges zu verhindern oder das Schwert der Schwerter in ihren Besitz zu bringen. Jeden von ihnen besiegte er, ohne das Eherne Buch zu beschmutzen. Doch Arren van Gidmon war ein eitler Held. Er war gewohnt, dass Schwerter ihm dienten, nicht er ihnen. Drei Hiebe vollführte er mit der ihm anvertrauten Klinge. Mit jedem davon ging eine ihrer Geschichten verloren, sodass jener Held, ohne es zu merken, drei Seiten aus dem Ehernen Buch riss.«

»Also legte er es dem Kriegbringer schließlich unvollständig zu Füßen?«

»Nein. So weit kam es nicht. Bevor nämlich Arren van Gidmon den Gipfel des Gul'Firrin erreichte, wurde er im Schlaf erschlagen. Das Eherne Buch verschwand, die Hoffnung der Menschen verkümmerte und der Gedanke an Frieden verblasste. Die Geschichtenklinge blieb verschollen. Lange genug, dass bald schon niemand mehr wusste, ob sie überhaupt je existiert hatte. So geriet jener göttliche Pakt in Vergessenheit. Bis der alte Rabe mir das Eherne Buch in den Gewölben Ghidt-Lhorrs übergab, damit ich es dort verbarg. Er hat nie davon gesprochen, wie es in seinen Besitz gelangte …«

Verstört blickte Jaarn den Alten an. Sollte es jetzt wirklich an ihm sein, zu vollbringen, was ein Held nicht vermocht hatte? Und welche Schuld hatte sein Vater auf sich geladen, um in den Besitz dieser Klinge zu kommen?

Der Alte wendete ihm sein ausgezehrtes Gesicht zu. Das Blut glänzte auf seinen Lippen.

»Es ist nicht an mir, über ihn zu urteilen. Zumal er, wie es die meisten Fürsten wohl getan hätten, das Eherne Buch auch hätte einschmelzen können. Stattdessen wartete Eonh von Stahl, bis das Schicksal ihm den Wink gab, den es brauchte, damit er der Legende Leben einhauchte. Mithilfe seines letzten Sohnes. Dir wurde von einem großen Mann eine noch größere Aufgabe übertragen.«

Entsetzt spürte Jaarn, wie langsam die Kraft aus dem Körper seines Gegenübers schwand.

»Aber … aber was genau ist meine Aufgabe? Soll ich das Schwert in den Tempel bringen?«

»Zuvor musst du seine verlorenen Geschichten finden.«

»Wie soll mir das gelingen? Und wo soll ich nach ihnen suchen?«

Der Hohe Bruder lächelte schwach.

»Frage den, der dich hergebracht hat. Er ist der Einzige, dem du vertrauen kannst.«

»Ich kenne doch nicht einmal seinen Namen!«

»Oh, er hat viele Namen. Mehr als du ahnst. Frage ihn. Er wird dir verraten, wie du ihn nennen sollst.«

Jaarn verzog das Gesicht. Dem Narbigen zu trauen widerstrebte ihm zutiefst. Doch wie hätte er sich einer Order des Hohen Bruders verweigern können? Der Alte nickte müde. Seine Lider flackerten.

»Lass … lass es mich noch ein letztes Mal sehen, bevor ich die Hintere Halle betrete.«

Jaarn wusste, was er meinte. Schon die ganze Zeit über hatte er, während der Alte mit schwächer werdender Stimme davon gesprochen hatte, daran denken müssen. Das Eherne Buch, das sich dort unter jenem Bett verbarg, auf dem der Gebieter der Schrift im Sterben lag.

Mit zwei schnellen Handgriffen hatte Jaarn die Kiste hervorgezogen. Zu seinem Erstaunen fand er sie unverschlossen. Er konnte sich nicht erinnern, dass sein Entführer sie je abzuschließen versäumt hätte. Er öffnete sie, schob behutsam den Stoff im Inneren beiseite und legte schließlich ehrfürchtig eine Hand unter den Griff und die andere unter die Klinge. Er wollte die Geschichtenklinge gerade emporheben, als es ihn wie ein Blitz durchfuhr. Mit einer Gewalt, die ihn beinahe umwarf. Ungläubig weiteten sich seine Augen, als er plötzlich einzelne Worte, ganze Sätze spürte, die aus der Klinge in sein Inneres drangen! Mit seinem Körper, seinem ganzen Selbst vernahm er sie und vergaß dabei beinahe zu atmen. Geschichten. Unzählige! Als ob er Hunderte Bücher auf einmal läse, ohne sie überhaupt aufzuschlagen. Der Strom aus Mythen, Märchen und Legenden, in denen das Eherne Buch gehärtet worden war, riss ihn mit.

Als er einen Augenblick später langsam wieder zu Atem kam, waren all jene Geschichten auch in ihm. Er kannte sie. Alle. Dafür hatte es nicht mehr als jener kurzen Berührung bedurft. Nie zuvor war Jaarn einem Wunder so nahe gewesen.

Er hob seinen Kopf und wollte das Eherne Buch dem Hohen Bruder überreichen.

Doch ihm starrten bloß noch zwei leblose Augen entgegen. Auf dem Gesicht des Alten aber lag ein Lächeln, das die Zufriedenheit erahnen ließ, mit der sein letzter Anblick ihn erfüllt hatte.

Die Schlacht um Whall Garrin dauerte bereits seit Tagen an. In den frühen Abendstunden hatte das Söldnerheer des Fürsten Edwell die Mauern der kleinen Stadt überwunden, sodass die Soldaten des örtlichen Statthalters sich nunmehr in den Gassen der Stadt verzweifelt gegen die anstürmenden Gegner zur Wehr setzen mussten.

Whall Garrin war ein Handelsposten zwischen Ghidt-Lhorr und M'Venn, um den man eine Mauer gezogen hatte. Ein befestigter Ort wie dieser, auf halber Strecke zwischen der Dritten und der Vierten, war eine Goldgrube: Hier konnten Händler Zwischenstationen auf ihren Routen einrichten, den Handel vor die Mauern der großen Städte verlegen und auf diese Weise die Preise regulieren. Neben den Kaufleuten profitierte davon vor allem derjenige, der innerhalb dieser Mauern die Steuern erhob: Varrigk van Gorrn.

Nach Meinung des Fürsten Edwell hatten sich seit der Befestigung jenes Handelspostens längst viel zu viele Händler dort niedergelassen, was nicht nur seine Profite, sondern auch die Bedeutung seiner eigenen Stadt schmälerte. Und das konnte der Herrscher M'Venns nicht zulassen.

Mit drei Schatullen Silber hatte er in Shem-Goll dreihundert Mann in Waffen angeworben, die nun zusammen mit seiner Armee die Handelsrouten wieder korrigieren und Whall Garrin dem Erdboden gleichmachen sollten. Eingedenk der Tatsache, wie sehr sich das Plündern dieses Ortes lohnen würde, war die Motivation der Angreifer immens. Und mit entsprechender Wucht stießen sie, kaum dass die Mauer überwunden war, nun in die Gassen der Stadt vor, die den nächsten Sonnenaufgang vermutlich nicht mehr erleben würde.

Seit sie das Haus des Fürsten verlassen hatte, schwang Deswyn Lhi ihre Schwerter. Unablässig, Stunde um Stunde, immer wieder die Arme hochreißend, um Schläge mit ihren Ellenbogenschilden abzuwehren und ihre Klingen in die Rüstungen anstürmender Gegner zu treiben. Schweißnass wirbelte ihr rotes Haar mit den grauen Strähnen umher und ihre Zwillingsschwerter spalteten fleckiges Leder ebenso behände wie das Wappen mit der Rose unter den Bärenklauen. Längst hatte sie ihren Helm nach einem der Angreifer geschleudert. Quer über ihre Stirn verlief eine Wunde, vom Schwert eines Söldners geschlagen, der nun inmitten der seinen zu ihren Füßen lag.

Die riesige Frau hielt gemeinsam mit einigen der Männer van Gorrns, die sie durchweg um beinahe einen Fuß überragte, die Gasse zum Haus des Fürsten. Wie aussichtslos es auch sein mochte, die Soldaten hatten ihrem Herrn einen Eid geschworen. Und Deswyn Lhi hatte eine Aufgabe. Selbst wenn das Schicksal dieser Stadt sie so wenig wie das ihres Herrn scherte, machte diese es ihr unmöglich, Whall Garrin vor der Zeit zu verlassen.

Ein weiteres Mal blockte sie mit dem Unterarm den wuchtigen Hieb eines heranstürmenden Angreifers, duckte sich, holte aus und stieß ihm eine ihrer Klingen in die Seite.

Ursprünglich war sie nicht hergekommen, um zu kämpfen. Dass die Stadt in ebenjenem Moment fiel, da sie hier ihrer eigentlichen Berufung nachging, war nicht mehr als einer jener tragischen Zufälle, wie sie ihr Leben seit langer Zeit schon bestimmten. Deswyn Lhi war die Eisenmutter, Hebamme und Söldnerin, die zwischen Tod und Leben stand. Sie kannte das eine so gut wie das andere und diente beidem nach bestem Wissen und Gewissen.

Mit einem dumpfen Aufschrei sackte plötzlich einer der Gardisten von einem Pfeil getroffen zusammen. Deswyn hörte einen zweiten dicht an ihrem Ohr vorbeirauschen und erblickte, als sie den Kopf hob, sechs Bogenschützen, die am anderen Ende der Gasse in Stellung gegangen waren. Von ihnen gedeckt, stürmte eine Reihe weiterer Söldner auf die kleine Gruppe zu. Die Schilde hebend wichen die verbliebenen Männer neben ihr zurück. Deswyn nicht. Ihre Rüstung aus verstärktem Leder bot zwar kaum Schutz vor Pfeilen, machte sie aber zugleich so beweglich, dass sie die anstürmenden Gegner als Deckung nutzen konnte. Die Angreifer stutzten. Das wilde Haar im Gesicht, ihre braunen Augen von Wut erfüllt und das dunkelrote Leder ihrer Rüstung im Licht der untergehenden Sonne schimmernd, wirkte Deswyn in ihrer Entschlossenheit wahrhaft furchteinflößend.

Mit wenigen Schritten war sie bei ihnen und schlug einen der Männer, bevor er seines auch nur heben konnte, mit dem Knauf ihres Schwertes nieder. Den nächsten packte sie und riss ihn wie einen Schild vor sich empor, sodass im nächsten Augenblick zwei für sie bestimmte Pfeile in seinen Rücken drangen. Nun aber hatten die anderen ihren Schock überwunden und griffen an.

Sie hatte damit gerechnet, dass die zurückgebliebenen Gardisten einen Ausfall wagen würden, musste allerdings feststellen, dass sie sich getäuscht hatte.

Fluchend setzte sie, kaum dass drei weitere Angreifer auf sie losstürmten, zum Rückzug an und hastete hakenschlagend zurück in die Gasse. Auf diese Weise entkam sie zwar den Schwerthieben der Söldner, konnte aber nicht verhindern, dass einer der jetzt niedergehenden Pfeile sich in ihre Schulter bohrte.

Deswyn biss die Zähne zusammen, als die verbliebenen Gardisten ihre Schildwand öffneten und sie durchließen. Am Ende der Gasse ging eine zweite Reihe Bogenschützen in Stellung. Im gleichen Moment, da die Schilde sich hinter ihr schlossen und Deswyn die nächsten Pfeile darauf niedergehen hörte, sah sie aus Richtung des Fürstenhauses einen weiteren Uniformierten kommen.

»Es ist so weit, Eisenmutter! Die Herrin bedarf Eurer Kunst!«

Als der Gardist sich zu den anderen gesellte, um den Zugang zum Haus zu sichern, warf Deswyn einen Blick über ihre Schulter. Sie konnte die wachsende Söldnertruppe und einen Berittenen ausmachen, dessen Wappen sie während der vergangenen Tage mehr als einmal gesehen hatte: die Rose mit den Bärentatzen. Selbst das Gesicht des Mannes erkannte sie. Auch wenn er das letzte Mal, als sie einander begegnet waren, noch gelächelt hatte: Fürst Simon Edwell. Sein Auftauchen hier konnte nur bedeuten, dass der Rest Whall Garrins bereits gefallen war.

Sie sprintete weiter und eilte auf die Türen des Fürstenhauses zu, die vor ihr geradezu aufflogen. Die Torwachen, in deren Augen blanke Furcht stand, wiesen ihr den Weg nach oben. Durch die Eingangshalle eilte Deswyn die Treppe empor, den Flur entlang und an einigen weiteren Wachen vorbei in Richtung der Gemächer der Fürstin.

Atemlos trat sie schließlich hinein. Zwei Bewaffnete ließen die Eisenmutter passieren. Auf ihrem Bett lag, schweißüberströmt, in einem schlichten, weiten weißen Gewand und mit vor Schmerz verzerrtem Gesicht, hochschwanger das Weib Varrigk van Gorrns. Weniger eine Herrin als eine Frau auf dem Kindbett, der Macht, Prunk und Stolz in diesem Moment nichts mehr bedeuteten. Der Schwangeren zur Seite saß, während ihr Bauch sich unter den Bewegungen des Ungeborenen straffte, eine Zofe und hielt ihre Hand.

Auf dem Weg von der Tür löste Deswyn hastig ihre Armschienen.

»Habt ihr Wasser erhitzt und Tücher bereitgelegt, wie ich euch aufgetragen habe?«

Die Zofe wies auf ein kleines Tischchen neben dem Bett. Die Eisenmutter ließ ihre Unterarmpanzer zu Boden fallen, streifte die darunterliegenden Ärmel bis über den Ellenbogen empor und tauchte ihre Arme in die Schüssel. Während sie das Blut abwusch, warf sie einen Blick auf die Fürstin, der die Wehen große Schmerzen zu bereiten schienen.

Sie trocknete sich ab, trat neben die Schwangere und schlug ihre Decke beiseite. Als sie sich hinabbeugte und die Beine der Schwangeren auseinanderspreizte, wendeten die Wachen sich ab.

»Versucht, gleichmäßig zu atmen, konzentriert Euch auf Euren Bauch und lasst den Schmerz über Euch hinwegfahren. Atmet; atmet und beginnt zu pressen!«

Die Fürstin schaute zu ihr herab. Deswyn kannte diesen Blick. Seit vielen Jahren schon sah sie immer wieder in Augen wie diese, in denen Dankbarkeit sich mit Schmerz und Entschlossenheit mischten. Die Augen gebärender Fürstinnen und anderer hoher Frauen, denen sie überall im Reich zur Seite stand, wenn es galt, ihre Kinder zur Welt zu bringen. Sie war Hebamme und Vertraute der Herrschenden. Zum einen, weil es im Reich kaum eine zweite Kräuterkundige wie sie gab, und zum anderen, weil sie jedem Herrn gegenüber in gleichem Maße loyal war.

Keine Grenze, kein Krieg, kein Scharmützel und kein Heer hätte die Eisenmutter jemals davon abgehalten, ihrer Bestimmung nachzukommen. Im Laufe der Jahre hatte sie sich um der Gebärenden willen durch Sümpfe geschlichen, durch Schlachten gekämpft, als Mann verkleidet und Tunnel gegraben.

Die Geburt seines Stammhalters, den die Seher dem Hause van Gorrn prophezeit hatten, hätte allerdings zu keinem schlechteren Zeitpunkt vonstatten gehen können. Die Stadt war bereits gefallen und van Gorrn gewiss längst tot oder gefangen. Was Deswyn jedoch nicht davon abhalten würde, ihre Arbeit zu tun.

Aus der Eingangshalle drangen gedämpft Schreie und Kampfgeräusche zu ihnen empor. Die Schwangere fuhr zusammen. Die Eisenmutter versuchte, sie zu beruhigen.

»Fürchtet Euch nicht. Nichts, was dort draußen geschieht, ist von Belang. Weder für Euch noch für Euren Sohn. Vertraut mir.«

Die Zofe wischte ihrer Herrin den Schweiß von der Stirn. Die Frau verdrehte die Augen und schrie auf. Sie presste stärker, biss heftig auf einen Lappen und plötzlich war auch schon der Kopf des Kindes zu sehen, den Deswyn Lhi behutsam ergriff. Der Sohn Varrigk van Gorrns hatte das Licht der Welt erblickt.

Mit ihrem Schwert durchtrennte die Eisenmutter die Nabelschnur, säuberte den Jungen mit einem der Tücher und legte ihn seiner Mutter in genau dem Augenblick in den Arm, als die Tür zur Kammer mit einem lauten Krachen aus den Angeln brach.

Die Hand am Schwert fuhr Deswyn herum und erblickte inmitten seiner Söldner Fürst Simon Edwell, der sie, während van

Gorrns letzte Getreuen sich kampflos ergaben, mit kalten grauen Augen musterte.

Erhobenen Hauptes blieb sie zwischen ihm und dem Bett stehen, auf dem die Mutter schützend ihren Arm um das Neugeborene legte.

»Wie ich sehe, seid Ihr wohlauf, Eisenmutter«, hob der Fürst an und atmete dabei scharf ein.

»Ich bemühe mich, Sire.« Deswyn deutete einen Knicks an, was bei ihrer Größe merkwürdig anmutete.

»Verzeiht den Eifer meiner Männer …«, mit einer knappen Bewegung seiner behandschuhten Linken wies Edwell auf ihre Schulter, aus der noch immer der Pfeil ragte, »… aber Ihr wisst ja, wie diese Söldner sind. Ihnen fehlt das Gespür, zwischen Feinden und Leuten zu unterscheiden, die sich nur zufällig auf der falschen Seite befinden.«

»Ihr müsst Euch nicht entschuldigen. Eure Männer taten lediglich ihre Arbeit. Ebenso wie ich …«

»Erlaubt Ihr, dass einer meiner Heiler sich Eurer Wunde annimmt?«, fragte Edwell und schien dabei aufrichtig besorgt.

»Wenn Ihr mir versichert, den Jungen und seine Mutter am Leben zu lassen und gebührend zu behandeln, dürft Ihr Euch mit Freuden um meine Wunden kümmern.«

Zögernd schüttelte der Fürst den Kopf.

»Ihr wisst, dass ich das nicht tun kann. Irgendwann wird der Junge das Erbe seines Vaters antreten, Rache schwören und schlussendlich gegen meinen Sohn zu Felde ziehen. Dies ist die einzige Gelegenheit, all das zu beenden, bevor es beginnt.«

»Wärt Ihr zwei Tage später in die Stadt eingefallen, hätte es mich nicht mehr betroffen, Sire. So aber habe ich diesen Knaben in die Welt geholt und werde nicht zulassen, dass Ihr ihn gleich wieder hinausgeleitet. Ich denke, Ihr solltet das verstehen.«

»Sollte ich das?«, zweifelnd hob Edwell eine Braue.

»Oh ja, das solltet Ihr. Wenn Ihr Euch daran erinnert, wie ich Eure Söhne in die Welt holte. Ihr hattet freilich das Glück, dass hinter der Tür Eurer Herrin kein fremdes Heer lauerte. Das Fieber Eures Jüngsten aber vermochten Eure Heiler dennoch nicht zu senken. Dafür brauchte es mich.«

Der Fürst verzog das Gesicht.

»Ihr sollt Euren Willen haben. Aber sprecht nie wieder über meine Söhne. Den Verwachsenen hättet Ihr besser nie in die Welt geholt. Erinnert Ihr Euch? Ihr verspracht, dass die Natur es richten würde.« Er blickte Deswyn kühl an. »Als sie es nicht tat, musste ich ihn am Ende selbst ertränken. Doch meines zweiten Sohnes wegen will ich Mutter und Sohn drei Monate beisammen lassen. Dann schaffe ich sie in ein Kloster und den Jungen in eine Familie, wo er unter einem anderen Namen aufwachsen wird. Das, Eisenmutter, sind meine Bedingungen.«

Deswyn Lhi senkte ihr Schwert und ließ sich auf das Bett fallen, um die Schulterplatten ihrer Rüstung zu lösen. Sie warf einen knappen Blick zurück auf Mutter und Zofe, die mit vor Schrecken geweiteten Augen hinter ihr saßen. Beruhigend nickte sie den beiden zu, legte einige weitere Rüstungsteile ab und entblößte ihren Rücken, soweit es möglich war. Der Pfeil hatte eine der Lederplatten durchstoßen.

Edwell lächelte.

»Erstaunlich. Eure Schultern sind immer noch breiter als die meiner meisten Männer. Und eure Brüste scheinen, mit Verlaub, größer als die meiner Gespielinnen.«

Deswyn entgegnete nichts. Aus dem Flur trat ein Heiler in den Raum, kniete sich neben die hünenhafte Frau und öffnete ein ledernes Täschchen mit Phiolen, Ampullen und Kräuterbündeln. Die Eisenmutter beugte sich vor, um ihn ihre Schulter begutachten zu lassen. Daraufhin zog er als Erstes ein kleines Messer hervor und begann, während sie die Zähne zusammenbiss, die Lederplatte aufzuschneiden.

»Ich hoffe ernsthaft, dass Eure Heiler seit der Sache mit Eurem Sohn etwas dazugelernt haben, Sire.«

Edwell trat näher, zog einen Stuhl ans Bett und setzte sich ihr gegenüber. Vier seiner Männer nahmen an der Tür Aufstellung.

»Es scheint, Eisenmutter, dass der Wind des Krieges dieser Tage manch Geheimnis ans Licht weht, nicht wahr?«

»Wovon sprecht Ihr, Sire?«, fragte die Angesprochene unter Schmerzen, während der Heiler vorsichtig das Leder auseinanderdrückte und von ihrer Schulter hob, um die darunterliegende Wunde freizulegen.

»Wie Ihr vielleicht schon vernommen habt, ist der Keiler wieder aus dem Dunkel getreten und Eonh von Stahl nach dem Tod seines Sohnes Hirrach dem Verrat eines Vertrauten zum Opfer gefallen. Jüngsten Gerüchten zufolge wart Ihr es, die ihm dabei geholfen hat, heimlich noch einen dritten Raben auszubrüten.«

Ohne auf seine Worte zu reagieren, ließ Deswyn die Behandlung des Heilers über sich ergehen. Der Fürst nickte nachdenklich.

»Ich ahnte, dass Ihr Euch dazu nicht äußern würdet. Es geht mich ja auch nichts an. Auch wenn die Belohnung, die der Keiler ausgesetzt hat, beträchtlich ist. Ich dachte allerdings, dass es Euch womöglich interessiert. Schließlich weiß ich, wie bemüht Ihr seid, das Schicksal Eurer Schützlinge im Auge zu behalten.«

»Ihr redet Unsinn, Edwell. Und das wisst Ihr. Egal, was für Gerüchte kursieren. Ihr wisst selbst, dass der Keiler seit beinahe zwanzig Jahren tot ist.«

»Siebzehn. Es sind siebzehn Jahre, Eisenmutter. Und kürzlich erst ist in Gestalt Zadt Mhaws einer seiner Generäle aufgetaucht, der behauptet, im Namen des einzig rechtmäßigen Erben seines Herrn zu handeln.«

Bei der Nennung dieses Namens fuhr Deswyn kaum merklich zusammen. Der Heilkundige drückte einige Blätter auf die Wunde, träufelte einige Tropfen einer zähflüssigen Tinktur darüber und legte zuletzt einen Verband an. Sie schwieg mit gesenktem Haupt und hätte sich gewünscht, dass der Fürst es ebenfalls täte. Den Gefallen tat er ihr jedoch nicht.

»Ich erwähne es nur, da vermutlich niemand außer Euch wüsste, wenn irgendwo im Wald heimlich auch noch ein kleines Wildschwein zur Welt gekommen sein sollte. Wenn dem allerdings so wäre, würden Euch Eure Geheimnisse wohl langsam über den Kopf wachsen.«

Während der Heiler den Verband verknotete, hob Deswyn den Kopf und blickte Simon Edwell trotzig entgegen.

Der Fürst hob seine Mundwinkel.

»Sei's drum. Ein Rabe und ein Wildschwein. Werden sich über kurz oder lang ohnehin gegenseitig zerfleischen. Nicht wahr?«

Wortlos legte die Eisenmutter ihre Rüstung wieder an und würdigte den Fürsten dabei keines Blickes.

»Gewiss, Sire. Ihr entschuldigt mich?« Sie erhob sich, ließ ihre Schwerter zurück in die Scheide gleiten und wandte sich zum Gehen. Bevor sie jedoch die Tür erreichte, verstellten Edwells Wachen ihr den Weg.

Auch der Fürst stand auf, betrachtete kurz Mutter und Kind auf dem Bett und gab dann seinen Männern den Befehl.

»Lasst sie gehen. Und sorgt dafür, dass sie die Stadt unbeschadet verlassen kann.«

Er wies auf die Tür und lächelte Deswyn an.

»Es war mir eine Ehre, Eisenmutter.«

Sie senkte das Haupt, richtete ihre Rüstung und ging.

Während einer von Edwells Männern sie begleitete, wendete ein weiterer sich an seinen Herrn.

»Sire, wenn Ihr wollt, kann ich ihr folgen und …«

Der Fürst hob seine Hand.

»Wage es nicht! Ihr seid schließlich Söldner. So wie auch eure Söhne es sein werden. Und diese Frau sorgt dafür, dass jene zur Welt kommen, die euresgleichen bezahlen.«

V

Nachdenklich betrachtete Zadt Mhaw den Leichnam des Jungen vor sich auf dem Tisch. Er war ungefähr fünfzehn Jahre alt, trug das graue Habit der Bücherbrüder und war augenscheinlich an der Pest gestorben. Schweigend wendete der General sich dem zweiten Tisch zu, auf dem jener Mann lag, den man in Ghidt-Lhorr den Hohen Bruder genannt hatte. Die Wunde in seinem Bauch mit dem blutverkrusteten Verband darüber sah schlimm aus. Er musste unter großen Schmerzen gestorben sein. Und doch lag ein eigenartig zufriedener Ausdruck auf seinem Gesicht. Der General fragte sich, was hier im Wald wohl vorgefallen sein mochte. Seltsamerweise hatte er, auch wenn hier vor ihm der entkommene Rabe tot neben dem Hohen Bruder lag, nicht das Gefühl, am Ende seiner Jagd angelangt zu sein. Obwohl alles zueinanderpasste. Er hatte die verbliebenen Bibliothekare in der Stadt verhören lassen. Was schwerer gewesen war, als gedacht. Sie hatten einiges tun müssen, um Antworten zu bekommen. Dinge, die vermutlich nicht einmal der alte Keiler gutgeheißen hätte. Um ihre Zungen zu lösen, hatten seine Männer zunächst ihre Bücher verbrannt, wobei die Tränen der Brüder beim Anblick der papierenen Scheiterhaufen beinahe ausgereicht hätten, die Flammen wieder zu löschen. Aber eben nur beinahe. Und dann hatten sie begonnen, sie aufzuknüpfen, einen nach dem anderen. Bis einer schließlich den Mund aufgemacht und Mhaws Männern verraten hatte, mit welchem Schüler der alte Khronh in der Nacht vor dem Sturz des Raben den Turm hinabgestiegen war. Und dann hatten sich die Schergen des Einäugigen den Alten geholt.

Der General des Keilers wendete sich dem untersetzten Mann auf der anderen Seite des Tisches zu, der ihm kaum bis zur Schulter reichte. Ballgadt war vielleicht sechzig Jahre alt und nestelte unsicher an seinem wirren Bart herum. Seine Hände zeugten davon, wie fremd körperliche Arbeit ihm war. Sein weißer Haarkranz stand nach allen Seiten hin ab. Kaum jemand wäre bei diesem Anblick auf den Gedanken gekommen, diesen Mann den Weisen vom Walde zu nennen.

Das Eigentümlichste an ihm aber war, dass sein rechtes Bein fehlte, was Ballgadt nötigte, sich auf eine gepolsterte Krücke zu stützen.

Mhaw blickte dem Alten streng in die Augen.

»Und dies ist also tatsächlich dieser Junge aus Ghidt-Lhorr, Meister Ballgadt?«

Betreten starrte der Einbeinige zu Boden.

»Sehr wohl, Herr. Eine traurige Angelegenheit. Ich hoffte, ihm noch ein paar Geheimnisse über die Pest entlocken zu können, aber die Krankheit war bereits zu weit vorangeschritten.«

Der General stieß den Körper des Jungen an und betrachtete teilnahmslos sein beinahe wächsern wirkendes und von dunklen Flecken übersätes Gesicht.

»Und bevor er starb, flüchtete sich also auch der Hohe Bruder hierher, in Euer … Laboratorium?« Bei diesen Worten hob Mhaw den Blick und betrachtete die umstehenden Regale, die sich unter Dutzenden Flaschen, Gläsern und Kolben bogen. Das meiste, was darin herumschwamm, hätte er nicht einmal benennen können. Bei einigen anderen Dingen war er sogar froh darüber, dass das spärliche, durch die staubverhangenen Fenster fallende Sonnenlicht nicht bis zu ihnen vordrang. Mhaw fragte sich, was einen Mann dazu bewegte, dem Allgemeinwohl zuliebe den schlimmsten Schrecken ins Auge zu blicken, Pesttote aufzuschneiden und in ihrem Inneren nach Antworten zu suchen.

Ballgadt vermochte, während er umständlich seine fleckige Schürze zurechtzerrte und stockend antwortete, nicht, den Kopf zu heben.

»Der … der Bibliothekar kam vor zwei Tagen schwer verwundet hier an. Hoffte wohl, den Jungen noch lebendig anzutreffen. Aber es war bereits zu spät … Ich wollte die Leichen heute Nacht verbrennen, doch dann kamt Ihr mit Euren Männern.«

Unsicher schaute der Alte zum Fenster hinüber. Zadt Mhaw lachte leise auf.

»Die drei dort draußen, Meister Ballgadt, sind alles andere als *meine* Männer.«

Seine Getreuen hatte der Einäugige in Ghidt-Lhorr zurückgelassen, wo sie die Gefolgschaft des Keilers aufbauen und sicherstellen sollten, dass Thorden Baut sich seinen Anweisungen entsprechend verhielt. Die Berittenen vor Ballgadts Hütte dienten ursprünglich anderen Herren und waren aus anderem Stahl geschmiedet als seine Söldner.

Mhaw trat einen Schritt zurück und betrachtete noch einmal die Toten: ihre grauen Kutten; die Wunde im Bauch des Hohen Bruders, die einer der Gardisten ihm auf der Flucht beigebracht hatte; die Pestbeulen des Jungen, genauso wie die Wachen am Stadttor sie beschrieben hatten. Alles sprach dafür, dass Ballgadt die Wahrheit sagte. Und der General hätte ihm womöglich tatsächlich geglaubt, wären einem seiner Männer im Turm nicht die Katzen über den Weg gelaufen. Ohne mit der Wimper zu zucken, hatte der alte Khronh seine Bücher und seine Brüder brennen sehen. Doch als es an die Katzen gegangen war, hatte er geredet. Darum zweifelte der General an den Worten des Gelehrten vor sich und musste dennoch anerkennen, wie gut durchdacht diese List war. Wer immer den jungen Raben fortgeschafft hatte, war dabei sehr sorgsam vorgegangen, hatte zunächst die Spur zu Ballgadts Labor gelegt und das Ganze auch noch mit einem Toten unterfüttert, der dem Alter und Aussehen nach tatsächlich Jaarn von Stahl hätte sein können. Und doch würde Zadt Mhaw darauf verzichten, diesen Leichnam zurück nach

Ghidt-Lhorr schaffen und von den verbliebenen Bücherbrüdern identifizieren zu lassen.

Khronh hatte am Ende alles verraten, was er wusste, sodass Mhaw inzwischen ebenso von der Geschichtenklinge wie der Bestimmung des Jungen wusste. Und auch, dass der jüngste Spross des Hauses von Stahl nicht allein reiste. In Ballgadts Laboratorium hatte er weder besagtes Schwert noch jenen ominösen Begleiter gefunden, weshalb er davon ausgehen konnte, dass der tote Bursche auf dem Tisch auch nicht Jaarn von Stahl war.

Als Mhaw sich wieder Ballgadt zuwendete, sah er den Alten beim Anblick des Wappens auf seiner Brust erneut schlucken. Der General verspürte eine tiefe Befriedigung, legte dem Einbeinigen seine schwere Hand auf die Schulter, beugte sich etwas hinab und redete mit ruhiger Stimme auf ihn ein:

»Nun, ich denke, damit ist meine Aufgabe hier erledigt. Ich danke Euch für Eure Hilfe, Meister Ballgadt. Bestattet diese beiden, wie es den Bücherbrüdern zusteht. Ich verspreche Euch, dass sie in den Hinteren Hallen unter ihresgleichen weilen werden.« Mit diesen Worten wendete er sich um und verließ den Raum.

Die Gläser in den Regalen klirrten leise, als er die Tür von außen ins Schloss warf.

Wortlos näherte der General sich seinen Begleitern, die vor Ballgadts Hütte warteten. Zufrieden betrachtete er die ledernen Masken jener drei Männer in Schwarz. Ihre geschlossenen langen Mäntel ließen, bis über die Flanken ihrer Pferde liegend, keinen Rückschluss auf das zu, was sich darunter verbarg. Er wusste, dass es besser war, ihnen keine unnötigen Fragen zu stellen. Selbst wenn diese drei dem Raben die Flügel brechen würden, ging es ihnen dabei in Wirklichkeit um etwas ganz anderes. Zumal die Herren, denen sie dienten, Versagen nicht duldeten. Vor Jahren einmal hatte der Einäugige gesehen, wie einer von ihnen seinen Umhang geöffnet hatte. Seitdem wusste er, dass darunter der Tod lauerte. In so vielen Formen, dass sie kaum zu zählen waren. Zadt Mhaw wusste, dass er ein guter Kämpfer war und es nur wenige gab, die ihn im offenen Kampf hätten besiegen können. Die meisten hätten es vermutlich nicht einmal gewagt, ihn überhaupt herauszufordern. Dennoch wäre er niemals so verrückt gewesen, sich mit der *Nacht* anzulegen. Unter diesem Namen nämlich waren diese drei finsteren Gestalten einigen wenigen Eingeweihten bekannt. Jene drei, die dem Rat der Städte dienten und die er in dem Wissen heraufbeschworen hatte, dass ihre Herren das Eherne Buch zerstört sehen wollten. Nun, da die Geschichtenklinge, von der man im Laufe der Jahrhunderte landauf, landab zahllose Gerüchte gehört hatte, wieder aufgetaucht war, würden diese drei tun, was immer vonnöten war, um sie und jeden zu vernichten, der sich ihnen in den Weg stellte. Und das würde, wenn es nach Mhaw ging, eben auch Jaarn von Stahl und seinen Begleiter beinhalten.

Als er näher trat, konnte der General die stechend kalten Augen unter den Masken sehen. Er wusste, dass Ballgadt ihn aus dem Inneren der Hütte beobachtete, weshalb er wartete, bis er bei den Pferden war, bevor er sich an die Nacht wandte:

»Ich denke, ich habe den alten Krüppel ausreichend ahnen lassen, dass ich an seiner Geschichte zweifle. Er wird seine Freunde sicher warnen, sobald wir fort sind.«

Während er von einem zum anderen blickte, musterten die Maskierten ihn schweigend.

»Hinter dem Haus ist ein Taubenschlag. Folgt dem Vogel, er wird euch direkt zu dem Legendeneisen führen. Wahrscheinlich wird er ihn im Schutz der Dämmerung losschicken. Ich werde unterdessen dem Keiler Bericht erstatten.«

Ohne dass er unter ihren Masken eine Regung hätte erahnen können, wendeten die drei ihre Pferde. Doch Zadt Mhaw wusste, dass er sich auf sie verlassen konnte. Die Nacht kannte weder Versagen noch Skrupel oder Zögern.

»Denkt Ihr, sie werden es glauben?«, fragend blickte Jaarn seinen Begleiter an. Er war es noch immer nicht gewohnt, ohne Fesseln neben dem Narbigen auf dem Kutschbock zu sitzen.

Der Angesprochene hob seinen Blick nicht von der Straße.

»Hängt davon ab, was deine Brüder ihnen verraten haben. Hab keine Ahnung, wie viel Schmerzen ihr vertragt.«

Jaarn drehte seinen Kopf und betrachtete kurz die längliche Kiste mit dem Ehernen Buch darin, bevor er sich wieder seinem Entführer zuwendete. Sein regloses Gesicht betrachtend, begriff Jaarn, dass er nicht einmal hätte sagen können, wie alt dieser Mann war. Es hätten ebenso gut vierzig wie sechzig Jahre sein können, wobei sich das Alter seines Körpers auf eigentümliche Weise von dem seines Gesichts zu unterscheiden schien. Selbst nachdem er eine Woche sein Gefangener und nun seit einem Tag sein Begleiter war, irritierte der Fremde Jaarn noch immer.

Der Narbige schien seine Blicke zu spüren. Die Ahnung eines Lächelns umspielte seine Lippen.

»Wirst es mit der Zeit verstehen, Junge. Is' nicht so einfach, diese ganze Geschichte mit dem Ehernen Buch, deinem Vater und mir …«

»Ich denke, ich habe schon begriffen. Im Turm habe ich von den Kriegen gelesen, die das Reich prägten. Nun werde ich sie an Eurer Seite miterleben müssen.«

Sein Gegenüber verzog das Gesicht und sah Jaarn eindringlich an.

»Dort draußen wartet weit mehr als nur der Krieg auf dich, mein Junge. Etwas, für das es sich lohnt. Alles. Was immer auch passiert.«

Dann fror sein Gesicht wieder ein, er wendete sich der Straße zu und trieb die Pferde mit den Zügeln an. Jaarn starrte den Mann verwundert an, dann aber richtete auch er seinen Blick wieder nach vorn.

Verwachsene, knorrige Stämme zogen an ihnen vorüber. Wild und ungestüm wuchs der Wald zu beiden Seiten des Weges. Dornige Büsche, dürres Gras und dichte Flechten, die auf der Borke mächtiger Bäume wucherten. Für die eine oder andere Pflanze, die er erblickte, hätte Jaarn gern angehalten. Nur, um in der Wirklichkeit zu überprüfen, worüber er bisher lediglich gelesen hatte. Doch nicht jetzt. Nicht, solange sie nicht wussten, wie es um ihre Verfolger stand. Schließlich wollte der Keiler ihn noch immer tot sehen.

Obwohl sie die grauen Kutten in Ballgadts Haus gegen Lumpen getauscht hatten, mit denen sie als mäßig erfolgreiche Händler durchgingen, waren sie noch lange nicht sicher. Daran änderten auch die Kapuzen nichts, die sie tief ins Gesicht gezogen hatten.

»Was werden wir jetzt tun?«, fragte Jaarn, den Blick auf die Pferde gerichtet, die über die ausgetretene Straße dahintrabten.

»Uns um die verlorenen Geschichten kümmern.«

»Das klingt ja beinahe, als ob es nicht sonderlich schwer werden würde.«

»Hab mich zumindest lang genug damit befasst, um zu wissen, wo wir sie finden.«

»Das beruhigt mich ein wenig.«

»Dein Hoher Bruder hat dir nicht umsonst geraten, mir zu vertrauen, Junge. Niemand im Reich hat mehr Interesse daran, dass du dem Kriegbringer das Legendeneisen zu Füßen legst, als ich.«

»Und warum ist es Euch so wichtig?«

»Das tut im Moment nichts zur Sache. Musst nur wissen, dass ich dich bei deiner Aufgabe nach Kräften unterstützen werde und jetzt und hier dein einziger Freund bin.«

»Denkt Ihr nicht, dass ich unter diesen Umständen vielleicht Euren Namen kennen sollte?«

»Nenn mich Rugk, wenn du willst.«

»Wenn Ihr mich fragt, seht Ihr nicht gerade aus wie ein Rugk.«

Der Narbige spannte die Zügel, stoppte die Pferde und wendete sich Jaarn mit deutlich sichtbarem Unmut zu.

»Du wolltest einen Namen, ich hab dir einen gegeben. Is' genauso meiner wie hundert andere auch. Keiner davon is' wichtig. Keiner bin ich. Gleich, ob er mir von meiner seligen Mutter, einem Sklavenhändler in der Steppe oder einem Freudenmädchen in Shem-Goll gegeben wurde.«

Der Junge schluckte, und der Narbige ließ die Zügel knallen.

»Nenn mich also, wie du willst. Aber Rugk wär zumindest nicht falsch.«

Damit schien das Gespräch für ihn beendet. Und sie trabten weiter auf der uralten Straße, auf der sie nun schon seit beinahe einem Tag Richtung Norden rumpelten. Die Straße war so alt wie der Krieg selbst. Irgendwo weit hinter ihnen lag an ihrem Ende die Fünfte, die größte der stehenden Städte. Für die einen war dies die Straße der Schande, für die anderen die der Freiheit. Auf ihr flohen die Deserteure seit Jahrhunderten nach Süden, um in Shem-Goll zwischen Söldnern und Dieben eine Freiheit zu erlangen, wie man sie einzig dort erlangen konnte. Es war eine Straße der Schurken und Gauner, der Mörder und Halunken, auf der sich der Abschaum des Reiches wie selbstverständlich bewegte.

Um ihren Verfolgern zu entgehen, schien sein Begleiter bereit, gewisse Risiken einzugehen. Jaarn hoffte nur, dass der Fremde wusste, was er tat.

Bald darauf brach die Dämmerung herein.

Kaum dass die Schatten im Unterholz zu einem formlosen Dunkel zerflossen und nicht mehr auseinanderzuhalten waren, begann das Dickicht sich zu regen. Jaarn bemerkte, wie die Geräusche darin sich veränderten. Zunächst nahm er an, dass die schwindende Sonne weitere Tiere aus ihren Verstecken lockte. Umso mehr erschrak er über die Bogenschützen, die plötzlich von beiden Seiten auf den Weg sprangen. Sie waren zu viert, hielten ihre Bögen gespannt und die Spitzen ihrer Pfeile auf Jaarn und seinen Begleiter gerichtet. Als vor ihnen nun noch weitere finstere Gestalten aus dem Unterholz traten, konnte er den Narbigen leise fluchen hören. Die Männer trugen schartige Äxte, Schwerter und Rüstungen aus geflickten, schlecht sitzenden Einzelteilen, die sie vermutlich anderen Reisenden abgenommen hatten.

Hinter dem Karren hörte Jaarn noch mehr Räuber aus dem Wald kommen, wagte allerdings nicht, sich umzusehen. Das Herz schlug ihm bis zum Hals. Unbeeindruckt stoppte der Narbige die Pferde, ließ die Zügel sinken und verharrte reglos auf dem Kutschbock.

»Lasst uns eure Hände sehen!«, brüllte ein kleiner Mann in einem schlecht geflickten Lederwams, der neben die Bogenschützen getreten war. Sein Gesicht war derart schmutzig, dass der Dreck selbst zwischen den Zähnen hing. Das heißt, zwischen den wenigen, die er noch hatte. Augenscheinlich war er der Anführer der Bande.

Folgsam riss Jaarn beide Arme hoch. Seine Ärmel rutschten herab und offenbarten die bleichen Ärmchen eines Burschen, der in seinem Leben kein Schwert gehoben und nur wenig Sonne gesehen hatte. Die Wegelagerer warfen einander amüsierte Blicke zu, während der Narbige sich Zeit ließ, der Aufforderung nachzukommen. Gemächlich hob er nun zunächst seine Linke. Langsam rutschte der Ärmel herunter und legte dabei nicht nur einen ungleich kräftigeren Arm, sondern auch etwas frei, das Jaarn bereits früher aufgefallen war. Im Licht der Dämmerung hob das Brandmal sich deutlich gegen die helle Haut ab.

Der Anführer der Diebe pfiff leise durch die Zähne.

»Oho, ein Schandmal. Scheint fast, als hätten wir hier einen Zunftbruder vor uns. Weitgehend verheilt, wie's aussieht. Ist also schon ein wenig her, dass man dich in der Ersten der Fünf beim Stehlen erwischt hat, was?«

Jaarns Begleiter entgegnete nichts. Stattdessen hob er auch den anderen Arm. Jaarn wusste, was die Männer vor dem Karren jetzt zu sehen bekamen. Und ihr plötzlich eintretendes Schweigen ließ ihn vermuten, dass sie so etwas nicht oft erblickten. Der Drecksgesichtige stutzte kurz und schaute den Narbigen stirnrunzelnd an.

»Du … hast dich also auch in der Zweiten erwischen lassen? Statt einfach in den Süden zu fliehen? Entweder bist du ein verdammt schlechter Dieb, oder …«

»Oder?« Die Stimme des Narbigen klang ruhig, beinahe amüsiert. Weder die Bogenschützen noch der Drecksgesichtige schienen ihn auch nur ansatzweise zu bekümmern.

»… ein vollkommener Trottel. Oder aber ein verdammt harter Hund. Je nachdem, wer das beurteilt.«

Für einen kurzen Moment lag eine merkwürdige Spannung in der Luft. Die Sonne war inzwischen beinahe vollständig hinter den Bäumen verschwunden, deren lange Schatten sich mit denen der Wegelagerer, des Fuhrwerks und der beiden Reisenden vermischten.

Jaarn glaubte zu hören, wie sein Begleiter unter seiner Kapuze leise auflachte.

»Und wenn ich dir kleinem buckligen Stummelzahn verrate, dass ich noch zwei weitere Schandmale trage?«

Hastig bedeutete der Mann seinen Leuten, ihre Waffen sinken zu lassen.

»Dann werden ich und meine Männer heute weniger verdienen als gehofft, und ich werde dem verkommensten Schweinehund, den das Reich je gesehen hat, in der Natterngrube ein Fläschlein Farnegaster Feuerkeule ausgeben müssen.«

Der Narbige streifte die Kapuze ab. Sein Lächeln spannte sich über das gesamte Gesicht.

»Was, wenn mich nicht alles täuscht, inzwischen bereits die dritte wäre.«

Zerknirscht starrte der Drecksgesichtige zu Boden, während der Narbige sich zu Jaarn hinüberbeugte:

»Dhimwidt und seine Leute sind die eifrigsten Wegelagerer, die ich kenne. Ist nicht das erste Mal, dass dieser hässliche Vogel mich überfällt.«

Der Räuberhauptmann kratzte sich am Kopf und lächelte Jaarn zaghaft an:

»Dein Freund vergisst dabei zu erwähnen, dass er in seinem Leben vermutlich mehr Leute ausgeraubt hat, als mir jemals begegnen werden!«

Während er sprach, schwangen einige der Räuber sich hinten auf den Karren, andere holten ihre Pferde aus dem Wald. Der Drecksgesichtige setzte sich zu ihnen auf den Kutschbock, wobei Jaarn nicht umhin kam zu bemerken, dass der Mann ebenso roch, wie er aussah.

VI

Das Lager des Generals lag zwischen den Bäumen und etwas abseits der Wege. Die Stelle dafür hatte er mit Bedacht so gewählt, dass die nächste Ortschaft ebenso wie der nächste größere Kampf gut einen halben Tagesritt entfernt lag. Sein Streitross hatte er an einer Eiche festgebunden, den Proviantsack abgeschnallt und sich mit einer rauen Decke an die Feuerstelle gehockt, wo er nun eine Handvoll Dörrfleisch und den Wasserschlauch hervorholte. Seine Rüstung trug er noch immer und würde sie wohl auch während der Nacht nicht ablegen.

Nachdenklich blickte Zadt Mhaw in die niedrigen Flammen. Sie schlugen nur knapp über den Rand der Steine, die er um das Feuer angeordnet hatte. Selbst nach all den Jahren hatte er es nicht verlernt, jene Art Feuer zu machen, das sich mit zwei Handgriffen löschen und mit drei weiteren vollkommen unkenntlich machen ließ. So, wie der alte Keiler es ihm beigebracht hatte. Garrudt Bitterkling war der beste Lehrmeister gewesen, den ein junger Soldat sich wünschen konnte. Ein Mann mit Visionen und Idealen, dessen Wappen Mhaw stets mit Stolz getragen hatte und dessen letzten Willen er nach so vielen Jahren endlich erfüllen würde. Was immer es kostete. Auch wenn er alle stehenden Städte anzünden und in Schutt und Asche legen musste. Er, Zadt Mhaw, der erste General des Keilers, würde den Flug des Raben beenden und seinen einstigen Herrn im Dunkel der Hinteren Halle triumphieren lassen. Dafür hatte er nicht einmal davor zurückgeschreckt, die Nacht heraufzubeschwören, die dem jungen Raben des Ehernen Buches wegen nachjagte. Dabei bestand durchaus die Gefahr, dass sie Jaarn und seinen Begleiter am Leben ließ, wenn diese ihr die Klinge kampflos überließen. Nicht zuletzt deswegen hoffte Mhaw inständig, dass der Junge das Legendeneisen nach Kräften verteidigte.

Dieser letzte Rest Unsicherheit war der Grund, warum der General beschlossen hatte, sich nicht allein auf die Fertigkeiten jener finsteren Meuchelmörder zu verlassen.

Seine Zähne in einem groben Streifen trockenen Fleischs versenkend, fragte Mhaw sich, ob seine Leute die Kunde bereits verbreitet hatten. Dann nämlich würde sich, wenn alles wie geplant verlief, die Lösung des Rabenproblems bald schon wie von selbst ergeben.

Versonnen starrte der Einäugige in die leise prasselnde Glut. Sein totes Auge schmerzte. Durch das Leder glaubte er die Hitze des Feuers zu spüren. Gerade schob er seine Augenklappe auf die Stirn, da ließ ihn ein Laut in der Nähe hochschrecken.

Seine Achtlosigkeit verfluchend, duckte er sich zur Seite, rollte sich ab und kam gleich darauf, das Schwert in der Hand und den Blick auf den Ursprung des Geräusches gerichtet, einen knappen Meter hinter dem Feuer zum Stehen.

Seine Muskeln anspannend, bereit, einem angreifenden Bären oder Strauchdieb zu trotzen, bemerkte Mhaw verwundert ein zweites Pferd neben seinem eigenen und darauf eine riesige Gestalt, über deren Schultern die Griffe zweier kunstvoll gearbeiteter Schwerter emporragten. Nicht nur dieser Klingen wegen erkannte der General sie sofort: Deswyn Lhi, die Eisenmutter.

Er richtete sich auf und schaute ihr stolz entgegen.

»Noch immer die Zwillingsschwerter. Sag, wie lang führst du diese Klingen bereits? Gewiss schon zwanzig Jahre, oder?«

»Neunzehn, wenn du es genau wissen willst. Wenn man länger etwas davon haben will, hilft es, sie nicht immerfort zu benutzen.«

»Das wäre nichts für mich, denke ich.«

»Fürchte ich auch. Achtsamkeit hat dir noch nie gelegen. Als wir uns das letzte Mal gesehen haben, hattest du, wenn ich mich recht entsinne, auch noch ein Auge mehr, nicht wahr?«

»Ach, so lange ist das schon her?«

»Oh, ich glaube nicht, dass du diese Nacht vergessen hast.« Mhaw verzog das Gesicht. »Schließlich war es die vor jener Schlacht, in welcher der Rabe deinem Herrn das Tor zur Hinteren Halle aufstieß.«

»Schweig, Weib!«, herrschte er sie an, wobei eine Ader an seinem Hals pochend hervortrat.

»Das hättest du wohl gern. Erinnerst dich sicher auch nicht gern daran, wie unbeholfen du jenes bisschen Süßholz raspeltest, das du und deinesgleichen hinbekommen. So lange, bis ich dumm genug war, mit dir das Lager zu teilen und du am Morgen in einen Kampf zogst, in dem du angeblich gefallen bist.« Nun sprach auch sie lauter und ihre Blicke bohrten sich wie Dolche in sein Gesicht. »Ich habe um dich getrauert, du hässlicher Unhold. Um dich geweint!«

»Es … es ging nicht anders.«

»Ach? Ich *musste* also Jahre später von irgendwelchen verkommenen Söldnern erfahren, dass du, gänzlich unverstorben, inzwischen für jeden in den Krieg ziehst, der dich dafür bezahlt?«

»Ich habe es nicht für sie getan. Ich dachte dabei stets an das Haus meines Herrn!«

»Das Haus deines Herrn? Zadt, du hast dich in Shem-Goll niedergelassen! Ich habe deinen Namen auf den Soldlisten so vieler Fürsten gesehen, dass ich gar nicht wissen will, wie viele Klingen du verschlissen hast. Ich habe meine Schwerter noch immer, weil sie keusch sind. Deines aber ist eine verdammte Hure, die auf jedem Schlachtfeld feucht wird!«

Betreten senkte der General den Kopf und begutachtete unangenehm berührt die Klinge in seiner Hand. Es gab exakt zwei Frauen, von denen er sich hätte beschimpfen lassen. Eine davon war seine Mutter. Die andere, bei der er schon vor siebzehn Jahren nicht mit Sicherheit hätte sagen können, wie ein Zweikampf mit ihr ausgegangen wäre, stand vor ihm.

»Ich hatte keine Wahl«, versuchte er sich zu erklären. »Zwei Mäuler zu stopfen und gerade mal ein einziges Talent. Womit sonst, wenn nicht mit meinem Schwert, hätte ich Gold verdienen sollen?« Er blickte Deswyn abwartend an und wagte es schließlich, ihr zuzuzwinkern. »Obwohl man sich freilich erzählt, dass ich auch in anderen Dingen nicht schlecht sein soll.«

Sie verdrehte die Augen. Ihre Stimme klang trotzig.

»Nicht so gut, dass ich mich daran erinnern würde. Aber womöglich hattest du ja in den letzten Jahren Gelegenheit, daran zu arbeiten.«

Mit dem Schwert in der Hand trat er auf sie zu.

Diese Frau machte ihn verrückt. Seit Jahren versuchte er erfolglos, seine Träume von ihr mit Alkohol und Blut fortzuspülen. Keine Liebschaft, keine Dirne aber hatte die Erinnerung an sie zu trüben vermocht. Sie, die seine Sprache sprach und wie er ganz Stahl und Blut war. Jene eine Nacht, in der sich ihre Leiber schwitzend verknotet hatten, konnte er genauso wenig vergessen wie seinen Herrn. Und der Gedanke an sie, daran, dass dort draußen womöglich eine war, die für ihn geschaffen war, hatte ihn seinerzeit sogar auf das legendäre Schlachtfeld am Keilerstein begleitet. Vermutlich war es auch die Erinnerung an sie gewesen, die Mhaw schließlich in den Wald statt in die Klingen der Rabentreuen getrieben hatte. Dafür hasste er sie. Und doch war sie überall. In seinem Auge, seinen Lenden, seinen Fingern. Deswyn rumorte in ihm. Erregte ihn. Sie zu erschlagen, zu begehren, zu lieben, all das war eins in diesem Moment.

Der Einäugige ließ sein Schwert fallen und zog sie vom Pferd. Einen kurzen Moment lang schien Deswyn unschlüssig, ob sie eine ihrer Klingen hervorreißen sollte, dann aber sank sie in seine Arme und löste ihren Schwertgurt.

Vom Feuer beschienen huschte die Silhouette eines Riesen, der eine Riesin auf Händen trug, über die umstehenden Büsche. Behutsam legte Mhaw die Eisenmutter auf die Decke neben dem Feuer.

Beide rochen sie nach Schweiß und Eisen, dem Geruch des Schwertes, wie ihn nur die wahrnahmen, die mit ihm lebten.

»Ich werde dich töten, Mädchen …«

»… und wirst es selbst nicht überleben.«

Als er seine rauen Lippen in ihrer Halsbeuge vergrub und sich gegen sie drängte, waren es ebenso seine wie ihre Hände, die das gehärtete Leder lösten.

Stück um Stück glitten zwei Rüstungen zu Boden, wo ihre Einzelteile sich zwischen Laub und Tannennadeln mischten, bis beide wirkten wie eine einzige, die ein Gigant hier inmitten des Waldes abgestreift hatte.

Die verbliebenen Körper, seltsam bleich an jenen Stellen, wo sie sonst bedeckt waren, wirkten eigentümlich unvollständig in ihrer Nacktheit. Als hätten sie beide mit ihren Waffen und Panzern einen Teil von sich selbst abgelegt und müssten nun versuchen, miteinander, ineinander wieder vollständig zu werden.

Jaarn begriff schnell, dass dieses Gasthaus keinen passenderen Namen hätte tragen können. In jeder Ecke der Natterngrube schien Gefahr zu lauern. Halsabschneider, die mit einem Dolch im Schatten hockten, tückische, morsche, Genickbruch verheißende Bodenbretter.

Die Taverne am Rand des Waldes war kaum mehr als ein größerer verwitterter Bretterverschlag, in dem kleine Öllampen grob gezimmertes Mobiliar, Hocker, Bänke und gesplitterte Tische beschienen. Darüber hinaus fiel durch einige verzogene Fensteröffnungen das letzte Tageslicht ins Innere des Schankraumes, in dem der Geruch von altem Schweiß sich derart mit dem warmen Bieres und schlechten Essens mischte, dass Jaarn beinahe zu ersticken glaubte.

Insgeheim fragte er sich, was aus ihm wohl geworden wäre, wenn er an einem Ort wie diesem aufgewachsen wäre. Die Männer, die mit krummen Rücken und schmutzigen Gesichtern um ihn herumhockten, wirkten jedenfalls, als ob sie ein Kind ohne Zögern roh gefressen hätten. Und sei es, um dem zu entgehen, was ihnen der Koch dieser Kaschemme servierte. *Essen* war sicher nicht das rechte Wort für das, was dort auf den Tischen stand. Ebenso wenig wie *Koch* das richtige Wort für den Mann in jenem Raum hinter dem Tresen war, in dem verdorbene Lebensmittel zu ungenießbaren Mahlzeiten vermengt und mit Gewürzen versetzt wurden, mit denen man einer Rattenplage hätte beikommen können.

Er war hungrig. Sogar verdammt hungrig. Aber um das zu essen, was noch immer unberührt vor ihm stand, hätte Jaarn noch weit hungriger sein müssen. Und selbst dann hätte er sich diesem Teller vermutlich erst zugewendet, nachdem er seine Schuhe und seinen Gürtel verspeist hatte.

Der Durst war schlimmer gewesen. Wasser hatte er allerdings aus der Tränke vor dem Haus schöpfen müssen. Dabei hatte er sich zwar den Unmut der Pferde zugezogen, war dafür aber jenem scheußlichen Gebräu entgangen, das der Wirt als Bier bezeichnete und mit stolzgeschwellter Brust als selbstgebraut anpries.

Jaarn saß zusammen mit Rugk und dem Anführer der Wegelagerer etwas abseits an einem Tisch. Die beiden Männer wirkten wie alte Vertraute, deren Wiedersehensfreude, diesem Ort zum Trotz, etwas geradezu Erhabenes innewohnte. Selbstvergessen lachten sie, ihre Gesichter von Schweiß und Bier glänzend, bis der Narbige Jaarns verstörte Blicke bemerkte, sich seinem Schützling zuwendete und leise sprach:

»Findest ihn widerlich diesen Ort, was?« Jaarn nickte zögerlich, was Rugk wiederum mit einem Lächeln quittierte. »Weil's 'n Drecksloch ist und man sich nicht sicher sein kann, was schlimmer stinkt, die Gäste oder das Essen!«

Dhimwidt lachte auf, schüttete sich den Inhalt seines Humpens in den Hals und ließ ihn dann johlend auf den Tisch krachen.

Jaarn nickte ein weiteres Mal. Sein Gegenüber schloss die Augen und tat es ihm bedächtig nach.

»Fragst dich sicher, was wir hier wollen. Warum ich dich mit deiner bedeutsamen Bestimmung in so eine Kaschemme zerre, wo man dir vermutlich eher die Kehle durchschneidet, als ein freundliches Wort mit dir zu wechseln.«

Unsicher blickte Jaarn sich im Halbdunkel der Spelunke um. Unterdessen stand der Narbige auf, streckte sich und legte ihm seine Hand auf die Schulter.

»Glaub mir Junge, wenn mein drecksgesichtiger Freund getan hat, was wir ausgemacht hatten, dann gibt es einen sehr guten Grund dafür, dass wir hier sind. Aber lass mich erst Mal was loswerden.«

Mit diesen Worten setzte Rugk sich in Bewegung und begann im Gehen an seiner Hose herumzunesteln.

Jaarn schüttelte den Kopf. Der letzte Wunsch des Hohen Bruders war nicht leicht zu erfüllen. Vor allem, wenn seine Vernunft aufflammte und ihm klar wurde, dass der Alte ihm genauso gut hätte raten können, einem brennenden tollwütigen Eichhörnchen in einem Sack zu trauen.

»Als ich das erste Mal hier reinkam, ging's mir genau wie dir«, murmelte Dhimwidt und nickte Jaarn aufmunternd zu. Auch wenn das bierselige Gesicht des Mannes in Verbindung mit seinem schmutzigen Äußeren diese Geste eher wie eine Drohgebärde wirken ließ.

Jaarn lächelte bemüht und Dhimwidt grinste zufrieden.

»Ich war dreizehn und gerade einigen Sklavenhändlern aus Navrodt entkommen. Mein Bruder hat es nicht geschafft. Den haben sie totgepeitscht. Weil ich und zwei andere entkommen sind. Haben mich gesucht, zwei Wochen lang. Musste mich im Wald verstecken, bis jemand mich gefunden und hierhergebracht hat.« Versonnen schaute der Räuber in seinen Krug. »Nach zwei Jahren glaubst du fast, es ist richtiges Bier. Darfst bloß kein anderes mehr trinken. Dann schmeckt es plötzlich wieder wie Pferdepisse.« Er rülpste laut und kam wieder auf seine Geschichte zurück: »Dann hab ich angefangen, sie zu suchen. Die Sklavenhändler. Und ich hab sie mir geholt. Alle. Jeden einzelnen von ihnen.« Dhimwidt leerte seinen Krug und nickte zufrieden. »Glaub mir, Junge, du hast den besten Begleiter, den man in diesem Reich finden kann. Wenn er will, dass du dein Ziel erreichst, dann wirst du es auch erreichen.«

Jaarn stutzte. Dies war vermutlich die beste Gelegenheit, etwas über seinen geheimnisvollen narbigen Begleiter zu erfahren. Hier, in dieser stinkenden Spelunke, wo die meisten ihre Mutter, wenn sie sie denn gekannt hätten, ohne Zögern für eine Flasche Schnaps erschlagen hätten. Seine Augen leuchteten, als er sich etwas vorbeugte und den dreckigen Räuberhauptmann eindringlich ansah.

»Sagt, Meister Dhimwidt, was ist Euch über ihn bekannt?«

Der Angesprochene legte seinen Kopf schief und betrachtete den Jungen.

»Du … du weißt es wirklich nicht, oder?«

Jaarn schüttelte verwundert den Kopf und blickte den Trunkenbold, der sich nun flüsternd ebenfalls ein wenig vorbeugte, fragend an.

»Soweit ich es beurteilen kann, ist er der Einzige dort draußen, der …«

Mitten im Satz griff eine kräftige Hand ihn im Nacken und schlug sein Gesicht mit voller Wucht auf den Tisch. Dann beugte Rugk sich zu Dhimwidt herab und raunte:

»Der Einzige dort draußen, der dir jedes Mal aufs Neue sagen muss, dass er es nicht mag, wenn über ihn gesprochen wird, nicht wahr?«

Der Narbige löste seine Hand aus dem verschwitzten Haar und wischte sie, während der Drecksgesichtige langsam seinen Kopf hob, am Hemd des Räubers ab. Dhimwidt leckte sich Blut von der Lippe, seine Nase schien gebrochen zu sein. Dennoch lächelte er, hob seine Hände mit den Handflächen nach oben und nickte ergeben.

»Ja, ich denke, das war in etwa das, was ich sagen wollte.«

Der Narbige lachte auf. Im gleichen Moment aber rammte Dhimwidt ihm seinen Hinterkopf ins Gesicht. Jaarn hörte ein hässliches Geräusch, gefolgt von einem Fluch, als der Räuber aufsprang, den Narbigen umklammerte und derart gegen die nächste Wand schleuderte, dass diesem die Luft wegblieb.

Begleitet vom Grölen der anderen erhoben sich einige Männer von den angrenzenden Bänken, warfen lachend ihre Krüge über die Schultern und begannen aufeinander einzuschlagen.

Jemand sprang auf einen Tisch, schwang seinen Stuhl über dem Kopf und schleuderte ihn blindlings in die Menge, während der Nächste wieder johlend seine Faust im Gesicht seines verdutzten Banknachbarn versenkte. Jaarn konnte die Männer dabei weder auseinanderhalten noch irgendeinen Sinn in ihrem Tun erkennen. Einer schien sich sogar selbst zu verprügeln. Stirnrunzelnd duckte Jaarn sich unter einem Humpen weg, der mit lautem Klirren hinter ihm an der Wand zerbarst.

Draußen war die Sonne inzwischen beinahe gänzlich hinter dem Wald versunken. So, wie es jetzt hier zuging, würde es keine Stunde dauern, bis alles im Inneren der Natterngrube komplett demoliert und die Spelunke bloß noch ein rauchender Trümmerhaufen war. Jaarn hatte das Gefühl, inmitten eines Sturms zu sitzen, und fragte sich, wie oft dieses schwärende Drecksloch bereits dem Erdboden gleichgemacht worden war.

Um ihn herum ertönte das Splittern von Holz und Ton, dumpfe Schreie und lautes Lachen, dem der Übermut tollender Hunde innewohnte.

Von einem Moment auf den anderen aber war es damit vorbei: Auf der anderen Seite des Raumes gewahrte er durch den Lärm hindurch das leise Öffnen und Schließen der Tür und vernahm einen scharfen Pfiff. Plötzlich hielten, während die Blicke der Anwesenden sich ausnahmslos auf die Tür richteten, alle Fäuste inne. Dort stand einer von ihnen, die Finger noch immer im Mund und auf dem Arm eine schwarze Taube.

Leise gurrend schaute das Tier mit wackelndem Kopf im Raum umher, blinzelte aufgeregt und schien sich über das heillose Durcheinander genauso zu wundern wie Jaarn.

Der Aufmerksamkeit der Umstehenden gewiss, nahm der Mann zufrieden die Finger aus dem Mund, zog dem Vogel ein Stückchen Pergament vom Fuß und streckte es wortlos dem Narbigen entgegen. Seufzend löste dieser seine Hände von Dhimwidts Gurgel, stapfte zur Tür und griff missmutig nach dem Zettel.

Er entfaltete die Nachricht, überflog sie und hob schließlich den

Kopf. Als seine Augen die seines Schützlings trafen, lief es Jaarn kalt den Rücken hinunter. Er kannte diesen Blick, mit dem der Narbige ihn schon mehr als einmal weitergetrieben hatte. Rugk ließ das kleine Pergament sinken und blickte in die Runde.

»Von Ballgadt. Er glaubt, dass der General Verdacht geschöpft hat.«

Verunsichert blickten die Räuber einander an. Einige von ihnen drehten sich zu Jaarn um, der ihre Gesichter jedoch nicht zu deuten vermochte.

»Und was, Narbensammler, bedeutet das für uns?«, fragte Dhimwidt kleinlaut. Dabei klang er derart nüchtern und ernst, dass es Jaarn beinahe unheimlich war.

Rugk suchte kurz nach einer Antwort, bevor er zögernd in die Runde blickte.

»Ich denke, wenn der Weise vom Wald merkt, dass ein Mann wie Zadt Mhaw Verdacht schöpft, dann nur, weil dieser genau das bezweckt.«

»Aber weshalb?«, fragte ein abgerissener Bärtiger aus dem Hintergrund. Rugks Stimme klang seltsam tonlos:

»Um einer Taube zu folgen, zum Beispiel.« Der Bärtige schluckte und der Narbige wendete sich an Dhimwidt. »Draußen ist es bereits dunkel. Sie werden vermutlich nicht mehr lange brauchen.«

Der Räuber spie verächtlich auf den Boden.

»Der Gedanke, dass heute Nacht jemand anderes als wir dieses Haus in Schutt und Asche legt, widert mich an.«

»Dann mach es ihnen so schwer wie möglich, mein hässlicher Freund.« Dhimwidt und der Narbige traten aufeinander zu und schlossen einander in die Arme. Dann kamen die anderen, einer nach dem anderen, auf Rugk zu, um seine Hand zu ergreifen. Einige fielen ihm um den Hals, andere schauten, als sie sich von ihm abwendeten, zu Jaarn hinüber. Manche dieser Männer, die im Laufe ihres Lebens weder vor Fürsten noch vor Generälen gekniet hatten, deuteten dabei sogar eine leichte Verbeugung an. Und einer von ihnen, ein untersetzter alter Kerl, dem ein halbes Ohr fehlte und der das Brandmal der Ersten trug, kam zu Jaarn hinüber, griff ihn bei den Schultern und blickte ihn eindringlich an.

»Bring das Ganze zu einem Ende, Junge. Wir glauben an dich.« Er zögerte einen Moment. »Und es gibt nicht viel, an das wir glauben.« Der Alte drückte ihn fest an sich. Als er die Umarmung löste, stand bereits die gesamte Natterngrube in Waffen. Schwerter, Äxte, Schilde, innerhalb eines Wimpernschlages lagen sie in den Händen entschlossen dreinblickender Männer, die nichts mehr mit dem Rudel versoffen balgender Hunde von zuvor gemein hatten.

Als der Wirt volle Krüge in Zweierreihen auf den Tresen zu stellen begann, kam Rugk auf Jaarn zu, packte ihn am Arm und zerrte ihn in einen angrenzenden Raum.

Dort eilte der Narbige zu einer offenstehenden, grob gezimmerten Bodenluke und hastete die darunterliegende Treppe hinab. Jaarn folgte ihm, ohne zu zögern, während hinter ihnen im Schankraum die ersten Fenster splitterten.

Riesige Fässer säumten die holzverkleideten Wände des Kellers. Ein gutes Dutzend teilweise offener Truhen, deren Inhalt Jaarn stutzen ließ, stand wahllos herum. Das Maß an Gold, Schmuck und Edelsteinen, das er um sich herum schimmern sah, war geradezu überwältigend. Zumal vermutlich eine Handvoll davon ausgereicht hätte, ein Dutzend Bruchbuden wie diese zu errichten. Ungläubig schaute er sich um. Das Herz dieser erbärmlichen und vor Schmutz strotzenden Kaschemme schien aus purem Gold zu bestehen. Hier, unterhalb der Natterngrube, eröffnete sich vor ihm eine Schatzkammer, die eines Palastes würdig gewesen wäre!

Das musste die Beute der Räuber sein, die sie über Jahre zusammengerafft hatten. Reichtümer, die Jaarn an einem Ort wie diesem niemals erwartet hätte.

Rugk stieß den Staunenden an.

»Lass dich nich' täuschen, Junge. Gehört heute diesem und morgen jenem, das Zeug. Ändert nichts in der Welt. Man kann damit allenfalls einen Sieg kaufen. Niemals aber Frieden. Dafür braucht es mehr«, raunte er und machte sich an einigen Fässern zu schaffen.

Im nächsten Moment öffnete der Narbige eine kleine Falltür, die in einem davon verborgen war. Darunter gähnte eine enge, dunkle Öffnung. Er deutete hinunter.

»Los, rein da.«

»Werden … werden wir uns dort verstecken, bis alles vorbei ist?«

Rugk schüttelte den Kopf.

»Nein. Wir verschwinden von hier. Und die da oben werden sterben. Alle. Wen auch immer Mhaw geschickt hat, er will es zu Ende bringen.«

Jaarn verstand nicht.

»Was zu Ende bringen?«

»Die Blutlinie deines Vaters. Du, mein Junge, bist das Einzige, was den Einäugigen noch von der Vollendung seiner Rache trennt.«

Verzweifelt blickte Jaarn den Narbigen an, hob die Hände und schrie ihn an: »Aber was zur Tintenfäule habe ich mit seiner Rache zu schaffen? Ich habe Bücher sortiert! Sonst nichts!«

Rugk antwortete ihm betont gelassen: »Es geht um Menschen, die Menschen töten, dafür getötet werden und das Ganze an ihre Kinder vererben, damit auch diese töten und getötet werden. 'N großer Bottich voll Hass und Zorn und Wut, der seit Generationen schon über einem Feuer brodelt, in das Generäle die Knochen ihrer Toten werfen. Und in diesem Bottich rühren die, die Krieg für 'ne Kunst halten.« Der Narbige lächelte bitter. »Wundert mich nich', dass du's nich' begreifst. Sollst schließlich für etwas sterben, das sich lange vor deiner Geburt zugetragen hat.« Jaarn stutzte. Es gab Momente, in denen ihn der Narbige an den Hohen Bruder erinnerte.

»Und jetzt runter!«, herrschte Rugk ihn an.

Während Jaarn im Untergrund verschwand und erste Schreie aus der Schankstube ertönten, eilte der Narbige noch einmal davon. Allerdings nur, um kurz darauf mit der Schwertkiste und einer Laterne wieder aufzutauchen, die er Jaarn mit finsterem Blick in den geheimen Gang hinunterreichte.

»Wie ich's mir dachte. Mhaw hat die Nacht entfesselt. Ich werd' heute Nacht einige gute Freunde verlieren.« Er sprang Jaarn hinterher, schloss von innen die Luke und starrte ihn ernst an. »Hoffe, dass es das wirklich wert ist.«

Jaarn schluckte. Ob es das sein würde, lag vermutlich an ihm. Bei diesem Gedanken war ihm alles andere als wohl zumute. Schaudernd blickte er in den dunklen Schlund, der mit groben Brettern verschalt und alle paar Schritte mit massiven Stützbalken versehen war. Der Lichtschein der Laterne reichte nur ein paar Fuß weit. Dahinter lag alles in völliger Finsternis. Er wollte sich gerade in Bewegung setzen, als der Narbige ihn zurückhielt.

»Nich' so hastig. Wenn du dort lang gehst, bist du in 'ner halben Stunde genauso tot wie Dhimwidt und seine Männer.«

»Aber du sagtest doch, wir kehren nicht zurück.«

Der Narbige grinste bedeutungsvoll, wobei seine Narben im zittrigen Schein der Lampe wirre Schatten auf sein Gesicht warfen.

»Is' ja nich' dumm, die Nacht. So 'n Geheimgang wird sie sicher entdecken.«

»Und was wollen wir dann hier unten?«

»Sie sucht 'n geheimen Gang, wir geben ihr 'n geheimen Gang. Einen, in dem sie uns verfolgen kann. Is' halt bloß nich' der, durch den wir entkommen sind.« Noch während er das sagte, kniete Rugk sich hin, stellte die Lampe ab und öffnete umständlich eine weitere unscheinbare schmale Falltür im Boden des Ganges, durch die sie nur mit Mühe hindurchpassen würden.

Jaarn bedurfte keiner weiteren Aufforderung. Hastig schnappte er sich die Schwertkiste, schob sie in das Loch, hörte sie zu Boden fallen und kletterte ihr nach. Ihm auf dem Fuße folgte der Narbige in den noch etwas niedrigeren, weniger befestigten Tunnel, der in die entgegengesetzte Richtung wie der darüber gelegene führte.

Die Schreie über ihnen wurden lauter und qualvoller, während Rugk die Kiste schulterte und sie sich in Bewegung setzten.

Kurz danach waren sie eingeschlafen. Neben ihnen knackten leise die Reste des niedergebrannten Feuers. Nackt lagen der Hüne und die Riesin Haut an Haut im roten Schein der wabernden Glut. Mhaws Augenklappe war dabei das Einzige, das überhaupt noch etwas bedeckte.

Deswyn ruhte am Rücken des Einäugigen, spürte seine Wärme. Sie hatte sich lange nicht so wohl gefühlt. Selbst der Hass, den sie, seit Mhaw einst verschwunden war, für ihn empfunden hatte, war in diesem Moment verflogen.

Sie schliefen, die Träume aber sanken nicht allzu tief in den Schlummer jener beiden Gestalten dort im Inneren des Waldes.

Es war nur eine Regung im Unterholz, unweit der Pferde, ein kaum hörbares Knacken. Und es war noch nicht einmal verklungen, da waren der General und die Eisenmutter, nackt wie sie waren, schon aufgesprungen. Der Widerschein der Glut zeichnete die Konturen ihrer Körper und Klingen nach. Deswyn hielt eines ihrer Schwerter vor sich und das andere über dem Kopf, während der Einäugige seines mit beiden Händen seitlich am Körper umklammerte. Wachsam huschte sein verbliebenes Auge über das umliegende Gebüsch.

Jeder ihrer Muskeln war angespannt, bereit, es gegebenenfalls mit einer bewaffneten und gepanzerten Übermacht aufzunehmen.

Der Fuchs, der einige Meter entfernt scheu im Gebüsch stand, war jedoch weniger bewaffnet und gepanzert als vielmehr irritiert. Von den Resten des Feuers angelockt, hatte er nicht erwartet, sich plötzlich zwei nackten Menschen gegenüber zu sehen. Hastig verschwand er ebenso schnell im Unterholz, wie er daraus aufgetaucht war.

Zurück blieben nur jene beiden nackten Gestalten, auf deren Leibern der Schweiß der Nacht nun beinahe getrocknet war.

Verwundert schaute Mhaw dem Tier nach. Dann begann er leise zu lachen und erwartete, dass Deswyn mit einstimmte. Das aber tat sie nicht. Stattdessen blieb ihr Blick nachdenklich, während der kühle Nachtwind sie frösteln ließ. Der Schleier des Begehrens war zerrissen und sie erinnerte sich jetzt, weshalb sie den General des

Keilers tatsächlich gesucht hatte. Er bemerkte nicht, wie ihr Gesicht sich, während in ihm von Neuem die Lust erwachte, verfinsterte. Er trat näher und legte seine Hand sanft um ihre Hüfte, als sie plötzlich herumfuhr.

»Willst du es wirklich tun?«, fragte sie eindringlich.

»Beim letzten Mal schienst du herzlich wenig dagegen zu haben. Und wenn es jetzt nur halb so gut wird wie eben, dann …«

»Nicht das! Ich meine das, was du seit Wochen vorantreibst. Das eben war die natürliche Verwirrtheit eines Weibes, das nicht weiß, ob es dich tot sehen oder dir gehören will.«

»Ich … ich habe keine Ahnung, wovon du sprichst, ich dachte …«

»Hör auf, Zadt! Verkauf mich nicht für dumm! Willst du wirklich, allein um deiner Rache willen, zwei unschuldige Kinder aufeinanderhetzen?«

Der General ließ von ihr ab und schlug die Hände über dem Kopf zusammen.

»Verdammt, ich hätte wissen müssen, dass du auch von dem heimlichen Raben wusstest! Wer sonst hätte ihn auch zur Welt bringen sollen.«

»Du hast meine Frage nicht beantwortet. Willst du wirklich noch mehr Leid und Tod heraufbeschwören und diesen Kindern deinen Hass mit auf den Weg geben?«

»Ich habe einem Haus, dem ich treu ergeben bin und dessen einziger Erbe eines jener Kinder ist, einen Schwur geleistet!«

Sie spuckte vor ihm auf den Boden. Er bewegte sich auf sie zu, breitete seine Arme aus und wollte sie beruhigen. Die Eisenmutter aber zog ihre Schwerter vor die Brust.

»Wage es nicht! In diesem Leben hast du mich genug berührt! Vergnüg dich mit Dirnen, die deinen Heldentaten lauschen wollen. Das hat dir die letzten Jahre ja auch gereicht!« Sie bückte sich nach ihrer Rüstung, streifte hastig das Untergewand über und begann, ohne den Blick von ihm abzuwenden, mit zitternden Händen die einzelnen Teile zusammenzuschnüren.

Die Glut war noch immer nicht ganz erloschen, als sie sich kurz darauf auf ihr Pferd schwang, die Schwerter zurück in die Scheiden gleiten ließ und den Einäugigen ein letztes Mal anfuhr:

»Tu, was du nicht lassen kannst, Keilerknecht. Aber ich werde nicht zulassen, dass diese Kinder einander töten!«

Zadt Mhaw schüttelte den Kopf. Er wollte nicht wahrhaben, dass diese Nacht so enden sollte. Er hob an, ihr etwas zu entgegnen, doch Deswyn ließ ihn nicht einmal zu Wort kommen.

Sie wendete sich von ihm ab, trieb ihr Pferd an und war im nächsten Moment im Dunkel des Waldes verschwunden.

Der General des Keilers stand noch eine ganze Weile neben der Feuerstelle und blickte ihr nach. Und während auch er seine Rüstung wieder anzulegen begann, hoffte er, Deswyn Lhi niemals wiederzusehen.

Um ihretwillen.

VII

Geduckt bewegten Jaarn und sein Begleiter sich durch den niedrigen Gang. Um sie herum roch es nach feuchter Erde, Wurzeln ragten in den Tunnel, einige davon so dick, dass die beiden Mühe hatten, sich an ihnen vorbeizudrücken.

Die Schwertkiste hinter sich herschleifend, schritt der Narbige voran. Das Licht seiner Lampe wankte über die Wände und Jaarn bemühte sich, nicht zu weit zurückzufallen. Inmitten der bedrückenden Stille fragte er leise:

»Wer ist es, der uns verfolgt?«

»Meuchelmörder. Die schlimmsten des Reiches. Tun es vor allem, um das Legendeneisen in ihren Besitz zu bringen. Weil ihre drei Herren das Ende des Krieges fürchten.«

»Aber weshalb? Was könnte der Frieden Übles verheißen?«

»Solltest du eigentlich alles aus deinen Büchern wissen. In Navrodt schmiedet man die besten Waffen des Reiches. Dem Fürsten Edwell unterstehen in M'Venn die größten Kasernen. Wie könnten die Herren dieser bedeutenden Waffen- und Soldatenschmieden wollen, dass der Krieg endet?«

»Und was ist mit dem dritten Herren? Du sagtest, es wären drei.«

»Das is' kein Geringerer als Joran van Pardt, der Herr über die Weiße Stadt.«

»Meister Joran in der Feste der Friedfertigen? Nein, du musst dich irren. Jeder weiß, dass von allen die Weiße Stadt dem Krieg am fernsten steht. Die Bücher …«

»Bücher werden von jemandem geschrieben. Und dieser wiederum wird von jemandem bezahlt. Is' wie überall: Am Ende bestimmt der mit dem meisten Geld.« Jaarn verzog das Gesicht. Doch Rugk war noch nicht fertig: »Was immer auch in deinen Büchern steht – die Nacht dient den Fürsten der Ersten, der Zweiten und der Vierten. Und sie wird jeden töten, der sich zwischen sie und das Eherne Buch stellt. Da kommt's dem Einäugigen natürlich sehr gelegen, dass gerade wir es haben …«

»Ein unglücklicher Zufall, wie es scheint.«

»So etwas gibt es nich', Junge. Merkt man aber erst, wenn man lange genug gelebt hat, um den Sinn hinter all dem zu erkennen.«

Der Gang machte eine leichte Biegung und der Narbige drängte sich an einer knorrigen, hüfthohen Wurzel vorbei. Dahinter kam endlich der Ausgang in Sicht.

Durch einen dichten Flechtenvorhang beschien der Mond den schlammigen Boden, die verrotteten Stützen und die dürftig befestigten Wände.

»Wie alt, sagtest du, ist dieser Tunnel?«, fragte er vorsichtig.

»Verdammt alt. Ist meines Wissens kurz nach Arrens Tod gegraben worden. Führt zu einem jener Orte, wo seine verlorenen Worte ruhen. Hätten ihn früher oder später ohnehin genommen. Hatte bloß gehofft, dass wir zuvor noch ein wenig schlafen können. Aber bis Sonnenaufgang ist noch etwas Zeit. Wenn sie den Tunnel entdeckt hätten, hätten wir's gemerkt. Sollten ein wenig ausruhen, bevor wir auf die Klippen steigen.«

Er schob die Flechten beiseite. Jaarn schlug kühle wohltuende Nachtluft entgegen. Während der Narbige die Schwertkiste nach draußen zerrte, konnte er vor dem Tunneleingang die Sterne sehen. Schließlich traten sie aus einem Hügel, der sich, von Büschen und moosumwucherten alten Bäumen umringt, am Rande einer Lichtung erhob. Rugk legte die Kiste mit dem Schwert zwischen den Wurzeln eines mächtigen Baumes ab, ließ sich an seinem Stamm nieder und gab Jaarn einen Wink.

»Leg dich hin, Junge. Kannst es brauchen. Wird nämlich nich' leichter werden, das Ganze. Zumal wir in dem ganzen Trubel das Wichtigste in der Natterngrube zurückgelassen haben.« Der Narbige spuckte aus und schüttelte verärgert den Kopf. »Ach verdammt, hätt' es Dhimwidt gleich abnehmen sollen, das Buch. Zehn Jahre Arbeit umsonst.«

Jaarn stutzte. In Ballgadts Haus hatte dieser Mann ohne zu zögern die größten Schätze der Bibliothek, das bedeutendste Wissen der Gegenwart an fremde Männer fortgegeben und nun scherte er sich plötzlich um irgendein Buch aus dem Besitz eines Diebes?

Rugk wendete den Kopf und starrte nachdenklich in die Ferne. Jaarn folgte seinem Blick und erkannte eine dünne Rauchsäule, die am Horizont vor dem Nachthimmel aufstieg. *Das musste die Natterngrube sein!*

»Sei's drum«, knurrte der Narbige. »Zurück können wir nich' und bald werden sie unsere Spur wieder aufnehmen. Wenn überhaupt, dann können wir uns nur noch jetzt kurz ausruhen.«

Seufzend ließ er sich zwischen den Wurzeln ins Moos sinken. Jaarn tat es ihm nach. Schweigend blickte er noch einen Moment zu den Sternen empor, dann schloss er seine Augen.

Die Hoffnung, am folgenden Morgen in der Kammer hinter den Büchern zu erwachen, hatte er längst aufgegeben.

Seit sie den General verlassen hatte, war Deswyn ohne Pause durch die Nacht geritten. Ihr im Mondlicht dahingaloppierender Rappe warf den Schatten eines bizarren Mischwesens auf das Gebüsch am Wegesrand.

Ihre Gedanken waren von Zorn verhangen, im Mund hatte sie einen seltsam bitteren Geschmack nach Wut. Doch selbst jetzt und seinem Schwur zum Trotz liebte sie diesen arroganten Mistkerl. Seit Stunden brannten in ihren Augen Tränen, die zu weinen sie sich weigerte. Sie hatte genug um ihn geweint. Vor langer Zeit schon. Deswyn wusste nicht, was sie als Nächstes tun sollte. Sie wusste nur, dass die vergessenen Kinder des Keilers und des Raben in großer Gefahr schwebten. Während der vergangenen Jahre hatte sie nicht einmal gewagt, sich ihres Wohlergehens zu versichern. Schließlich waren beide, um nicht Opfer jener alten Fehde zu werden, im Geheimen geboren und großgezogen worden. Nun aber schien es, als holten das Schicksal und der Hass ihrer Väter sie doch noch ein.

Plötzlich stoppte Deswyn, zügelte ihr Pferd und sog verwundert die Luft durch die Nase. Das war der Geruch von Rauch. Und sie hatte genügend Scheiterhaufen brennen sehen, um zu wissen, dass es sich dabei nicht nur um Holz handelte.

Langsam wendete sie ihren Kopf und konnte schließlich vor dem Nachthimmel eine dünne Rauchsäule ausmachen, die einige hundert Meter entfernt aufstieg. Das Feuer schien an der alten Straße nach Shem-Goll zu liegen.

Deswyn zögerte nicht lange, machte kehrt und trieb ihren Rappen zurück zur Kreuzung, wo sie auf den Ursprung des Rauches zuhielt.

Im Näherkommen erkannte sie die Ruine eines einstmals hölzernen Gebäudes. Das Dach war eingestürzt und beinahe komplett verbrannt, die schwarzen Balken glommen noch. Schwelende Tische und Bänke legten die Vermutung nahe, dass es sich hier um eine Art Taverne gehandelt haben musste.

Am Boden entdeckte Deswyn zersplitterte Krüge und Karaffen und zwischen den glühenden Trümmern des Mobiliars immer wieder reglose Körper, einige verkohlt, andere noch brennend. Wieder andere lagen etwas abseits des Feuers.

Auf der Suche nach möglichen Überlebenden eilte sie durch den Rauch und erkannte bald, was dieses Feuer verursacht hatte: In den Wänden, dem Tresen und zwischen den Bänken steckte ein gutes Dutzend verkohlter Pfeile. Schließlich fand sie in einer Lache aus Blut und Bier einen Brandpfeil, der erloschen war, bevor er seine Wirkung hatte entfalten können. Es schauderte sie, als sie ihn emporhob: Er war aus Ebenholz geschnitzt, sein Schaft mit Krähenfedern versehen, und selbst der mit Lampenöl getränkte Stofffetzen an seiner Spitze war komplett schwarz.

Die Eisenmutter wusste, wer derartige Pfeile im Köcher führte. Geschwärzte Klingen, dunkle Bögen, Beile und Wurfmesser, als wären sie aus reinster Finsternis geschmiedet. Die Waffen der Nacht. Mehr als einmal hatte sie jene schwarzen Gestalten hinter dem Thron der Fürsten stehen sehen.

Wenn die Nacht ein Gasthaus am Rand des Weges nach Shem-Goll niederbrannte, musste sie einen guten Grund dafür haben. Sie schien jedoch bereits weitergezogen. Obwohl Deswyn kaum Hoffnung hatte, noch jemanden zu finden, der ihrer Hilfe bedurfte, suchte sie weiter, hob ihren Ärmel vor den Mund und bahnte sich einen Weg zwischen schwelenden Balken, Rauch und Asche hindurch. Bis sie plötzlich ein schwaches Husten vernahm und kurz darauf den letzten Überlebenden inmitten der Trümmer entdeckte.

Es war ein kleiner Mann, der an den Resten einer hölzernen Säule lehnte, die aus dem Schutt aufragte. Sein Gesicht, vor Ruß und Dreck strotzend, war kaum zu erkennen. Blut lief aus seinem Mund, von seiner Kleidung war kaum etwas übrig und er selbst an Armen und Beinen schlimm verbrannt. Wenn Deswyn die Wunden, die ihm in Brust und Bauch zugefügt worden waren, richtig deutete, hatte man ihn auch noch verhört. Sie bedurfte keines zweiten Blickes, um zu wissen, dass sie diesem armen Kerl nicht mehr helfen konnte. Er war lediglich einige Minuten weiter von der Hinteren Halle entfernt als seine bereits vorausgeeilten Kameraden.

»Ich glaub's nicht …«, murmelte der Verwundete. Deswyn kniete sich hin, um ihn besser verstehen zu können. »Da schicken mir die verlausten Götter in der Stunde meines Todes so ein hübsches Ding, um mich zu verhöhnen.« Er versuchte zu lachen, bekam jedoch nur ein dreckiges Husten heraus, dem ein neuerlicher Schwall Blut folgte. Deswyn runzelte die Stirn, als er mit schwacher Stimme fortfuhr: »Als ob ich dich in diesem Zustand noch beglücken könnte. Tss, spür' ja nicht mal mehr meine eigenen Beine.«

Sie lächelte. Es hatte etwas Herzerweichendes und berührte sie, wie er selbst im Tode noch den starken Kerl mimte. Er blickte sie mit flackernden Lidern an. Vorsichtig öffnete sie das zerfetzte Wams und wollte sich die Wunden des Mannes ansehen. Doch er winkte müde ab.

»Lass gut sein, Kleines. Da lässt sich nichts mehr flicken. Haben genau gewusst, was sie tun. Aber ich hab nichts verraten. Kein bisschen. Nichts vom Raben, vom Schwert oder dem Gang. Hab ich nicht …«

Der Mann wurde hörbar leiser und Deswyn sah, wie seine Augen sich langsam schlossen.

Aber er durfte nicht sterben! Nicht jetzt! Nicht nach diesen Worten! Nicht, wenn er wirklich wusste, was er da angedeutet hatte!

Sie schaute sich nach irgendetwas um, womit sie den Sterbenden zumindest für einige Momente zu Kräften kommen lassen könnte. Suchend schweifte ihr Blick über die rauchenden Überreste der einstigen Taverne. Dann entdeckte sie, wonach sie gesucht hatte: Ein paar Meter entfernt, in einem glimmenden Häuflein Asche, lag eine noch verschlossene Flasche. Sie griff danach, zerrte den verkohlten Korken heraus und setzte sie dem Sterbenden an die Lippen. Der beugte sich dankbar etwas vor, um zu trinken, spie jedoch schon den ersten Schluck leise fluchend wieder auf den Boden.

»Verdammtes Götterpack. Da sterb ich vor mich hin, und was spendieren sie mir? 'Ne Flasche vom Billigsten! Aber wirst wohl nichts anderes mehr finden, Kleines.« Er zwinkerte ihr müde zu. Lächelnd setzte sie ihm von Neuem die Flasche an den Mund, sodass sich der Schnaps mit dem Blut auf seinen Lippen mischte. Mit trüben Augen blickte der Mann versonnen in die Flammen. »Hoffe, dass sie ihn nicht in die Finger bekommen, den kleinen Raben. Diese schwarzen Schweinehunde …« Wo immer Jaarn auch steckte, er schien zumindest der Nacht entkommen zu sein. Hustend schloss der Mann seine Augen. »Wird schon gutgehen. Is' ja mit Rugk unterwegs, dem alten Halunken.«

Rugk! Als sie diesen Namen hörte, durchfuhr es die Eisenmutter heiß und kalt.

Der Mann atmete schwer. Er blickte sie an und schien zu merken, was der Name des Narbigen in ihr auslöste.

»Kennst ihn auch, den alten Rugk, hm? Na, was wundert's mich. Hat mehr Geheimnisse als die Weiße Stadt Zinnen, der Bursche.« Der Sterbende grinste dreckig.

Deswyn schaute ihn besorgt an, wie er nun in sich zusammensank und flüsterte:

»Bist 'ne Gute. Ich merk so was. Greif mir mal in den Stiefel, Kleines.«

Sie glaubte, ihn nicht richtig verstanden zu haben, doch er zwinkerte ihr aufmunternd zu.

»Vertrau mir. Der alte Narbensack wird's dir danken …«

Widerwillig tat sie, wie geheißen, und griff erst in den linken und dann in den rechten Stiefel des Mannes, aus dem sie schließlich ein kleines in Leder gebundenes Büchlein hervorzog. Verwundert schlug sie es auf, erkannte darin allerlei von Hand geschriebene Buchstaben und Zahlen und grämte sich, nie lesen oder schreiben gelernt zu haben. Der Sterbende sog laut die Luft ein.

»Hab auch nicht begriffen, was da steht. Aber er wird's verstehen. Wenn du ihm nachwillst, nur zu: Unten im Keller is'n Gang. Aber du, Kleines, nimmst den anderen. Den darunter. Den Gang unter dem Gang …«, murmelte er und setzte zu einem Lachen an, das allerdings nicht mehr zustande kam. Sein Atem stockte, seine Züge erstarrten, er verdrehte die Augen und sackte leblos zur Seite.

Die Eisenmutter schloss seine Augen und schob das Büchlein in ihren eigenen Stiefel. Dann erhob sie sich und schaute sich in dem einstigen Schankraum um. Schließlich entdeckte sie inmitten von schwelendem Schutt eine halboffene Luke.

Mit pochendem Herzen eilte Deswyn darauf zu, öffnete sie und starrte auf eine hölzerne Treppe hinab, die kaum etwas von dem oben wütenden Feuer abbekommen hatte. In der dünnen Ascheschicht zeichneten sich Fußspuren ab. Offenbar war schon vor ihr jemand hier gewesen. Ein brennendes Stück Holz greifend, stieg auch sie jetzt in den Keller hinab.

Die riesigen Fässer im Inneren des Gewölbes waren beinahe alle zertrümmert worden. Der Boden, die Wände und Schätze, all das war mit Wein benetzt, dessen Geruch schwer über dem Raum lag. Schnell drang Deswyn in die hintere Ecke des Kellers vor, wo hinter den zerborstenen Fässern der Eingang eines Tunnels zu erkennen war. Sie zwängte sich durch die schmale Öffnung, die offensichtlich nicht für Menschen ihrer Größe gebaut worden war. Auch im Gang selbst musste sie geduckt stehen, hielt ihre improvisierte Fackel hinein, schaute sich um und stutzte. Etwas an diesem Tunnel stimmte nicht. Aber was immer es war, spielte jetzt keine Rolle. Sie musste dem Narbensammler hinterher und den Jungen finden, bevor Zadt Mhaw ihn ausfindig machen und der Ehre seines toten Herrn opfern konnte.

Sie tastete den Boden ab, schob ihre Hände in die feuchte Erde und suchte nach dem Einstieg in den Gang unter dem Gang. Als sie ihn schließlich entdeckte, unter einer Bodenplatte, die sie ergriff und emporstemmte, begriff sie plötzlich, was sie gestört hatte: Hier, im unruhigen Licht ihrer provisorischen Fackel, waren *keine Fußspuren* zu erkennen. Der Boden schien vollkommen unberührt. Und das konnte nur bedeuten, dass …

Sie hörte das Geräusch nicht einmal, spürte lediglich einen Luftzug, dann einen harten Schlag und taumelte gegen die Wand. Es folgte ein weiterer Hieb. Deswyn glaubte noch, einen Schatten zu sehen, der sich, schwärzer als der Stollen selbst, in der Finsternis abzeichnete.

Dann erlosch die Flamme zu ihren Füßen.

Der nächste Schlag raubte ihr die Luft und ließ sie zusammensacken. Während ihr die Sinne schwanden, nahm sie wahr, wie jemand sie packte und beiseitezerrte, um sie schließlich inmitten des Ganges liegen zu lassen.

Das Letzte, was Deswyn sah, war die Nacht, die an ihr vorbei im Dunkel des Tunnels unter dem Tunnel verschwand.

Mit den ersten Sonnenstrahlen erwachte Jaarn im kalten Moos, blinzelte in den Morgennebel und räkelte sich seufzend. Da aber hörte er auch schon die Stimme des Narbigen:

»Steh auf, Junge! Hast 'ne Prophezeiung zu erfüllen.«

Rugk stand vor ihm und blickte, die Kiste mit dem Schwert über der Schulter, auf ihn herab. Missmutig rappelte Jaarn sich auf. Es brauchte nicht mehr als eine Prophezeiung, um die Welt auf den Kopf zu stellen und sich plötzlich auf der Flucht vor Leuten zu befinden, die man nicht einmal kannte.

Der Narbige nickte zufrieden und deutete lächelnd in den Nebel.

»Da lang. Aber lauf nich' zu schnell. Sonst bist du früher am Ende deines Weges, als mir lieb ist.«

Jaarn zerrte seine feuchten Kleider zurecht, wischte sich mit dem Ärmel über die Nase und stapfte los. Rugk folgte ihm.

Während der Nebel sich lichtete, schritten die beiden voran. Um sie herum schwanden die dunklen Schemen der Bäume, das Gras unter ihren Füßen wurde lichter, wich nach und nach blankem Stein, und einige Meter weiter fand Jaarn sich mit seinem Begleiter am Beginn eines weit über die Klippen ragenden Felsvorsprungs wieder. Nur ein paar Meter entfernt von ihnen gähnte der Abgrund, tief unten konnte er dunkle Baumwipfel erahnen, über die einige Schwalben dahinzogen.

Der Narbige blieb stehen und ließ die Kiste von seiner Schulter gleiten.

»Das ist er. Der Ort, an dem der drei Mal verfluchte Arren van Gidmon seinen ersten Hieb vollführte. Hier, mein Junge, verlor sich die erste jener Geschichten, die wiederzufinden du bestimmt bist.«

Rugk machte sich am Deckel der Kiste zu schaffen, öffnete sie umständlich und präsentierte ihm schließlich das darin ruhende Schwert. Nachdenklich betrachtete Jaarn die Klinge. Für den Bruchteil eines Augenblicks verspürte er das Bedürfnis, das Legendeneisen zu nehmen und es, um fortan ein Leben als freier Mensch inmitten freier Menschen zu führen, über den Rand der Klippe zu schleudern. Dann aber entsann er sich, wie er es berührt hatte, erinnerte sich seiner Geschichten und der Magie dieses Moments, als er im Bruchteil eines Augenblicks alles gedacht, verstanden, gewusst und gefühlt hatte, was im Inneren des Legendeneisens verborgen war. Er hatte im Ehernen Buch gelesen, und darum ahnte er die Bedeutung seiner Bestimmung.

»Was … was soll ich tun?«, fragte er unsicher.

»Nimm es und tritt hinaus auf die Klippe, mein Junge.«

Zögernd ergriff Jaarn die Klinge, wobei ihm jedoch noch eine weitere Frage in den Sinn kam.

»Sag, Rugk, woher kennst du diesen Ort?«

»Hab mich lang damit beschäftigt. Länger, als du dir vielleicht vorstellen kannst. Hab schon mehr als einmal hier gesessen, der Geschichte gelauscht und gehofft, dass sie eines Tages ihren Weg zurück finden würde.«

»Aber warum tust du es nicht selbst?«

»Gibt Gründe. Gibt immer welche. Wirst sie irgendwann vielleicht sogar verstehen. Die erste, vielleicht auch die zweite Geschichte könnte ich dem Ehernen Buch zurückzugeben. Aber spätestens dann wäre ich nicht mehr der richtige …« Schwermütig betrachtete der Narbige die Klinge in Jaarns Hand. »Hab's schon oft in den Händen gehalten und jede seiner Geschichten gespürt. Aber es wieder zu vervollständigen und dem Kriegbringer zu Füßen zu legen ist nicht meine Aufgabe.«

Jaarn runzelte die Stirn. Aus den Worten des Narbigen klangen ungewohnter Ernst und Traurigkeit. Nun seufzte er, hob den Blick, streckte seinen Arm und wies hinaus auf die Klippe.

»Geh, Junge, und stell dich deiner Bestimmung. Kannst dir sicher sein: Geschichten finden immer ihren Weg.«

Rugk nickte ihm aufmunternd zu und Jaarn setzte sich in Bewegung.

Das Eherne Buch in Händen, seinen Griff fest umklammert, schritt er langsam über das Plateau auf die Spitze des Felsvorsprungs zu. Und er hatte sie noch nicht einmal erreicht, als es um ihn herum bereits zu flüstern begann. In der Luft waren plötzlich Silben, Worte gar zu vernehmen, die sich, ihn wirr umwispernd, zu ganzen Sätzen zu verbinden schienen. Verwundert schaute er sich noch einmal nach dem Narbigen um, der ihm lächelnd weiterzugehen bedeutete.

Wie geheißen, tastete Jaarn sich, berauscht von dem geheimnisvollen Flüstern, zum Rand der Klippe vor. Kaum dass er jenen äußersten Punkt erreicht hatte, gewann das Wispern in der Luft plötzlich an Ordnung: Die Worte bewegten sich. Wo zuvor noch drei zugleich erklungen waren, ertönten sie nun nacheinander, die Sätze entwirrten, entknoteten sich. Bis er deutlich jene Geschichte vernahm, die der Wind auf der Spitze dieser Klippe raunte und die Arren van Gidmon vor unzähligen Jahren eines unbedachten Hiebes wegen verloren hatte.

Meister Sternenmantels Kunst

Einst, als Fürst Halgramm noch die Lande jenseits des Narrjadth beherrschte, geschah es, dass ein Fremder vor seinem Thron Audienz erbat. Obschon sich Halgramms Fürstentum bis weit in den Süden erstreckte, entsprach das Äußere jenes Mannes nicht dem seiner übrigen Untertanen. Seine Augen waren schmal, seine Haut wie Bronze und sein dunkles, blaues Gewand schimmerte, als wären darin Sterne verwoben, die das Muster dreier verschlungener Schlangen formten.

Ob auch jener Unbekannte die Sprache des Landes nur kläglich beherrschte, vermochte er radebrechend und mit wenigen Worten das Wohlwollen des hohen Herrn zu gewinnen. Erzählte er doch von seiner Heimat, einem weit entfernten Land im Osten auf den Gipfeln eines Gebirges. Von dort wäre er aufgebrochen, um in der Fremde einen Herrn zu finden, der ihn seiner Kunst wegen in seine Dienste nahm.

Da drängte es den Fürsten freilich zu erfahren, was für eine Kunst das sein mochte. Und der Mann mit dem Sternengewand entgegnete, dass es sich dabei um die alte, in den Bergen verbreitete Kenntnis einer

Sprache handelte, welche die Menschen in den Ebenen längst vergessen hatten. Und verwundert erfuhr Halgramm, dass es nicht weniger als die Sprache des Windes war, die jener Fremde beherrschte.

Da lachte der Fürst mitsamt seinen Beratern und Wachen laut auf und fragte, wofür er jemanden in seine Dienste nehmen sollte, der Windisch, Stürmisch oder Böisch sprach.

Da verneigte der Mann sich und verriet seinem Gegenüber im Flüsterton, dass solch ein Mann für beinahe alles zu gebrauchen war. Weil doch der Wind im Gestern wie im Morgen, um jedes Geheimnis und in jedem verborgenen Winkel wehte, und wer immer ihn verstand, auch von all dem zu berichten wusste.

Ob auch seine Berater und seine Wachen noch immer lachten, stutzte Halgramm in diesem Moment und ersuchte den Fremden alsogleich um eine Probe seiner Kunst.

So kam es, dass er und sein Hofstaat sich kurz darauf, vom Winde umweht, auf einem Balkon des Palastes wiederfanden. Dem Fremden wurden die Augen verbunden und der Fürst ließ sich sieben kleine Schatullen und eine Silbermünze reichen, die er in einer davon verbarg. Dies tat er von dem Fremden abgewandt, stellte alsdann die Schatullen in eine Reihe, ließ dem Mann die Binde von den Augen nehmen und gebot ihm, auf die Kästchen weisend, zu benennen, wo die Münze sich befand.

Schweigend schloss der Fremde die Augen, lauschte dem Wispern des Windes und verriet Halgramm schließlich lächelnd, dass der Silberling sich in der Hand seines zweiten Beraters befand, den der Fürst kurz vor dem Entfernen der Augenbinde des Balkons verwiesen und sich in einer Kammer neben der Küche zu verbergen geheißen hatte.

Von jener Stunde an ließ Halgramm sich allein von jenem Manne, den man nun Sternenmantel hieß, beraten. Jener, die dieses Amt zuvor bekleidet hatten, bedurfte der Fürst nicht mehr. Denn jetzt hatte er einen Berater, der um die Pläne seiner Feinde, die Geheimnisse seiner Freunde und jene Stellen im Berg wusste, wo sich das Silber seit Urzeiten vor den Menschen verbarg.

Es folgte eine Zeit des Ruhms und der Pracht für die Lande jenseits des Narrjadth. Eine Zeit, in der Halgramm ohne den Rat des Windsprechers keine Entscheidung zu fällen wagte und in der die drei schimmernden Sternenschlangen von dessen Mantel sich schützend um das Fürstentum legten.

Meister Sternenmantel gelangte unter Fürst Halgramm zu hohen Würden, die Herzen der einstigen Berater aber verfinsterten sich.

Als Sternenmantel seinem Herrn schließlich dessen bevorstehenden Todestag offenbarte, sahen die Neider ihre Zeit gekommen. Nichts Besseres als diese Vorhersage hätte ihnen widerfahren können: So der Fürst zum bezeichneten Tag verstarb, würden sie dem Fremden die Schuld geben, den sie, wenn Halgramm überlebte, wiederum als unfähig darstellen konnten. Und während der schicksalhafte Tag nahte, wähnten sie sich beinahe schon wieder hinter dem Thron.

Und Halgramm starb. Am bezeichneten Tag und zur bezeichneten Stunde. An einer Krankheit, die bis dahin noch niemals in jenem Fürstentum aufgetreten war und es den einstigen Beratern leichtmachte, Meister Sternenmantel des Giftmords zu bezichtigen und seinen Schlangen das Haupt abzuschlagen.

Und niemand lehnte sich auf, da man den Fremden vor Gericht stellte und zum Tod auf dem Scheiterhaufen verurteilte.

In der gleichen Nacht noch ward Herr Sternenmantel in seinem Kerker von den drei einstigen Beratern verhöhnt, weil er, wo er doch die Sprache des Windes beherrschte, hätte wissen müssen, was ihm widerfahren würde.

Der Fremde aber lächelte und verriet ihnen, dass nur Narren sich ihrem Schicksal widersetzten. Um jene aber, die um ihr Schicksal wüssten, raunte er ihnen zu, wäre es noch immer besser bestellt, als um jene, die es nicht taten. Dann legte er sich schlafen und erwachte erst, als man den Scheiterhaufen im Hof des Palastes schon errichtet hatte.

Als man ihn dort am Pfahl festband und nach seinen letzten Worten fragte, offenbarte er den Umstehenden, dass nicht er diese Worte sprechen würde.

Drei Mal versuchten die Henker vergeblich, das Reisig zu entzünden. Stets ließ der Wind die Flammen verlöschen. Bis man auf Ge-

heiß der ehemaligen Berater Holz und Gewand des Fremden mit Öl tränkte, sodass nichts und niemand sich dem Feuer noch widersetzen konnte.

Als es aber schließlich brannte, herrschte von einem Moment auf den anderen völlige Windstille. Nichts fachte jene Flammen an, die nur langsam der Spur des Öls folgten. Doch als sie Meister Sternenmantel schließlich erreichten, da nährte der Wind das Feuer, sodass es schneller und heftiger brannte als je ein Feuer zuvor. Es war, als wollte der Wind das grausame Werk so schnell wie möglich verrichten.

Da sie dies von ihrem Balkon aus sahen, zogen die einstigen Berater sich zufrieden ins Innere des Palastes zurück.

Nun aber begann der Wind zu flüstern und jeder vermochte ihn zu verstehen, als er durch die Gassen fegte, durch die Häuser und unter Türen und Fensterläden hindurch. In der ganzen Stadt wehte er, so lange, bis jeder die Geschichte vom Tod eines Unschuldigen und der Heimtücke dreier Neider vernommen hatte.

Wo immer sie waren, was immer sie taten, von da an umgab jener wispernde Wind die einstigen Berater vom Morgen bis zum Abend und selbst noch in der Nacht. Immerdar rauschte er in ihren Ohren, hielt ihnen vor, was sie getan hatten, und ließ sie nicht zur Ruhe kommen.

Um den Schlaf gebracht, verlor der erste jener drei wenige Tage später seinen Verstand, nachdem er sich mit Musikanten und Dichtern umgeben hatte, die lauter als der Wind gewesen waren.

Mit einem stumpfen Messer trennte der zweite sich seine Ohren ab, doch hörte er noch immer den Wind, der sogar durch sein Inneres zu tosen schien, sodass auch er, drei weitere Tage später, dem Wahnsinn verfiel.

Der letzte schließlich floh durch die Wüste in die Fremde, wo er sich in eine Höhle einmauern ließ, in der Legenden zufolge noch niemals je ein Wind geweht haben sollte. Und tatsächlich entkam er so für einige wenige Tage dem mahnenden Wispern. Bis der Hunger ihn zu plagen begann und er sich schließlich selbst verspeiste.

Während jene Neider ihr Schicksal ereilte, formte der Wind aus

Sternenmantels Asche am Fuß seines Scheiterhaufens das Bild dreier verschlungener Schlangen, wie es dort bis zum heutigen Tag noch zu sehen ist.

Jaarn stand auf der Klippe, allein, hoch über dem Morgennebel, die Augen vor Staunen geweitet, das Eherne Buch in Händen. Das Licht der Morgensonne brach sich in der schimmernden Klinge und neben all den Legenden in ihrem Inneren spürte er deutlich jene eine, die nun nach so vielen Jahren durch ihn hindurch an ihren angestammten Platz zurückgekehrt war. Der Fehler Arren van Gidmons war gesühnt und die erste der drei verschollenen Geschichten hatte ihren Weg zurück in das Eherne Buch gefunden.

Zufrieden winkte der Narbige Jaarn zu sich hinunter.

Langsam senkte er das Legendeneisen und bewegte sich bebend auf seinen Begleiter zu. Er war Zeuge eines Wunders, für einige kurze Momente sogar ein Teil davon gewesen!

Als Jaarn ihn schließlich erreichte, bedeutete der Narbige ihm, die Klinge zurück in die Kiste zu legen. Mit zitternden Händen tat er wie geheißen und spürte, während er das Schwert zwischen den dunklen Stoff gleiten ließ, noch immer die Verbindung zu den Geschichten im Inneren des Stahls, die sich erst löste, als Rugk die Kiste schließlich verschloss.

»Verstehst es jetzt sicher etwas besser, jetzt, wo du's selbst erlebt hast. Als ich es das erste Mal in Händen hielt, wollt' ich's erst wieder loslassen, sobald ich sie alle verstanden hatte. Jede einzelne Geschichte. Lesen wollte ich es. Immer wieder. Vom Anfang bis zum Ende.«

»Und? Ist es dir gelungen?«, fragte Jaarn mit stockender Stimme.

»Mehr als das, mein Junge«, murmelte der Narbige. Er wollte die Schwertkiste gerade wieder schultern, als er mit einem Mal stutzte und sich verwundert umblickte.

»Etwas stimmt nich'. Es is' zu ruhig. Die Vögel singen nich' mehr, und der Nebel scheint wieder dichter zu werden. Beinahe, als ob sich etwas darin verbergen will.«

Besorgt folgte Jaarn seinen Blicken. Und dann sah er es plötzlich. Mitten im Nebel. Einen finsteren Fleck, beinahe wie ein Gesicht, das im nächsten Moment jedoch schon wieder verschwunden war. Mit zitternder Hand wies Jaarn in das zähe Grau. Doch nur kurz darauf war darin schon nichts mehr zu erkennen.

Bis das dunkle Gesicht für den Bruchteil eines Augenblickes erneut, und dieses Mal ungleich näher, aus dem Weiß auftauchte. Und nun schien es nicht mehr bloß das eine zu sein, mit einem Mal waren es zwei, nein drei, die ihnen aus dem Morgennebel entgegenstarrten. Drei ausdruckslose schwarze Gesichter, mit schwarzen Leibern verbunden, die sich durch den wabernden Dunst langsam auf sie zubewegten.

Der Narbige handelte sofort: Er stieß Jaarn zurück auf die Klippe, setzte die Schwertkiste ab und machte sich hektisch daran zu schaffen.

Schaudernd sah Jaarn die finsteren Gestalten näher kommen. Er wollte Rugk beistehen, der ihm jedoch bedeutete, zurückzubleiben.

Schließlich, die drei dunklen Schemen waren kaum noch zwei Meter von ihm entfernt, öffnete der Narbige die Kiste und kam daraufhin eilig zu Jaarn hinüber. Der blickte ihn verwundert an.

»Aber was … was tust du da, Rugk?«

Kaum hatte er diese Frage gestellt, da traten sie aus dem Nebel: drei Männer, ganz in schwarz, ihre Gesichter unter starren ledernen Masken, ihre Hände unter dunklen Umhängen verborgen. Die Nacht war gekommen, diesen Morgen zu überschatten.

»Ich gebe ihnen das, was sie wollen«, flüsterte der Narbige Jaarn zu, der nicht glauben konnte, was er da hörte.

»Das Eherne Buch? Aber die Prophezeiung! Wie … wie soll ich denn …«

»Halt den Mund, Junge. Es dürfte dir um einiges schwerer fallen, sie zu erfüllen, wenn du tot bist.«

Zwei der Schwarzgewandeten stellten sich in Position, zogen gekrümmte Dolche aus mattschwarzem Metall unter ihren Umhängen hervor und beobachten misstrauisch die beiden Gefährten auf der Klippe. Der dritte von ihnen beugte sich zu der Schwertkiste hinab und streckte seine Hände nach dem Ehernen Buch aus. Jaarn konnte sehen, dass der Mann Handschuhe aus dünnem schwarzen Leder trug. Vermutlich, schoss es ihm durch den Kopf, um sich vor der Macht des Legendeneisens zu schützen.

»Aber wir werden es uns zurückholen, nicht wahr?«, flüsterte er dem Narbigen zu.

»Du ahnst ja nicht, mit wem du dich hier anlegen willst. Die Nacht hat schon ganz andere verschluckt«, raunte sein Begleiter zurück. Wie gelähmt mussten sie nun mit ansehen, wie sich jener finstere Schemen der Geschichtenklinge bemächtigte. Die schwarze Gestalt schob ihre behandschuhten Finger unter Klinge und Griff, hob das Schwert aus der Kiste empor und begutachtete es einen Moment lang. Schließlich ließ der Mann es in eine dunkle lederne Scheide auf seinem Rücken gleiten und gesellte sich wieder zu seinen Begleitern.

Durch ihre Masken warfen die drei Schwarzgewandeten einen letzten Blick auf Jaarn und den Narbigen, dann wendeten sie sich um und verschwanden wortlos im Nebel.

Diffus schimmerte das Licht der Morgensonne durch die letzten Schwaden des Nebels. Dahintrabend dachte Zadt Mhaw an die vergangene Nacht und sein Wiedersehen mit der Eisenmutter zurück. Er hatte wenig und schlecht geschlafen und die ganze Zeit über an sie denken müssen. Noch immer spürte er ihre nackte Haut unter seinen Fingerspitzen, roch ihren Schweiß und spürte ihren fordernden Körper, der sich gegen den seinen drängte. Deswyn war in seinem Kopf und begleitete ihn auf seinem müden Ritt zwischen den verwachsenen Bäumen hindurch.

Vielleicht würde es, wenn alles vollbracht, seine Rache vollendet und der Keiler wieder erstarkt war, doch noch eine Zukunft für sie beide geben. Zwischen ihm und der Erfüllung seines Schwurs aber stand noch immer Jaarn von Stahl. Zumindest, wenn die Nacht sich ihn noch nicht geholt hatte. Aber selbst für den Fall, dass sie versagte, hatte er vorgesorgt. Inzwischen waren die Vögel des Keilers vermutlich längst in den Städten angekommen und die schäbigsten Schurken des ganzen Reiches auf dem Weg in das Heerlager, das er selbst voraussichtlich gegen Mittag erreichen würde.

Der einäugige General sog die frische Morgenluft ein und versuchte seine Gedanken zu bezähmen, die sich, Keiler, Ehre und Eisenmutter miteinander vermengend, um sich selbst drehten. Plötzlich vernahm er unweit der nächsten Biegung Stimmen. Er zügelte sein Pferd und zückte die Klinge.

Es waren Männerstimmen. Mehrere. Fünf mindestens. Zu laut für einen Hinterhalt. Oder aber sie hatten bereits jemanden ausgeraubt und stritten nun um die Beute. Allerdings konnte er weder Schwerterklirren noch Schreie vernehmen. Er drehte den Kopf und blickte zurück. Umzukehren und einen anderen Weg zu nehmen, hätte ihn einen halben Tag gekostet. Fluchend ließ er sich vom Pferd gleiten und führte das Tier bis kurz vor die Biegung, wo er, die Hand am Schwert, vorsichtig durch das Gebüsch lugte.

Die kleine Gruppe stand unter einer blattlosen vertrockneten Windenweide. Auf einem Pferd in ihrer Mitte saß mit gefesselten Händen ein kahlköpfiger feister Mann. Die Schlinge um seinen Hals endete in einem Seil, das über ihm an einem stattlichen Ast befestigt war. In der Krone des Baumes stand ein kleiner drahtiger Kerl, er war gerade im Begriff, den Knoten festzuzurren, während die übrigen Männer den Gefesselten beschimpften und bespuckten. Abgesehen von dem Dicken trugen sie alle Wappenröcke mit einem Mhaw unbekannten Zeichen auf der Brust. Drei gekreuzte Pfeile hinter einem gehörnten Herzen. Das Wappen eines Hauses, wie der Krieg es immerwährend anschwemmte und fortspülte. Fürsten ohne Bedeutung, die ebenso schnell vergessen wie ernannt wurden.

Seufzend führte Mhaw sein Pferd zu der kleinen Gruppe hinüber. Zwar hatte er keine Zeit zu verlieren, wollte aber dennoch wissen, was der arme Teufel ausgefressen hatte, dass dieser traurige Soldatenhaufen ihn aufknüpfen wollte.

Im Näherkommen hörte der General, wie der Wortführer der Soldaten den Knotenknüpfer im Baum anblaffte:

»Zurr es gut fest, Jergk! Wir wollen schließlich nicht, dass diese schäbige Geschichtenwanze vom Baum fällt und auch nur einen Augenblick länger atmet als nötig!«

Das klang nach einer ganzen Menge Zorn. Was immer er getan haben mochte, diese Männer nahmen es augenscheinlich persönlich. Die Soldaten hatten sich, bevor sie ihrem Opfer das Seil um den Hals legten, ordentlich an ihm ausgetobt. Die Augen des Mannes waren zugeschwollen, sein Körper von Striemen und blauen Flecken überzogen und er hatte stark aus der Nase geblutet. Inzwischen war das Ganze eine schrundige dunkle Masse, die zwischen seinen Bartstoppeln und den Falten des Stofffetzens klebte, mit dem man den bedauernswerten Kerl geknebelt hatte.

Nun bemerkten sie Mhaw, der schon recht nahe gekommen war. Einige der Männer griffen nach ihren Schwertern, ihr Wortführer aber bedeutete ihnen, Ruhe zu bewahren.

»Seid gegrüßt, Fremder!«, bellte er in Mhaws Richtung. »Fühlt Euch eingeladen, dabei zuzusehen, wie Graf Gorredts Getreue diese Schlinge mit einem jämmerlichen, verlogenen Fettsack füttern.«

Zwei der Männer lachten dreckig, während der Drahtige im Baum den Knoten fester zurrte. Mhaw runzelte die Stirn. Der Rädelsführer wusste sich auszudrücken. Ein Umstand, der diesen Lynchmob von den meisten anderen unterschied.

»Was hat dieser Mann denn verbrochen?«, fragte er mit einem interessierten Blick auf den Gefesselten. Der Wortführer schnaufte verächtlich und spie aus.

»Eine Ballade hat er geschrieben, dieser spitzzüngige Schweinehund.«

»Was meines Wissens selbst in diesem Landstrich noch nicht unter Strafe steht.«

»Ein feines, kleines Verswerk, in dem er eingehend beschrieben hat, wie Graf Gorredt die Tochter des Bauern Wedtwick entehrt hat. In zwölf Strophen und einem Refrain, der einem die Klinge aus der

Scheide springen lässt. Und er hat's nicht nur geschrieben, sondern auch noch vorgetragen. In jeder verschissenen Taverne von hier bis M'Venn!«

»Dann ist er ein Geschichtenerzähler?«

»Ha, ein schäbiger Wortvergolder ist er. Verkauft seine Zunge an jeden, der dafür zahlt. Allerdings nicht mehr lange!«

Wieder lachten einige seiner Männer. Das Pferd unter dem Dicken trat unruhig von einem Huf auf den anderen. Der General runzelte die Stirn.

»Ein Bänkelsänger, der ein Lied vortrug, wo ist das Problem? War es derart schlecht?«

»Oh, es gibt zwei Probleme damit, Herr. Oder besser drei. Zum einen ergriff die Schändung jener Bauerntochter die Leute derart, dass sie Graf Gorredt zu steinigen beschlossen. Zum anderen war jener Graf, möge es ihm an nichts fehlen in der Hinteren Halle, unser Herr. Ein guter obendrein, wie ich bemerken muss. Und zum dritten, seid versichert, ohne diesen Punkt stünden wir nicht hier, hat Bauer Wedtwick gar keine Tochter! Hat niemals eine gehabt. Versteht Ihr?«

Jetzt lachte der Einäugige auf, wofür er umgehend böse Blicke erntete. Die Hand des Anführers legte sich um den Griff seines Schwertes.

»Ihr verkennt, wie mir scheint, Ausmaß und Niedertracht dieses Vergehens, mein Herr!«, knurrte er zornig.

Mhaw winkte ab.

»Ich denke, das tue ich nicht. So elend wie ihr dreinschaut, hat euer Herr keine Erben und seine Festung hat vermutlich längst ein Nachbarfürst in Besitz genommen. Ihr habt also nichts mehr, euer Wappen ist noch weniger wert als zuvor, und nun wollt ihr, bevor ihr euch künftig als Söldner verdingen müsst, zumindest noch den dafür Schuldigen aufhängen.«

Er grinste den Mann an, der unentschlossen schien, ob er sein Schwert ziehen oder ebenfalls lächeln sollte.

Nachdenklich rieb Mhaw sich das Kinn und betrachtete den Geknebelten, dessen unruhige Augen zwischen ihm und dem Befehlshaber der herrenlosen Soldaten hin und her huschten. *Ein Wortvergolder also* … Einen solchen Mann würde er, wenn es darum ging, das Wappen des Keilers aufzupolieren, gut gebrauchen können.

Inzwischen hatte der Anführer sich wieder umgedreht und wollte, wohl um die ganze Angelegenheit zu einem Abschluss zu bringen, gerade das Pferd unter dem Geknebelten antreiben.

»Halt!«, bellte der General laut und in einem Ton, der keinen Zweifel daran ließ, dass er zu befehlen gewohnt war. Der Ruf verfehlte seine Wirkung nicht: Wie angewurzelt blieb der Rädelsführer stehen und wendete, wie seine Männer, den Kopf ruckartig in Richtung des Einäugigen.

Der hatte in der Zwischenzeit in sein Wams gegriffen und einen Beutel hervorgeholt, den er dem Befehlshaber der herrenlosen Truppe mit einem aufmunternden Nicken zuwarf.

»Verkauft ihn mir, statt ihn zu hängen. Und das Pferd noch dazu.«

Verwundert öffnete der Mann den Beutel, ließ die Münzen in seine Hand gleiten und blickte den General verständnislos an.

»Glaubt Ihr etwa, wir wären käuflich?«

»Sobald ihr ihn gehängt habt, werdet ihr es sein. Wobei das Söldnerleben für einen ehrbaren Soldaten erfahrungsgemäß nicht das Richtige ist. Mit diesem Gold aber werdet ihr alle euch noch ein paar Wochen in eurer Ehre sonnen können.«

Mhaw blickte seinem Gegenüber fest in die Augen. Er war sicher, dass er und seine Männer gern noch ein paar Tage länger in der Illusion der Ehrbarkeit verharren würden. Und der Blick, mit dem der Anführer die frischgeprägten Goldmünzen mit dem Keilerkopf darauf betrachtete, schien dem Einäugigen recht zu geben. Es brauchte allerdings noch ein wenig, bevor der Mann sich zu einem zaghaften Nicken hinreißen ließ.

»Einverstanden. Diesen schwatzhaften Schurken und das Pferd, auf dem er sitzt. Solange er verspricht, diese Ballade niemals wieder zum Besten zu geben!« Er hatte laut gesprochen, fügte dann aber leise hinzu: »Möge unser Herr mir verzeihen.«

Er gab dem Mann auf dem Baum ein Zeichen, worauf dieser etwas widerwillig das Seil kappte, das mit einem dumpfen Laut neben dem Pferd zu Boden klatschte.

Ohne dem Einäugigen noch einmal Beachtung zu schenken, wendeten Graf Gorredts einstige Getreuen sich ab und folgten ihrem Anführer in den Wald.

Mhaw trat näher, hob das Seil vom Boden und durchtrennte es mit der Klinge seines Schwertes zwei Hand breit unterhalb der Schlinge. Während er seinen Knebel löste, musterte er das verquollene Gesicht des misshandelten Legendenschänders.

»Bin gespannt, wie du wirklich aussiehst, Bursche«, murmelte er und löste schließlich auch noch die Fesseln. »Aber das werde ich, wenn ich mir dich so ansehe, wohl erst übermorgen erahnen können.«

Er lachte kopfschüttelnd und spürte dabei die dankbaren Blicke des Mannes.

»Kein Dank, mein Freund. Ich hab dir nicht zum Spaß das Leben gerettet. Wirst dafür einiges erzählen müssen.«

»Was immer Ihr wünscht, Sire«, entgegnete der Wortvergolder kleinlaut. »Selbst wenn Ihr wollt, dass ich den Kriegbringer leugne und meine Mutter eine Dirne nenne.«

Mhaw lächelte vielsagend und schwang sich wieder auf sein Pferd. Er trabte los und gebot dem Geretteten, ihm zu folgen. »Zunächst würde es mir schon reichen, wenn du mir die Ballade von diesem Bauernmädchen erzähltest. Auf die bin ich jetzt nämlich wirklich gespannt.«

VIII

Der Nebel hatte sich inzwischen komplett verzogen, war zusammen mit den schwarzen Gestalten verschwunden. Im Licht der aufgehenden Sonne begannen auf der Lichtung unterhalb der Klippe die Vögel zu singen.

Jaarn war außer sich. Er schüttelte den Narbigen und trommelte gegen seine Brust. Rugk ließ es geschehen, stand nur da und ertrug die verzweifelten Schläge des Jungen.

»Warum hast du es ihnen kampflos überlassen?«, herrschte Jaarn ihn wütend an. Sollte sein Weg etwa, kaum dass sie aufgebrochen waren, hier bereits enden? Nur weil dieser narbengesichtige Feigling es nicht gewagt hatte zu kämpfen? *Das konnte, nein, das durfte einfach nicht wahr sein!*

»Du hättest etwas tun müssen! Irgendetwas!«, schrie er und kleine Speicheltröpfchen spritzten davon, als er mit Tränen in den Augen auf sein Gegenüber einschlug.

Das Narbenmuster in Rugks Gesicht zeigte keine Regung. Ausdruckslos hielt er seine verschiedenfarbigen Augen auf einen Punkt in weiter Ferne gerichtet, derweil Jaarn schrie und tobte, bis ihm der Atem wegblieb. Dann glitt er kraftlos am Körper des Narbigen herab und sackte schluchzend in die Knie.

Rugk riss sich los, befreite sein Bein, als ob er einen lästigen Hund abstreifte. Dann ging er wortlos zu der leeren Kiste hinüber und kniete sich daneben.

Verwundert vernahm Jaarn ein leises Klicken.

Im Inneren des Kastens schien sich etwas zu bewegen!

Und dann hob der Narbige aus der vermeintlich leeren Kiste plötzlich das Eherne Buch empor.

Jaarn traute seinen Augen nicht.

Wie, bei den alten Göttern …?

»Aber … aber …«, stammelnd hob er seinen Arm und wies ungläubig auf die schimmernde Klinge. Eine Braue hebend, entgegnete der Narbige:

»War schon schwer genug, das richtige Schwert überhaupt zu finden. Obwohl ich es ja kannte. Hatte es gut verborgen, dein alter Herr. Wollte es zum rechten Zeitpunkt austauschen. Gegen eine Kopie des einarmigen Schmieds, um zusammen mit dem Knochenkönig … Nun ja, dann bist du mir vor die Füße gefallen und ich musste den Plan ein wenig ändern. Auch wenn einige Leute das vermutlich nicht gutheißen werden.«

Jaarn hörte die Worte des Narbigen, achtete jedoch nicht weiter darauf. *Das Legendeneisen war nicht verloren!* Innerlich frohlockte er, streckte die Hände danach aus und Rugk überließ es ihm. Ohne jeden Zweifel, das war es, das Eherne Buch! Er spürte die Geschichten darin rumoren und wie sie von innen gegen die Klinge drängten.

Als er aufblickte, sah Jaarn sein Gegenüber lächeln.

»Was … was ist?«, fragte er zögernd.

»Nichts, Bursche, nichts. Solltest dich nur nicht zu sehr an das Ding gewöhnen. Werden nämlich erst einmal ohne es weiterreisen müssen.«

»Aber wir können das Buch doch nicht …«

»Wir müssen. Die Nacht mag Handschuhe tragen, um sich davor zu schützen, aber spätestens in zwei Tagen wird irgendein Fürst merken, dass es nicht das echte ist. Und dann, das kannst du mir glauben, wird die Nacht sich verfinstern.« Der Narbige breitete das Tuch aus der Kiste auf dem Boden aus. Jaarn betrachtete versonnen das Schwert in seinen Händen. »Außerdem hat Zadt Mhaw mit Sicherheit noch mehr Leute auf dich angesetzt. Auch wenn sie vermutlich nicht mal wissen, wie du aussiehst oder dass wir zu zweit sind. Woran sie dich aber immer erkennen werden, ist diese Klinge. Zumindest wenn wir zu Fuß reisen. Aber bis wir das geändert haben, werden wir sie verstecken müssen.«

»Und wo? Wem können wir denn vertrauen?«

»Niemandem. Außer vielleicht den Toten.« Rugk bedeutete ihm, die Klinge auf das Tuch zu legen, worauf er sie bedächtig in den Stoff einschlug, einige Lederbänder hervorzog und das unhandliche Bündel verschnürte.

Als der Narbige es sich schließlich über die Schulter warf und lostrottete, fiel Jaarns Blick auf die sperrige leere Kiste zu seinen Füßen. Er bückte sich, fuhr mit der Hand über das rissige alte Holz und betrachtete das Wappen. Vielleicht lag ja darin der Schlüssel zum Wesen seines Begleiters. Eines Mannes, der mit Halsabschneidern trinken und mit Gelehrten philosophieren konnte und ebenso die Sprache des Waldes wie die der Städte zu sprechen schien. Doch da war nichts zu erkennen. Das Wappen war bis zur Unkenntlichkeit verschrammt. Seufzend rappelte er sich auf und folgte dem Narbigen.

Immer tiefer drangen sie in den Wald. Die befestigten Wege meidend führte der Narbige sie über schmale Trampelpfade, die mitunter kaum noch als solche zu erkennen und teilweise gewiss seit Jahren nicht mehr beschritten worden waren. Rugk aber schien sie alle zu kennen, zu wissen, wo dieser in jenen und der wiederum in den nächsten mündete. Mit geradezu traumwandlerischer Sicherheit bewegte er sich durch das verwachsene labyrinthische Gewirr. Jaarn staunte. Nicht nur über die Ortskundigkeit seines Begleiters, sondern auch über die unbändige Natur, die sie durchstreiften. Wie oft war er mit den Fingern über die gezeichneten Abbildungen dieser Pflanzen in den Folianten gefahren: Hornbeere, Schlingling und Grimmkraut … Aber kein Buch der Welt hätte diesem Geruch, diesem Grün und dieser Vielfalt gerecht werden können.

Zwei Stunden später stand die Sonne bereits hoch am Himmel. Um sie herum wisperten Farnc, rauschten Blätter und sangen Vögel, als Rugk plötzlich die Hand hob und Jaarn bedeutete anzuhalten.

Sie standen im Schatten einer uralten moosbewachsenen Torfborke, deren ausladenden Äste über ihnen wirre Muster bildeten. Neben einer der riesigen Wurzeln ließ er sich zu Boden sinken und blinzelte durch die Blätter in die Sonne.

Der Narbige aber scheuchte ihn wieder hoch.

»Steh auf, Bursche! Ausruhen kannst du, wenn du tot bist.«

Jaarn sprang auf und sah, wie Rugk neben der Wurzel niederkniete, seine Hände darunterschob und sich im nächsten Moment ein seltsam gleichförmiges Loch zwischen ihr und dem Stamm auftat. Der Narbige grinste ihn an.

»Keine Angst. Müssen nicht wieder in so 'nen miefigen Gang runter. Ist nur ein vorübergehendes Versteck für unseren Schatz.«

»Und das ist sicher?«, fragte Jaarn.

»Ist in den letzten hundert Jahren nicht entdeckt worden und wird's in den nächsten hundert vermutlich auch nicht.«

Er blickte seinen Begleiter zweifelnd an. Der aber ließ sich nicht aus der Ruhe bringen.

»Diese Verstecke stammen noch aus den Virgisischen Städtekriegen. Die einzigen Leute, die sie kennen, liegen zwei Meter unter der Erde.«

Jaarn erinnerte sich, von jenen Rebellen gelesen zu haben. Sie hatten einst für die Gründung einer sechsten Stadt gekämpft und waren im Verlauf von fünfzig Jahren immer wieder von den Armeen der Fünf niedergemacht worden. Der Gedanke, dass zwischen den Wurzeln dieser Bäume ein ganzes Arsenal uralter Waffen ruhte, schien ihm sonderbar.

»Solltest lernen, mir zu trauen«, murmelte Rugk und beugte sich in das Loch hinab, aus dessen Innerem er ein Bündel Kleidung hervorzog. Bedächtig faltete er es auseinander. »Ist nicht mein einziges Versteck dieser Art … Wollen doch mal schauen, was ich hier so hinterlassen habe.«

Er nestelte an dem Bündel herum und legte schließlich einen rissigen Umhang mit Kapuze, eine faserige Binde und ein paar durchgelaufene Stiefel zwischen die moosbewachsenen Wurzeln. Dazu gesellte sich ein alter Kurzdolch. Zuletzt zog Rugk aus den Stiefeln noch einen breitkrempigen Hut mit einer abgeknickten Krähenfeder und eine geschnitzte Pfeife mit Zunderstein und Tabaksbeutel hervor, platzierte sie neben dem Rest und betrachtete die ganze Sammlung.

»Sollte reichen. Ist besser, wenn wir uns gleich umkleiden. Die Nacht hat uns schließlich gesehen. Wenn sie wiederkehrt, sollten wir jemand anders sein.«

Er reichte seinem Gegenüber Umhang, Binde, Schuhe und Dolch und stopfte sich, kaum dass er sich den Hut in den Nacken geschoben hatte, im Schatten des Baumes ein Pfeifchen. Gehorsam tauschte Jaarn seine Schuhe gegen die schlechteren Stiefel, schob den Kurzdolch in seinen Gürtel, warf den Umhang mitsamt Kapuze über und wog schließlich nachdenklich die Stoffbinde in seiner Hand.

Der Narbige zog zufrieden an seiner Pfeife und nickte ihm aufmunternd zu.

»Na, mach schon. Niemand sucht nach ’nem Einäugigen.«

Zögernd wickelte Jaarn sich den Fetzen über sein linkes Auge. Der grobe Stoff juckte zwar auf der Haut, aber Rugks Worte klangen einleuchtend.

Zufrieden betrachtete der Narbige seinen neuen Begleiter, paffte ein paar Wölkchen in seine Richtung und spuckte schließlich in die Hand. Beherzt griff er in die lockere Erde zu seinen Füßen, zerrieb sie zwischen den Fingern und kam näher, um Jaarn mit einem breiten Grinsen den Dreck ins Gesicht zu schmieren. Angewidert hob dieser seine Hände, doch Rugk stieß sie beiseite.

»Ganz ruhig, Junge. Krüppel ist gut, aber dreckiger Krüppel … Macht dich mindestens zehn Jahre älter! Anders kriegen wir das mit deinem jämmerlichen Bartwuchs nicht hin. Also halt still, bis ich fertig bin!«

Widerwillig ließ Jaarn den Narbigen gewähren, stellte danach jedoch fest, dass es kaum glaubhaft wäre, wenn nur einer von ihnen so schmutzig daherkam. Rugk lachte laut auf, klopfte ihm kräftig auf die Schulter und begann, sein Pfeifchen schmauchend, sein Gesicht ebenfalls mit Dreck zu bearbeiten. Als seine Narben schließlich unter dem Schmutz verschwunden waren, erhob er sich, um aus dem Unterholz einen mannshohen Stab hervorzuziehen, den er mit Jaarns Dolch noch etwas bearbeitete.

Wenig später erinnerte kaum noch etwas an die beiden Männer, die sich mit einem mächtigen Schwert unter der alten Torfborke niedergelassen hatten. Stattdessen hockten dort nun zwei dreckige Gestalten, von denen der eine ein einäugiger Krüppel mittleren Alters und der andere ein heruntergekommener Tagelöhner mit Schlapphut, Wanderstab und Pfeife war.

Jaarn beobachtete Rugk, wie er sich noch einmal über das Loch beugte und eine mit verschiedenen Amuletten behängte Kette daraus hervorzog, sie sich um den Hals legte und schließlich unter sein Wams schob.

»Schlüssel«, meinte er und schob dann vorsichtig die Klinge der Länge nach in das dunkle Erdloch, das er danach sorgsam wieder verschloss und mit Laub und Zweigen tarnte. Zufrieden betrachtete der Narbige sein Werk und wendete sich schließlich Jaarn zu.

»Wir kehren zurück, sobald wir Pferde oder ein Fuhrwerk gefunden haben.« Er drückte sich aus dem weichen Moos empor, klopfte seine Hose ab und schritt los. Die kratzende Binde über seinem Auge verfluchend, bemühte sich Jaarn, dicht hinter ihm zu bleiben.

Die Eisenmutter erwachte, weil jemand ihre Schwerter stehlen wollte. Sie verstand schnell, dass zwei Männer dabei waren, ihre vermeintliche Leiche zu plündern. Einen Teil der Rüstung hatten sie ihr bereits abgenommen. Gerade riss einer der beiden ihr den rechten Stiefel vom Fuß.

Bevor der andere aber eines ihrer Zwillingsschwerter aus der Rückenhülle ziehen konnte, griff Deswyn nach seinem Handgelenk. Sie sprang auf, drehte ihm den Arm auf den Rücken und versetzte zugleich seinem Kumpan mit dem Ellenbogen einen derart wuchtigen Schlag gegen die Schläfe, dass dieser ohne einen Laut in die Knie sackte.

Als der andere aufschrie, presste sie ihm hastig die Hand auf den Mund, zwang ihn auf den Boden und rammte ihm das Knie ins Genick. Mit einer geübten Bewegung griff sie hinter sich und zog dem Plünderer im nächsten Moment den Knauf eines ihrer Schwerter über den Schädel. Dann erst kam die Eisenmutter dazu, sich umzuschauen: Sie befand sich noch immer in dem oberen Gang unter den Resten der Natterngrube.

Im Schein der Fackel, die die Männer in den Boden gerammt hatten, konnte Deswyn die offene Luke und einige Fußabdrücke erkennen. Sie wusste nicht einmal, wie lange sie besinnungslos hier unten gelegen hatte. Die Nacht aber würde sie kaum mehr einholen.

Deswyn rieb sich ihren schmerzenden Schädel und bückte sich nach ihrem Stiefel. Sie zog ihn an, stopfte das herausgefallene Büchlein wieder hinein und nahm dann die beiden Plünderer in Augenschein: Die zerlumpten Gestalten waren mit allerlei Zeug behängt. Grobe Lederschnüre liefen in mehreren Lagen über ihre Schultern und um ihre Hüften. In den daran angebrachten Hakenschlaufen erkannte sie, neben einigem anderen Plunder, verbeultes Geschirr, ein Bündel Fell und ein weiteres Paar Stiefel, das sie wenige Stunden zuvor noch an den Füßen des sterbenden Strauchdiebs gesehen hatte.

Vermutlich gehörten die beiden einer Bande von Dieben an, oder aber … Dieser zweite Gedanke behagte Deswyn gar nicht. Besorgt riss sie das schmutzige Hemd des Stiefeldiebs auseinander. Sofort erkannte sie auf der Brust des Bewusstlosen die Knochenflöte. Das Mal der Kadavriten, der Todsammler, die sich in Wäldern und Höhlen verbargen und dort von dem lebten, was der Krieg übrigließ.

Das bedeutete aber auch, dass diese beiden vermutlich nicht allein gekommen waren. Vorsichtig bewegte Deswyn sich zum Ausstieg und hob den Kopf. Tatsächlich. Da waren sie. Ein knappes Dutzend von ihnen, das routiniert den Keller der ehemaligen Taverne plünderte. Dort standen sie neben den offenen Kisten und füllten Gold und Edelsteine in ihre fleckigen Lederbeutel. Bucklige, bleiche Gestalten, nachlässig gekleidet und vor Schmutz strotzend. Kein Zweifel. Die rauchende Ruine hatte die Kadavriten angelockt und in diesem Keller hatten sie mehr gefunden, als irgendein Schlachtfeld jemals hergegeben hätte.

»Verdammte Aaslinge«, fluchte Deswyn innerlich und versuchte, ihren Stiefel zurechtzerrend, sich damit abzufinden, ihr Pferd nie mehr wiederzusehen. Seufzend duckte sie sich wieder ins Innere des Ganges, durchsuchte die beiden Bewusstlosen und kletterte schließlich mit der Fackel in der Hand durch die offene Luke in den Gang unter dem Gang.

Ihr Plan aber, auf dem gleichen Weg wie die Nacht und der junge Rabe zu verschwinden, ging nicht auf. Aus der Tiefe des Tunnels leuchtete ihr der Schein einiger Fackeln entgegen. Die Knochenklauber mussten auf der Suche nach weiteren Schätzen sogar bis hier unten vorgedrungen sein. Deswyn besann sich. Ihre Fähigkeiten mit dem Schwert waren im Inneren dieses Ganges kaum etwas wert. Dafür war er zu eng. Also machte sie auf dem Fuße kehrt, um es noch einmal im oberen Tunnel zu versuchen, wo sie jedoch, kaum dass sie wieder hochgeklettert war, ebenfalls vom Licht nahender Fackeln in Empfang genommen wurde. Zu allem Überfluss kam in diesem Moment leise stöhnend einer der beiden Bewusstlosen wieder zu sich. Leise fluchend, lugte sie vorsichtig noch einmal aus dem Gang und versuchte, sich ihre Chancen für eine Flucht durch den Keller auszurechnen. Doch es war unsinnig, darüber nachzudenken. Sie hatte keine andere Wahl. Und es musste schnell gehen. Zwar war sie sich der Anzahl der Todsammler nicht sicher, aber sowohl aus dem unteren als auch dem oberen Gang würden innerhalb der nächsten Minuten noch mehr von ihnen hervorkriechen. Im Keller würde sie zumindest ihre Schwerter benutzen können. Wenn es ihr tatsächlich gelang, unbemerkt aus dem Tunnel zu steigen, hatte sie mit dem Überraschungsmoment noch einen weiteren Vorteil auf ihrer Seite, der allerdings mit jedem Augenblick, den sie zögerte, kleiner wurde.

Beinahe lautlos schwang Deswyn sich aus dem Gang, zog ihre Klingen und duckte sich hinter eine große lederbeschlagene Kiste. Es ging um Geschwindigkeit. Nicht darum, alle auszuschalten. Ihre Krummschwerter fester greifend, fasste sie die Stufen ins Auge, spannte ihre Muskeln an und versuchte, den richtigen Moment abzuschätzen. Dann stürmte sie los.

Ohne dass jemand sich ihr in den Weg gestellt hätte, schaffte sie es bis zum Fuß der Treppe. Als sie Deswyn bemerkten, erschraken die Leichenfledderer. Zwei ließen ihre Beutel fallen und sprangen hinter ein angekohltes Regal. Ein Nächster hob an zu schreien. Zwei zückten, wenn auch zu spät, ihre rostigen Messer. Der größte Teil der Plünderer aber begriff nicht einmal, was geschah.

Nur einem gelang es, mit gezückter Klinge auf die Treppe zu springen und sich ihr in den Weg zu stellen. Es zeigte sich jedoch schnell, dass die Kadavriten Konflikte mit lebenden Menschen nicht gewohnt waren. Drei Schritte später war die Eisenmutter bei ihm, und der Todsammler begriff, dass seine Idee vielleicht nicht die beste gewesen war. Dennoch versuchte er, sie anzugreifen. Unbeholfen genug, dass sie bloß ausweichen musste, damit er stolperte, die Treppe hinabstürzte und mit geprellten Rippen vor den Füßen seiner Kameraden landete.

Deswyn lachte auf und stürmte weiter nach oben. Mit jedem Schritt nahm sie drei Stufen. Den Wurfdolch, der im nächsten Moment an ihr vorbeisauste, nahm sie zwar wahr, weigerte sich jedoch, Furcht zu empfinden. Wäre einer dieser Knochenklauber ernsthaft fähig gewesen, mit einer Waffe umzugehen, hätte er sich seinen Lebensunterhalt schließlich auch auf andere Weise verdienen können.

Der nächste Dolch verfehlte sie noch um einiges deutlicher. Deswyn blickte sich um und erkannte, wie im Keller zwei Männer und eine Frau zu ihrer Verfolgung ansetzten. In diesem Moment aber sprang sie bereits aus der Luke nach draußen, wo sie sich zwischen den schwelenden Überresten der Natterngrube wiederfand.

Im Bruchteil eines Augenblicks erfasste sie die in Reihen ausgelegten Leichen, die durchwühlte Asche und die auseinandergezerrten Trümmer. Und sie sah, was ihre Flucht endgültig unmöglich machte: die übrigen Kadavriten.

Dass die meisten von ihnen unbewaffnet waren, spielte dabei keine Rolle. Es war schlichtweg ihre Anzahl. Deswyn schluckte und hielt inne. Selbst wenn nur die Hälfte davon einen Wurfdolch besaß und sie alle miserabel zielten, würde sie bei fünf Dutzend Gegnern irgendeiner von den Beinen holen.

Die Kadavriten waren gerade dabei, eine Art Lager zwischen den Trümmern der Natterngrube zu errichten, um den Schatz des Kellers zu sichern. Gierige Hände, die sich nach dem Gold der Toten reckten und Leichen die Kleider vom Leib rissen. Von überall her würden sie kommen und nicht eher Ruhe geben, bis sie alles, was irgendeinen Wert hatte, zwischen diesen verbrannten Mauern hervorgezerrt hätten.

Deswyn versuchte abzuschätzen, ob es einen Weg zwischen den Todsammlern hindurch gab. Dieser kurze Moment aber reichte bereits aus, dass ihre Verfolger plötzlich neben ihr waren. Ein kleiner drahtiger Kerl schwang sich lachend auf ihren Rücken, legte ihr seine Arme um den Hals und begann zuzudrücken.

Eine wendige blonde Frau, ein Mädchen eher, sprang ebenfalls herbei und schleuderte aus kaum fünf Metern Entfernung zwei Seilsteine. Deswyn hörte sie noch durch die Luft schwirren, dann zog das eine Seil sich um ihren Oberkörper zusammen und machte sie völlig bewegungsunfähig. Eines ihrer Krummschwerter fiel zu Boden und klirrte die Treppe hinunter. Die andere Klinge lag ihr, fixiert vom zweiten Seil, mitsamt Arm so eng am Bauch, dass sie das Schwert nicht einmal mehr loslassen konnte.

Die nächsten zwei Seilsteine rissen sie von den Beinen. Über diese ganze Zeit blieb der dreckig lachende Gnom in ihrem Nacken, ohne seinen Griff zu lockern, nun aber holte er zu einem Schlag aus. Er traf die Eisenmutter direkt an der Schläfe.

Was folgte, war Dunkelheit.

IX

Wenig später war die Sonne hinter den Wipfeln verschwunden. Rugk und Jaarn bewegten sich vorsichtig durch das dichte Unterholz. Obwohl sie das Schwert in dem Wurzelversteck zurückgelassen hatten und inzwischen weniger auffielen, bestand der Narbige noch immer darauf, dass sie die Wege mieden.

Auch wenn ihn gewiss niemand mehr für den Sohn eines Kriegsfürsten gehalten hätte, waren Jaarns Hände doch zu zart für die eines Rumtreibers. Da sie aber lediglich auf die andere Seite des Waldes gelangen mussten, spielte es womöglich keine Rolle, dass man vom Lesen keine Schwielen bekam. Wichtiger war, dass Jaarn den Mund hielt. Denn Rugk zufolge befanden sie sich in einer Gegend, in der den Menschen von klugen Worten schwindelig wurde.

Zwischen den Bäumen hindurch war der Feuerschein der Schlachtfelder zu erahnen. Die ganze Zeit über musste Jaarn an die Geschichtenklinge denken. Ihm war noch immer nicht wohl bei dem Gedanken, sie zurückgelassen zu haben. Schließlich sprach er den Narbigen besorgt an:

»Glaubst du wirklich, dass sie sicher ist?«

»So sicher wie im Tempel des Zehngehörnten«, entgegnete Rugk, um ihn zu beruhigen. Besagter Tempel lag der Überlieferung zufolge tief im Inneren der Welt hinter acht Mauern, jeweils zehn Fuß dick und ebenso hoch, aus schwärzester Hoffnungslosigkeit gebaut. Seine Sprichwörtlichkeit war dem Tempel einzig zuteil geworden, weil den wenigsten Leuten, im Gegensatz zu Jaarn, die

Schriften des Mystikers Thel'Derren bekannt waren. Darin nämlich hatte Tindalin, der Schelmenprinz, besagte Mauern auf dem Rücken eines Flammenvogels überwunden, den Zehngehörnten im Schlaf überrascht und schlussendlich mit zwei Hörnern weniger zurückgelassen.

Jaarn verzog das Gesicht. Der Narbige blieb stehen und blickte ihn an.

»Vertrau mir einfach. Niemand außer mir weiß von diesem Versteck.«

Finster dreinblickend entgegnete er:

»Aber was, wenn die Erde bebt und der Boden aufreißt?«

Seufzend zerrte Rugk seinen Hut zurecht.

»Dann wär die Erde uns wirklich nicht gut gesonnen. Is' aber noch nie aufgerissen, der Boden dort. Und wenn er's wirklich wollen würde, könnte er sich gewiss auch noch ein paar Nächte gedulden, verdammt noch eins.« Er schüttelte den Kopf und spuckte aus. »Hätt' dir doch den Hals durchschneiden, das Schwert nehmen und es wie geplant mit Kydhan versuchen sollen …«, fluchte er grimmig.

»Dass du es nicht getan hast, stärkt unser Vertrauensverhältnis ungemein.« Als Jaarn ihm mit diesen Worten auf die Schulter schlug und ihn mit seinem dreckigen Gesicht angrinste, schüttelte Rugk lächelnd den Kopf.

»Seien wir ehrlich, du hast gerade keine besseren Verbündeten zur Auswahl.« Sie schmunzelten. Dann aber wurde der Narbige wieder ernst. »Und? Können wir jetzt weiter?«

Sie waren noch nicht lange unterwegs und passierten gerade eine mannshohe Bleichbeerenhecke, als Rugk sich plötzlich herumdrehte und Jaarn völlig unvermittelt zu Boden riss. Er stieß einen dumpfen Schmerzenslaut aus. Der Narbige legte ihm die Hand auf den Mund und deutete zwischen den Zweigen der Hecke hindurch. Keine vier Meter von ihnen entfernt erblickte Jaarn einen in schmutzige Felle gehüllten bärtigen Mann, auf dessen Rücken eine riesige Axt schimmerte.

Der Narbige flüsterte: »Das ist Fagk Wintherstein, der Riesenschlächter.«

Jaarn schluckte. Der wirre dunkle Bart verlieh dem Mann etwas Furchterregendes, und sein düsterer Blick wirkte, als suchte er verzweifelt nach jemandem, mit dem er seine Axt füttern konnte.

Als der Riesenschlächter bald darauf zwischen den Bäumen verschwand, rappelten Rugk und Jaarn sich wieder auf und schlichen weiter. Nun allerdings waren sie noch mehr auf der Hut als zuvor.

Auf ihrem weiteren Weg mussten die beiden immer häufiger hinter Büschen oder Bäumen Schutz suchen, um nicht von irgendeinem Halunken entdeckt zu werden. *Was wollten all diese Männer hier?*

Im Schutz dichter Farne umgingen sie gerade eine Gruppe Fackelträger, als der Narbige beinahe in einen Fremden hineinlief, der sich zwischen einigen Sträuchern erleichterte.

Blitzschnell griff Rugk nach seinem Dolch. Er hatte die Klinge bereits halb emporgerissen, als sein Gegenüber die Arme ausbreitete und freudig ausrief:

»Findt, du dreckiger Gauner!«

Findt?, dachte Jaarn. Aber der Narbige hatte ja angedeutet, dass Rugk nur einer von vielen Namen war. Während er selbst noch immer verdutzt im Farn stand, fielen die beiden Männer einander um den Hals.

»Siebenfinger, du alter Beutelschneider!«, rief der Narbige aus und Jaarn fragte sich, wie viele Räuber, Diebe und Meuchelmörder er wohl noch persönlich kannte, als der fremde Schurke ihn bemerkte.

»Und wen haben wir da? Du willst mir doch nicht erzählen, dass du die Belohnung teilen würdest …«

Der Narbige zögerte kurz.

»Das ist mein … Lehrling.«

Siebenfinger lachte.

»Ein neuer Lehrling? Hätte nicht gedacht, dass du nach der Sache bei den Wimmerklippen jemals wieder einen annehmen würdest.«

Jaarn runzelte verwundert die Stirn, Rugk dagegen blickte den Fremden vorwurfsvoll an. Dieser aber winkte ab und nickte ihnen freundlich zu.

»Sei's drum, sei's drum. Sieht aus, als ob ihr 'n guten Schluck vertragen könntet! Kommt mit!« Damit wandte er sich um und führte sie zu der kleinen Gruppe Fackelträger. Der Narbige schien jeden Einzelnen von ihnen zu kennen. Und während die Männer einander freudig begrüßten, musterte Jaarn seinen Begleiter misstrauisch. Er konnte sich einfach keinen Reim auf ihn machen.

Schließlich traten sie mit Siebenfinger und seinen Männern auf eine Lichtung, wo man ein Lager aufgeschlagen hatte. Vielleicht zwei Dutzend finstere Gestalten saßen mit glänzenden Gesichtern an einem Feuer. Über einem weiteren briet ein Schwein und zwischen einigen Zelten standen Soldaten in abgewetzten Wappenröcken.

Die Gruppe um sie herum begann sich aufzulösen. Siebenfinger begab sich ans Feuer und griff nach einem Humpen. Der größte Teil der Anwesenden war bereits betrunken. Jaarn erkannte unter anderem den Riesenschlächter wieder, der inmitten der anderen Halunken allerdings kaum auffiel.

Als Rugk sich mit seiner Pfeife neben das Feuer setzte, blieb Jaarn dicht bei ihm und beobachtete ihn, dessen Augen unter dem Schlapphut unruhig hin und her huschten.

»Frag mich wirklich, was die hier wollen. Selten so viele üble Gesellen auf einmal gesehen«, raunte Rugk und zog einen glimmenden Span aus dem Feuer, um damit seine Pfeife anzuzünden.

Jaarn blickte sich unsicher um. Ihm war inmitten dieser Halsabschneider alles andere als wohl zumute. Sein Begleiter zwinkerte ihm jedoch aufmunternd zu.

»Wenn du dreckig lachst und so tust, als hättest du was zu verbergen, wird keiner Verdacht schöpfen.«

Er drückte Jaarn einen Humpen in die Hand und der bemühte sich redlich, dreckig zu lachen. Im gleichen Augenblick wurde Rugk von einem weiteren Mann erkannt, der nun direkt auf sie zuwankte.

»Findt Weissgluth! Na, der darf bei so einer Gelegenheit natürlich nicht fehlen!« Grinsend entblößte er sein unvollständiges Gebiss. Der Angesprochene lachte auf.

»Ganz gewiss nicht, Gevatter Trümmerzahn! Bietet sich ja nicht alle Tage, so 'ne Gelegenheit.«

»Das wird was ganz Großes, sag ich dir. Die haben schließlich 'n ganzes Schwein und acht Fässer springen lassen!«, erwiderte der Zahnlose zustimmend.

Am anderen Feuer krachten unter kehligem Lachen einige Humpen ineinander. Seufzend hob Jaarn seinen eigenen und folgte, während Trümmerzahn weitereilte, dem Blick des Narbigen, der durch die Flammen hindurch das größte der umstehenden Zelte betrachtete, in dem sich gegen das Licht einiger Kerzen drei Schatten abzeichneten.

Plötzlich hob sich der Vorhang am Eingang des Zeltes und die Wachen nahmen Haltung an. Aus dem Inneren trat ein großer Mann in einer tadellosen Rüstung. Seine Augenklappe und die Kerben im Griff seines Schwertes ließen vermuten, dass er in mehr als einem Krieg gekämpft hatte. Abfällig musterte er die finsteren Gestalten an den Feuern.

Rugk beugte sich zu Jaarn hinüber und flüsterte besorgt:

»Das ist er: Das ist Zadt Mhaw, der General des Keilers …«

Ein weiterer Mann trat aus dem Zelt. Dieser trug eine dunkle Robe und um den Hals ein silbernes Amulett, das Jaarn nur mit Mühe erkennen konnte: eine Schlange, die sich um ein Tintenfässchen wand. Der Glatzkopf, dessen Gesicht seltsam verquollen wirkte, war untersetzt und um einiges kleiner als der General.

Wieder hörte er die flüsternde Stimme des Narbigen.

»Schau an, schau an, ein Wortvergolder. Scheint tatsächlich noch einmal Geschichte schreiben zu wollen, der Keiler.« Mhaws verbliebenes Auge bewegte sich von einem Schurken zum nächsten. Schlagartig verstummten die Gespräche und das Lachen. Die Männer erhoben sich. Nur wenig später war es vollkommen still im Lager. Einzig die Feuer knackten noch leise.

Nun trat zum Erstaunen aller ein Mädchen aus dem Zelt. Eine junge Frau, die ungefähr in Jaarns Alter sein musste, obwohl ihr Blick und ihre Haltung dem nicht entsprachen. Bei ihrem Anblick vergaß er beinahe zu atmen. Das rötliche Haar hing ihr wirr in die Stirn. Dahinter funkelten zornige grüne Augen, die selbst im spärlichen Licht des Feuers noch deutlich auszumachen waren. Hohe Wangenkochen und ein kleiner Mund mit schmalen Lippen verliehen ihrem Gesicht einen merkwürdig strengen Ausdruck, der durch ihre Kleidung noch verstärkt wurde. Was sie trug, mochte vielleicht einmal ein Kleid gewesen sein, hatte sich aber mit der Zeit durch Lederflicken, Abnäher und den breiten Gürtel, der über ihre Schulter lief, in eine Art Waffenrock verwandelt. Passend dazu baumelten an ihrer Hüfte ein Krummschwert und ein Dolch.

Ihr Anblick wirkte verstörend auf die Umstehenden, die andere Frauen gewöhnt waren.

»Sie … sie ist wunderschön«, flüsterte Jaarn, sein Unwohlsein ob der schurkischen Gesellschaft völlig vergessend.

»Zu dürr, wenn du mich fragst«, murmelte der Narbige.

»Unter euch ist kein einziger ehrbarer Mann«, rief die Rothaarige nun in einem Ton aus, den man von ihr nicht erwartet hätte. Niemand wagte ihr zu widersprechen. »Und das ist auch gut so. Denn ich brauche Leute wie euch. Halsabschneider, Mörder und Lügner. Männer, denen man jede Frage mit Gold beantworten kann!« Sie machte eine kurze Pause und blickte abwartend in die trunkene Runde.

»Na, da wär'n wir wohl wirklich die Richtigen!«, brüllte der Riesenschlächter auf der anderen Seite des Feuers und schwenkte seinen Krug.

Jaarn lächelte noch immer versonnen. Er war unfähig, seinen Blick von ihr abzuwenden.

»Dann will ich euch verraten, für was ich euch so fürstlich belohnen will!«

Bevor sie aber weitersprechen konnte, spie Trümmerzahn aus und hob seinen Zeigefinger.

»Ich hätt' da mal noch eine Frage, junge Dame: Warum sollten wir Euch nicht überwältigen und uns Euer Gold einfach nehmen?« Er lächelte die Rothaarige an, legte eine Hand auf den Schwertknauf und nahm noch einen Schluck aus seinem Humpen.

Sein Lächeln erwidernd, hob die Angesprochene ihre Hand, und aus dem Schatten der Zelte trat ein Dutzend Uniformierter mit gespannten Armbrüsten. Trümmerzahn lachte unsicher auf, winkte ab und trat, während das Mädchen weitersprach, zurück in den Kreis der anderen.

»Ihr sollt mir einen Kopf bringen. Für den Preis von zweitausend Goldkeilern und drei Morgen Land.«

Während die Miene des Narbigen sich verfinsterte, ging ein anerkennendes Raunen durch die Reihen der Männer. Jaarn vernahm es nicht einmal. Alles um ihn herum verblasste beim Anblick jenes Mädchens.

»Lasst schon hören! Wem sollen wir für Euch den Garaus machen?«, schrie einer der Schurken.

»Tötet für mich den Sohn des Raben! Bringt mir den Kopf Jaarns von Stahl!«

Jaarn brauchte ein wenig, bis er begriff und seine Verzückung durch dieses Mädchen sich mit blanker Angst zu mischen begann. Schweiß tropfte ihm plötzlich von der Stirn und lief an der schmutzigen Augenbinde hinab, als er sich vorsichtig seinem Begleiter zuwendete.

»Genau wie ich befürchtet hatte«, hörte er den Narbigen murmeln. »Ganz ruhig, Junge. Keiner hier weiß, wie du aussiehst. Bist bloß ein einäugiger, drecksgesichtiger Krüppel, der nichts zu befürchten hat.« Rugk dachte kurz nach, da meldete sich hinter dem Feuer noch einmal Trümmerzahn zu Wort.

»Na ja, Menschen für Gold umbringen ist für die meisten von uns nicht das Problem, damit haben wir so unsere Erfahrungen. Aber wir wüssten schon gern, für wen wir diesen Burschen denn erledigen sollen.«

»Genau. Leuten, die im Wald ihr Lager aufschlagen, um Meuchelmörder anzuwerben, kann man schließlich nicht unbedingt trauen!«, rief ein anderer aus und lachte dabei schäbig.

Das Mädchen nickte mit ernster Miene. Sie schien beinahe auf diese Frage gewartet zu haben. Denn als sie nun feierlich ihre Hand hob, entrollten die Uniformierten vor den Zelten die Banner des Keilers.

Gedämpfte Stimmen klangen aus den Reihen der Halunken.

»Vor euch steht Gvenn, die rechtmäßige Tochter des Keilers!«

Einige Männer jubelten und hoben ihre Humpen, andere fielen betrunken vor dem Mädchen auf die Knie. Jaarn gewahrte ein zufriedenes Lächeln, das sich über das Gesicht des einäugigen Generals spannte.

»Gut inszeniert«, knurrte Rugk.

Im Feuerschein tanzte der Schatten des Mädchens auf den umstehenden Zelten, als es laut weitersprach: »Eonh von Stahl hat seinen jüngsten Spross vor der Welt verborgen. Niemand weiß, wo er sich versteckt oder wie er aussieht. Doch das ist auch nicht nötig. Ihr werdet ihn auch so erkennen. Denn er reist in Begleitung eines Mannes und trägt ein Schwert bei sich, das man nicht verwechseln kann!«

»Die könnten ja überall sein, die beiden«, erklang es aus der Mitte der gierigen Meute. »Tätet vielleicht besser daran, Euch einfach mit dem Zepter Ghidt-Lhorrs zufriedenzugeben!«

Jaarn sah, wie das Mädchen seine Muskeln anspannte. Mit wenigen Sätzen war sie am Feuer vorbei und baute sich vor dem Mann auf, starrte ihm kalt entgegen und flüsterte für jeden der Umstehenden deutlich vernehmlich: »Ich habe geschworen, das Haus von Stahl auszulöschen. Seine Brüder habe ich bekommen. Seinen Vater auch. Und er wird mir ebenfalls nicht entkommen.« Dann wandte sie sich an die übrigen Männer und funkelte wild in die Runde: »Seid ihr dabei?«

Beinahe geschlossen standen die Schurken auf und grölten begeistert wie aus einem Mund, sodass sich die Tochter des Keilers zufrieden abwendete und lächelnd wieder in ihrem Zelt verschwand.

Schaudernd blickte Jaarn ihr nach. Rugk schüttelte den Kopf und zog an seiner Pfeife.

»Tss, da hat der Keiler doch tatsächlich klammheimlich noch ein Mädchen in die Welt gesetzt. Will gar nicht wissen, welches vergessene Haus als Nächstes mit irgendeinem Nachgeborenen daherkommt.«

Seufzend wendete Jaarn seinen Blick vom Eingang des Zeltes ab. Dabei bemerkte er, wie die Männer um sie herum bereits ihre Klingen zu schärfen und die Spitzen ihrer Pfeile mit Gift zu bestreichen begannen. Der Narbige griff nach seiner Schulter:

»Sollten diese gesellige Runde besser so schnell wie möglich verlassen ...« Er deutete mit dem Kopf Richtung Wald. Jaarn drehte sich aber schon wieder dem Zelt der Rothaarigen zu. Rugk packte ihn daraufhin fester und wollte ihn gerade fortzerren, als hinter ihnen ein Zweig knackte. Die Hand am Dolch fuhr der Narbige herum. Sie sahen sich Mhaws Geschichtenerzähler gegenüber, der wie aus dem Nichts mit zwei vollen Krügen direkt hinter ihnen aufgetaucht war.

Der Glatzkopf verzog sein Gesicht, seiner gebrochenen Nase wegen, zu einem seltsam unförmigen Grinsen und nuschelte leise.

»Setzt euch nur ruhig wieder ans Feuer, meine Herren! Gern würde ich mit euch über eure Abenteuer sprechen. Wenn man als derart sonderbares Gespann umherreist, erlebt man doch gewiss so einiges, nicht wahr? Hier, jedem von euch ein guter Humpen, mit Empfehlung von Meister Mhaw!«

Widerwillig ließen Jaarn und der Narbige sich zurück ans Feuer drängen, bemerkten aber kurz darauf zu ihrer Verwunderung, dass der Mann sie nicht zu den anderen, sondern in eine etwas abgelegene Ecke drängte.

Kaum dass sie sich dort wenig später auf Baumstümpfen niedergelassen und auf das Wohl der Keilertochter angestoßen hatten, sah der Fremde sie schelmisch an.

»Ich denke, ihr beide hättet sicher wirklich einiges zu erzählen. Geschichten, müsst ihr wissen, sind meine Berufung. Meine Profession.« Er blickte von einem zum anderen, wobei seinen Mund ein schwer zu deutendes Lächeln umspielte. »Ich erwähne das nur, weil ja auch eine Verkleidung eine Art Geschichte ist. Und wenn da nun jemand käme, der, sagen wir einmal, eine gute von einer schlechten Geschichte unterscheiden könnte, dann müsste der ja in der Lage sein …« Er ließ den Rest des Satzes unausgesprochen und schaute den Narbigen herausfordernd an.

Jaarn glaubte zu bemerken, wie sehr die Ausführungen jenes Mannes Rugk verärgerten. Und obwohl er sich nicht ganz sicher war, glaubte er doch, verstanden zu haben, dass dieser Wortvergolder ihre Maskerade durchschaut hatte. Weshalb aber hatte er sie nicht verraten?

Der Glatzkopf beugte sich näher zu Rugk, das Tintenfass mit der Schlange baumelte knapp über dem Boden, als er dem Narbigen verschwörerisch zuwisperte:

»Ich werde euch, wenn ihr aus diesem Lager fliehen wollt, weder aufhalten noch verraten. Aber nur, wenn ihr mich mitnehmt. Ich will sie sehen, sie berühren, die Geschichtenklinge …« Kaum hatte er diese Worte ausgesprochen, da streckte er dem Narbigen seine Hand entgegen. Der jedoch zögerte und schaute den Glatzkopf mit der gebrochenen Nase misstrauisch an.

»Hab ich … Garantien?«, fragte Rugk leise und mit sichtlichem Unmut.

Die Augen seines Gegenübers blitzten auf.

»Nicht eine! Nur: Wenn alle Schurken des Reiches nach zwei Männern Ausschau halten, ist es vielleicht besser, wenn man zu dritt reist.«

Als die Eisenmutter wieder zu sich kam, lag sie, ebenso wie drei weitere Verwundete, gefesselt und ihrer Schwerter beraubt quer über dem Rücken eines Maultieres, das gemächlich inmitten der Todernter dahintrottete. Andere Tiere schleppten abgewetzte Lederbeutel und rissige Säcke mit der Beute aus der Natterngrube.

Beruhigt spürte Deswyn das Büchlein in ihrem Stiefel. Das hatten sie also nicht gefunden. Sie hob den Kopf ein wenig und versuchte sich umzuschauen. Wohin brachten diese Leute sie? Sie erinnerte sich an Geschichten über den grausamen Knochenkönig, jene legendäre Gestalt, die den Kadavriten angeblich aus dem Dunkel heraus Befehle erteilte und mit der Mütter ihren Kindern schon seit Urzeiten Angst einjagten. Was, wenn es ihn tatsächlich gab? Wenn sie auf dem Weg zu ihm waren?

Die übrigen Gefangenen waren noch immer nicht bei Bewusstsein, während die Kadavriten in ihren Lumpen schweigend voranwankten. Bei ihrem Anblick fragte sich Deswyn, wie wohl der Herrscher eines solchen Volkes aussehen mochte. Vermutlich war er der Jämmerlichste unter den Jämmerlichen, dem Schoß des Elends selbst entstiegen, mit Ausschlag auf die Welt gekommen und sogleich dem Krieg an die kalte ausgemergelte Brust gesetzt.

Ihr Maultier trottete träge dahin. Die Landschaft um sie herum veränderte sich, die Bäume wurden weniger, der Untergrund steiniger und bald bewegte die bucklige Karawane sich mit ihrer Beute über moosbewachsene Felsen.

Kurz darauf begann es zu regnen. Schmale Bäche kalten Wassers bildeten sich unter den Hufen der Lasttiere. Und der Zug der Todsammler wirkte nun, nass bis auf die Haut, noch elender als zuvor.

Im Schatten einer dunkel glänzenden Steilwand stoppte der Zug. Deswyn beobachtete, wie der Anführer an das Massiv herantrat und zwischen einigen Verwerfungen verschwand. Durch das Tosen des Regens glaubte sie Stimmen zu vernehmen. Dann setzten die schwer beladenen Maultiere sich wieder in Bewegung und verschwanden eines nach dem anderen hinter den Felsen aus ihrem Sichtfeld.

Dort, dachte Deswyn, lag vermutlich eine jener Höhlen, in denen die Aaslinge sich versteckten. Schließlich trabte auch ihr Maultier zwischen den Steinen hindurch. Der Klang seiner Hufe hallte von den hohen Wänden einer schmalen gewundenen Kluft wider, die sich kurz darauf in einen niedrigen, von Fackeln beschienen Gang verwandelte, der sich endlos hinzuziehen schien.

Zu viel Zeit, um sich der zahlreichen Geschichten zu erinnern, die davon handelten, wie die Kadavriten ihre Gefangenen fraßen, sie in blutigen Wettkämpfen gegeneinander antreten ließen oder dem Kriegbringer opferten.

Im Inneren einer kleinen Höhle begannen die Todsammler die Tiere abzuladen und die Gefangenen loszuschnüren. Allein drei von ihnen kümmerten sich dabei um die Eisenmutter, die sich kurz darauf, von ihren Fesseln befreit, zu ihrer vollen Größe aufrichtete. Sie streckte sich, atmete die feuchte Luft ein und spürte das Leben in ihren Körper zurückkehren. Als sie sich kurz darauf umzuschauen wagte und sich zum nächsten Durchgang herumdrehte, traute sie ihren Augen nicht.

Vor ihr öffnete sich eine Höhle von gigantischen Ausmaßen. Im spärlichen Licht der Fackeln schien sie sich über viele hundert Meter in den Fels zu erstrecken, konnte allerdings auch wesentlich größer sein.

Aus der Ferne war leises Stimmengewirr zu hören, mannshohe Tropfsteine ragten von der Decke ins Innere hinab. Das Beeindruckendste aber waren die in den Stein geschlagenen Kammern. Es mussten Hunderte sein, die sich zudem über mehrere Ebenen erstreckten. Die kompletten Felsflanken im Inneren dieser Höhle schienen ausgehöhlt und in eine Wohnstatt verwandelt worden zu sein. Geschäftige Gestalten huschten im sie umgebenden Zwielicht auf den verschiedenen Ebenen umher.

Über einigen jener steinernen Behausungen glaubte Deswyn im Licht der Fackeln Banner zu erkennen. Staunend blinzelten sie und die übrigen Gefangenen, die mittlerweile ebenfalls wieder bei Bewusstsein waren, in das Halbdunkel der Höhle. Vor ihren Augen erhob sich, irgendwo unter der Welt, eine verborgene Stadt!

Plötzlich legte eine der zerlumpten Gestalten eine Kette um ihre Füße. Ungläubig starrte Deswyn auf die grob geschmiedete Eisenfessel, die sich über den Steinboden von einem Fuß zum nächsten wand.

»Was habt ihr mit uns vor?«, wollte einer der Gefangenen wissen.

Aus seiner Stimme klang die Angst eines Mannes, der fürchtete, geopfert oder gefressen zu werden. Ohne die Frage zu beachten, schloss der Todernter die eiserne Schelle um den letzten Fuß und richtete sich schließlich wieder auf.

»Verratet uns wenigstens, was mit uns geschehen soll!«, flehte ein anderer Gefangener. Zu Deswyns Erstaunen trat eine der umstehenden Wachen auf ihn zu und antwortete ihm:

»Darüber hat allein der König zu befinden.«

Erschrocken blickten die Gefangenen einander an.

Sie waren tatsächlich in der Höhle des Knochenkönigs gelandet!

Mit kurzen Speeren bewaffnet traten jetzt einige weitere Todsammler aus dem Schatten und trieben die Gefangenen im Fackelschein mit rasselnden Ketten zwischen den Felsbehausungen hindurch tiefer in die Höhle.

Bald darauf erreichten sie einen kleinen, von behauenen Monolithen gesäumten Platz, wo die Speerträger jeden von ihnen an einen Felsen ketteten. Im Zentrum des Steinkreises erkannte Deswyn ein verwittertes Podest, an das, während man sie festband, ein leise murmelnder Robenträger herantrat und feierlich etwas aufnahm.

Deswyn versuchte zu erkennen, was es war, konnte jedoch lediglich sehen, wie der Todsammler es gleich darauf an seine Lippen setzte. Und dann erklang ein sonderbar heller, schwirrender Ton, der sich, von den Wänden zurückgeworfen, irgendwo in der Finsternis verlor.

Noch während er durch die Höhle hallte, flammten überall um sie herum, auf allen Ebenen, an allen Steinen und in allen Gassen und Gängen, weitere Fackeln auf. Wo gerade eben bloß einige Dutzend gebrannt hatten, waren es, als der Laut verklungen war, plötzlich gut zehn Mal so viele. In ihrem Schein offenbarte sich jetzt die wahre Größe jener Höhle. Die Zahl der Felsenkammern ging nicht in die Hunderte, sie ging in die Tausende.

Jetzt erst erkannte Deswyn, was der Mann dort im Steinkreis an seine Lippen hielt: eine dreiröhrige, aus Knochen geschnitzte Flöte, aus der in diesem Moment bereits der zweite Ton erklang. Tiefer als der erste schien er für einen kurzen Moment die gesamte Höhle zu erfüllen.

Auf diesen Ton hin gingen die Kadavriten gemessenen Schrittes aus dem Schatten ihrer Behausungen an den Rand der Ebenen, bis die Bewohner der Höhlenstadt von überall her auf den Platz mit den Gefangenen hinunterblickten. Schwarze Standarten wurden aufgezogen.

Dann erklang die Knochenflöte ein drittes Mal. Ein noch tieferer Laut, der das Zwielicht länger als die beiden zuvor erfüllte und unter dem die Steine vibrierten.

Irgendwo begannen dunkle Trommeln zu dröhnen, deren Klang sich mit einem allmählich anschwellenden seltsam tonlosen Lied mischte, das aus den Mündern zahlloser Todsammler schwoll. Unter diesem Choral schien Schritt um Schritt der sagenumwobene Herrscher der Kadavriten aus einer Felsenwand gegenüber den Monolithen herauszuwachsen.

Als er stoppte, erstarb das Lied.

Und dort stand er: der Knochenkönig.

Verwundert musterte die Eisenmutter die sonderbare Erscheinung. Er war weit jünger, als sie gedacht hatte. Kaum älter als fünfundzwanzig Jahre. Darüber hinaus eigentümlich bleich und hager. Und da war noch etwas anderes, das sie jedoch erst auf den zweiten Blick erfasste: er hatte einen Buckel. Sein gesamter Körper schien seltsam verzogen. Langes weißes Haar fiel ihm über die Schultern. Sein Gesicht war das brauenlose Antlitz eines Kindes. Vollkommen glatt, als hätte man menschliche Haut über einen makellosen Schädel gezogen, in dessen Höhlen wässrige graue Augäpfel schimmerten.

Der Knochenkönig trug einen Lendenschurz, in seiner Hand eine schwarze Knochenflötenstandarte und auf dem Haupt eine, wie es schien, komplett aus Fingerknochen gefertigte Krone.

Trotz der vielen Menschen war es jetzt so still im Inneren jener weitläufigen Höhle, dass die Gefangenen ihren Herzschlag zu hören glaubten. Aus dieser Stille heraus ertönte plötzlich ein vielstimmiger Flügelschlag, der immer näher kam, bis sich schließlich ein gutes Dutzend riesiger grauer Geier auf dem Felsen neben dem Knochenkönig niederließ. Der größte von ihnen landete auf dessen Standarte und blickte von dort aus mit teilnahmslosen Augen auf die Gefangenen hinab.

In diesem Moment begann die Eisenmutter leise zu lachen.

Durch die Reihen der Kadavriten ging ein erstauntes Raunen, das sich vom Zentrum der Höhle bis an ihren äußersten Rand fortpflanzte.

X

Jaarn, Rugk und ihr glatzköpfiger Begleiter hatten den Wald bereits einige Zeit hinter sich gelassen und bewegten sich inzwischen durch die Ausläufer des Narrjadth-Gebirges. Aus dem Lager des Keilers hatten sie mit Hilfe des Wortvergolders zwei Pferde gestohlen und im Anschluss das Eherne Buch aus dem Versteck geholt. Jetzt trug Rugk es in einer Stoffhülle über der Schulter, während sich Jaarn, des Reitens nicht fähig, von hinten an den Glatzkopf klammerte.

Immer wieder hatten die drei sich auf ihrem Ritt umgesehen, gefürchtet, dass die Schergen des Keilers ihnen auf der Spur wären. Aber die meisten von Mhaws Handlangern hatten sich wahrscheinlich noch am gleichen Abend aufgemacht, um sich irgendwo anders auf die Suche nach jenem Jungen mit dem Legendeneisen und seinem Begleiter zu machen.

Mit der Flucht des Wortvergolders – mittlerweile wussten sie, dass er Gidwigk hieß – hatte der General rechnen müssen, zumal Männer wie dieser für eine gute Geschichte über Leichen gingen. Obwohl der Einäugige sich kaum die näheren Umstände dieser Flucht hätte ausmalen können.

Zwischen den Wäldern und dem Narrjadth hatte es irgendwann begonnen zu regnen. Sie passierten rauchende Schlachtfelder mit dunklen Gestalten, die dort in der Morgendämmerung ihrem schaurigen Tagwerk nachgegangen waren. Rugk erzählte von den Kadavriten, über die Jaarn noch nie etwas gehört oder gelesen hatte. Angesichts eines ganzen Volkes, das von den Überresten des Krieges lebte, begriff er, wie tief dieser wirklich in der Welt verwurzelt sein musste. Ein Gedanke, der Jaarn vermutlich weit mehr erschüttert hätte, wenn er nicht die meiste Zeit über an Gvenn hätte denken müssen. All die Schrecken, von denen er und seine Begleiter umgeben waren, verblassten vor dem Gesicht jenes rothaarigen Mädchens mit dem ungezähmten Blick. Selbst wenn es danach trachtete, ihn umzubringen. Er sah es noch immer vor sich, dort im Wald, stolz und aufrecht im Schein des Feuers stehend und wild in die Runde funkelnd.

Schweigend trabten die drei auf einem ausgetretenen Pfad dahin, bis auf die Knochen durchnässt, die feuchten Kapuzen tief ins Gesicht gezogen. Unter dem unablässigen Prasseln des Regens passierten sie die ersten Ausläufer des Narrjadth. Mürrisch betrachtete Gidwigk die stoffumwundene Klinge auf Rugks Rücken. Obwohl er es mehrfach einzufordern versucht hatte, ließ ihn der Narbige sie nicht berühren. Die beiden waren darüber in Streit geraten und Jaarn fürchtete für einen Moment sogar, dass sie einander erschlugen. Jetzt aber befanden sie sich, ohne dass es dazu gekommen wäre, auf dem Weg in den nächstgrößeren Ort.

Rugk hatte ihnen versichert, einen neuen Plan zu haben. Was durchaus vorteilhaft war, da sie, mit der Nacht und Mhaws Häschern auf ihrer Spur, noch zwei verlorene Geschichten zu finden hatten. Wo letztere sich befanden, behauptete der Narbige allerdings zu wissen, was ihnen wiederum einen weiteren Vorteil verschaffte.

Langsam wurden die Felsen um sie herum steiler. Vor ihnen wuchs der Gipfel des Narrjadth in die Höhe. Ihr Ziel, ein kleines befestigtes Dorf mit dem Namen Dorrnhort, lag am Ende des Hohlweges, den sie gerade durchritten. Der Narbige hatte den Ort als nächsten Stopp auserkoren, weil er, seinen eigenen Worten zufolge, bereits einige Male dort gewesen war und Leute kannte, die ihnen helfen würden.

Wenn es nach Jaarn ging, erreichten sie diesen Ort besser früher als später. Nicht zuletzt, weil seine Kleidung, vor allem die Augenbinde, schrecklich juckte.

»Warum überhaupt ein neuer Plan?«, fragte Gidwigk, während der Regen über sein noch immer entstelltes Gesicht lief.

»Weil die zweite Geschichte sich in der Weißen Stadt befindet. Und dort ohne einen Plan aufzutauchen ziemlich dumm wäre«, knurrte Rugk.

Der Wortvergolder nickte verständig.

»Natürlich. Arrens Baum …«

»Aber ich dachte, du hattest einen Plan?«, fragte Jaarn und runzelte verwundert die Stirn.

»Hatte ich auch. Der hat sich allerdings zusammen mit der Natterngrube in Rauch aufgelöst.«

»Hätte ich gewusst, wie es mit euren Plänen aussieht, wäre ich vielleicht doch lieber beim Keiler geblieben«, meinte Gidwigk übellaunig.

»Die Nacht hat den größten Teil meines Plans zunichtegemacht. Zwanzig Männer, die genau wussten, was sie zu tun hatten. Mit ihnen hätten wir die nächste Geschichte binnen zweier Tage aus der Stadt gehabt.«

»Das glaubst du doch selbst nicht. Hier geht es um Arrens Baum! Jedes Kind im Reich weiß, was Joran van Pardt aus ihm gemacht hat! Ein Mahnmal für den Frieden, besser bewacht als die Waffenpläne in den Gewölben M'Venns. Und innerhalb zweier Tage willst du mit einem Haufen Strauchdiebe …«

Der Schlag des Narbigen kam völlig unerwartet. Jaarn konnte seine Faust nicht einmal richtig sehen, so schnell schoss sie hoch, traf Gidwigk am Kinn und warf ihn von seinem Pferd. Dumpf stürzte er auf den nassen Fels.

Ebenfalls vom Pferd gleitend betrachtete Jaarn verwundert, wie Rugk seine Arme über dem Sattel verschränkte, sich zu dem am Boden Liegenden hinabbeugte und ganz ruhig zu ihm sprach:

»Dhimwidt und seine Getreuen waren keine Strauchdiebe. Sondern ehrbare Männer, verglichen mit dir.«

Stöhnend betastete der Glatzkopf sein verformtes Gesicht und murmelte, während der Regen um ihn herum zu Boden prasselte:

»Was willst du damit sagen, alter Mann? Dass ein Dieb mehr wert ist als ein …«

»Wag es nicht, dich einen Geschichtenerzähler zu nennen.« Rugk deutete auf das silberne Tintenfass mit der Schlange auf Gidwigks Brust. »Ich kenne dieses Zeichen, das du um den Hals trägst, und weiß, wie deinesgleichen Geld verdient.«

Aufgebracht fuhr Jaarn dazwischen. Seine Stimme überschlug sich beinahe, als er gegen den Regen anschrie:

»Hört auf, verdammt! Eure eitlen Streitereien nutzen niemandem, und …«

»Halt den Mund, Bursche!«, herrschte der Narbige ihn an, hob seinen Zeigefinger und sprach mit bebender Stimme: »Du bist ein Kind, das in einem Turm aufgewachsen ist, und du weißt nichts, rein gar nichts von diesem Leben!«

Jaarn wollte etwas entgegnen, doch in seinem Hals spürte er plötzlich einen bitteren Kloß. Dachte Rugk tatsächlich so über ihn? Verstört senkte er, während der Narbige sich wieder Gidwigk zuwendete, den Kopf.

»Ihr seid keine Geschichtenerzähler, sondern schäbige Legendenschänder, nichts anderes als skrupellose Silbensöldner! Jeder Wegelagerer hat mehr Ehre im Leib als ihr!«

Rugk spuckte neben Gidwigk, der sich gerade aufrappeln wollte, auf den Boden.

Da tönte von den Felsen plötzlich eine Stimme:

»Gut gesprochen, Narbengesicht! Wahre Worte! Ich empfinde unsere Tätigkeit tatsächlich auch als überaus ehrenhaft!«

Beinahe zeitgleich hoben die drei ihre Köpfe in die Richtung, aus der der Ruf erklungen war. Über ihnen erhob sich ein Mann in einem Mantel, dessen Farbe sich kaum von der der steinernen Wände unterschied.

Ohne seinen Blick von dem Fremden abzuwenden, zog Gidwigk sich fluchend am Sattelriemen seines Pferdes empor. Rugks Gesicht zeigte, während der Regen durch das Narbengewirr floss, keinerlei Regung. Nur Jaarn fuhr zusammen, als sich neben dem Unbekannten plötzlich noch einige weitere Männer erhoben, ihre Mäntel zurückschlugen und mit Kurzbögen auf sie zielten.

Plötzlich herrschte, abgesehen vom Prasseln des Regens und dem Plätschern einiger Rinnsale, eine eigentümliche Stille auf dem Hohlweg. Das nächste Geräusch, das an Jaarns Ohr drang, war das von Rugks Gürtel, der mitsamt seinem Messer über den Rücken des Pferdes zu Boden glitt. Er konnte sehen, wie der Narbige die Hände über den Kopf hob, tat es seinem Begleiter zögernd nach und bemerkte aus den Augenwinkeln, wie auch Gidwigk ihrem Beispiel folgte.

Die Wegelagerer warfen Seile zu ihnen hinunter und begannen über die feuchten Felsen in den Hohlweg hinabzusteigen.

Jaarn blickte vorsichtig zu Rugk, dessen Lippen ein feines Lächeln umspielte …

Im Licht einiger Kerzen beobachtete Zadt Mhaw, wie Gvenn sich nachdenklich in einem kleinen verzierten Spiegel betrachtete, der in einem improvisierten Feldlager wie diesem völlig fehl am Platz schien. Kritisch musterte sich das Mädchen.

Mhaw war klar, dass es auch für sie ein harter Tag gewesen war. Die Verhandlungen hatten bis tief in die Nacht gedauert. Danach waren die meisten gedungenen Mordgesellen direkt aufgebrochen. Er, der sich immer noch über das Verschwinden des Wortvergolders ärgerte, hatte draußen inzwischen neue Wachen antreten lassen. Gidwigk hätte gewiss ein paar Keilergeschichten ausschmücken und ein paar andere erfinden können, was, wenn es darum ging, den neu erstarkten Truppen des Hauses Bitterkling ein wenig Respekt zu verschaffen, gewiss von Vorteil gewesen wäre. Der General wusste sehr genau, was es bedeutete, die Sprache auf seiner Seite zu haben. Die Macht der Schlangentinte war so groß, dass er mit einer Handvoll Legendenschänder vermutlich sogar die Schlacht vom Keilerstein hätte umschreiben können. Die Menschen gierten nach guten Geschichten. Wobei die Wahrheit kein notwendiger Bestandteil war.

Manchmal hätte er sich anstelle seines Schwertarms eine beredtere Zunge gewünscht. Damit nämlich ließen sich Wunden schlagen, von denen ein Soldat nur träumen konnte.

Doch es war müßig, weiter darüber zu sinnieren. Mochte ihm dieser undankbare glatzköpfige Zungentänzer auch fortgelaufen sein, früher oder später würden sich Wortvergolder im ganzen Reich darum reißen, die Geschichten des Keilers in die Welt tragen zu dürfen.

Schweigend beobachtete er Gvenn. Die junge Kriegsfürstin war längst mehr Frau als Kind. Und Mhaw hätte schwören können, dass das Licht der Kerzen auf ihren Schultern anders schimmerte als noch ein Jahr zuvor, da er sie das letzte Mal im Kloster besucht hatte, wo sie unter falschem Namen aufgewachsen war.

Er trat einen Schritt näher und sprach leise:

»Sie werden nicht lange brauchen, um den Jungen zu finden. Zwei Wochen. Höchstens. Dann wird die Zeit des Raben vorüber und Euer Vater gerächt sein, junge Herrin.«

Mit finsterem Blick betrachtete Gvenn ihr Antlitz im Spiegel.

»Du nennst mich deine Herrin, aber behandelst mich noch immer wie ein Kind! Und meinen größten Wunsch schlägst du mir noch immer ebenso bestimmt ab, wie du es mit dem Kopf eines Verehrers tätest.«

Mit einer zärtlichen Geste strich der Einäugige dem Mädchen über das Haar.

»Ihr wisst, dass ich es nicht überleben würde, wenn Euch etwas zustieße.«

Er bemerkte, wie ihr Blick über ein kleines Häufchen Ringe, Ketten und Armbänder glitt, bevor sie langsam ihren Kopf hob und ihn über das polierte Glas trotzig anfunkelte.

»Wer sagt denn, dass mir etwas zustößt? Er ist genauso alt wie ich. Und zwischen Büchern aufgewachsen. Ich würde sicher keine zehn Minuten brauchen, um ihm sein jämmerliches Rabenherz aus dem Leib zu reißen!«, fauchte sie und rammte ihren Dolch zwischen das Geschmeide auf dem Tisch.

Mhaw fuhr zusammen und versuchte, sie zu beschwichtigen.

»Wenn wir ihn lebend bekommen, sollt Ihr ihn haben. Ich bin der Letzte, der Euch verwehrt, Eure Rache zu vollenden. Aber ich werde Euch ihn nicht jagen lassen. Zumal wir nichts über seinen Begleiter wissen, der zumindest kein gewöhnlicher Bücherbruder zu sein scheint. Allein dieser Plan mit dem falschen Toten in Ballgadts Laboratorium … Wir müssen damit rechnen, dass dieser Mann noch andere Verbündete hat.«

»Deine ewige Vorsicht widert mich an, alter Mann! Du denkst zu viel. Wenn ich alt genug bin, im Namen meines Vaters den Thron von Ghidt-Lhorr zu besteigen, werde ich es anders handhaben!« Sie schüttelte seine Hände ab und verschränkte die Arme vor ihrer kaum sichtbaren Brust.

Mhaw musste lächeln. Er mochte ihre Kraft. Sie erinnerte ihn an seinen alten Herrn. Vermutlich war sie ihm ähnlicher, als ein Sohn ihm jemals hätte sein können.

»Nun, junge Herrin, wenn ich nicht gelernt hätte, anders zu denken, wäre ich gewiss irgendwann auf einem namenlosen Schlachtfeld erschlagen worden. Dann hätte man Euch an die Schweine verfüttert und der Keiler wäre tatsächlich dem Vergessen anheimgefallen.«

»Hätte, wäre, wenn. Du langweilst mich, alter Mann. Solange wir keine Burg für unser Banner haben, ist es ohnehin sinnlos, mich zu einer Prinzessin machen zu wollen!«, fluchte sie und wischte den Schmuck mit einer einzigen energischen Bewegung vom Tisch. Dann zerrte sie angewidert ihre Ohrringe aus den Löchern, nahm die Ringe von den Fingern und schleuderte auch sie auf den Boden.

Der General senkte seinen Kopf, während Gvenn weitertobte.

»Und wenn du mir verbietest, meine Klinge zu benutzen, ist es ebenso sinnlos, mich wie eine Kriegerin auszustaffieren!« Mit diesen Worten riss sie ihren Dolch wieder aus dem Holz, sprang auf und fuhr herum.

Behände warf sie das Messer von einer Hand in die andere und grinste den General herausfordernd an.

Ihr Gegenüber wusste, dass sie mit der Klinge inzwischen beinahe besser war als er selbst. Und Spielchen wie diese endeten erst, wenn es ihm gelang, ihr die Waffe abzunehmen. Früher war das einfacher gewesen. Seine kleine Gvenn begann ihm über den Kopf zu wachsen, und ihr Jähzorn erinnerte schon an den ihres Vaters.

»Ihr werdet noch früh genug Gelegenheit bekommen, mit Klinge, Bogen und Zepter zu denken.«

Sie warf ihr rotes Haar über die Schulter und erinnert Mhaw dabei für den Bruchteil eines Augenblicks an Deswyn. Dann ging Gvenn in Angriffsstellung und rief ihm übermütig zu:

»Wenn ich dir das nicht glauben würde, hätte ich dich längst von irgendwem vergiften lassen! Jetzt komm schon! Lass uns, bis das Zepter dran ist, ruhig ein wenig mit dem Messer denken!«

Seufzend zückte auch er seinen Dolch. Doppelt so breit und lang wie ihre, funkelte seine Klinge bedrohlich im Kerzenlicht. Mhaw bemühte sich um ein Lächeln, das jedoch nicht sehr glaubhaft ausfiel.

Während er auf dem Teppich einen sicheren Stand einnahm, glaubte er aus den Augenwinkeln eine sachte Regung der Kerzenflammen zu bemerken, maß ihr jedoch keinerlei Bedeutung bei.

Erst als er Gvenns Gesicht sah, begriff der Einäugige, dass etwas nicht stimmte. Statt ihr Messer weiter spielerisch kreisen zu lassen, hielt sie es nun wie erstarrt in der Hand. Dabei schien ihr Blick weniger ihm als vielmehr dem Eingang des Zeltes in seinem Rücken zu gelten.

Langsam, ohne das Messer sinken zu lassen, drehte der General sich um. Noch bevor der Eingang in sein Sichtfeld kam, spürte auch er, dass etwas sich verändert hatte. Jenseits des Kerzenscheins wirkte es eigentümlich dunkel. Es war jedoch keine natürliche Finsternis, sondern etwas, das ungleich dunkler schien. Wie ein massiver Schatten, der sich über das Gemüt legte und es derart niederdrückte, dass einem der Atem stockte. Als Mhaw den Ursprung jener fremdartigen Finsternis erkannte, zog sich in seiner Brust etwas zusammen: Das Dunkel ging von drei Schatten aus, die wie ein einziger ohne Regung im Eingang des Zeltes verharrten.

Die Nacht hatte ihren Weg ins Lager des Keilers gefunden.

Sie stand einfach nur da. Wortlos. Bewegungslos. Er hätte nicht einmal sagen können, ob die Männer ihn überhaupt anblickten, so sehr waren ihre starren Masken Teil der Dunkelheit um sie herum.

Auch wenn er nicht in der Lage war, ihre Gesichter zu sehen, so bemerkte er doch etwas anderes: die Leichen seiner Wachen vor dem Zelt.

Langsam senkte Zadt Mhaw seine Klinge und hoffte, dass die Nacht seine neuen Streitkräfte nicht zu sehr geschwächt hatte. Bei fünfzig Mann in Waffen konnte er sich größere Verluste noch nicht leisten. Seufzend stieß der General des Keilers den Dolch zurück in seine Scheide und gebot Gvenn, es ihm gleichzutun.

Währenddessen fragte er sich, was die Nacht wohl in sein Lager getrieben haben mochte. Es musste etwas Wichtiges vorgefallen sein. Etwas, das mit dem Jungen und dem Ehernen Buch zu tun hatte. Etwas Gravierendes. Was immer aber passiert war, er konnte nur hoffen, dass es die Fürsten nicht an seinen Zielen zweifeln ließ. Denn dann hätten sie sich vermutlich nicht damit zufriedengegeben, nur seine Gefolgsleute zu töten.

Stumm standen sie einander gegenüber. Die drei Schwarzgewandeten, er und das Mädchen. Kein Laut drang aus der Finsternis. Die Stille wurde beinahe unerträglich. Weder Mhaw noch Gvenn wagten, sich zu rühren. Abwartend ruhten ihre Augen auf den Schatten.

Da trat plötzlich ein weiterer Mann herein, der alles andere als eins mit der Dunkelheit war.

Verwundert betrachtete das Mädchen die kleine halslose Gestalt, deren bleiche Haut trotzig aus der Finsternis hervorschimmerte. Der Fremde trug ein wallendes weißes Gewand, das wirkte, als duldete es keinen Schmutz. Er war kleiner als Gvenn, und seine feuchten großen Augen über einem riesigen Mund und einer winzigen Nase wirkten wie zwei trübe Tümpel, in denen faulige Aprikosen schwammen. Iris und Pupille bildeten eine eigentümliche Einheit. Mhaw sah Gvenn zurückweichen, während er dem Neuankömmling fest in die befremdlichen Augen blickte und einen Schritt auf ihn zu machte. Er hatte in seinem Leben mehr als einen Albino gesehen und war mit diesem hier sogar durchaus bekannt. Und dass dieser Mann hier war, bedeutete zumindest, dass die Nacht nicht gekommen war, um dem Keiler den Garaus zu machen.

Tindt Gherren war die Stimme der Nacht. Wann immer sie sprechen musste, reiste er an ihrer Seite. Der Albino stand im Dienst des Rates, genoss das Vertrauen der Fürsten und war in der Ersten ebenso zu Hause wie in der Vierten. Gherren vermittelte zwischen den Mächtigen und ihrer stärksten Waffe. Vielen galt er, da allein er die Sprache der Nacht beherrschte, als einer der mächtigsten Männer des Reiches. Die Stadtväter waren der Bogen, die Nacht ihre tödlichen Pfeile, Tindt Gherren aber war das Auge, das es zum Zielen brauchte.

»Herr Mhaw, Herr Mhaw, wo seid Ihr da nur wieder hineingeraten«, tönte seine helle Stimme durch das Zelt und klang dabei wie Gift, das sich im Körper ausbreitet.

Der General neigte leicht den Kopf, als er antwortete:

»Sire, ich …«

»Schweigt! Ich will gar nichts darüber hören.«

Der Albino tätschelte den Arm des Einäugigen, wobei seine kalte weiße Hand Mhaw an ein totes Tier erinnerte.

»Setzen wir uns doch. Ich fürchte, ich werde ein wenig brauchen, bis du verstanden hast, wie nahe du das Reich mit deiner kleinlichen Rache an den Abgrund getrieben hast.«

Mhaw holte tief Luft und nickte. Dann wendete er sich dem Tisch mit dem Spiegel zu und fegte ihn leer. Glas zersplitterte am Boden. Er zerrte ihn in die Mitte des Zeltes und holte noch zwei Stühle dazu. Nachdem Gherren sich niedergelassen hatte, setzte Mhaw sich ihm gegenüber.

Der Einäugige blickte kurz über seine Schulter und betrachtete Gvenn, die sich verstört an die Rückwand des Zeltes drückte. Von ihrer frechen Verwegenheit war nicht viel geblieben.

Der Albino fuhr höhnisch fort:

»Ich weiß ja, dass du bloß deinen Herrn rächen und wieder das

Keilerbanner hissen willst. Du bist schließlich nicht der Mann für größere politische Ambitionen.« Gherren schnalzte mit der Zunge und blickte sein Gegenüber herausfordernd an. »Hirrach und den Alten hast du jedenfalls bekommen. Und Baut auf den Thron der Dritten gehoben. Mit dem Segen des Rates. Alles könnte so schön sein, wäre da nicht am Ende noch ein Rabe mehr aus dem Nest gekrochen, nicht wahr?«

Mhaw nagte an seiner Unterlippe und beobachtete den Albino angestrengt. Er wusste nicht, worauf Gherren hinauswollte.

»Es scheint, als habe Eonh von Stahl den Rat nicht nur über die Existenz seines dritten Sohnes in Kenntnis zu setzen versäumt, sondern ihm darüber hinaus auch noch den Besitz des Ehernen Buches verschwiegen. Das Problem ist, dass der alte Rabe sein Junges kurz vor seinem Abdanken heimlich fliegen ließ. Und zwar mitsamt der Geschichtenklinge.«

Der General ballte die Fäuste auf dem Tisch und knurrte:

»Erzählt mir etwas Neues, Gherren!«

Er konnte die Blicke des Mädchens in seinem Rücken spüren, das ihn vermutlich noch nie derart hilflos gesehen hatte.

Der Albino winkte ab, bevor er mit einem Lächeln fortfuhr.

»Hab Geduld, Mhaw. Ich möchte nur sicherstellen, dass du wirklich versteht, was vor sich geht. Als du von diesem Burschen, diesem Jaarn, und dem Legendeneisen erfuhrst, dachtest du dir: Das Eherne Buch gefährdet das Gleichgewicht der Dinge. So etwas sehen die Stadtväter gar nicht gern. Da entfessle ich doch einfach mal die Nacht. Die wird sich die Geschichtenklinge schon holen und mit etwas Glück auch noch den Knaben totschlagen.« Gherren faltete die Hände über dem Bauch und lehnte sich seufzend auf seinem Stuhl zurück. »Was für ein wundervoller Plan. So klug. So vorausschauend. Wäre er aufgegangen, deiner Rache wäre Genüge getan und der Rat wäre dankbar gewesen. Dir und der kleinen Keilermaid hätten alle Türen offen gestanden.« Der Albino beugte sich etwas vor, entwirrte seine Hände und hob süßlich lächelnd einen Zeigefinger. »Hätten!«, flüsterte er, bevor er plötzlich aufsprang und Mhaw derart aufgebracht anschrie, dass an seinem Hals eine bläuliche Ader pochend hervortrat.

»Weil du ein großer, dummer, feiger Krieger bist und nicht bedacht hast, dass das Eherne Buch mehr als eine Legende sein und Jaarn von Stahl einen mächtigeren Verbündeten finden könnte, als gut für uns ist!«

Während seines Wutausbruchs kam Gherren Mhaw so nahe, dass dieser angewidert den giftigen Speichel des bleichhäutigen Zwerges auf seinem Gesicht spüren konnte. Dabei wusste er nicht, was er dem Albino entgegnen sollte. Dieser hatte den Tisch inzwischen einmal umrundet und atmete wieder etwas ruhiger, als er sich auf seinen Stuhl fallen ließ und nun mit sanfter Stimme fortfuhr:

»Jener Verbündete überließ der Nacht vor wenigen Tagen kampflos die Geschichtenklinge. Der Junge war wohl auch dort. Aber das ist nicht wichtig. Wichtig ist, dass alle danach wieder ihres Weges zogen und die Nacht das Legendeneisen dem Rat überbrachte.«

Der General runzelte die Stirn. Er begriff noch immer nicht.

Der Albino wiegte seinen Kopf hin und her.

»Wundervoll! Wäre nicht besagte Klinge eine Fälschung gewesen. Du ahnst, dass nicht viele Menschen einen Grund hätten, derlei zu besitzen. Abgesehen vom vielleicht größten Galgenvogel, den das Reich jemals hervorgebracht hat: Rugk Ghirren, Findt Weissgluth, Hosk Fahlgrimm oder wie immer man ihn sonst noch nennt, den Narbensammler.«

Mhaw fuhr zusammen. *Findt Weissgluth.* Der Name war mehrfach am Feuer und in den Reihen der Gauner gefallen. Dieser Mann war unter den Meuchlern gewesen! Und er war in Begleitung eines Gefährten gereist, eines seltsamen, beinahe ein wenig lächerlich wirkenden Mannes mit einer Augenbinde, der … In diesem Moment begriff Mhaw, dass der Narbensammler nicht nur die Nacht überlistet hatte. Er fluchte leise, senkte den Kopf und presste eine Frage zwischen den Zähnen hervor:

»Wer ist dieser Kerl?«

»Uns wäre wohler, wenn wir das wüssten. Aber wir wissen kaum mehr, als dass er vier Schandmale trägt, mehr Namen als ein Morgenstern Dornen hat und aus dem Nichts aufgetaucht ist. Und das nicht zum ersten Mal! Der Narbensammler, Mhaw, ist eine lebende Legende. Dieser Mann kennt zahllose Tunnel und Geheimnisse und zählt zu seinen Freunden ebenso Diebe wie Gelehrte oder Helden. Nach allem, was wir wissen, könnte er, wenn er es wollte, eine Armee um sich versammeln, die den Ausgang beinahe jeder Schlacht gefährden könnte. Aber bedauerlicherweise will dieser Mann keinen Krieg führen. Im Gegenteil. Sein erklärtes Ziel scheint vielmehr zu sein, die Prophezeiung zu erfüllen und das Eherne Buch vor dem Thron des Kriegbringers niederzulegen.« Tindt Gherren blinzelte den Einäugigen an. »Verstehst du jetzt das Problem? Dank dir befindet dieser Mann sich jetzt im Besitz ebenjenes Werkzeugs, mit dem er dieses Ziel überhaupt erst erreichen könnte!«

Gherren lächelte verschlagen. Mhaw verfluchte ihn mitsamt der Nacht, dem Rat und allen Fürsten der stehenden Städte.

XI

Jaarn hatte das Lächeln des Narbigen zum Zeitpunkt des Überfalls offenbar falsch interpretiert. Er war davon ausgegangen, dass Rugk auch diese Räuber kannte, dass er sich, wie er es schon einmal getan hatte, durch Vorzeigen seiner Schandmale zu erkennen geben und man sie daraufhin wieder freilassen würde. Dem war allerdings nicht so. Keiner schien den Narbigen zu kennen, der darüber hinaus nicht einmal versucht hatte, irgendjemandem die Male zu zeigen.

Stattdessen erreichten sie in diesem Moment gefesselt das spärlich befestigte und unter einem Felsvorsprung gelegene Räuberlager, hinter dem sich eine Reihe von Höhlen zu erstrecken schien.

Um mehrere Feuer scharten sich vielleicht dreißig Männer in schlichten grauen Umhängen. Jener Kleidung, die es ihnen ermöglichte, inmitten der Felsen beinahe unsichtbar zu werden.

Unsanft stieß man die drei Gefangenen in der Nähe einer Felswand zwischen Fässern, Säcken und Truhen zu Boden, von wo aus sie hilflos mit ansehen mussten, wie die Wegelagerer ihre Satteltaschen und das in Stoff geschlagene Legendeneisen achtlos dazwischenwarfen.

Zum ersten Mal seit dem Beginn ihres gemeinsamen Abenteuers erschien Jaarn die Lage wirklich aussichtslos. Selbst er wusste, dass skrupellose Räuber ihren Unmut mitunter gern an Gefangenen ausließen und sie mit glühenden Eisen quälten oder ihnen die Fingernägel ausrissen. Wenigstens hatte der Regen inzwischen aufgehört, sodass ihre Kleider langsam zu trocknen begannen.

»Auch wenn's dir vielleicht so erscheint, tatsächlich wird man hier draußen normalerweise gar nicht so oft überfallen.« Rugk grinste ihn an, was Gidwigk sichtlich irritierte.

»Du meinst, wenn man nicht gerade mit dir unterwegs ist, kann es hier auch ganz angenehm sein?«, feixte Jaarn zurück, obwohl ihm ganz und gar nicht danach zumute war. Vielleicht, weil er insgeheim, aller Aussichtslosigkeit zum Trotz, davon ausging, dass der Narbige einen Plan hatte. Haben musste. Bisher hatte dieser noch immer gewusst, was zu tun war. Und selbst wenn er ihm nach wie vor nicht völlig vertraute, hatte Jaarn bisher niemanden getroffen, dem er mehr hätte trauen können.

Der glatzköpfige Wortvergolder lachte auf.

»Oh! Davon kannst du ausgehen, Junge. Dein narbiger Freund hat, wie's scheint, ein Näschen für Ärger. Dafür, dass ich unlängst erst dem Strick entgangen bin, hat meine Situation sich nicht gerade verbessert.«

Missmutig blickte er über die Kisten hinweg zu den grauen Gaunern, die ihre Hände über den Feuern wärmten.

»Haben dich nicht gebeten, mitzukommen, Schwätzer«, knurrte Rugk.

»Wohl wahr«, seufzte Gidwigk. »Meine eigene Schuld. Ich wollte es ja unbedingt berühren.«

»Wenn du uns verraten hättest, hätte Mhaw es dir auch nicht erlaubt. Er hätte uns erledigt, Jaarns Kopf der Kleinen geschenkt und das Legendeneisen der Nacht überlassen.«

»Darauf läuft es am Ende ohnehin hinaus. Wäre eben nur schneller gegangen.«

Der scharfe Ton der beiden verstörte Jaarn. Gemeinsam gefangen zu sein und sich dann noch in die Haare zu kriegen schien ihm völlig widersinnig zu sein.

»Hört endlich auf damit, verdammt noch mal! Ihr benehmt euch wie zwei störrische Bibliothekare.«

Erneut hörte er Gidwigks höhnisches Lachen.

»Schau dich um, Junge! Hier hilft eh nichts mehr. Abgesehen vielleicht von Lösegeld. Aber ich bin mir ziemlich sicher, dass es nur einen von uns gibt, für den irgendjemand etwas zahlen würde. Und der müsste, wenn ich mich recht entsinne, nicht einmal in einem Stück abgeliefert werden.« Der Glatzkopf zwinkerte ihm zynisch zu. Schaudernd wendete Jaarn sich von dem Wortvergolder ab.

»Ich bin mir sicher, dass Rugk einen Plan hat.«

»Na, wenn der so gut ist wie sein Plan, uns hier rein zu bekommen, müssen wir uns tatsächlich keine Sorgen machen.« Jaarn fuhr herum und blickte verwundert in das zerschundene Gesicht des grinsenden Glatzkopfs. »Hat er etwa versäumt, dir gegenüber zu erwähnen, dass jenes Dorf, zu dem er uns führen wollte, seit fünfzig Jahren nicht mehr existiert?« Gidwigk zuckte mit den Schultern. »Na ja, ist ja auch nur eine unwesentliche Kleinigkeit.«

Ungläubig drehte Jaarn sich zu dem Narbigen:

»Ist … ist das wirklich wahr, Rugk?«

»Schon nicht falsch, was er sagt. War aber 'n schönes Dorf, damals, als es noch stand. Frag mich allerdings, weshalb unser dicker Freund nicht früher erwähnt hat, was er weiß.«

»Weil es mir ziemlich egal war, was du vorhattest. Ich habe doch nur auf den Moment gewartet, euch das Buch abzunehmen – das muss dir doch von Anfang an klar gewesen sein. Da war's mir einerlei, wohin du mit deinem kleinen Affen reitest. Aber das spielt jetzt wohl eh keine Rolle mehr.«

Jaarn verzog das Gesicht. *Kleiner Affe.* Zumindest Gidwigk hätten die Wegelagerer vielleicht doch ein wenig mit ihren glühenden Eisen malträtieren können. An diesem Gedanken vorbei schob sich eine Erkenntnis in seinen Kopf, die mehr Fragen als Antworten aufwarf: Wenn Rugk tatsächlich vom Ende Dorrnhorts gewusst und sie dennoch diesen Weg entlanggeführt hatte, musste es einen triftigen Grund dafür geben.

»Du wusstest, dass sie uns überfallen würden, nicht wahr?«, fragte er und blickte ihm dabei in die Augen.

»Meinst du?«

»Du hattest mir verraten, dass du mit Dhimwidt und seinen Männern etwas vorhattest. Dass sie Teil des Plans waren. Da du also in der Natterngrube einen Haufen Schurken verloren hast, brauchst du nun wohl einen neuen.«

Rugk hob anerkennend eine Braue, während Gidwigk fassungslos den Kopf schüttelte.

»Wahnsinnig. Ihr zwei seid komplett wahnsinnig. Vielleicht ist es das Eherne Buch. Wie sollte auch eines Menschen Geist all seine Geschichten ertragen, ohne Schaden zu nehmen?«

Jaarn hörte ihn nicht einmal. Seufzend raunte er dem Narbigen zu:

»Ich hoffe dennoch, dass du einen Plan hast.«

Rugks Lächeln wurde breiter.

»Würd' es jetzt nicht unbedingt einen Plan nennen. Aber es ist zumindest eine Möglichkeit.«

Jaarns Blick verfinsterte sich. Er konnte sich einer gewissen Verzweiflung nicht erwehren. Gidwigk lachte nun beinahe hysterisch, was ihre Situation nicht wirklich verbesserte.

In einiger Entfernung prasselten die Feuer der Räuberbande und allmählich senkte die Dämmerung sich über das Narrjadth-Gebirge herab.

Es dauerte eine ganze Weile, bis der Geschichtenerzähler sich wieder beruhigt hatte. Währenddessen passierte im Lager der Gauner nur wenig. Weder war der Plan des Narbigen in Kraft getreten noch war einer von ihnen gefoltert worden.

Nachdenklich kaute Jaarn auf seiner Unterlippe, als er im unruhigen Licht des Feuers plötzlich bemerkte, wie die Miene des Narbigen sich aufhellte. Er folgte seinem Blick und gewahrte im Dämmerlicht eine kleine Gruppe dreier Schurken, die mit Fackeln aus den Höhlen in ihre Richtung kamen.

Ihr Anblick wirkte verstörend auf Jaarn. Auch wenn er die Halunken, schon ihrer Mäntel wegen, nicht hätte auseinanderhalten können, schien es bei zweien von diesen doch besonders schwer. Ob es nun ihre verfilzten Bärte, ihre Muttermale oder die leicht dümmlich dreinblickenden Augen waren, sie glichen einander bis aufs Haar. Der Dritte, ein mittelgroßer pockennarbiger Kerl mit einem hölzernen Gebiss, beugte sich zu den Gefangenen hinab, um sie nacheinander im Schein seiner Fackel in Augenschein zu nehmen. Als Erstes musterte er eingehend den Narbigen, dessen Schandmale ihn jedoch nicht weiter irritierten. Jaarn beobachtete, wie der Mann Rugk am Kinn packte und seinen Kopf langsam hin und her drehte, wobei das zitternde Licht der Fackeln seine Narben einen Moment lang mit Leben zu erfüllen schien.

Der Räuber tastete den Narbigen ab, zog schließlich die Kette, die Rugk aus dem Wurzelversteck geholt hatte, unter dem Wams hervor und betrachtete die verschiedenen Talismane daran. Als er allerdings nichts von Wert entdeckte, ließ er sie wieder sinken und wendete sich Gidwigk zu, den er jedoch nur mit halb so viel Interesse untersuchte. Das schlangenumwundene Tintenfass schob er verächtlich zurück in sein Hemd, bevor er sich schließlich zu Jaarn drehte, bei dessen Anblick sich sofort ein breites Lächeln über sein Gesicht spannte.

Reglos beobachteten die beiden anderen Wegelagerer den Pockennarbigen bei der Begutachtung der Gefangenen. Bis dieser sich grinsend wieder aufrichtete, mit einem lauten Geräusch Rotz hochzog und neben einer vermoderten Holzkiste auf den Felsen spie.

»Na, da ham wir uns ja ganz schön was eingefangen. Huscht uns hier nicht alle Tage über 'n Felsen, so 'n Leckerbissen.« Er grinste sie dreckig an und bleckte dabei seine Holzzähne. Spätestens jetzt war Jaarn sicher, dass dies der hässlichste Mensch war, dem er in seinem Leben bisher begegnet war. Selbst wenn es im Turm einige recht unansehnliche Brüder und auch in der Natterngrube ein paar wirklich widerliche Gesellen gegeben hatte – dieser übertraf sie alle.

Beim Anblick jenes widerwärtigen Halunken kamen ihm wieder die Worte des Narbigen in den Sinn. Dass es keinen richtigen Plan für ihre Flucht gab, machte ihm ein wenig Angst. Wobei der Gedanke, Gvenn womöglich nie wiederzusehen, noch schlimmer war.

Nachdem er die Fackel an einen seiner beiden Begleiter weitergereicht hatte, ließ der Pockennarbige seine Fingerknöchel knacken und fuhr, auf Jaarn deutend, zufrieden fort:

»Für den hier werden wir einiges bekommen. Nach allem, was man hört, steht dem Keiler grad der Sinn nach dieser Art von Knabenfleisch!« Der Mann riss die Augen auf und schaute, eine furchtbare Grimasse ziehend und mit den Holzzähnen klappernd, wild in die Runde. »Wundervoll. Das ist also das Jüngelchen mit dem seltsamen Schwert. Das müssen wir dann nur auch noch irgendwie loswerden. Aber da wird sich, wenn mich nicht alles täuscht, gewiss ein Abnehmer für finden.« Fragend blickte er erst Rugk und dann Gidwigk an, bevor er kopfschüttelnd auf das Bündel inmitten der anderen Beute wies. »Kann man ja nicht einfach behalten, so was. Vor allem, wenn sogar die Nacht danach giert!«

Jaarn senkte betreten den Kopf. Die Einzelheiten über ihn und seinen Begleiter verbreiteten sich schnell. Wenn tatsächlich bereits alle Wegelagerer des Reiches von ihnen wussten, würde Mhaw seine Meuchler womöglich nicht einmal mehr brauchen.

»Ihr scheint gut informiert zu sein, Herr«, wagte Rugk die Stimme zu erheben und kassierte dafür einen heftigen Tritt in die Rippen.

»Hab ich dir erlaubt zu sprechen, Wanze? Willst du 'nen Kopf kürzer werden?« Er wendete sich ab und spuckte noch einmal auf den Fels. »Auch wenn man in unserem Geschäft aufpassen muss, dass man nicht versehentlich den Falschen erschlägt, hätte ich gerade nicht übel Lust darauf, es zumindest mit einem von euch zu versuchen.« Eine Braue hebend, richtete der Hässliche seinen Zeigefinger mit einem spitzbübischen Blick erst auf Rugk und dann auf Gidwigk.

Fassungslos blickte der Wortvergolder dem Halunken entgegen und murmelte leise, dass er sich besser einfach hätte aufhängen lassen sollen.

Der Räuberhauptmann nickte zufrieden.

»Ich denke, wir sollten euch gegeneinander kämpfen lassen. So eine Sache auf Leben und Tod, bei der man etwas wetten und saufen kann. So was hebt ja gleich die Stimmung.« Bei diesen Worten wendete er sich seinen Männern zu. »Harredt, Tigk, wär doch mal wieder 'ne schöne Abwechslung, oder? Dabei zuschauen, wie die beiden hier einander die Schädel einzuschlagen versuchen. Da würde ich sogar eins von den guten Fässern aufmachen. Und danach verkaufen wir den Kleinen und schauen, was dann noch für das Schwert rausspringt. Was meint ihr?«

Selbst im spärlichen Licht der Fackeln war seinen Männern die Begeisterung für diese Idee deutlich anzusehen. Dass sie einander so frappierend glichen, verlieh der Situation allerdings etwas Bizarres. Wobei Jaarn nicht sicher war, ob ihre Freude dem Wetten, dem Fass oder dem Schädeleinschlagen galt. Das herauszufinden bekam er jedoch keine Gelegenheit, da im gleichen Moment der Narbige noch einmal zu sprechen anhob. Zwar kassierte er dafür einen weiteren Tritt in die Rippen, ließ sich dadurch jedoch nicht zum Schweigen bringen.

»Wird mir 'ne Freude sein, der fetten Lästerzunge den Garaus zu machen. Aber danach sollten wir uns ernsthaft unterhalten. Für den Jungen hat der Keiler seine Summe ausgelobt. Mit dem Schwert solltet Ihr Euch allerdings nicht über den Tisch ziehen lassen.«

Verwundert hielt der Hässliche, der seinen Fuß schon zum Tritt gehoben hatte, inne und ließ ihn zögernd wieder zu Boden.

»Was sagst du da, kleine Wanze? Willst du etwa sagen, dass …«

Jetzt war es Gidwigk, der dem Räuberhauptmann ins Wort fiel.

»Was glaubt Ihr denn, warum niemand die Klinge berühren soll? Was immer wer auch immer Euch dafür zahlen wird, das Ding ist mindestens zehn Mal so viel wert!«

Der Hässliche musterte den Wortvergolder abschätzig.

»Ach, und woher weißt du das, du kleiner Wichtigtuer?«, fragte er und bohrte Gidwigk seinen Zeigefinger schmerzhaft in die Rippen.

»Lasst mich gehen und ich sage Euch alles, was Ihr wissen wollt! Und ich weiß nicht nur mehr über dieses Schwert, sondern auch, weshalb der Keiler diesen Jungen haben will.«

Der Räuberhauptmann wirkte verwundert, skeptisch. Seine beiden Schergen verstanden gar nichts. Gidwigk ereiferte sich weiter:

»Macht mich los und ich erzähle Euch alles, was Ihr wissen wollt. Mit meiner Hilfe könnt Ihr für den Burschen und die Klinge ein Vielfaches rausschlagen. Ich kenne Zadt Mhaw. Ich weiß, was er will. Und wie man mit ihm umspringen muss.«

Der Räuber deutete auf Jaarn und den Narbigen.

»Und die beiden sind dir völlig egal?«

»Glaubt mir, die sind mir so egal wie die Pickel am Arsch deines hässlichsten Kameraden.«

Diese Worte brachten die drei Schurken dazu, lauthals zu lachen. Ihr Hauptmann zückte sein Messer und beugte sich bereits zu dem gefesselten Wortvergolder hinab, da hielt er noch einmal inne und drehte sich zu Rugk.

»Und was sagst du dazu, mein narbengesichtiger Freund? Du willst doch sicher lieber den Zweikampf, oder? Diesem Legendenschänder schön den Schädel einschlagen, was?«

Der Hässliche grinste böse. Und Rugk stimmte ihm unumwunden zu.

»Wie ich schon sagte, mit dem größten Vergnügen. Mir ging es dabei ja auch bloß um die Klinge. Hätte den beiden bei der nächsten Gelegenheit sowieso die Kehle durchgeschnitten und mich davongemacht.«

Er warf einen Blick zu Gidwigk hinüber, der alles andere als einverstanden schien, dass nun Rugk wieder ins Zentrum der Aufmerksamkeit gerückt war. Nachdenklich rieb der Mann mit dem Holzgebiss sich das Kinn.

»Wenn das so ist, dann kannst du mir doch sicher etwas über dieses Schwert erzählen?«

Rugk beugte sich etwas vor und flüsterte in einem verschwörerischen Ton:

»Man sagt, es wäre in Wirklichkeit das Legendeneisen.«

Kaum dass er ausgesprochen hatte, prustete der Mann laut los.

»Soso, dann haben wir zusammen mit euch also die legendäre Geschichtenklinge erbeutet?« Er schüttelte ungläubig den Kopf. »Als ob der Kriegbringer jemals irgendwem auch nur die geringste Möglichkeit geben würde, all das zu beenden! Wenn du mich verhöhnen willst, kann ich dir den Schädel auch gleich selbst einschlagen!«, rief er und versetzte Rugk eine schallende Ohrfeige. »Weißt du überhaupt, mit wem du es zu tun hast, Wanze? Niemand wagt es, Krudt van Vailor, den ersten Räuber des Narrjadth, zu verhöhnen! Niemand! Hörst du? Niemand!«

Weder diese Worte noch die Ohrfeige schienen Rugk zu beeindrucken. Ohne die geringste Regung entgegnete er leise:

»Fasst es doch an, wenn Ihr mir nicht glaubt.«

Der Räuberhauptmann verzog das Gesicht.

»Pah! Nach allem, was ich gehört habe, wurde die Geschichtenklinge unlängst erst irgendwo im Süden gesehen, von wo aus irgendein freigelassener Sklave sie zusammen mit einem Eunuchen und einer Dirne zum Tempel des Kriegbringers schaffen wollte.«

»He, von der Geschichte hab ich auch gehört!«, rief Gidwigk aus, wofür Jaarn ihm einen bösen Blick zuwarf.

»Geschichten über das Eherne Buch geistern durch die Welt wie Flöhe durch den Pelz eines Straßenköters. Aber ich versichere Euch, dass dies das wahrhaftige ist. Und wenn Ihr mir nicht glaubt, braucht Ihr Euch ja nicht zu sorgen. Fasst es an, das sollte wohl jeden Zweifel ausräumen«, sprach Rugk, wofür er sich eine weitere Ohrfeige einfing. Nach einem kurzen Moment des Nachdenkens aber herrschte van Vailor seine Gefolgsmänner tatsächlich an.

»Legt das Ding dort drüben auf die Kiste.«

Eilig kamen die beiden seinem Befehl nach. Das Bündel war noch immer nass vom Regen und klatschte mit einem dumpfen Ton auf das Holz. Da sprang ihr Anführer auch schon herbei, stieß seine Schergen beiseite und begann, die Schnüre zu lösen, die den Stoff zusammenhielten. Während er das tat, blickte er über die Schulter zurück auf Rugk, dessen zufriedene Miene ihn sichtlich irritierte.

Gidwigk beobachtete all das mit unverhohlenem Unmut.

In dem Moment, da van Vailor schließlich die letzte Schicht Stoff auseinanderfaltete, begriff Jaarn den Plan des Narbigen.

Die Augen des Hässlichen leuchteten auf, als er die Edelsteine bemerkte. Im nächsten Moment schloss seine Hand sich kräftig um den Griff des Schwertes. Schlagartig veränderte sich sein Gesichtsausdruck. Jaarn wusste genau, was in ihm vorging: Das Eherne Buch hatte sich geöffnet, und seine Geschichten durchströmten nun den, der es in Händen hielt. Es war ein Moment des Erwachens, des Staunens und der Erkenntnis, der alles veränderte.

Wissend schaute Jaarn hinüber zu Rugk, der das Geschehen zufrieden verfolgte. Sein Plan war aufgegangen. Jaarn entging aber auch nicht der missgünstige Blick Gidwigks, der ihm Sorgen bereitete. Was führte der Wortvergolder nur im Schilde?

Einen Wimpernschlag später polterte das Schwert zurück auf die stoffbedeckte Kiste. Mit ausdruckslosem Blick starrte der Räuberhauptmann auf seine leeren Hände.

Langsam fügten sich die Teile in Jaarns Kopf zusammen. Das Eherne Buch war womöglich wirklich mehr als bloß die Hoffnung auf einen fremd gewordenen und ins Reich der Legenden entrückten Frieden. Es war Bewusstsein in seiner reinsten Form! Die Quintessenz aller Mythen und Legenden. Und vielleicht würde es, wenn einst der Kriegbringer danach griff, selbst ihm die Augen aufsprengen!

Einer der beiden Schergen machte vorsichtig zwei Schritte in Richtung seines Anführers, der sich jedoch, bevor der Mann ihn berühren konnte, zu seiner vollen Größe aufrichtete, energisch den Kopf schüttelte und sich fassungslos umblickte.

Verwundert wich sein Gefolgsmann nun zurück, als van Vailor das Eherne Buch behutsam wieder in seinen Stoff einschlug und zu verschnüren begann. Noch während er das tat, gab er seinen Männern das Zeichen, die Gefangenen loszubinden, nickte dann Rugk zu und sprach dabei leise, aber bestimmt:

»Sagt mir, was ihr braucht. Was immer es ist!«

Der General des Keilers schlief unruhig in dieser Nacht. Immer wieder spürte er zwischen Wachen und Träumen die starren kalten Augen des Albinos auf sich und fuhr mehr als einmal mit dem Dolch in der Hand schweißgebadet von seinem Lager hoch.

Gherren hatte ihm versichert, er werde am folgenden Morgen mit der Nacht in die Weiße Stadt zurückkehren. Darüber hinaus hatte er ihm versprochen, dass weder ihm noch Gvenn etwas zustoßen würde. Doch er traute dem Albino nicht. Darum hatte er ihm und der Nacht ein Zelt am äußersten Rand des Lagers überlassen und seinen verbliebenen Wachen eingeschärft, es nicht aus den Augen zu lassen.

Im Anschluss an ihr Gespräch im Zelt der Keilertochter hatte Gherren dem General klargemacht, was der Rat von ihm erwartete: nicht weniger, als das Eherne Buch ein für alle Mal aus der Welt zu schaffen, bevor das gesamte Reich in Aufruhr geriet. Der Albino hatte ihm deutlich zu verstehen gegeben, dass keiner der Fürsten es guthieß, wenn seine Untertanen nach all der Zeit an die Idee eines möglichen Friedens zu glauben begannen. Der Rat hatte darüber abgestimmt. Und die Fürsten hatten verfügt, das Eherne Buch, das sie bereits mehr als einmal vernichtet geglaubt hatten, so schnell wie möglich zu zerstören. Es einzuschmelzen, auf dass der Stahl in der Finsternis irgendeiner vergessenen Höhle abseits aller Hoffnung im Boden versickerte. Und Zadt Mhaw, so hatte der Rat verfügt, oblag es nun, das Legendeneisen, das erst durch seine Schuld wieder in die Welt gelangt war, herbeizuschaffen.

Der General wusste, dass es sinnlos war, sich der Nacht in den Weg zu stellen. Aus den dunklen Augen dieser Männer blickte der Tod in die Welt, und das Morden war für sie so selbstverständlich wie anderen das Essen oder Trinken. Ironischerweise war das ursprünglich genau der Grund gewesen, weshalb er sie entfesselt hatte. An diesem Morgen musste er jedoch erkennen, sich mit Kräften eingelassen zu haben, die er keinesfalls kontrollieren konnte. Und zu allem Überfluss hatte er nun auch noch die Aufmerksamkeit des Rates auf sich gezogen.

Wenn es ihm nicht gelingen sollte, das Eherne Buch in seinen Besitz zu bringen und den Rat zufriedenzustellen, würden dessen Armeen jede Spur des Hauses Bitterkling für immer vom Antlitz der Welt und aus den Geschichtsbüchern tilgen.

Mhaw hatte einen Fehler begangen. Und das erste Mal seit langem fürchtete er um die Zukunft des Keilers. Sollte der Rat seine Drohung wirklich wahr machen, würde es sein, als hätte der Keiler nie existiert.

Ein Schrei aus dem Lager ließ den Einäugigen kurz vor Sonnenaufgang endgültig aufspringen. In voller Rüstung schnellte er von seinem Lager empor, gürtete eilig sein Schwert um und hastete nach draußen. Dort bot sich ihm der Anblick, vor dem er sich insgeheim gefürchtet hatte: Zelte standen in Flammen, ein unheimlicher Schein erhellte das Lager. Überall lagen die reglosen Körper seiner Söldner und der gedungenen Schurken, die noch nicht aufgebrochen waren.

Zwischen den Bäumen glaubte der General einige fliehende Gestalten zu erkennen, während unweit seines eigenen Zeltes, im Herzen des Lagers, ein paar Bewaffnete vor den sich wild aufbäumenden Pferden der Nacht zurückwichen.

Mit brutaler Entschlossenheit schwangen die Maskierten ihre dünnen schwarzen Klingen und trieben die Getreuen des Keilers zurück, um Tindt Gherren Platz zu schaffen, der einen Augenblick später auf seinem Falben aus der Dunkelheit hervorpreschte. Über seinem weißen Gewand trug er inzwischen einen dunklen Mantel. Selbst durch den Schatten der Kapuze hindurch spürte Mhaw das Rot seiner Augen. Beim Anblick des Albinos schauderte es ihn, denn über seinem Sattel lag, Arme und Beine gefesselt und bewusstlos: Gvenn Bitterkling.

Reflexartig zuckte die Hand des Generals zu seinem Schwert. Gherren aber rief ihm zwischen Nacht und Söldnern deutlich vernehmlich zu:

»Das solltest du besser nicht tun, General! Schließlich würde ich mein Versprechen gerne halten und weder dir noch diesem zauberhaften Kind etwas zuleide tun!«

Zögerlich nickte Mhaw und hob beschwichtigend die Hände. Der Albino lächelte zufrieden.

»Ach, und lass deine Männer doch bitte wissen, dass wir dieses Lager mit deiner ausdrücklichen Erlaubnis verlassen.«

Zähneknirschend gab der Einäugige seinen Söldnern ein Zeichen. Daraufhin senkten diese ihre Waffen, was Tindt Gherren wiederum mit sichtlicher Freude zur Kenntnis nahm.

»Sehr schön. Im Gegenzug wirst du feststellen, dass die meisten deiner Leute nur bewusstlos und leicht verwundet sind. Du wirst sie schließlich brauchen, wenn du uns das Eherne Buch erfolgreich zurückerobern sollst, nicht wahr?«

Hasserfüllt funkelte Mhaw ihn an und knurrte:

»Eben das habe ich versprochen. Ist Euch mein Wort so wenig wert, oder weshalb schmäht ihr derart meine Gastfreundschaft?«

»Vor allem, um deine Begeisterung für die anstehende Aufgabe ein wenig zu steigern. Weil doch die Zukunft des Keilers das Einzige ist, was dir am Herzen liegt. Da haben meine Herrin und ich eben beschlossen, sein Erbe zu behüten, bis dein Werk vollbracht ist.«

Mhaw stutzte kurz und wollte gerade etwas entgegnen, als der Albino seinen behandschuhten Zeigefinger hob. Der General aber wollte sich nicht zum Schweigen bringen lassen. Laut vernehmlich rief er ihm zu, sodass jeder im Lager es hören konnte:

»Seid versichert, Gherren, dass ich Euch töten werde, wenn diesem Mädchen etwas zustößt! Und weder die Nacht noch irgendeine Armee werden Euch dann vor meinem Zorn schützen können!«

Der Albino nickte ihm fast gutmütig zu.

»Gut gesprochen, General. Aber glaub mir, diesem Mädchen etwas anzutun ist das Letzte, was wir wollen. Ihm wird es an nichts fehlen.« Mit Schaudern beobachtete der Einäugige, wie die Lippen des Albinos sich bei diesen Worten zu einem gehässigen Lächeln verzogen und Gvenns Gesicht näherten. Etwas in seinem Inneren zog sich zusammen und plötzlich schmeckte der Speichel in seinem Mund bitter wie Galle. Sein Gegenüber aber fuhr ungerührt fort: »Sobald du das Eherne Buch in deinem Besitz hast, lass es mich wissen. Schick einen Boten. Dann sollst du das Mädchen wiederbekommen. Wenn es dann noch zu dir zurückwill. Wohlan, Mhaw, du findest mich in der Weißen Stadt!«

Einen unerträglichen Moment lang funkelten die beiden Männer einander wütend an. Wie gern hätte Mhaw die bucklige Gestalt vom Pferd gezerrt und einfach zerbrochen.

Er versuchte abzuschätzen, wie viele seiner Männer bereit waren, bis zum Äußersten zu gehen, und wie seine Chancen standen, Gherren zu überwältigen, bevor die Nacht es verhindern konnte. Diese Blicke aber entgingen auch dem Albino nicht, der genau wusste, was er tat, indem er dem Einäugigen das Kind des Keilers nahm. Ohne eine Miene zu verziehen, sprach er:

»Sollte ich dich jedoch selbst in der Weißen zu Gesicht bekommen, wirst du sterben. In ihrem Inneren werden wir uns seiner annehmen, sollte der Junge es bis zum Baum schaffen. Es liegt einzig an dir, das zu verhindern und ihn vorher zu schnappen. Gehab dich wohl, General!«

Tindt Gherren, die Stimme der Nacht, gab seinem Pferd die Sporen und preschte, gefolgt von seinen drei finsteren Handlangern, an den eingerissenen Zelten und brennenden Keilerbannern vorbei davon.

Das flatternde Nachtgewand des bewusstlosen Mädchens war das Letzte, was Mhaw von ihnen sah.

XII

Aus seinem Zelt heraus ließ Zadt Mhaw den Blick über die Reste des Lagers schweifen. Er hatte seit Tagen nicht mehr richtig geschlafen. Das Haar hing ihm wirr ins Gesicht, sein verbliebenes Auge wirkte trübe. Aus seinem Kinn sprossen graue Stoppeln und in den Mundwinkeln klebten angetrocknete Essensreste. Der Soldat in ihm, den er über all die Jahre stolz zur Schau getragen hatte, war kaum noch zu erahnen. Seine ältesten Getreuen erkannten ihn beinahe nicht mehr wieder.

Er war angetrunken. Seine Söldner, die weniger im Dienst des Keilers als vielmehr in dem seiner Münzen standen, blieben vornehmlich bei ihm, weil der General seit der Entführung des Mädchens mit Gold nur so um sich warf. Und da es sich herumgesprochen hatte, dass der Einäugige hier im Wald eine Armee zusammenstellte, die auf nichts als dieses Gold schwören musste, wurden die Söldner mit jedem Tag mehr. Die Schatullen mit dem Erbe des Keilers und seinen eigenen Ersparnissen, die ursprünglich Gvenns Macht in den Mauern Ghidt-Lhorrs hätten festigen sollen, mussten nun dafür herhalten, sie aus den Fängen des Albinos zu befreien und das Eherne Buch zurückzuerobern.

Aus der wachsenden Horde hatte Mhaw inzwischen ein Dutzend Männer um sich geschart, auf die er sich auch im Ernstfall würde verlassen können. Diesen unterstanden nunmehr noch einmal doppelt so viele Gefolgsleute. Dazu kam das Fußvolk.

Mochte seine Aufmerksamkeit auch nachgelassen haben, der General wusste noch immer, wie man eine Armee führte. Und wer immer ein Schwert halten konnte und seinem Gold die Treue schwor, war gut genug, an seiner Seite Jagd auf den letzten Raben und das Legendeneisen zu machen.

Mit finsterem Blick musterte der Einäugige seine Soldaten, ihre Narben, Bärte und die grimmigen Gesichter. Den wenigsten konnte er weiter über den Weg trauen, als er ein Pferd hätte werfen können. Doch er durfte keine Zeit verlieren. Wenn Jaarn von Stahl tatsächlich die Prophezeiung des Ehernen Buches zu erfüllen trachtete, würde er früher oder später Arrens Baum aufsuchen. Und in der Weißen Stadt gehörte der Junge Tindt Gherren und der Nacht. Wenn sie ihn bekamen, würde Mhaw versagt haben. Das konnte er nicht zulassen. Er würde den Ruf des Keilers nicht noch einmal mit seiner Schmach beflecken. Darum musste er den kleinen Raben und die Klinge ausfindig machen, bevor sie die Weiße erreichten. Dafür würde er diese Männer brauchen. Für Patrouillen, Hinterhalte, was immer er dem Burschen in den Weg werfen konnte. Auch wenn die meisten dieser verwahrlosten Gestalten unter dem alten Bitterkling nicht einmal Stiefel hätten putzen dürfen.

Der General blickte zum Rand des Lagers, wo er eine Reihe Deserteure an die Bäume hatte schlagen lassen. Seine Männer sollten wissen, wie er mit jenen verfuhr, die sein Gold nahmen, aber ihm den Dienst verweigern wollten. Denn er hatte nicht die Zeit, sich seine Armee durch das geschickte Wechselspiel von Härte und Vergebung gefügig zu machen. Sollten sie ihn nur fürchten. Solange sie aber das Gold wollten, würden sie tun müssen, was er verlangte, oder neben ihren Kameraden am Baum enden.

»Sire! Seht nur, was uns heute früh in den Vogelschlag geflattert kam!« Einer seiner Getreuen eilte, einen Fetzen Papier schwenkend, auf ihn zu. Mhaw hob den Kopf, sein Auge blitzte auf. *Eine Botschaft von einem seiner Informanten!* Die Leute in der Gegend hatten begriffen, dass Treue gegenüber dem Keiler eines Tages üppige Früchte tragen würde. Die meisten von ihnen wussten, wonach er suchte und wofür er seine Männer im Wald sammelte. Wenn einer von ihnen jetzt

Kontakt aufnahm, dann vermutlich nur, weil er die Gelegenheit sah, die Belohnung einzustreichen, die er auf den Kopf des Jungen ausgesetzt hatte.

»Woher kam der Vogel?«

»Vom Narrjadth, aus dem Lager vom alten Holzzahn.«

»Van Vailor und seine Wegelagerer also. Es scheint, dass sich dort oben Unkraut mit Unkraut mischt«, knurrte er und riss seinem Gegenüber unwirsch den Zettel aus der Hand. Hastig faltete er ihn auseinander und überflog die ungelenken Buchstaben eines Mannes, der der Schrift nur bedingt mächtig war:

Der Junge, seine Verbündeten und die Klinge. Krudt van Vailors Lager. Schatten des Narrjadth. Nahe den Ruinen von Dorrnhort. Eilt Euch. Tigk

Zufrieden zerknüllte Mhaw die Nachricht und atmete tief durch.

»Was nun, Herr?«

»Sag den Männern, sie sollen packen. In einer Stunde brechen wir auf.«

»Aber die Zelte, Sire, so schnell können wir sie nicht …«

»Brennt sie nieder. Mit etwas Glück werden wir sie bald nicht mehr brauchen. Sie sollen sich beeilen. Wer zur rechten Zeit nicht abmarschbereit ist, bleibt hier. Mit einem Armbrustbolzen in der Brust.« Das Auge des Generals leuchtete wirr. Der Mann vor ihm kannte ihn lange genug, um zu wissen, dass es nicht ratsam war, ihm zu widersprechen, und verkündete, ins Lager hastend, lautstark den Abmarsch. Zwischen den Zelten brach eine große, überwiegend dem Respekt vor den Armbrüsten geschuldete Hektik aus.

Sie hockten, vom kalten Wind umtost, auf einem der Felsen oberhalb des Räuberlagers und starrten hinab in die Finsternis der Ebene.

Tief unter ihnen konnte Jaarn die Lichter der Zweiten und Vierten erkennen. Navrodt und M'Venns. Die großen Städte kannten keinen Schlaf. Außerdem ließen sich von hier oben noch ein in Flammen stehendes Dorf, eine Reihe kleinerer Heerlager und ein Schlachtfeld ausmachen. Es musste eine jener Nächte sein, in denen der Kriegbringer auf seinem Streitwagen den Nachthimmel durchmaß.

Jaarn aber beschäftigten andere Gedanken. Es fröstelte ihn, und er fragte sich, wie es wohl Gvenn Bitterkling erging. Ob sie allein in ihrem Zelt lag oder vielleicht ebenso wie er gerade gedankenverloren in die Ferne starrte.

In seinem Rücken vernahm er das Lachen des Narbigen und van Vailors. Sie weilten bereits seit einigen Tagen im Räuberlager auf dem Gipfel des Narrjadth. Rugk und der Räuberhauptmann verstanden sich unterdessen so gut, dass Jaarn wieder unsicher geworden war, ob er seinem Begleiter wirklich trauen konnte.

Gerade teilten van Vailor und der Narbige sich eine Pfeife süßlich duftenden Tabaks, dessen Geruch ihm eigentümlich bekannt vorkam. Solchen Tabak hatte auch Khronh in seiner abendlichen Pfeife mit Grimmkraut gemischt, jenem öligen gelben Gewächs, das angeblich tiefer schlafen, weiter träumen und klarer denken half. Obwohl der Alte am Morgen in der Regel eher Kopfschmerzen als neue Erkenntnisse gehabt hatte.

Zögernd wendete Jaarn sich Rugk und dem Räuberhauptmann zu, die, zwischen sich das Eherne Buch, mit leuchtenden Gesichtern am Felsen lehnten und zufrieden zu den Sternen emporstarrten. Er folgte ihren Blicken und versank in der Betrachtung des nächtlichen Himmels. Dann schloss er seine Augen. Begann ruhiger zu atmen. So oder zumindest so ähnlich, glaubte er, musste Frieden sich anfühlen.

Doch schon im nächsten Moment holten ihn das Grölen der Räuber unter ihnen und der scharfe Rauch des Grimmkrauts wieder zurück in die Wirklichkeit.

Der Räuberhauptmann hatte ihr Versteck hier oben so angelegt, dass es von außen nicht einmal zu erahnen war. Er und seine Bande hatten sich schon vor Jahren in die Berge zurückgezogen, wo sie seitdem ihr Unwesen trieben. Dabei waren ihre Talente nicht vielseitig, aber gefragt. Rauben und morden. Van Vailor zufolge konnte eine Hundertschaft skrupelloser Halsabschneider in kleinen bis mittleren Kämpfen das Schlachtenglück schnell wenden. Auch wenn dabei meist ein paar Männer auf der Strecke blieben. Doch neue Schurken fand man dieser Tage wie Maden auf den Leibern der Toten: Sie kamen von ganz allein.

»Ehrlich gesagt habe ich langsam das Gefühl, dass du mit deinem kleinen Affen, dem Schwätzer und dem Schwert nicht aus Zufall hier bei uns gelandet bist«, sagte der Räuberhauptmann und blickte Rugk dabei an.

Der Narbige nickte versonnen.

»Wusste vielleicht, dass hier oben einer der ehrbarsten Schurken residiert, die das Reich gegenwärtig zu bieten hat.«

»Hehe, ehrbarer Schurke, sehr gut. Du weißt, wie man einem alten räuberischen Mistbock Komplimente macht.«

»War selbst bisweilen in dem Geschäft tätig. Da bekommt man selten was Nettes zu hören.«

»Ist manchmal schon eine undankbare Arbeit. Versteht ja kaum einer zu würdigen, wenn man sich richtig Mühe gibt.«

Die beiden lachten auf und Rugk fiel beinahe hintenüber. Van Vailor griff ihn am Arm und raunte ihm zu:

»Aber wusstest du auch, dass man mich den Herrn des Narrjadth nennt? Dass meinem Befehl mehr als zweihundert Raubgesellen und Beutelschneider unterstehen?«

Der Narbige grinste ihn zufrieden an.

»Glaubst du etwa, ich hätte mich von jemand weniger Bedeutsamen überfallen lassen?«

Die Bäuche der beiden bebten vor Lachen, bis der Blick des Räubers mit einem Mal wieder ernst wurde.

»Ich denke, du bist mir trotzdem eine Antwort schuldig.«

Sowohl Rugk als auch van Vailor wirkten von einem Moment auf den anderen wie ausgewechselt, vollkommen nüchtern. Und der Narbige antwortete in ebenso ernstem Ton:

»Sind tatsächlich nur aus einem einzigen Grund hier. Weil ich dich und deine Leute brauche.«

Der Räuberhauptmann schaute ihn nachdenklich an.

»Hattest du, für den Fall, dass ich es nicht anfasse, einen Alternativplan?«

»Keinen, den wir überlebt hätten.«

»Du bist ein sonderbarer Mann, Rugk Ghirren.«

»Nur 'n Räuberhauptmann wie du, Krudt van Vailor.«

Sein Gegenüber runzelte die Stirn und schaute ihn verwundert an.

»Hättest du das vorher gesagt, hätte ich dich vermutlich umbringen lassen. Im Reich gibt es nicht so viel Platz für heldenhafte Schurken.«

»Sei unbesorgt. Meine räuberischen Ambitionen sind zusammen mit der Natterngrube in Rauch aufgegangen. Aber gerade darum brauch ich jetzt auch neue Männer.«

»Was für Männer?«

»Deine Besten. Ein Dutzend, mindestens. Für die Weiße Stadt.«

Van Vailors Augen weiteten sich vor Entsetzen.

»Die Weiße Stadt? Bist du wahnsinnig? Da können meine Leute sich ja auch gleich hier von den Felsen stürzen!«

Scheinbar wollte er sein Angebot, ihnen alles zu geben, was sie benötigten, noch einmal überprüfen.

Der Narbige aber versuchte ihn zu überzeugen:

»Hör zu, es gibt einen Plan. Ich weiß, wie wir in die Stadt hineinkommen und auch wieder hinaus, völlig unbeschadet. Allein das wichtigste Teilstück fehlt.«

»Es … fehlt? Meinst du nicht, es wäre sinnvoller, erst über diesen Plan zu reden, sobald du dieses Stück besitzt?«

»Hatte es schon, lässt sich aber wieder beschaffen. Wird nur etwas Zeit kosten. Aber dann …«

»Was dann?«

»Arrens Baum.«

Der Räuberhauptmann pfiff durch die Zähne.

»Verzeih meine Frage von vorhin. Du *bist* wahnsinnig!« Er zögerte kurz, bevor er fortfuhr. »Aber das gefällt mir. Du wirst auf mich zählen können.«

Schweigsam beobachtete Jaarn, wie die beiden Männer einander verschwörerisch die Hände reichten. Auf ihn wirkte es wie ein Versprechen. Jenseits von Sinn und Verstand, wie ein Räuber es einem Schurken um des Friedens willen gab.

Er wendete sich ab und bemerkte nun in einiger Entfernung Gidwigk, der, während die Sterne sich auf seinem kahlen Kopf spiegelten, am Rand des Felsens stand und in die Nacht hinausstarrte.

Inzwischen war sein Gesicht fast vollständig abgeschwollen. Obwohl Rugk der Meinung war, dass es eigentlich keinen Unterschied machte. Jaarn aber glaubte jetzt in den Zügen des untersetzten Wortvergolders eine Art Milde zu erkennen, die ihn beinahe an den dicken Khudrach erinnerte. Was ihn freilich nicht dazu verführte, Gidwigk zu vertrauen. Dazu hatte er inzwischen zu viel gelernt über seinesgleichen. Legendenschänder waren nichts anderes als Lügner, die jede Geschichte erzählten, für die man sie bezahlte. Wobei Gidwigk behauptete, dass ohnehin alle Geschichten Lügen wären und man einzig herausfinden müsste, wer sie wann und aus welchem Grund als Erstes erzählt hatte. Dieser und ähnlicher Äußerungen wegen wusste Jaarn gar nicht mehr, wem, was oder welchen Worten er noch Glauben schenken konnte. Selbst die Bücher der Bibliothek erschienen ihm mittlerweile in einem neuen Licht. Standen auch darin womöglich nur Unwahrheiten? Der Gedanke verunsicherte in zutiefst. Stimmte ihn traurig. Das konnte so nicht sein.

Aber allmählich beschlich Jaarn das Gefühl, dass es insgesamt mit dem Vertrauen in dieser Welt schwierig war. Im Turm dagegen war alles noch so einfach gewesen. Er wünschte sich die Unschuld seines Lebens inmitten dieser besitzlosen Männer, seiner Brüder, zurück, die keinerlei Grund hatten, einander zu misstrauen, zu hintergehen oder gar zu erschlagen.

Noch immer stand Gidwigk schweigend am Abgrund, schaute aber bisweilen argwöhnisch zu Rugk und dem Räuberhauptmann hinüber, die in ihr Gespräch vertieft waren und ihn nicht weiter beachteten. Beinahe tat er Jaarn ein wenig leid. Der Wortvergolder war der Einzige von ihnen, der das Buch noch nicht berührt hatte. Und Jaarn konnte ihm ansehen, wie sehr ihm das zu schaffen machte.

Doch dann blickte Rugk unvermittelt zu Gidwigk hinüber und stieß einen schrillen Pfiff aus:

»He, Schwätzer! Komm mal her!« Grinsend bedeutete er dem Glatzkopf, sich zu ihnen zu gesellen. Selbst im Dunkel war dessen Unmut schwer zu übersehen, als er näher trat und sich neben den beiden Männern auf den Felsen setzte.

Der Narbige legte ihm den Arm um die Schulter und sprach in geradezu freundschaftlichem Ton:

»Was immer zwischen uns war und wie sehr ich deinesgleichen auch verachte: Wir werden dich brauchen! Dich und deine Fähigkeiten.«

Der Wortvergolder runzelte die Stirn und blickte den Narbigen zweifelnd an.

»Ach? Plötzlich ist dir meine Zunge gut genug, oder was?«

»Find sie immer noch widerlich. Ich weiß ja, durch was für Jauchegruben du sie für ein bisschen Gold zu ziehen bereit bist. Auch wenn die wenigsten den Dreck daran riechen können. Ich weiß allerdings auch, was sie kann, deine vermaledeite Kriegstreiberzunge.«

»Ich bin ganz Ohr.«

»Du bist der Einzige von uns, den man ohne Weiteres in die Weiße Stadt lassen wird. Deshalb brauchen wir dich. Als Verbündeten hinter den Mauern.« Er zögerte kurz und blickte dem Wortvergolder tief in die Augen. »Wir brauchen jemanden, auf den wir uns verlassen können.«

Der Glatzkopf lachte auf.

»Ich fürchte, da verwechselst du mich.«

»Stimmt schon. Hab dir nie getraut. Und tu es auch jetzt nicht. Aber das wird sich ändern!«

Rugk griff nach dem Legendeneisen und schlug den Stoff so weit auseinander, dass Gidwigk den Griff erkennen konnte. Ungläubig blickte er den Narbigen an, der ihm lächelnd zunickte:

»Man mag deinesgleichen für gewöhnlich anders bezahlen, aber mehr als das habe ich gerade nicht zu bieten.«

Gidwigk schien ihn nicht einmal mehr zu hören. Zitternd vor Aufregung beugte er sich über das Schwert und streckte seine Finger danach aus. Jaarn war gespannt, was diese Klinge wohl, wenn sie schon einen Räuber in einen Freund verwandeln konnte, aus einem Wortvergolder machen würde.

Kaum hatte er sich diese Frage gestellt, da wurde der Glatzkopf, als er das Buch zaghaft berührte, auch schon vom Erbe der Zeiten, Geschichten und Legenden, Erinnerungen und Mythen ergriffen.

Ohne seine Augen von dem Legendenschänder abwenden zu können, ahnte Jaarn das breite Lächeln auf den Gesichtern Rugks und van Vailors. Mochte er mit einer Ballade aus seiner Feder auch Fürsten zu Fall bringen, nun wand sich eine ganz andere Art von Geschichte sein Rückgrat empor und in seinen Kopf.

Und dann, mit einem Aufschrei, den niemand erwartet hatte und der von den sie umgebenden kahlen Felswänden auf das Plateau zurückgeschleudert wurde, ließ Gidwigk das Eherne Buch wieder fallen. Für einen kurzen Moment verklang sogar der Lärm im Räuberlager unter ihnen.

Selbst als die Halunken längst wieder grölten, starrte der Wortvergolder noch immer fassungslos auf seine zitternden Hände. Der Narbige erhob sich, trat auf ihn zu und griff ihn bei den Schultern. Jaarn glaubte Tränen in Gidwigks Augen zu sehen, als dieser zu Rugk aufsah und mit bebender Stimme flüsterte:

»Warum … warum hast du es mich anfassen lassen? Warum nur? Weißt du überhaupt, was du mir damit angetan hast?«

»Ja! Ich hab dich erlöst! Von einem Dasein als Lügenkrämer und Silbensöldner.«

Verbittert verschränkte Gidwigk die Arme vor der Brust.

»Tss, das sind die Worte eines Mannes, der sein Brot nicht mit der Zunge verdienen muss.« Aufgebracht wies er in Richtung der Städte, die unter ihnen in der Dunkelheit lagen. »Hast du eine Ahnung, was man dort unten für meine Geschichten zahlt? Aber sie brauchen einen Zweck! Jemand muss etwas davon haben! Sonst verhungert man. Egal, wie gut die Geschichten sind, egal, wie gut man sie erzählt!«

Rugk betrachtete ihn ohne die geringste Regung, was Gidwigk noch wütender machte.

»Heute braucht es Geschichten, mit denen man Krieg führen kann! Und wenn eine dafür nicht taugt, ist sie unnütz! Begreifst du, was du getan hast? Du hast mit diesen alten Legenden meinen Geist verseucht!«, schrie er den Narbigen an und deutete dabei auf das Eherne Buch.

Rugk entgegnete leise:

»Ich hab dir lediglich deinen Wunsch erfüllt.«

»*Das* habe ich nicht gewollt. Nicht das.« Der Wortvergolder schüttelte den Kopf. Der Narbige aber lächelte.

»Ich weiß genau, was du wolltest. Besser sein als die anderen. Der Bedeutendste aller Legendenschänder. Hast aber nicht bedacht, dass dir das Eherne Buch dabei einen Strich durch die Rechnung machen könnte.«

Gidwigk schloss die Augen.

»Du hast recht, Narbengesicht. Und ich wette, du wusstest, was es mit mir machen würde.«

»Werden fortan bitter schmecken, deine Lügen. Dich anwidern. Weil du jetzt die Geschichten hinter den Geschichten kennst. Du hast dich selbst vergiftet. Mit etwas, das ebenso in meinen Adern, denen des Jungen und denen des hässlichen Mistbocks dort drüben fließt. Und genau deshalb kann ich dir nun vertrauen.«

Rugk streckte dem Wortvergolder seine Hand entgegen. Der ergriff sie nach einem kurzen Zögern und blickte den Narbigen ernst an.

»Ich fürchte auch. Aber wenn ich jemals die Gelegenheit dazu bekomme, werde ich dein Leben ebenso ruinieren, wie du meines ruiniert hast.«

»Glaub mir, dafür braucht's dich nicht mehr.« Schweigend traten auch die anderen hinzu, um wortlos die Hände auf die ihren zu legen. Dabei lief es Jaarn kalt den Rücken hinab. Und er ahnte, dass es den übrigen dreien ähnlich erging.

Gegen Mittag erreichten Mhaw und seine Söldner die ersten Ausläufer des Narrjadth. Während des Rittes hatte er seine Männer nur so lange rasten lassen, wie die Pferde gebraucht hatten, um sich zu erholen. Wenig Schlaf, keine Zerstreuung. Der General war sich sicher, dass sie ihren Unmut vor allem der Bezahlung wegen unterdrückten. In den letzten Jahren hatte er genug über Männer und Gold gelernt, um zu wissen, was die einen für das andere zu tun bereit waren. Insbesondere, wenn sie wussten, wie ihr Anführer mit Deserteuren verfuhr.

Seine Strategie schien aufzugehen: Durch Furcht und Gier scharte er genau die Getreuen um sich, die er für seinen kleinen Krieg gegen den Raben und das Legendeneisen brauchen würde. Etwas Gold, ein wenig Gewalt und einige ihm treu ergebene Männer. Mehr brauchte es nicht. Bald schon würde er Tindt Gherren das Buch überbringen und Gvenn Bitterkling unter das Banner des Keilers heimführen können. Und dann würde dieses Banner weit prächtiger erstrahlen als jenes hastig zusammengeflickte Zerrbild eines Keilers, das er seine Söldner zu tragen zwang, um sie daran zu erinnern, für wen sie kämpften.

Während Pferde und Fußsoldaten auf den schlammigen Wegen voranschritten, wuchsen vor ihnen langsam die Berge empor. Sich nach seinen Männern umschauend, versuchte der Einäugige einzuschätzen, ob die Tiere einer weiteren Rast bedurften. Plötzlich aber glaubte er in einiger Entfernung Kampflärm zu hören. Derartige Geräusche hatte er in der Vergangenheit ebenso intensiv zu meiden wie zu finden gelernt, sodass er die Nähe eines Kampfes, selbst wenn die Männer um ihn herum davon noch nicht einmal etwas ahnten, beinahe wie ein Bluthund wittern konnte.

Und eine Schlacht bedeutete Waffen und Soldaten.

Er hob seine Hand und gebot dem Zug anzuhalten. Kaum dass seine Leute zum Stehen kamen, war der Lärm deutlicher zu vernehmen. Aus einem angrenzenden Waldstück drangen die wütenden Schreie übereifriger Soldaten und das Klirren von Stahl.

Der General bedeutete einer Handvoll seiner Männer, ihm zu folgen. Der Rest seiner engsten Vertrauten sollte mit dem Gold bei den Übrigen bleiben. Wobei Mhaw sich des Risikos durchaus bewusst war. Die treulosen Söldner waren den Eingeschworenen weit überlegen. Es war nur zu wahrscheinlich, dass sie, sobald er außer Sichtweite war, des Goldes wegen auf dumme Gedanken kamen. Also gab er seine Anweisung so laut und vernehmlich, dass sie niemandem entging. Er hatte noch nicht einmal zu Ende gesprochen, als bereits ein Raunen durch die Reihen ging.

Mhaw wusste, wie es klang, wenn der Verrat seine Flügel spreizte. Ihm entging auch nicht, wie die Männer verstohlene Blicke austauschten und abzuschätzen versuchten, wem sie trauen konnten, wenn es darangehen sollte, seine Getreuen niederzumachen und das Gold zu rauben. Das alles geschah stumm und im Bruchteil weniger Augenblicke. Diese kurze Zeit aber genügte dem General, um zu erkennen, wer sich in seiner Abwesenheit als Rädelsführer aufspielen würde. Es war kaum mehr als ein Blitzen in ihren Augen, der Ansatz einer Bewegung, die Ahnung eines Entschlusses, der sich in einer kaum merklichen Änderung der Haltung abzeichnete, die jene Männer von den Übrigen unterschied. Dem Einäugigen, der in seinem Leben oft genug Verräter wie Verratener gewesen war, reichte dies vollkommen aus.

Nacheinander deutete er auf drei der Söldner, die die Berittenen an seiner Seite ohne zu zögern niederstreckten. Während zwei von ihren Pferden sanken und der dritte am Wegesrand in sich zusammenbrach, erhob Mhaw noch einmal seine Stimme:

»Das sollte eure hitzigen Gemüter ein wenig abkühlen. Lasst es euch eine Lehre sein! Jeder, der mir, wenn ich wiederkomme, den Kopf eines Deserteurs bringt, erhält dafür zwei Goldmünzen und den Rang eines Offiziers in der künftigen Armee des Keilers!«

Wieder ging ein Raunen durch die Reihen der Söldner. Dieses Mal aber klang es anders.

Als der Einäugige sein Pferd wendete und den Weg mit seinen Getreuen verließ, war er sich sicher, dass er bei seiner Rückkehr weder Gold noch Männer verloren haben würde.

Die Schlacht tobte zwischen zwei stadtlosen Niederfürsten der Region. Ihre Wappen, ein dreiköpfiger Hund in einem Flammenkreis und zwei gekreuzte Morgensterne über einer Dornenkrone, hatte der General noch nie gesehen. Er wusste allerdings auch, wie schnell die Machthaber jenseits der Städte wechselten. Frischgebackene Heerführer setzten Geld und Soldaten rückhaltlos ein, um entweder mehr von beidem oder das Wohlwollen eines Fürsten zu erstreiten.

Wofür diese beiden Clans einander hier draußen die Schädel einschlugen, scherte schlussendlich aber weder ihn noch einen der Stadtväter. Was allerdings nicht bedeutete, dass diese Soldaten ihm nicht von Nutzen sein konnten.

Inmitten seiner Gefolgsleute schritt Mhaw über das Feld und durch die tobende Schlacht. Während sein eigenes Schwert noch immer in der Scheide steckte, wehrten die Waffen seiner Leute Hiebe und Pfeile ab und streckten jeden nieder, der ihrer Gruppe zu nahe kam. Aber die Verwunderung der Kämpfenden schien größer als der Wunsch, sie anzugreifen. Der Anblick Mhaws und seiner Männer, wie sie sich ihren Weg durch das Scharmützel bahnten, ließ die Soldaten beider Lager stutzen und im Kampf innehalten.

Als Mhaw schließlich das Zentrum der Schlacht erreichte, konnte er sich der Aufmerksamkeit aller sicher sein.

Breitbeinig stellte er sich auf einige Gefallene und brüllte mit der Stimme eines Mannes, der seine Befehle gegen den Lärm einer Schlacht zu geben gewohnt war:

»Männer! Gleich, ob eure Treue dem Hund oder den Morgensternen gilt, ich will euren Schwertarm! Für eine größere, bedeutsamere Aufgabe als dieses dürre Fleckchen Land in dieser jämmerlichen

Provinz! Und ich werde euch dafür weit besser bezahlen, als eure Herren es je könnten!«

Binnen kürzester Zeit erstarb das Klirren der Klingen.

Nur wenig später kam von beiden Seiten je ein Offizier auf Mhaw zugeritten, deren Rang er mühelos anhand ihrer Prachtrüstungen und ihrer Pferde erkannte. Beides war zu wertvoll für die ersten Reihen einer Schlacht. Blank und unversehrt schimmerten die Wappen auf ihren Brustharnischen, während sie langsam die Visiere ihrer Helme nach oben klappten und den Einäugigen von ihren Pferden herab argwöhnisch musterten.

Die Befehlshaber hatten ihre Unterhändler geschickt.

»Fürst Kwinn wünscht zu erfahren, was Ihr ihm und zweihundert Mann in Waffen zu zahlen imstande seid, so sie sich bereiterklären, Euch und Eurer Sache zu folgen«, sprach der eine der beiden.

Mhaw musterte den Reiter mit den Morgensternen im Wappen. Wenn sich selbst der Anführer einer solchen Truppe für diesen Handel interessierte, konnte hier draußen wirklich wenig zu holen sein. Womöglich kämpften sie nur, um am Ende weniger Soldaten durch den Winter bringen zu müssen.

»Ein Goldstück pro Mann und Tag. Gleich, ob wir reiten oder kämpfen«, antwortete er und blickte gespannt von einem Berittenen zum anderen.

Der Mann mit dem Hund im Schild verzog das Gesicht.

»Was glaubt Ihr, wer Ihr seid? Lord Tallfragk lässt Euch wissen, dass er keine Söldner, sondern ehrbare Männer anführt, von denen Euch keiner Eures Goldes wegen folgen wird.« Das unwillige Murren der Umstehenden ließ erahnen, dass besagter Lord diese Aussage nicht mit seinen Untergebenen abgesprochen hatte. »Und von Kwinns ehrlosen Schwerthuren werdet Ihr nur jene bekommen, die wir übriglassen! Diese Schlacht wird zu Ende geführt!« Der Offizier richtete sich in seinen Steigbügeln auf und blickte den General überheblich an. Dieser jedoch richtete seine ruhigen Worte direkt an die umstehenden Truppen:

»Ihr glaubt vielleicht, keine Söldner zu sein. Aber ihr seid es doch.

Jeder von euch. Wenn man einen von euch nicht mit Gold bezahlen kann, dann kann man es mit Ehre!«

»Ihr seht mir nicht wie einer aus, der davon viel zu bieten hätte!«, zischte der Unterhändler Tallfragks verächtlich. Ein leises Lachen ging durch die Reihen seiner Leute. Der Einäugige aber gab ihm keine Gelegenheit, auch nur ein einziges weiteres Wort zu sagen.

Er brauchte lediglich vier Schritte, bis er den Offizier erreicht, ihn von seinem Pferd gezerrt und das Schwert aus der Scheide gezogen hatte. Zwei Wimpernschläge. Zu schnell, als dass irgendjemand hätte eingreifen können. Und Mhaw weidete sich am Schrecken in den Augen des Mannes, als dieser ihn plötzlich mit erhobener Klinge über sich sah.

»Was ich zu bieten habe, reicht zumindest aus, dir einen ehrbaren Tod zu bescheren«, knurrte Mhaw und drückte sein Schwert langsam in die Lücke zwischen Brustharnisch und Armpanzerung. Der Mann riss die Augen auf. Sein Mund öffnete sich zu einem Schrei, der jedoch durch einen üppigen Schwall Blut in einem jämmerlichen Gurgeln erstickt wurde.

Zwar untersagten die Gesetze des Krieges, einen Unterhändler zu töten, aber Mhaw tat es in der Gewissheit, dass Soldaten auch das letzte bisschen Ehre in Gold zu tauschen bereit waren, solange der Wechselkurs stimmte.

Als er sich erhob und in die Runde blickte, sah er, wie die Soldaten begeistert ihre Schwerter in den Himmel reckten. Diese Männer würden ihm folgen. Ebenso wie Fürst Kwinn.

Während Lord Tallfragk versuchen würde, sich mitsamt seiner Ehre in Sicherheit zu bringen.

XIII

Seit sie den Narrjadth verlassen hatten, befanden sich Jaarn und Rugk mit van Vailor und einem Dutzend seiner besten Männer auf dem Weg Richtung Osten. Jaarn konnte sie noch immer nicht auseinanderhalten. Aber zumindest hatte er einen von den Zwillingen wiedererkannt. Bevor sie aufgebrochen waren, hatte der Narbige darauf bestanden, dass jeder ihrer Begleiter das Buch berührte, weil es vermutlich die einzige Möglichkeit war, sich ihrer Loyalität zu versichern.

Gvenn Bitterkling war Jaarn, seiner Aufgabe zum Trotz, die ganze Zeit über nicht aus dem Kopf gegangen. Auch wenn der Narbige ihm prophezeit hatte, dass derlei früher oder später vorüberging.

Zwei Tage zuvor hatte Gidwigk die Gruppe verlassen und sich in Rugks Auftrag in die Weiße Stadt aufgemacht, wo er alles für ihre Ankunft vorbereiten und den richtigen Leuten vom Ehernen Buch berichten sollte. Dem Narbigen zufolge würden sie jeden Verbündeten brauchen, den sie bekommen könnten. Und wenn es darum ging, eine längst vergessene Sehnsucht in den Menschen zu wecken, gab es keinen besseren als einen bekehrten Wortvergolder.

Der Rest der Gruppe war während der weiteren Reise sehr vorsichtig gewesen, hatte den größten Teil des Weges nachts und ohne Licht zurückgelegt und sich tagsüber in Wäldern und Höhlen verborgen. Mhaw und die Nacht waren gewiss nicht untätig gewesen, weshalb Rugk und Jaarn nie wussten, wem sie trauen konnten oder wer inzwischen hinter ihnen oder dem Schwert her war.

Während van Vailor und seine Leute in einiger Entfernung folgten und den Weg nach hinten absicherten, blieb Jaarn so dicht wie möglich bei dem Narbigen.

»Denkst du nicht, du solltest uns sagen, was unser nächstes Ziel ist?«, fragte er irgendwann, als er die Unwissenheit nicht mehr aushielt.

»Hab doch gesagt, es geht in die Weiße. Du musst mit dem Buch zu Arrens Baum. Mehr brauchst du nicht zu wissen.«

»Ich denke nur, dass es für das Vertrauen eventuell …«

»Unsinn. Is' besser, wenn ihr nicht zu viel wisst. Und was ihr wissen *müsst*, erfahrt ihr früh genug. Werden über die Wassertunnel reinkommen, der Wortvergolder öffnet uns einen der Brunnen, und dann werden wir unseren Kontaktmann aufsuchen. Glaub mir, hat immer Gründe, wenn ich etwas tue. Oder es eben auch nicht tue.«

Schweren Herzens akzeptierte Jaarn diese Antwort, hatte dabei allerdings noch ein weiteres Anliegen. Es dauerte jedoch noch ein wenig, bevor er sich dazu durchringen konnte, es vorzubringen.

»Ich will, dass du mir beibringst zu kämpfen.«

Rugk stutzte, schüttelte dann aber grimmig den Kopf.

»Das werd' ich nich'. Du weißt, was dein Vater gesagt hat. Wollte dich aus dem ganzen Kämpfen und Morden raushalten, der Alte.«

»Ja schon, aber ich denke, dass es in unserer Situation …«

»Lass es gut sein. Das mit dem Schwert is' 'ne einfache Sache: Heb eins auf und du wirst durch eins fallen. Immer so gewesen. Hab längst bereut, jemals eins aufgehoben zu haben. Mehr als einmal.«

»Aber was, wenn ich mich wehren muss?«

»Heulen und schreien. Da muss dir auch niemand mehr was beibringen.«

Jaarn verzog das Gesicht, blieb stehen und zürnte seinen Begleiter an:

»Die Nacht ist hinter uns her! Und Mhaws Kopfjäger! Ich würde einfach gern *irgendetwas* tun können, falls einer von ihnen vor mir steht und du nicht in der Nähe bist, um mir mit dummen Sprüchen beizustehen!«

»Wirst langsam frech. Gefällt mir. Werd' dir da trotzdem nicht helfen. Frag Krudt. Ehrlich kämpfen lernen dauert ohnehin zu lange. Und mit schmutzigen Tricks wird er dir eher helfen können als ich.«

Trotzig wendete Jaarn sich ab und wollte sich gerade zurückfallen lassen, als Rugk ihm noch leise zurief.

»Warte, Bursche!«

Erwartungsvoll drehte er sich noch einmal um. Der Narbige zögerte kurz und nickte ihm dann knapp zu.

»Sollen sich bereitmachen. Sind bald da. Was immer auch passiert: Sie dürfen niemanden angreifen. Auf keinen Fall. Sag ihnen das.«

Wortlos wendete Jaarn sich ab. Der Räuberhauptmann und einige seiner Leute waren nicht weit hinter ihnen. Verwundert sah van Vailor ihn am Wegesrand stehen.

»Was ist los, Kleiner? Du gibst dich doch sonst lieber mit dem Hässlichen ab?«

»Manchmal würde ich mich lieber mit einem Schwein im Koben suhlen, als an seiner Seite zu reisen!«

Grinsend gab der Räuberhauptmann ihm einen Wink.

»Komm nur her. Wirst dich auch mit mir nicht langweilen.«

Jaarn schaute grübelnd ins Dunkel und auf Rugks Schatten, der vor ihnen herwankte.

»Du traust ihm noch immer nicht, was?«, fragte van Vailor.

»Nur manchmal. Wenn er mir das Gefühl gibt, noch etwas anderes als die Prophezeiung im Sinn zu haben.«

»Ich hab in meinem Leben viele unehrliche Männer gesehen. Einige davon hab ich getötet, andere bezahlt. Als Fachmann aber kann ich dir eines verraten: Unter allen unaufrichtigen Männern, die ich je getroffen hab, ist dieser da der Aufrichtigste.«

»Er will mir nicht beibringen zu kämpfen. Sagt, es würde zu lang dauern. Und dass ich dich fragen soll.«

»Er wird seine Gründe haben. Rugk hat für alles seine Gründe. So viel solltest du inzwischen begriffen haben.«

Ohne den Blick vom Rücken des Narbigen abzuwenden, knurrte Jaarn:

»Dann bring eben du es mir bei.«

»Na ja, es gibt halt zwei Arten zu kämpfen. Fair und weniger fair. Zumindest die zweite kann ich dir beibringen.« Der Räuberhauptmann grinste verschlagen. »Dabei musst du zum einen darauf achten, dass dein Gegner dich für unterlegen hält. Und zum anderen, dass er sich irgendwann von dir abwendet. Dann stößt du ihm deinen Dolch in Hals, Herz oder Lunge, und das war's.«

Nachdenklich zog Jaarn das kleine Messer hervor, das er im Wurzelversteck gefunden hatte. Kopfschüttelnd sagte der Räuberhauptmann zu einem seiner Männer:

»Harredt! Deinen Dolch!«

Der Angesprochene, einer der Zwillinge aus dem Lager, reagierte nicht gleich. Erst als van Vailor ihn anherrschte, zog er zögernd die Klinge aus seinem Gürtel und warf sie seinem Hauptmann zu. Der begutachtete sie kurz, polierte die Schneide ein wenig mit seinem Ärmel und reichte sie schließlich Jaarn.

»Hier. Ich weiß nicht, was deins ist, aber das ist ein Dolch. Dein Werkzeug. Wirf deinen weg, behalte diesen. Lehrstunde beendet. Und vergiss nicht zu üben.«

Van Vailor klopfte ihm auf die Schulter und seufzend schob Jaarn sich seinen neuen Dolch in den Gürtel. Den anderen warf er ins Gebüsch. Über den Sitz von Herz und Lunge hatte er jedenfalls einiges gelesen, den Rest würde er sich selbst aneignen müssen.

»Danke«, presste er zwischen seinen Zähnen hervor und Krudt beteuerte: »So haben's die meisten von uns gelernt. Die, die's überlebt haben, sind mit der Zeit besser geworden. Jetzt schau nicht so. Du kannst jetzt kämpfen.«

»Haben normale Leute eigentlich den gleichen Humor wie ihr?«

»Was meinst du mit *normale Leute*?«

»Ich weiß nicht. Hab davon noch nicht so viele gesehen. Ich meine Bauern, Bäcker, Tischler oder Tagelöhner. Normale Leute eben. Solche, die nicht von Mord, Raub und Totschlag leben.«

»Habt ihr das gehört, Jungs?« Drei der Gauner schlossen auf, um zu hören, was ihr Hauptmann zu sagen hatte. »Der Junge wundert sich, dass er hier draußen so wenig *normale* Leute trifft.« Die Räuber blickten einander verdutzt an. Dann begannen sie laut loszuprusten. Van Vailor nickte Jaarn zu.

»Das ist wohl Antwort genug, oder? Wach auf, Bursche! Hier herrscht Krieg. Überall. Wenn es diese Leute noch gibt, dann sind sie auf der Flucht. Vor uns oder den Soldaten, fliehen von einem niedergebrannten Dorf zu einem anderen, das bald darauf ebenso brennen wird. Dann verstecken sie sich, werden nicht in die Städte gelassen und laufen am Ende zu uns, zu den Soldaten oder den Todsammlern über. Es ist einfach nicht die richtige Zeit für normale Leute, Junge!«

»Und das seit dreihundert Jahren«, murmelte Jaarn und schob den neuen Dolch tiefer in seinen Gürtel.

Als sie den Narbigen erreichten, stand dieser, den Finger auf die Lippen gelegt, am Rande einer Lichtung unter einer bleichblättrigen Knochenulme.

Jenseits der Bäume erkannten sie in der Finsternis eine Reihe kleinerer Feuerstellen und heruntergekommene Zelte, vor denen einige in Lumpen gehüllte Gestalten hockten.

Van Vailor drängte an Rugks Seite, und Jaarn konnte ihn aufgebracht flüstern hören:

»Was soll das, Narbengesicht? Ist das dein Weg in die Weiße Stadt? Hier riecht es ja noch abscheulicher als bei uns oben in den Bergen!« Er verzog das Gesicht und hob seinen Umhang davor. Kaum dass er es aussprach, bemerkte auch Jaarn den Gestank. In der Luft um sie herum hing der faulige, süßliche Geruch von Tod und Verwesung.

»Sag schon, wo sind wir?«, bedrängte der Räuberhauptmann den Narbigen, der ihn mit ausdruckslosen Augen ansah und langsam seinen Finger hob. Die verwirrten Blicke seiner Begleiter folgten der Geste und dann erkannten sie, was Rugk ihnen zeigen wollte: Über ihnen, zwischen den Bäumen, war ein großes Stück Leder aufgespannt. Und darauf prangte ein Zeichen, das Jaarn aus den Büchern bedeutender Heiler kannte: *Der Stachelreif*. Das Abbild eines stählernen Halsbandes, wie man es die Siechenden zu tragen zwang und wie man es säckeweise am Rande von Ortschaften abzuwerfen pflegte, in denen Heilung nicht mehr möglich war.

Beim Anblick jenes vom Mondlicht beschienenen Symbols schauderte es sie alle. Im nächsten Moment erklang, nunmehr alles andere als leise, die aufgebrachte Stimme Krudt van Vailors.

»Das kannst du nicht ernst meinen! Erst lässt du uns dieses vermaledeite Stück Stahl berühren, das einem das Selbst so sehr verdreht, dass man niemanden mehr so einfach von hinten erschlagen kann, und dann schleppst du uns zum Sterben in ein Pestbandlager?« Der Räuberhauptmann, dem eine Ader auf der schweißnassen Stirn schwoll, packte Rugk am Kragen und funkelte ihn wütend an. Seine Männer hatten die Hände bereits an ihren Dolchen. »Für irgendeine seltsame Prophezeiung zu sterben ist schon nicht besonders klug. Es aber zu tun, weil man offenen Auges in so ein Lager reinspaziert, ist stahlblanke Dummheit!«, blaffte van Vailor den Narbigen an.

Während seine zornige Stimme in der Nacht verhallte, kam Bewegung ins Lager der Pestkranken: Die Menschen am Feuer hoben die Köpfe, fuhren herum und richteten sich auf. Sie alle trugen einen stählernen Stachelreif um den Hals.

Rugk lächelte den Räuberhauptmann unbeeindruckt an.

»Denkst du, ich wüsste nicht, was ich tue? Solltest es langsam besser wissen«, raunte er ihm zu, was sein Gegenüber jedoch noch wütender machte. Im schwachen Licht des Mondes und dem entfernten Schein der Feuer traten van Vailors Knöchel weiß hervor, als er den Narbigen fester packte und so weit herabzerrte, bis sie auf Augenhöhe waren.

»Selbst wenn uns dieses Drecksschwert zu friedfertigen Heiligen macht: Wenn wir hier deinetwegen verrecken, reiße ich dir eigenhändig das Herz aus deinem zerkratzten Leib! Hast du mich verstanden?«

Die Siechenden kamen näher. Erschrocken wichen Jaarn und die übrigen Räuber zurück. Der Anblick war nur schwer zu ertragen: Über teilweise verkrüppelten Gliedmaßen lagen schrundige Verbände, und das unruhige Flackern des Feuers zitterte auf Pestbeulen und entstellten Gesichtern.

Rugk regte sich noch immer nicht. Van Vailor schien unschlüssig, ob er ihn weiter am Kragen halten oder besser zusammen mit den anderen verschwinden sollte. Bevor er sich jedoch entscheiden konnte, entgegnete der Narbige etwas. Dabei lächelte er amüsiert und sprach so leise, dass Jaarn ihn gerade noch verstand.

»Hast die Wahl. So wie's läuft, wirst du dich in ein paar Minuten für einen Feigling halten. Mach so weiter und du bringst es noch zum Idioten …«

Die Gruppe der Aussätzigen hatte die beiden Männer fast schon erreicht, als van Vailor den Narbigen losließ und seinen Männern hinterherstolperte, die beinahe schon im Wald verschwunden waren.

Jaarn hätte nicht sagen können, weshalb, aber in diesem Moment blieb er stehen und beobachtete, wie der Narbige nicht nur unter jenem Baum ausharrte, sondern wenig später sogar auf die Kranken zuschritt. Als Rugk seine Arme ausbreitete, drang aus dem Dickicht, in dem van Vailor und seine Männer verschwunden waren, ungläubiges Flüstern. Der Narbige wechselte einige Worte mit den Pestbandträgern, zückte seine Kette mit den Talismanen und präsentierte dem Wortführer der Gruppe eines der Amulette. Dann umarmten sie einander.

Jaarn traute seinen Augen nicht, als die vermeintlichen Pestkranken lachend ihre Binden abzuwickeln begannen. Durch die Dunkelheit bedurfte es noch eines zweiten Blickes, bevor er begriff, was ihn daran so verstörte: *Die Haut darunter war nicht entstellt, sie wirkte geradezu makellos!* Die Pestbandträger waren zwar verkrüppelt, dem einen fehlte ein Arm, dem nächsten ein Bein und wieder einem anderen die Hand, aber keiner von ihnen wies die dunklen nässenden Male auf, wie sie mit der Pest einherzugehen pflegten.

Als er nach kurzem Zögern ebenfalls auf die vermeintlichen

Siechlinge zuschritt, zischte van Vailors Stimme hinter ihm aus dem Gebüsch:

»Tu's nicht, Bursche! Du wirst dir die Pest holen! Dieser Wahnsinnige schickt dich in die Hintere Halle, bevor du überhaupt …« In diesem Moment aber schien auch van Vailor zu begreifen, was dort vor sich ging.

Kurz nachdem Jaarn die kleine Gruppe auf der Lichtung erreicht hatte, hörte er hinter sich den Räuberhauptmann und seine Männer aus dem Dickicht treten.

Wenig später saßen sie alle, jeder mit einem Krug in der Hand, scherzend zwischen den Pestkragen am Feuer.

Van Vailor verschluckte sich beinahe an einem Stück Braten, als Rugk ihm lachend auf den Rücken schlug.

»Hab's dir doch gesagt. Aber du musstest dich ja zum Idioten machen. Ein Feigling zu sein hat dir einfach nicht gereicht hat, was?«

Der Räuberhauptmann brummte etwas Unverständliches in seinen Krug und leerte ihn in einem Zug. Zwinkernd wendete der Narbige sich Jaarn zu.

»Schon gut«, murmelte van Vailor und blickte zögernd seine Männer an, die grinsend und mit glänzenden Gesichtern zwischen den falschen Siechenden hockten.

»Wirst es schon noch verstehen, mein Freund. Dass es nur um Geschichten geht. Ob du einen Krieg führen, eine Frau ins Bett bekommen, jemanden betrügen, überzeugen oder die Welt verändern willst. Es braucht bloß eine Geschichte. Wie so 'n Lager mit Pestkragenbanner und elenden Gestalten. Eine Geschichte ganz ohne Worte. Und solange sie gut erzählt ist … Nun, hast ja gesehen, wie schnell man so etwas glaubt …«

Lachend ließ der Narbige seinen Krug, bevor er ihn zum Mund hob, erst gegen den Jaarns und dann gegen den eines falschen Kranken krachen. Van Vailor nutzte diese Pause um einen Einwand vorzubringen.

»Aber wie uns deine Freunde in die Weiße Stadt führen sollen, hast du uns noch immer nicht verraten. Oder hab ich das einfach nur nicht mitbekommen?«

Zufrieden beugte der Narbige sich zu ihm hinüber.

»Eine deiner besten Fragen, seit wir uns kennen. Lass mich dir also verraten, wie uns einige falsche Pestkragen und eine Handvoll verkleideter Kadavriten den Weg in die Weiße ebnen werden.«

Er stellte seinen Krug ab, stand auf und schlenderte zu einem der umstehenden Zelte hinüber. Dabei schien ihm der Wortführer der Lagerbewohner im ersten Moment noch den Weg verstellen zu wollen, wurde dann aber von zwei seiner Männer zurückgehalten. So trat der Narbige schließlich ungehindert vor das Zelt und riss es mit einem Ruck auf.

Das Feuer erhellte ein wenig Stroh, zwei provisorische Lager, einige Decken und zwei hölzerne Kisten mit Kerzenstummeln darauf.

»Nichts als Geschichten …«, raunte Rugk. Verwundert blickten Jaarn und die Räuber einander an. Sie glaubten zunächst, dass ihrem Begleiter der Wein zu Kopf gestiegen war. Umso erstaunter beobachteten sie, wie der Narbige in das am Boden liegende Stroh griff und gleich darauf den Boden des Zeltes in einem Stück emporriss.

»Und Geschichten, die sich in Geschichten verbergen …«

Die Luke nach hinten klappend, deutete er einladend auf das darunterliegende Loch.

Als sie näher traten, erkannten sie einige in Stein gehauene Stufen, die unter dem Zelt in die Tiefe führten.

Der Narbige lächelte zufrieden.

»Na los. Greift euch ein paar Fackeln. Wollen die Weiße ja nicht zu lange warten lassen!«

Van Vailor blickte ihn ungläubig an.

»Bist du verrückt? Die Weiße Stadt liegt mindestens drei Tagesmärsche entfernt. Der Gang kann doch unmöglich …«

Lächelnd legte der Narbige einen Finger an die Lippen, gebot dem Räuberhauptmann zu schweigen und zwinkerte ihm zu. Und während van Vailors Männer einige Fackeln an den Lagerfeuern entzündeten, fragte sich Jaarn, wie viele geheime, unterhalb der Welt verlaufende Wege Rugk wohl noch kennen mochte.

Mit einem tönernen Kelch Wein in der Hand blickte die Eisenmutter von der Dachterrasse des Palastes hinab auf die in Stein geschlagene unterirdische Stadt.

Kopfschüttelnd wendete sie sich dem Knochenkönig zu, der einige Meter entfernt am Rand des Daches saß.

»Kydhan Edwell. Niemals hätte ich geahnt, dass du der Knochenkönig sein könntest.«

»Vergiss den Namen meines Vaters. Er spielt keine Rolle mehr. Ich bin lang schon nicht mehr der, den meine Mutter einst gebar. Jenes verwachsene Kind, das seine fürstlichen Eltern den Schweinen zum Fraß vorwerfen wollten, weil sein Wuchs alles andere als edel schien.«

»Kydhan, ich …«

»Lass uns die Dinge benennen, wie sie sind, Amme. Sie ließen mich nur leben, weil du behauptetest, dass mein Buckel mit den Jahren verschwinden würde. Wir beide wissen, dass du damals gelogen hast. Ich war immer schon dazu bestimmt, von falschem Wuchs zu sein. Und du warst leider nicht mehr zugegen, als mein Vater mich in den Fluss warf.«

»Aber ich habe mir Vorwürfe gemacht, es nicht verhindert zu haben.«

»Das Schicksal hat manchmal sonderbare Pläne, Amme. Denn einzig weil ich verwachsen und wenig edel bin, herrsche ich heute über jene, die mich dereinst retteten. Sie ließen mich ihren letzten traurigen Krüppelkönig beerben. Und heute, werte Amme, übersteigt die Zahl meiner Untertanen die des wohlgestalten Fürsten Edwell um ein Vielfaches.«

Nachdenklich nippte Deswyn an ihrem Kelch.

»Ich bin jedenfalls von Herzen froh, dass du dich nicht hast ersäufen lassen.«

Der Knochenkönig prostete ihr zu.

»Ohne dich hätte ich nicht einmal die Gelegenheit gehabt, nicht zu ersaufen. All das verdanke ich am Ende dir, Amme«, sprach er leise und wies in die verborgene Höhlenstadt hinab.

Obwohl sie beinahe schon eine ganze Woche hier unten weilte, schien ihr jene Stadt, die die Kadavriten unterhalb der Welt unbemerkt aus dem Fels gebrochen hatten, noch immer unglaublich.

Deswyn betrachtete den jungen Mann, der, umgeben von einem halben Dutzend Geier, vor ihr auf der steinernen Einfassung des Daches hockte und beiläufig mit dem elendsten jener Vögel spielte. Immer wieder hielt Kydhan dem Tier seinen Finger vor den klobigen Schnabel, bis es danach schnappte und er ihn im letzten Moment zurückzog. Es war ein seltsam neckisches Spiel, eine eigentümliche Choreographie, die den Eindruck erweckte, als ob jeder der beiden genau wüsste, wann der andere was tat. Bis zu dem Moment, als der Knochenkönig seinen Finger plötzlich nicht zurückzog und der schartige Schnabel blitzschnell zuschnappte. Erschrocken fuhr Deswyn zusammen, sah dann aber, wie das Tier den Finger beinahe zärtlich wieder hervorgleiten ließ. Selbst dies schien Teil des Spiels zu sein.

Sie nahm einen weiteren Schluck aus ihrem Kelch und betrachtete die Krone des Knochenkönigs, die neben ihm am Rand des Daches lag. Als sie näher trat, fuhr der Kopf des Geiers plötzlich herum. Aus trüben Augen funkelte das Tier sie misstrauisch an. Kydhan tätschelte ihm das zerzauste Haupt.

»Ruhig, Srigk. Sie ist eine Freundin. Meine älteste sogar, die ich lange vor dir kennengelernt habe.« Seine Stimme klang wie die eines Kindes, als er lächelnd seinen Kopf zu dem hässlichen riesigen Vogel hinabbeugte, der mit einer beinahe zärtlichen Bewegung dagegenstieß und einen kehligen Laut ausstieß. Kydhan lachte leise auf.

»Ja, natürlich. Mein *bester* Freund bist und bleibst du. Wie könnte dir auch jemand den Rang ablaufen, hm?« Er legte den Arm um das alte Tier, das sich an ihn schmiegte und Deswyn mit einem beinahe triumphierenden Blick zu mustern schien. Sie hob den Kopf und blickte dem Knochenkönig in seine eisengrauen Augen.

»Ich habe nachgedacht, Kydhan. Über die düsteren Legenden, die sich um dich und deine Todsammler ranken.«

»Nur zu, werte Freundin, teile deine Gedanken mit mir. Ich bin begierig, mehr darüber zu erfahren«, entgegnete ihr Gegenüber, während er seinen alten Geier kraulte.

»Da ihr sowohl mich als auch die anderen zu fressen und zu opfern versäumtet, Majestät, erlaube ich mir, einige Gerüchte ein wenig anzuzweifeln.«

Ermunternd hob der bucklige König seine Hände.

»Jene, die mit mir hierhergebracht wurden, sind Krüppel. Deine Leute haben bloß das gerettet, was von ihnen übrig ist.«

»Du bist nach wie vor eine gute Beobachterin.«

»Lass mich meine Gedanken zu Ende bringen.«

Die Augen senkend fuhr Kydhan dem Geier über sein struppiges Haupt.

»Nur zu, meine Liebe.«

»Ihr erntet sie von den Schlachtfeldern. Verwundete, Hoffnungslose, Menschen, die nie wieder sein werden, was sie einst waren und die ohne euch wohl nicht mehr lange zu leben hätten. Sei es der Plünderer oder der Wölfe wegen. Und dann gebt ihr ihnen ein neues Leben. In eurer Mitte. Als Gleiche unter Gleichen. Nur darum seid ihr so viele, werdet mehr mit jedem Tag. Du öffnest den Verlorenen und Vergessenen die Tore deiner Stadt und hast hier unten geschaffen, wovon der Rest dort oben nicht einmal mehr zu träumen wagt: eine sechste Stadt.«

Kydhan nickte und klatschte leise in die Hände, was das Tier in seinen Armen sichtlich irritierte.

»Recht hast du, werte Amme. Dies ist die unwirkliche Stadt. Ein Ort, den es nicht geben dürfte und wo die verkrüppelten Kinder des Krieges ohne Furcht vor künftigen Schlachten leben. Aber es ist besser, wenn man uns dort draußen für menschenfressende, an Körper und Seele entstellte Monster hält. Jämmerliche Schatten, die sich in Leichenbergen suhlen und von den Almosen des Kriegbringers leben. Das sind wir. Ein Geheimnis, so alt wie der Krieg selbst. Zahllos und im Untergrund verborgen, ein vergessenes Heer zerrissener Seelen.«

Deswyn zögerte kurz.

»Weißt du überhaupt, wie viele ihr seid? Alle zusammen, hier in der Stadt und draußen in den Verstecken?«

»Genügend, dass wir, wenn wir zu den Waffen griffen, jeder Armee des Reiches trotzen könnten. Hätten wir dem Krieg nicht abgeschworen.«

Kydhan schob den Vogel beiseite, erhob sich und trat an die steinerne Brüstung. Die Hände auf den Stein legend, flüsterte er in seinem leisen knabenhaften Singsang: »Kein Kadavrit wird jemals wieder seine Hand nach einer Waffe ausstrecken. Nicht um der Macht, nicht um des Goldes oder um seines eigenen Lebens willen.«

Deswyn trat neben ihn und legte ihm sanft ihre Hand auf den verwachsenen Rücken. Die missgünstigen Blicke des alten Geiers auf sich spürend, flüsterte sie:

»Ich habe immer geahnt, dass du etwas Besonderes bist.«

»Ich bin nicht wichtig, Amme. Nur ein Knochenkönig von vielen. Viele waren vor mir, viele werden nach mir kommen. Und wie viele Menschen wir den Armen des Kriegbringers auch entreißen, der Krieg dort oben wird niemals enden.«

»Aber hast du denn nicht vom dritten Sohn des Raben gehört? Es heißt, er wäre bestimmt, das Schicksal des Ehernen Buches zu erfüllen. Nach allem, was man sagt, hat er sogar bereits Verbündete gefunden!«

Verwundert horchte ihr Gegenüber auf.

»Der dritte Sohn des Raben? Oh, Eonh von Stahl war wahrlich ein Mann mit Geheimnissen. Wer hätte ahnen können, dass er mehr als bloß das Legendeneisen vor den Augen der Welt verbirgt.«

Deswyn stutzte.

»Du … du wusstest, dass er die Klinge besaß?«

»Mehr als das, Amme. Dem ursprünglichen Plan zufolge hätte sogar ich sie dem Kriegbringer zu Füßen legen sollen. Die Dinge nahmen jedoch einen anderen Weg. Aber sei's drum. Es ist gut, wenn das Eherne Buch im Besitz eines Menschen ist, der eine Bestimmung hat.«

»Ich … ich verstehe nicht.«

»Das musst du auch nicht, Amme. Ich will nicht in Bitternis schwelgen. Doch um unser aller willen wünsche ich jenem Knaben, dass es ihm gelingt, seine Bestimmung zu erfüllen.« Kydhan blickte sie schwermütig an. Die vergorene Unschuld in seinen grauen Augen ließ sie schaudern.

Dann standen sie einen Moment lang da, unter der Welt, und schwiegen. Abseits von Kriegsgetümmel und Schlachtenlärm. Bis aus den gewundenen Felsengassen plötzlich aufgeregter Lärm zu ihnen emporschallte.

Als die Eisenmutter sich über die steinerne Brüstung beugte, entdeckte sie eine Reihe fremder Gestalten, die sich, von einer Rotte misstrauischer Todsammler begleitet, auf den Palast zubewegte.

Der Knochenkönig verengte die Augen und deutete in die Felsschluchten zwischen den Höhlenhäusern hinab. Srigk hob den Kopf, breitete die Flügel aus und verschwand, dem Fingerzeig seines Herrn folgend, in der Tiefe.

Versonnen blickte Kydhan ihm nach. Als er sich wenig später aufrichtete und Deswyn anschaute, schien er plötzlich ein anderer Mensch zu sein.

»Ich fürchte, es wird Probleme geben. Und ich werde handeln müssen wie ein König.«

Mit diesen Worten, denen weder in Ton noch Art mehr etwas Kindliches anhaftete, griff der Knochenkönig nach seiner Krone.

Im gleichen Moment kam der alte Geier mit gewaltigem Flügelschlag wieder angerauscht, ließ sich auf der Brüstung nieder und stieß einige kehlige Laute aus.

Nachdenklich nickte Kydhan Deswyn zu.

»Zu wem auch immer du betest, Amme: Tu es. Denn dort kommt

der, der mich verraten hat. In Begleitung des Jungen mit dem Ehernen Buch und einer Reihe Männer, wie man sie an keinem Ort gern sieht. Srigk gefällt das nicht. Er mag es nicht, wenn Dinge sich verändern. Ein Schlachtfeld zum Fressen, eine Höhle zum Schlafen und meine Hand, die ihn krault. Ein bisschen was Totes, ein bisschen was Lebendiges. Alles andere macht ihn misstrauisch.«

»Was wird geschehen?«, fragte Deswyn, die nicht begriff, wovon er sprach. Kopfschüttelnd starrte Kydhan in die Tiefe der Höhle hinab.

»Vielleicht das, was vor langer Zeit schon hätte geschehen sollen. Womöglich aber auch etwas vollkommen anderes. Bitte entschuldige mich jetzt. Der Knochenkönig hat eine Audienz zu geben.«

Er verneigte sich knapp und wendete sich der Treppe zu, die in den Palast hinunterführte.

Während die Eisenmutter den buckligen Jüngling in das Zwielicht humpeln sah, vernahm sie von unten die Stimmen der Neuankömmlinge. Eine davon glaubte sie zu kennen.

Kalt lief es Deswyn den Rücken hinab …

Als Jaarn zusammen mit den anderen inmitten der Kadavriten den Palast des Knochenkönigs erreichte, hatte er alles andere als ein gutes Gefühl. Van Vailors Räuber hatten ihm von den Kadavriten und ihrem König, dem menschenfressenden Ungetüm, erzählt. Da hatte auch Rugk nicht geholfen, der ihm zugeraunt hatte, dass man Menschen wie dem Räuberhauptmann besser nicht glauben sollte. Dass aber der Herrscher über diese zerlumpten Horden und diesen wunderlichen Ort, tief unter und abseits von allem, ein furchterregendes Ungetüm sein musste, schien ihm auf eine sonderbare Art einleuchtend. Wer sonst hätte all dies erschaffen und beherrschen können? Und wie hätte er es tun können, ohne mit unheiligen Mächten im Bunde zu stehen?

Jaarn verstand noch immer nicht, weshalb der Narbige sie hierhergeführt hatte. Zumal die Kadavriten ihnen alles andere als freundlich begegneten. Vor allem Rugk musterten sie mit derart unverhohlenem Abscheu, dass Jaarn fürchtete, sie könnten ihn jeden Moment anspucken. Auch van Vailor und seine Männer hatten es bemerkt, und die Blicke, die sie einander zuwarfen, während die Dolche ihnen locker in der Scheide staken, waren wenig zuversichtlich.

Die feindselige Haltung der Todsammler aber schien dem Narbigen nichts auszumachen. Beinahe vergnügt schritt er den anderen voran durch die engen, in den Stein gehauenen Gassen und vorbei an den flüsternden dunklen Gestalten.

Seine Vergnügtheit schwand erst, als sie die Stufen zum Palast erreichten. Jaarn beobachtete Rugk genau. Es war, als ob sich etwas im Gesicht des Narbigen veränderte. Er konnte geradezu spüren, wie Rugks Gedanken sich verfinsterten, als er zu den Fackeln auf dem Dach des Gebäudes emporblickte.

Doch noch bevor er weiter darüber nachdenken konnte, stürzte sich plötzlich, von einem heiseren Schrei begleitet, ein düsterer Schemen auf sie herab.

Schützend rissen alle bis auf Rugk ihre Arme nach oben. Als Jaarn seine Finger spreizte, erkannte er einen riesigen Geier, der den Narbigen mit kalten Augen fixierte und sich gleich darauf wieder in die Lüfte schwang.

Bevor sie den Palast betraten, drängte sich Krudt van Vailor durch die Kadavriten bis zum Narbigen vor. Als er sich an Jaarn vorbeischob, konnte er ernste Besorgnis in seinem Gesicht erkennen.

»Es … es gibt ein Problem, Rugk!«

Sofort hielt der Angesprochene auf den Stufen inne und wendete den Blick von den Zinnen des Palastes ab.

»Und du ahnst noch nicht einmal, wie groß es ist. Ich hab keinen Schimmer, was wir hier verloren haben. Und solange sie ihre Zähne von mir lassen, ist es mir auch egal. Wir haben nämlich ein ganz anderes Problem: Einer meiner Männer ist verschwunden.«

»Würde mir an deiner Stelle keine Sorgen machen. Haben schließlich alle das Buch berührt.«

»Ich bin mir da nicht mehr ganz sicher. Dieser Mann hätte zumindest die vage Möglichkeit gehabt, uns zu hintergehen.«

»Hab noch keinen gesehen, der sich dem Legendeneisen hätte entziehen können. In all den Jahren nicht. Bei keiner der Klingen. Wer immer sie berührt, wird ein anderer Mensch. Hast es doch selber gespürt.«

»Aber der Mann, den wir verloren haben, ist Harredt Ghish. Ist noch nicht lang bei uns. Wichtiger ist allerdings, dass er nicht allein zu uns kam.«

Auf seiner Unterlippe kauend, senkte der Räuberhauptmann den Blick. Rugk schaute ihn ungläubig an.

»Was willst du damit sagen?«

»Er hat einen Zwillingsbruder. Tigk. Trieb sich oft bei den Vögeln herum, konnte keinem von uns in die Augen sehen. Ein Räuber von der Sorte, der man nicht trauen kann, wenn du verstehst ...«

»Nein, ich verstehe nicht!«, herrschte Rugk, der sich langsam wieder an die Zwillinge erinnerte, den Räuberhauptmann an.

»Der einäugige General ist bereit, einige goldene Keiler für euch auf den Tisch zu legen. Und dieser Tigk ist intelligent. Vielleicht intelligent genug, um so etwas einzufädeln. Was, wenn sein Bruder das Eherne Buch berührt, Tigk uns aber schließlich an seiner statt begleitet hat?«

»Das hätte sein Bruder nicht zugelassen«, entgegnete Rugk kopfschüttelnd und van Vailor nickte bedächtig.

»Sicher nicht. Solange er noch am Leben war.«

»Willst du damit sagen, dass ...?«

»Gar nichts will ich sagen. Aber ich weiß, dass einer von beiden bei uns war, bis wir den geheimen Gang im Pestlager betraten. Und jetzt ist er es nicht mehr. Unsereins ist nicht allzu gut darin, aufeinander zu achten. Wenn er aber tatsächlich umgekehrt sein sollte und inzwischen vielleicht sogar ein Pferd gestohlen hat, haben wir ein kleines Problem.«

Rugk funkelte ihn wütend an.

»Kannst du dir überhaupt vorstellen, was passiert, wenn Mhaw und seine Männer hier herunterkommen?«

»Aber die Kadavriten sind ihnen doch zahlenmäßig weit überlegen!«, empörte sich van Vailor. Der Narbige tat einen Schritt auf ihn zu, baute sich bedrohlich vor ihm auf und flüsterte:

»Du bist wirklich der ausgemachte Idiot, für den ich dich immer schon gehalten habe.«

Sein Gegenüber wollte etwas entgegnen und hob abwehrend seine Hände, Rugk aber ließ ihn nicht zu Wort kommen.

»Halt besser den Mund.«

»Aber was hab ich denn …«

»Was du hast? Im schlimmsten Fall ein ganzes Volk auf dem Gewissen …«

Verwirrt blickte der Räuberhauptmann sich um und betrachtete im Fackelschein die Männer und Frauen, die den Platz vor dem Palast säumten oder neugierig aus den Fenstern ihrer Felsenhäuser lugten, während der Narbige die Geschichtenklinge auf seinem Rücken zurechtrückte und Jaarn einen vielsagenden Blick zuwarf.

»Beeilen wir uns. Kydhan muss all das so schnell wie möglich erfahren.«

Wenig später erreichten sie den Thronsaal.

Neben dem steinernen Sitz des Knochenkönigs knisterten Fackeln in rostigen Halterungen. Auf den Stufen hockten die Geier, die den Neuankömmlingen müde entgegenblinzelten.

Finster musterte der Knochenkönig Jaarn, Rugk und die Räuber, als diese den Saal betraten und der Narbige zögernd das Knie vor ihm beugte.

Noch bevor Rugk zu sprechen anhob, flüsterte Kydhan:

»Bist du gekommen, Narbensammler, um mir jenen vorzustellen, der das Buch an meiner statt auf den Gul'Firrin schaffen soll?«

Jaarn bemerkte das Erstaunen im Blick seines Begleiters, das der Knochenkönig sichtlich genoss.

»Oh ja, selbst hier unten erfahre ich alles, was ich wissen muss. Über den Sohn des Raben, seine Bestimmung und all die Dinge, die dir wichtig genug schienen, unsere Abmachungen zu vergessen.«

»Kydhan, ich ...« Als Rugk sich zu erklären versuchte, begriff Jaarn, dass er ihn noch nie derart kleinlaut gesehen hatte. Der Knochenkönig ließ ihn jedoch nicht einmal zu Wort kommen.

»Nein, Fahlgrimm! Ich bin es, der redet. Ich, dessen Hilfe du noch immer brauchen wirst, wenn du mit diesem Jungen und euren Begleitern in die Weiße Stadt vordringen willst!«

Fahlgrimm also. Nach Rugk Ghirren und Findt Weissgluth der dritte Name, mit dem man den Narbigen ansprach. Verwundert beobachtete Jaarn, wie sein Begleiter schweigend seinen Kopf senkte und der Knochenkönig lächelnd fortfuhr.

»Lass uns deinen Plan also noch einmal überdenken«, er zögerte kurz, atmete tief durch und fuhr dann sehr bestimmt fort. »Weil allein ich den Weg durch die Wassertunnel kenne, die zu jenem Brunnen führen, den einer deiner Männer wohl für uns öffnen wird, werde ich euch begleiten. Ich werde dabei sein, wenn ihr vor Arrens Baum tretet, und du wirst mich der Weißen Stadt meine Botschaft überbringen lassen. So wie es abgemacht war.«

Der kniende Narbensammler schwieg noch immer. Jetzt aber forderte der Knochenkönig eine Antwort ein:

»Nun?«

Der Narbige antwortete leise, aber klar vernehmlich:

»Hätte es nicht anders gewollt. Wir werden jedoch zügig aufbrechen müssen. Steht zu befürchten, dass Bewaffnete auf dem Weg hierher sind.«

»Aus einem mit Verrat gedüngten Boden keimt eben selten etwas Gutes«, höhnte der Knochenkönig von seinem Thron herab. Rugk entgegnete ungerührt:

»Wenn denn schon Verrat das Thema dieser Unterredung ist, verrat mir doch, wer dir von dem Jungen erzählt hat.«

Den Narbigen anfunkelnd, beugte der Knochenkönig sich vor.

»Und gerade weil du mich so herzlich darum bittest, werde ich es dir nicht sagen!«

»Bist der gleiche trotzige König wie eh und je.«

»Und du noch immer so wortbrüchig und ehrlos wie einst.«

Jaarn und van Vailor blickten einander ratlos an. Auch die übrigen Räuber begriffen nicht, was vor sich ging. Selbst die Geier wirkten verstört.

Niemand, selbst Jaarn nicht, hätte damit gerechnet, dass plötzlich eine riesige Frau aus dem Schatten eines Treppenaufganges sprang, auf Rugk zustürmte und ihn mit einem Faustschlag zu Boden streckte. Und noch weniger damit, dass sie sich gleich darauf über ihn beugte, ihn so lange ohrfeigte, bis er wieder zu sich kam, und dann ihren Mund auf den seinen presste.

Derweil Rugk und die Riesin inmitten der Geier am Boden des Saales miteinander rangen, erhob sich der Knochenkönig von seinem Thron und blickte zufrieden in die Runde.

»Ich denke, ihr solltet euch ausruhen, während mein alter Freund und meine Amme ihr Wiedersehen feiern. Wenn ich recht verstanden habe, werden wir bald aufbrechen müssen, um den Häschern zu entgehen und die Weiße Stadt zu erreichen, bevor man unserer habhaft wird.«

Lächelnd gab Kydhan Jaarn und van Vailor einen Wink. Schweigend verließen sie zusammen mit den Räubern den Thronsaal und überließen den Narbigen seinem Schicksal.

XIV

Beinahe unwirklich schimmerte das Sonnenlicht durch das dichte Blattwerk. Jaarn blieb zwischen einigen verwachsenen Bäumen stehen und blickte sich nach dem Knochenkönig um, der gemeinsam mit der Eisenmutter die Nachhut bildete.

Die unterirdische Stadt lag längst hinter ihnen und sie bahnten sich ihren Weg durch den Wald von Sin Arradt.

Aller Leidenschaft zum Trotz hatte die Eisenmutter den Narbigen am Leben gelassen. Zusammen mit dem Knochenkönig, der seine Untertanen zurückgelassen hatte, war sie Teil ihrer verschworenen Gemeinschaft geworden. Freilich hätten die Kadavriten die Höhlen im Angesicht der nahenden Bedrohung verlassen und in andere Verstecke fliehen können. Stattdessen waren sie in jener Stadt geblieben, die sie dem Tod selbst abgetrotzt hatten. Jaarn hatte es nicht verstanden. Zumal die Todsammler Rugk zufolge nicht kämpfen und die Männer des Einäugigen kaum Gnade walten lassen würden. Er verdrängte diesen Gedanken, so gut er konnte, und versuchte stattdessen die Stille des Waldes zu genießen.

Er und die anderen reisten mit leichtem Gepäck und füllten ihre Vorräte in den geheimen Unterschlüpfen der Kadavriten. Wann immer sie sich verbergen mussten oder Wasser brauchten, öffnete ihnen ein Wink des Knochenkönigs verborgene Orte. Und jedes Mal staunte Jaarn von Neuem, wenn sich hinter irgendeinem Busch oder unter einem Felsen ein Versteck auftat. Er wunderte sich auch darüber, wie gut die Todsammler über das Geschehen in ihrer näheren Umgebung informiert waren. Sie wussten, welcher Feldherr Truppen welcher Stärke befehligte, zwischen welchen Parteien eine Schlacht wie lange schon tobte, wer voraussichtlich gewinnen und was für sie am Ende zu holen sein würde. Keiner kannte den Krieg besser als sie, die ihr Leben längst dem Kriegbringer geopfert hatten.

Anstelle von Schlachtenlärm vernahm Jaarn in diesem Moment allerdings die leisen Stimmen seiner durch das Unterholz streifenden Begleiter, die ungeachtet des langen Marsches und allen Entbehrungen zum Trotz zuversichtlich schienen.

»Was denkst du, Junge?«, hörte er hinter sich plötzlich Kydhan.

»Dass wir es vielleicht wirklich schaffen können.«

»Du scheinst mir tatsächlich die beste Wahl gewesen zu sein, als Hosk mich zu hintergehen beschloss.« Der Knochenkönig klopfte ihm auf die Schulter.

»Du zürnst mir also nicht, weil er nun mich mit dem Legendeneisen auf den Gul'Firrin führt?«

»Er hat seine Gründe. Seit ich ihn kenne und vermutlich auch schon lange davor. Und heute wie einst ist es sinnlos, ihn von etwas abbringen zu wollen.« Kydhan lächelte vielsagend. »Ich bin zufrieden, solange ich meine Botschaft überbringen kann.« Mit diesen Worten zückte er ein ledernes zylinderförmiges Etui, kaum größer als ein halber Laib Brot, das an seinem Gürtel baumelte. Versonnen fuhr er mit der Hand darüber. Jaarn betrachtete interessiert die Hülle, die mit einigen Lederbändern umwickelt und mit schwarzem Wachs versiegelt war.

»Was genau ist es, das du der Weißen Stadt mitteilen willst?«

»Etwas, das sie schon längst hätte erfahren sollen.« Der Knochenkönig hob den Lederzylinder ein wenig höher und schüttelte ihn sacht. »Etwas, das sie über das Ende ihrer Pracht und ihrer Überheblichkeit unterrichten wird«, flüsterte er und blickte sein Gegenüber dabei geheimnisvoll an.

Jaarn hob zweifelnd eine Braue. Kydhan aber winkte ab.

»Mach dir keine Gedanken. Meine Belange werden deine Bestimmung nicht kreuzen und ich werde dir zur Seite stehen, wo immer ich kann.«

Den Ratschlägen einiger Todsammler entsprechend, folgte die Gruppe einem Pfad, der sie an einer Reihe Schlachten vorbei durch den Wald und zur nächsten Ortschaft führte.

Inzwischen reisten sie sowohl bei Tag als auch bei Nacht. Zum einen wollte Rugk keine Zeit verschwenden, zum anderen Mhaw und seinen Männern keine Chance geben, sie einzuholen. Wenn der Räuberhauptmann mit seinen Befürchtungen richtig lag, hatten der Einäugige und seine Meute die unwirkliche Stadt womöglich längst gefunden.

Darum trieb der Narbige sie zur Eile an, auf dass sie so bald wie möglich in der Weißen anlangten, wo sie dem Ehernen Buch eine weitere Geschichte zurückzugeben trachteten.

Vom Dach des steinernen Palastes blickte Zadt Mhaw auf die Gassen in den Tiefen der Höhle, wo sich die toten Leiber der Kadavriten im spärlichen Licht der Fackeln stapelten. Sein finsterer Blick schimmerte durch sein blutverklebtes, ihm wirr ins Gesicht hängendes Haar. Er spürte, wie tief in seinem Inneren Irrsinn und Verzweiflung miteinander rangen, ahnte, dass es ihm anzusehen war.

Seit der Albino Gvenn verschleppt hatte, war der Einäugige bloß noch ein Schatten seiner selbst. All die Jahre hatte er das Erbe ihres Vaters um ihretwillen bewahrt und hätte Gvenns Weg zum Keilerthron inzwischen mit Gold pflastern können. Dem Gold, das ihm der alte Bitterkling heimlich hinterlassen, und dem, das er selbst in zahllosen Schlachten erstritten hatte. Dabei war es ihm stets gelungen, den Stolz und die Haltung eines Soldaten zu bewahren. Bis zu jener finsteren Stunde, da ihm Tindt Gherren und seine finsteren Schergen alles geraubt hatten.

Seit jener Nacht im Waldlager wagte Mhaw nicht mehr in den Spiegel zu sehen. Die Angst um das Mädchen machte ihn schier wahnsinnig. Und das Gold des Keilers würde nun dafür herhalten müssen, den Raben mit dem Buch zu jagen. Mit jedem Mann, den er bekommen konnte. Bis Gvenn Bitterkling wieder an seiner Seite weilte. Bis dahin fühlte er sich weniger wie ein Soldat als vielmehr wie das Leittier einer tollwütigen Hundemeute.

Das waren die Gedanken, die Mhaw durch den Kopf schossen, während sein Blick auf dem ruhte, was diese Meute in der Höhle angerichtet hatte.

Besorgt trat einer der wenigen Männer, denen er gegenwärtig noch traute, von hinten an ihn heran.

»Sire?«

»Nenn mich nicht so. Ein Hund bin ich! So wie ihr.«

»Was immer Ihr sagt, Sire. Aber was sollen wir nun tun?«

Mhaw wusste, wohin der Junge das Schwert jetzt bringen würde. Er, der Hundegeneral, kannte die Legenden ebenso gut wie alle anderen: *Arrens Baum*. Doch er entsann sich auch der Worte des Albinos. Dass die Weiße Stadt der Nacht gehörte, die ihn, sobald er sich hineinwagte, mitsamt seiner Brut zerreißen würde. Mhaw hatte seine Chance, den Jungen vorher in die Finger zu bekommen, verpasst. Und er würde nichts tun, was Gvenns Sicherheit gefährdete, sodass ihm jetzt nichts weiter übrigblieb, als zu hoffen.

Er drehte sich um und bemerkte den Schrecken im Blick seines Gegenübers. Das Blut, der Wahn, er musste schrecklich aussehen. Den Kopf senkend nickte Mhaw dem Mann zu.

»Steckt neue Fackeln in die Halterungen. Wir bleiben über Nacht. Was immer die Männer finden, gehört ihnen. Sie sollen trinken, würfeln und sich vergnügen. Morgen Mittag ziehen wir weiter. Sag ihnen, ich werde sie noch eine weitere Woche bezahlen.«

»Was soll ich sagen, wenn sie fragen, wohin es geht?«

»Dorthin, wo es noch mehr von ihnen gibt. Wir werden sie kaufen. So viele, wie wir können. Ich werde dafür sorgen, dass, wenn der Junge es mit seinen Begleitern und dem Schwert aus der Stadt herausschafft, überall im Reich tollwütige Hunde auf ihn lauern werden.« Damit wendete der Einäugige sich wieder ab und blickte noch einmal über die Brüstung. Heute Nacht würden die Hunde neben ihren Opfern schlafen. Mit dem Geruch ihres Blutes in der Nase. Ohne dass es auch nur einen von ihnen bekümmerte.

Kopfschüttelnd ließ der General seinen Blick über die Toten in den Gassen schweifen.

»Sie haben sich nicht einmal gewehrt. Keiner von ihnen. Standen einfach da und fütterten unsere Schwerter. Ohne diese Stadt oder auch nur ihr Leben zu verteidigen. Ich ... ich verstehe es einfach nicht.«

Seine Männer hatten sie alle getötet, hatten die Wände der Höhlen mit Blut gestrichen und dabei doch keine Spur von dem Jungen oder dem Schwert gefunden. Im Laufe einer einzigen Nacht hatte Mhaws Meute eine ganze Stadt entvölkert.

Der General schloss die Augen. Dies war seine dunkelste Stunde. Er musste etwas tun, um sich wieder als Mensch zu fühlen. Irgendetwas.

Er wendete den Kopf und nickte seinem Getreuen zu.

»Bring mir den Mann, der uns hergeführt hat«, befahl er. Der Offizier verneigte sich und eilte die steinerne Treppe in den Palast hinab.

Mhaw seufzte, strich sich das Haar aus dem Gesicht und hob den Kopf. Dort oben kreisten sie. Kaum zu sehen, nur Ahnungen von Schatten und das Rauschen ihrer Flügel. Die Geier, die bekommen würden, was seine Hunde übrigließen.

Seit er denken konnte, hatte er Geier gefüttert. Und hier, irgendwo unter der Welt, entsann er sich einer Geschichte, der zufolge der Kriegbringer einst aus den Gebeten der Geier entstanden war.

Versonnen starrte der Einäugige in die Dunkelheit, bis er Schritte auf der Treppe vernahm.

»Ihr wünschtet mich zu sehen, Herr?«

Den Blick von den Schatten unter der Höhlendecke abwendend drehte Mhaw sich langsam zu van Vailors abtrünnigem Räuber um.

»Du warst es, der uns hergeführt hat?«

Er musterte den Mann abfällig. Vor ihm stand ein dreckiger Halunke, wie er inzwischen mehr als hundert anführte.

»Ja, Herr. Ich war es, der Euch den Vogel schickte. Hoffte freilich, dass das Balg und die Klinge noch hier sein würden.«

Der Halunke sprach leise, mit gesenktem Blick, und fühlte sich augenscheinlich alles andere als wohl. Der Einäugige machte nun einen Schritt auf ihn zu.

»Um uns herzuführen, hast du, wenn ich es recht verstehe, deinen eigenen Bruder getötet und deinen Herrn verraten, richtig?«

»Das habe ich. Aber … aber es war unter Dieben. Da wiegt so etwas weniger schwer.«

»Weil irgendjemand immer noch einen anderen Bruder hat und ein neuer Herr sich immer findet, nicht wahr?« Lächelnd legte der Hundegeneral dem Mann eine Hand auf die Schulter, was dessen Unsicherheit sichtlich schmälerte.

»Genau. Gibt noch genügend andere Brüder dort draußen. Und Herren auch, denke ich.« Der Mann lächelte Mhaw zaghaft an.

»Ich hoffe, meine Leute haben dich ordentlich bezahlt?«

Der Räuber nickte zufrieden.

»Reichlich, Herr. Zehn Goldkeiler habe ich bekommen, einen ganzen Beutel voll.«

»Ein guter Preis für einen Bruder und das bisschen Verrat, hm?«

Das Lächeln seines Gegenüber erstarb. Gleich darauf fing er sich aber wieder: »Na, bei dem Preis wünschte ich mir, dass meine Mutter noch 'n paar mehr Jungs zur Welt gebracht hätte …«

Mhaw lachte laut auf, was der Mann zum Anlass nahm, mit einzustimmen. Bis der General abrupt zu lachen aufhörte und die Schulter des Mannes fester ergriff. Dabei funkelte er ihn mit seinem verbliebenen Auge zornig an und flüsterte: »Fünf Keiler für den Bruder und fünf für den Verrat. An einem Herrn, wie es ja so viele gibt dort draußen. Für die Zukunft merke dir, solche Gespräche nicht mit einem deiner Herrn zu führen.« Ohne seinen Griff zu lockern, grinste Mhaw den Räuber an, der die Hand des ungleich größeren Mannes mit schmerzverzerrtem Gesicht erfolglos zu lösen versuchte.

»Wie gesagt, für die Zukunft«, raunte der General ihm zu.

Wie im Reflex zuckte die Hand des Räubers plötzlich zum Griff seines Messers. Der Einäugige aber war schneller, packte den Arm des Mannes und bog ihn blitzschnell zur Seite, bevor er den Räuber mit einem wütenden Aufschrei empor und über die steinerne Brüstung wuchtete.

Als er stürzte, hallte sein Schrei von den Wänden der Höhle wider.

Mhaw wartete den Aufprall ab. Dann zerrte er sein fleckiges Wams zurecht, strich sein Haar zurück und blickte ein letztes Mal in die Felsengasse hinab, wo der Verräter mit verrenkten Gliedern inmitten der toten Kadavriten lag. Beim Sturz hatte sich seine Börse geöffnet, sodass zwischen den Toten nun einige Goldkeiler funkelten. Es dauerte nicht lange, bis einige andere Söldner sich über sie hermachten.

Zufrieden wendete der General sich ab.

Was immer auch geschah, Verrat würde er nicht dulden. Er mochte ein tollwütiger Hund sein, aber einer, der noch immer von der Treue träumte.

Vorsichtig lugte Jaarn über den Rand des Brettes. Aber kaum dass er den Kopf etwas nach vorn schob und durch die Blätter in die Tiefe blinzelte, wurde ihm schwindelig.

Hinter sich hörte er den Narbigen lachen.

»Verbringt sein ganzes Leben in einem Turm über der Stadt und wird beim ersten Baum, auf den er klettert, höhenkrank!«

Er versuchte etwas zu entgegnen, war jedoch zu sehr damit beschäftigt, gegen seine Übelkeit anzukämpfen.

Rugk, Findt oder Hosk, wie immer er auch hieß, klopfte ihm auf die Schulter.

»Sei's drum, bind dich heut Nacht an einen der Stämme, wenn du schlafen willst. Wär' schade, dich so kurz vor dem Ziel zu verlieren. Würde ungern wen anders die Angelegenheit erledigen lassen. Also pass ein wenig auf dich auf!«

Vorsichtig zog Jaarn sich wieder von der Kante zurück, drehte sich herum und blickte in das grinsende Gesicht des Narbigen. Neben ihm stand die Eisenmutter, die Jaarn beinahe zärtlich betrachtete. Rugk nickte ihm zu, wendete sich ab und entfernte sich, die Hand an dem hüfthohen Seil zu seiner Rechten, über eine der schmalen Planken. Deswyn folgte ihm, nachdem sie Jaarn noch einen kurzen, etwas seltsamen Blick zugeworfen hatte. So wie die zwei sich zusammen davonmachten, ahnte selbst er, wie sie die Nacht verbringen würden. Hier oben in den Bäumen, über der Straße zur Weißen Stadt. Obwohl Jaarn sich beim besten Willen nicht vorstellen konnte, wie sie einander zwischen den Zweigen nahe sein wollten. Ihn selbst kostete es bereits den größten Teil seiner Aufmerksamkeit, überhaupt das Gleichgewicht zu halten.

»Dein Freund ist nicht zum ersten Mal auf einem Baumpfad unterwegs. Und in der Lage, hier oben Dinge zu tun, die du wahrscheinlich nicht einmal mit beiden Beinen auf dem Boden fertigbrächtest.«

Vor ihm am Baum lehnte plötzlich der Knochenkönig, der Jaarn mit kalten grauen Augen anschaute, als ob er seine Gedanken lesen könnte. Mit einigen Handgriffen machte Kydhan seine Standarte am Baum fest, versicherte sich durch einen kurzen Blick in den Himmel seines Geiers, der irgendwo über ihnen seine Runden zog, und balancierte schließlich behände auf Jaarn zu. Dabei nahm er seine Krone vom Kopf und befestigte sie an seinem Gürtel, über den ein schmales Seil gewickelt war.

»Wir haben diese Wege vor vielen Jahren zusammen mit einigen Dieben gebaut. Kannst sie in allen größeren Wäldern des Reiches finden. Wenn man sich auskennt, kann man vom Frühjahr bis zum Herbst unbemerkt von einem Ende des Waldes zum anderen gelangen. Selbst wenn Truppen ihn durchstreifen. Haben durch sie im Laufe der Zeit mehr als ein Leben gerettet und einigen Ärger vermeiden können.«

Jaarn, der noch immer reglos vor ihm auf den Brettern lag, drehte sich auf den Rücken. Durch das Blätterdach nach dem kreisenden Schatten des Geiers Ausschau haltend, flüsterte er:

»Es tut mir leid. Um dein Volk. Und deine Stadt.«

»Schon gut, Junge. Wir Kadavriten leben vom Tod. Es ist nur gerecht, dass er dafür etwas zurückbekommt. Und Städte … Nun ja, wenn sie zerstört werden, baut man sie wieder auf. So ist es immer schon gewesen.« Er lächelte ihn an. Es war ein mildes Lächeln, frei von Zorn und Wut. Kydhan meinte, was er sagte.

Jaarn nickte und blickte dem Narbigen und der Eisenmutter schwermütig nach. Das Gesicht des Knochenkönigs veränderte sich.

»Hast du etwa auch ein Mädchen?«

Jaarn lächelte gezwungen.

»Nun ja, es trachtet eher nach meinem Kopf als nach meinem Herzen.«

Kydhan lachte leise auf.

»Das vermischt sich mitunter. Wenn's die Richtige ist, will sie mal das eine und mal das andere. Ist bei den beiden nicht anders …«, er wies mit dem Kopf in Rugks Richtung.

»Vielleicht hast du recht«, murmelte Jaarn, den Blick nicht von der Stelle abwendend, wo der Narbige und Deswyn zwischen den Blättern verschwunden waren. »Wenn sogar jemand wie er eine zu finden vermag …«

»Du fragst dich noch immer, wer er wirklich ist, oder?«

Den Blick auf die schmalen Planken des Baumpfades gerichtet, nickte Jaarn versonnen.

»Seit er mich aus dem Turm gezerrt hat. Manchmal habe ich es sogar schon zu ahnen geglaubt. Aber jedes Mal, wenn ich etwas über ihn zu begreifen glaubte, tauchte irgendjemand auf, der ihn bei einem anderen Namen nannte.«

»Oh ja, Hosk Fahlgrimm ist viele Menschen. Du kennst seine Narben. Und jede davon steht für eine andere Geschichte. Ein anderes Leben. Einige davon enden sogar mit seinem Tod«, murmelte Kydhan geheimnisvoll. Jaarn hob den Kopf und blickte ihn stirnrunzelnd an.

»Das klingt wie aus einem dieser dicken Wälzer, in denen es mehr Worte als Geschichten gibt, weil der Autor das, was er sagen will, hinter seinen Sätzen versteckt.«

»Meinst du?«

»Ja, genau das meine ich. Wenn du wirklich mehr über ihn weißt, könntest du es mir einfach sagen. Und am besten so, dass ich es auch verstehe. Aber das soll ich ja vermutlich nicht.«

Die Mundwinkel des Knochenkönigs hoben sich leicht.

»Du bist vielleicht sogar klüger, als er ahnt. Und natürlich hast du recht. Aber es ist noch nicht an der Zeit. Du wirst es früh genug erfahren. Und wirst dann einer der wenigen Menschen sein, die sein Geheimnis kennen. Ein großes Geheimnis. Vielleicht das größte, das dieses Reich noch zu bieten hat.«

Jaarn verdrehte die Augen und stöhnte leise.

»Ich sag's doch. Wie eine dieser unnützen mythisch verdrehten Dichtungen. Mir reicht's langsam. Irgendwann werde ich mich nicht mehr hinhalten lassen. Wenn ihr alle so weitermacht, werde ich eines Morgens einfach verschwunden sein.«

»Das wäre dein gutes Recht. Aber wenn du es tust, solltest du wissen, wo du uns am Ende wiederfindest. Wenn alles getan ist, wird sich der Narbensammler mit denen von uns, die noch am Leben sind, in einem kleinen Tempel zwischen der Weißen und dem Gul'Firrin treffen. Sie nennen es das Haus der Narben.« Kydhan zwinkerte ihm zu. »Aber heute Nacht werden wir dich, damit du nicht runterfällst, sicherheitshalber festbinden. Und dann legen wir uns schlafen. Wenn wir morgen in die Weiße Stadt kommen, sollten wir so gut wie möglich beieinander sein«, flüsterte der Knochenkönig, der im Näherkommen das um seine Hüften geschlungene Seil löste und es Jaarn um den Bauch band, bevor er das andere Ende am Stamm des nahen Baumes festknotete. Jaarn wollte ihm etwas entgegen, Kydhan aber legte den Zeigefinger auf die Lippen, zog den Knoten fester und bedeutete ihm, sich schlafen zu legen.

Dann lehnte der Knochenkönig sich an den Baum und stieß einen leisen Pfiff aus. Srigk stieß durch die Dämmerung zu ihm herab, landete neben ihm in einer Astgabel und legte den Kopf in seinen Schoß. Versonnen begann der bucklige Jüngling das alte Tier zu streicheln und Jaarn schloss seine Augen.

Zusammen mit ihren anderen Habseligkeiten hatte Rugk das sorgsam umwickelte Legendeneisen an einem Baum festgebunden und ruhte nun lächelnd in den Armen der Eisenmutter. Um Jaarn sehen zu können, musste er sich nur ein wenig zur Seite beugen und am nächsten Stamm vorbei durch die Blätter lugen. Deswyn entging sein besorgter Blick nicht. Gerührt streichelte sie ihm über den Kopf.

»Du magst ihn, nicht wahr?«

»Mehr als das. Ich glaube, er ist tatsächlich auserwählt.«

Die Eisenmutter stutzte kaum merklich.

»Aber du kennst ihn doch kaum. Der Mann, den ich einst kannte, pflegte nicht so schnell zu vertrauen.«

»Oh, du würdest staunen, wem dieser Mann dieser Tage alles zu vertrauen gezwungen ist.« Während Rugk kopfschüttelnd fortfuhr, schaute sie ihn verwundert an. »Na ja, Halsabschneider und Halunken waren ja schon immer Teil des Plans. Und auch die Kadavriten. Aber inzwischen ist sogar noch ein Wortvergolder dazugekommen. Gidwigk, ein kleiner fetter Glatzkopf, den wir in die Weiße vorausgeschickt haben.«

»Ernsthaft? Wenn ich mich recht entsinne, hast du in deinem Leben kaum etwas so sehr verachtet wie Legendenschänder.«

»Es ist nicht so, dass ich ihn nicht verachten würde. Aber leider ist er gut. Und das Schicksal hat ihn mir vor die Füße gespült. Als wäre auch er Teil der Prophezeiung.«

»Du änderst deine Einstellung also fast vergessener Geschichten wegen?«

»Steckt mitunter mehr Wahrheit drin, als du ermessen kannst, meine Liebe. Glaub mir, ich weiß, wovon ich spreche.«

Zärtlich fuhr die Eisenmutter ihm durch die Haare.

»Das glaube ich dir ohne Weiteres. Du weißt schließlich mehr als die meisten von uns. Und hast dabei so deine Geheimnisse …«

»Ach?«, er stutzte und blickte sie an. Deswyn lächelte.

»Halt mich nicht für dumm, Rugk. Du warst mein erster Mann. Eine Frau vergisst so etwas nicht. Selbst nach fünfundzwanzig Jahren nicht.«

»Hast du es jemals bereut?«

»Du hast dich genauso heimlich aus dem Staub gemacht wie die meisten anderen nach dir. Insofern hast du mich wahrscheinlich einfach nur gut darauf vorbereitet.«

»Und es war mir ein Vergnügen.« Er grinste sie frech an.

»Wie gesagt, eine Frau vergisst so etwas nicht.«

»Na, das hoffe ich doch«, entgegnete er.

Aber statt darauf einzugehen, führte Deswyn ihren Gedanken fort:

»Weder jene Nacht noch den entsprechenden Mann. Und wenn sie ihn dann nach so vielen Jahren wiedersieht, wird es ihr sicher nicht entgehen, wenn er sich offenbar während der ganzen Zeit zu altern geweigert hat. Vor allem, wenn ihr dieses Geschenk nicht zuteil wurde.«

Einen Moment lang schwieg Rugk, dann blinzelte er sie an.

»Willst du damit sagen, dass ich mich gut gehalten habe?«

»Nein. Nur, dass ich keinesfalls so einfältig bin, jenes Geheimnis nicht bemerkt zu haben, dass dich umgibt.«

»Hm, ist das ein Problem?«

»Nein, mein Lieber. Frauen mögen Männer mit Geheimnissen.«

»Gut. Aber tu mir den Gefallen und erzähl dem Jungen nichts.«

»Ich ahne allmählich, dass es einiges gibt, vom dem er besser nichts erfahren sollte. Aber sag, was hätte ich davon, es ihm zu verschweigen?«

»Nun, ich denke, ich würde versuchen, dich zu bestechen«, murmelte der Narbige und begann an ihrer Rüstung herumzunesteln.

»Ach? Und womit genau?«, fragte sie und senkte ihren Blick.

»Die gleiche Währung wie vor fünfundzwanzig Jahren.«

»Ich fürchte, da wirst du dir etwas mehr Mühe geben müssen. Mein Preis ist im Laufe der Zeit ein wenig gestiegen.«

Dann, als Rugks Griff sich fest um eine ihrer Brüste schloss und seine andere Hand langsam an ihrem Bein emporglitt, kam Deswyn plötzlich das Büchlein in den Sinn, dass sie beinahe schon vergessen hatte. Sie beugte sich unvermittelt vor, zog es aus ihrem Stiefel und hielt es dem Narbigen hin. Ungläubig starrte dieser es an, ließ von ihr ab und griff nach dem Buch. Hastig blätterte er es durch.

»Bei allem, was von den Göttern noch übrig ist …«, flüsterte er, hob den Blick von den dicht beschriebenen Seiten und schaute sie dankbar an. Ein breites zufriedenes Lächeln spannte sich über sein Gesicht.

»Deswyn Lhi, wer immer dich dereinst zeugte, hat es wahrlich mit Weitsicht getan!«

Er beugte sich über sie, nahm ihren Kopf in beide Hände und küsste sie. Innig, hingebungsvoll und dieses Mal sogar, ohne dass sie ihre Fäuste benutzte. Während sie einander inmitten der rauschenden Wipfel die Kleider abstreiften, waren Zorn und Wut und der Gedanke, wann wer bei wem gelegen haben mochte, vollkommen vergessen. In diesem Moment waren Eisenmutter und Narbensammler ganz Haut, ganz Gier und ganz Erinnerung an jene Nacht vor fünfundzwanzig Jahren. Wobei dieser Augenblick mehr war als Vergangenheit, die mit neuem Leben gefüllt wurde. Denn im Gegensatz zu damals ahnte Deswyn nun das Geheimnis des Narbigen. Und sie wollte es haben. Wollte darin aufgehen. Um das zu erreichen, legte sie in jeden ihrer Küsse so viel von sich, dass Rugk beinahe schwindelig wurde, als ihre nackten Körper sich zwischen den Zweigen zu einem einzigen vereinigten.

Bald darauf schliefen sie dicht aneinandergeschmiegt ein. Ihr Schlaf aber währte nicht lange. Wenig später schon rüttelte einer von van Vailors Männern den Narbigen wach und bedeutete ihm, eilig zu folgen.

Nachdem er und Deswyn sich hastig angekleidet hatten, bewegten sie sich zügig über den schmalen Baumpfad, bis sie den Räuberhauptmann und seine Männer erreichten. Vorsichtig blickten die

Räuber, mit Seilen gesichert, über den Rand der Bretter hinab in den Wald. Der Narbige beugte sich vor, spähte durch die Blätter und erkannte unter ihnen im Dämmerlicht des Abends einen Fackelzug, der sich die Straße entlang von der Stadt wegbewegte. Als er genauer hinschaute, bemerkte er knapp dreißig Bewaffnete in Weiß, die den Weg abschritten.

»Vermutlich Söldner, die auf der Suche nach dem Buch oder dem Jungen sind«, murmelte van Vailor. Rugk zuckte mit den Schultern.

»Oder ein paar Halunken, die es auf das Gold des Keilers abgesehen haben. Gibt in der Gegend inzwischen wahrscheinlich mehr Kopfgeldjäger als Eichhörnchen.«

»Ein paar von denen wirken jedenfalls, als könnten sie tatsächlich mit einem Schwert umgehen«, knurrte einer der Räuber.

»Habt ihr ihre Uniformen gesehen?«, fragte die Eisenmutter, die es zu erfahren drängte, ob es womöglich Getreue des Keilers waren.

Van Vailor und seine Männer blickten einander verwundert an. Dann begannen sie leise zu lachen. Deswyn flüsterte aufgebracht:

»Oder spielt es etwa keine Rolle, wer dort unten auf der Suche nach uns patrouilliert?«

Der Narbige legte ihr beruhigend eine Hand auf das Knie.

»Uniformen, Deswyn, interessieren nur, solange du selbst eine trägst. Sonst sind alle Wappen lediglich ein Grund davonzulaufen.«

»Und wenn man nicht schnell genug ist, ist man entweder tot oder trägt auch eine Uniform«, frotzelte van Vailor.

»Was dann auf längere Sicht keinen Unterschied mehr macht«, räumte der Narbige ein. Die Gauner grinsten. Einer von ihnen, ein großer kräftiger mit Namen Tarrgk, schob sich auf dem Brett ein wenig nach vorne, um besser sehen zu können.

»Ich denke, wir könnten dort runtergehen und sie alle innerhalb von ein paar Minuten erledigen. Würden gar nicht merken, was über sie kommt«, murmelte er mit der Hand am Dolch.

»Besser nicht. Wer weiß, wie viele von denen noch in den Büschen lauern«, gab Rugk zu bedenken und richtete sich wieder auf. Deswyn blickte ihn an.

»Uniform oder nicht, früher oder später werden sogar die einfachen Leute für ein paar goldene Keiler nach ihren Schürhaken greifen, um euch damit totzuprügeln.«

Der Narbige schüttelte den Kopf.

»Das wird nicht passieren. Wir sind nicht so weit gekommen, um jetzt aufzugeben oder Zadt Mhaw unsere Köpfe zu überlassen.« Er nickte van Vailor und seinen Männern knapp zu. »Schlaft. Redet und trinkt nicht zu viel. Wenn wir morgen die Weiße erreichen, werde ich eurer Dienste bedürfen.«

Der Räuberhauptmann verzog das Gesicht und verschloss mit sichtbarem Widerwillen ein kleines Fläschchen, das er gerade erst entkorkt hatte. Der Narbige gab Deswyn einen Wink, als plötzlich vom Weg her eine laute Stimme tönte: »Dort! Dort oben! In den Bäumen!«

Der übermütige Tarrgk hatte sich, während die Patrouille sich umgeschaut hatte, offenbar nicht schnell genug zurückgezogen und war von einem Nachzügler bemerkt worden.

Fluchend machten die Räuber sich von den Bäumen los und griffen nach ihren Waffen. Rugk und die Eisenmutter blickten dagegen besorgt nach unten.

»Verdammt! Das sieht nicht gut aus. Zehn Bögen, zwanzig Schwerter. Wenn es gute Schützen sind, haben sie uns aus den Bäumen, bevor auch nur einer von uns unten ist«, knurrte der Narbige und funkelte zornig zu van Vailor hinüber, der nun einen hastigen Schluck aus seiner Flasche nahm. »Pass besser auf deine Männer auf, elender Beutelschneider!«, brüllte er ihm wütend zu.

»Wenn sie sich langweilen, suchen sie sich halt 'ne Beschäftigung! Kann man ihnen ja wohl nicht verdenken!«, rief der Räuberhauptmann, sein schartiges Kurzschwert hervorzerrend, zurück.

»Machen wir sie nieder!«, grölte Tarrgk und schwang sich, den Dolch zwischen den Zähnen, von den johlenden Räubern gefolgt, über die Äste hinunter auf die Straße.

Auch Rugk griff nun nach seinem Langdolch und wendete sich an die Eisenmutter.

»Werd' ihnen besser etwas zur Hand gehen. Dürfen nicht zu viele von ihnen verlieren. Kümmer dich um den Jungen und das Buch!« Er schaute sie an, sah ihr direkt in die Augen, die fassungslos auf seinem zerschlissenen Gesicht lagen. Er zögerte kurz und küsste sie schließlich flüchtig auf die Stirn, bevor er dem Räuberhauptmann und seinen Leuten folgte.

Die Eisenmutter wagte nicht, ihm nachzuschauen. Stattdessen hastete sie, die Hand am Stützseil entlanggleitend, über die Bretter auf den Baum des Knochenkönigs zu, hangelte sich um ihn herum und stand im nächsten Augenblick Jaarn gegenüber, der ihr verschlafen entgegenblinzelte.

Auf der Suche nach Kydhan schaute Deswyn sich um und entdeckte ihn schließlich über sich in einer Astgabel, wo er, in ein stummes Zwiegespräch versunken, seinem alten Geier gegenübersaß.

»Was … was ist passiert?«, fragte Jaarn und blickte verstört an Deswyn und dem Baum vorbei auf die leeren Bretter, wo zuvor noch die Räuber gesessen hatten. Sie wollte ihm gerade etwas entgegnen, als Kydhan sich zu Wort meldete und, ohne seinen Blick von den Augen des Vogels zu lösen, murmelte:

»Unsere Freunde haben beschlossen, die Bäume für ein kleines Scharmützel zu verlassen.«

Entsetzt lehnte Jaarn sich über den Rand des Brettes und starrte in die Tiefe. Deswyn streckte ihre Hände nach ihm aus.

»Wir müssen uns leise verhalten. Rugk hat gesagt …«

Jaarn aber winkte ab. Seine Augen blitzten auf. Ungläubig musste sie mit ansehen, wie er sein Messer zog, das Seil durchtrennte und sich abwendete, um hastig am nächsten Baum hinabzusteigen. All das geschah so schnell, dass Deswyn nicht einmal die Chance hatte, ihn aufzuhalten.

Als die Eisenmutter ihm aber schließlich nacheilen wollte, erklang über ihnen aus dem Baum wieder die Stimme des Knochenkönigs: »Bleib ruhig, Amme. Du wirst ihn nicht beschützen müssen.«

Verwirrt schaute sie zu Kydhan empor, der lächelnd die Hand an sein Ohr legte.

»Hörst du? Kein Klingensang, kein Keulenklatschen. Unsereins kennt diese Ruhe gut. Weil wir erst kommen, wenn man nichts mehr hört. So wie jetzt dort unten. Ich weiß zwar nicht weshalb, aber hier wird es heute keine Toten geben.«

Jaarn kletterte eilig und konzentriert.

Er musste Rugk und den anderen helfen. Jeder Mann, jede Klinge zählte. Endlich würde er die Gelegenheit bekommen, zu zeigen, dass er zu mehr nütze war, als dem Narbigen bloß hinterherzutrotten! Sei es im fairen oder im unfairen Kampf.

Als er mit der Klinge in der Faust von den untersten Ästen auf den Weg sprang, war er zu allem entschlossen, auf alles vorbereitet.

Nur nicht auf das, was er dann zu sehen bekam: Denn dort standen Rugk, van Vailor und seine Männer einträchtig neben der bewaffneten Patrouille. Sie hatten ihre Waffen bereits fortgesteckt, sodass Jaarn sich mit seinem Dolch beinahe albern vorkam.

Der Narbige war in ein Gespräch mit dem Anführer der Fremden verstrickt, fuhr jedoch, als Jaarn jetzt kampfestoll auf sie zugesprungen kam, verwundert herum. Van Vailor stutzte. Und auch seine Männer drehten sich erschreckt um. Sogar die fremden Söldner schienen irritiert. Kopfschüttelnd griff Rugk sich ans Kinn und hob eine Braue.

»So passt sie also auf dich auf. Manchmal hab ich das Gefühl, dass hier niemand wirklich auf mich hört. Aber …«, und mit diesen Worten zeigte er auf die Klinge in Jaarns Hand, »… dein Mut ehrt dich. Obwohl es unserer Sache kaum dienlich gewesen wäre, wenn diese Männer dich der Länge nach aufgeschlitzt hätten.«

Jaarn runzelte die Stirn und fragte, während er zwischen den Männern hindurch auf Rugk zuging:

»Warum genau hat eigentlich noch niemand damit angefangen, irgendjemanden aufzuschlitzen?«

Nun trat van Vailor neben ihn, klopfte ihm auf die Schulter und führte seine Hand mit dem Dolch hinab zum Gürtel.

»Genaugenommen sind wir froh, dass sie damit noch nicht angefangen haben. Zumal diese Herren Mitglieder der Weißen Garde sind, mit der sich unsereins besser nicht anlegen sollte.«

»Aber … aber weshalb? Warum kämpfen sie nicht? Warum kämpft hier überhaupt niemand? Ich dachte, dass …«

»Weil dein narbengesichtiger Freund sich seine Verbündeten scheinbar wirklich gut aussucht«, murmelte der Räuberhauptmann und nickte dem Narbigen anerkennend zu.

»Ist das der Junge?«, fragte der Anführer der Garde und blickte Jaarn unverhohlen an. Als der Narbige dies bejahte, eilte der Mann so schnell auf Jaarn zu, dass dieser nicht einmal mehr darüber nachdenken konnte, den Dolch wieder aus dem Gürtel zu ziehen. Übermütig schloss der Fremde ihn in die Arme. Aber damit noch nicht genug: Kaum dass der Anführer jener Truppe von ihm abließ, tat jeder seiner Männer es ihm nach. Erst als sie alle fertig waren und Jaarn als *Auserwählter, Friedensbringer, Buchträger* und *Arrens Erbe* bezeichnet worden war, gelang es ihm, sich loszureißen und zu Rugk hinüberzueilen, der gerade einen guten Schluck aus van Vailors Flasche nahm.

Jaarn war wütend, war es leid, stets der zu sein, der als Letztes erfuhr, was vor sich ging. Obwohl seine Wut Rugk vor allem zu amüsieren schien, legte er Jaarn seinen Arm um die Schulter und offenbarte ihm, was es mit dem Verhalten der Patrouille auf sich hatte.

Unterdessen kamen auch Kydhan und die Eisenmutter aus den Bäumen geklettert. Ungläubig betrachteten sie das Geschehen und wurden im Gegenzug angemessen bestaunt. Ein Weib wie dieses, das größer war als die meisten von ihnen, und einen derart verwachsenen Burschen hatte kein Mitglied der Weißen Garde je zu Gesicht bekommen.

Dass es mit den Gardisten nicht zum Kampf gekommen war, verdankten sie, wie Jaarn erfuhr, keinem Geringeren als Gidwigk, der die Stadt planmäßig erreicht und dort umgehend begonnen hatte, alle nötigen Vorbereitungen für die Umsetzung des Plans zu treffen. Zügig hatte er ihren Verbündeten ausfindig gemacht und dann den Brunnen gesucht, als ihm etwas zu Ohren gekommen war: Der ehrwürdige Joran van Pardt hatte im Rahmen eines Bündnisses mit einem der Südfürsten eine kostengünstige Alternative zur Sicherung der Wassertunnel ersonnen: Alligatoren. Allein die Erwähnung dieser Geschöpfe ließ Jaarn zusammenfahren. Auch wenn er inzwischen verstanden hatte, dass derartige Kreaturen in Büchern meist größer und fürchterlicher dargestellt wurden, als sie waren, wäre er ihnen nur sehr ungern in einem Tunnel begegnet. Und da auch der Wortvergolder ihnen das nicht hatte zumuten wollen, nutzte er seine wenigen Tage in der Stadt, um einen neuen Plan zu schmieden. Für diesen setzte er ganz auf seine Talente, drückte sich bei den Kasernen herum und beobachtete die Garden. Er brauchte lediglich ein paar Männer, die zweifelten. Sei es, weil sie im Krieg Freunde verloren hatten oder einfach zu schlecht bezahlt wurden – es gab genug, die nicht bereit waren, ihr Leben in alle Ewigkeit für irgendeinen Fürsten aufs Spiel zu setzen. Gidwigk hatte seine Zunge an ausreichend verstockten Herzen und verblendeten Generälen erprobt, sodass er es wagen konnte, sich auf sie zu verlassen. Und so hatte er jenen Gardisten erzählt, wie er das Buch berührt hatte. Von dem Wunder, das ihm widerfahren war.

Als schließlich Tindt Gherren an der Seite der Nacht in die Stadt zurückgekehrt war und den Befehl gegeben hatte, in den Wäldern vor der Stadt zu patrouillieren, hatte der Wortvergolder unter seinen Verbündeten nach Freiwilligen gesucht, um dem Ehernen Buch heimlich einen Weg in die Stadt zu bahnen, ohne die Alligatoren in den Wassertunneln mit Rugk und seinen Gefährten zu füttern.

Jaarn staunte nicht schlecht, als er diese Geschichte zu hören bekam.

Der Narbige aber mahnte zur Besonnenheit.

»Freu dich nicht zu früh, Junge. Sind noch lange nicht am Ziel. Zumal sie wissen, dass wir kommen. Was immer uns in der Weißen erwartet, es wird nicht leicht werden. Bin mir nicht mal mehr sicher, ob der Plan überhaupt aufgehen wird …«

Er schaute Jaarn müde an und hob noch einmal das Fläschchen zum Mund, bevor er es dem Räuberhauptmann zurückgab.

Und während die Gardisten darum bettelten, das Eherne Buch berühren zu dürfen, begriff Jaarn, dass sein Begleiter gerade zum ersten Mal, seit er ihn kannte, Zweifel an ihrem Vorhaben geäußert hatte.

XV

Die Verpflegung im Lager der Gardisten war besser als der Proviant aus den Verstecken. Van Vailors Männer hatten das Essen sichtlich genossen. Auch wenn der Narbige ihnen zu trinken verboten hatte.

Gegen Mittag waren sie aus dem Lager aufgebrochen.

Jetzt ritten Jaarn, Kydhan, Rugk und van Vailor mit einigen seiner Männer in der Uniform der Weißen Garde inmitten der heimkehrenden Patrouille Richtung Stadt. Die Eisenmutter, deren Ruf gut genug war, die Weiße auch ohne Verkleidung zu betreten, würde später folgen, während die verbliebenen Räuber im Laufe des Abends mit einer zweiten Patrouille nachkommen sollten. Wenn der Plan funktionierte. Jaarn wie auch Rugk waren sich allerdings bewusst, dass es dabei noch einige Schwachstellen gab. Kydhan beispielsweise, der nicht bereit gewesen war, zurückzubleiben. Er hatte darauf bestanden, mit ihnen zu reiten, weil er befürchtete, seine Nachricht sonst nicht persönlich überbringen zu können. Sein verräterisches weißes Haar unter dem Helm zu bändigen war die eine Sache gewesen. Auch die Uniform passte zumindest leidlich. Nur der Buckel wäre bei einem Elitegardisten schwer zu erklären gewesen, sodass der Narbige ihm kurzerhand den größten Teil des Marschgepäcks über die Schultern geworfen und einige Reiter um den Knochenkönig geschart hatte, um den Blick auf ihn zu erschweren. Eine weitere Schwachstelle war Jaarn, der noch nie allein auf einem Pferd gesessen hatte und schnell wieder unten gewesen wäre, wären die anderen nicht dicht neben ihm geritten, um dies zu verhindern. Zuvor war er jedoch tatsächlich zwei Mal vom Pferd gefallen, was van Vailor prächtig amüsiert hatte.

Als bald darauf im grellen Licht der Mittagssonne die weißen Mauern der Stadt vor ihnen heranwuchsen, legte zumindest der Rest der falschen Patrouille ausreichend Haltung an den Tag, dass ihre Chancen, für echt gehalten zu werden, vergleichsweise gut standen.

Sie näherten sich im lockeren Trab. Der Räuberhauptmann, der dicht neben Jaarn ritt, murmelte ihm zu:

»Nur für den Fall, dass etwas schiefgeht und wir sterben: Du bist ein miserabler Reiter, aber ein guter Kerl. Dachte, du solltest das wissen.«

Jaarn, der sehr damit beschäftigt war, sich im Sattel zu halten, nickte nur knapp und gab ihm zu verstehen, dass er ihn gehört hatte. Van Vailor lenkte sein Pferd etwas näher und stützte ihn, bevor er fortfuhr: »Ich habe meine Hand in meinem Leben auf einiges gelegt, das mir nicht gehörte. Aber das Buch …«, er wies mit dem Kopf in Richtung der beiden Lastpferde, an deren Flanken die Geschichtenklinge verborgen zwischen einigen Zeltstangen baumelte, »… war das wertvollste und bedeutsamste davon.« Er machte eine gewichtige Miene, die sein Gegenüber allerdings noch immer nicht gebührend würdigen konnte. Sie näherten sich den Toren der Stadt, was Jaarn zunehmend nervös machte. Van Vailor aber schien, bevor sie womöglich enttarnt wurden, noch etwas auf dem Herzen zu haben.

»Ich bin froh, dass es mich an den Mann erinnert hat, der ich einmal war. Du … du hast mich einmal nach den normalen Menschen gefragt. Wo sie sind. Weißt du, ich war nicht immer der Anführer einer solchen Bande von Halsabschneidern. Früher hatte ich ein paar Felder, eine Frau und ein Haus. Unten im Süden. Bis mich irgendeine Armee von meinem Boden pflückte und zwang, in irgendeinem Krieg zu kämpfen. Danach suchte ich mir wieder ein Feld. Bis die nächste Armee kam. Und so ging es weiter, bis ich für beinahe jeden Fürsten dieses verrotteten Reiches gekämpft hatte. Ich habe versucht, dem Krieg zu entfliehen. Aber Dhur'Kharr verfolgt dich. Und er kennt viele Wege, dir deine Felder und deine Frauen zu nehmen. Doch wenn ich jetzt sterbe, dann tue ich es weder als Soldat noch als Dieb. Sondern als ein Mann, der versucht hat, etwas an all dem zu ändern.« Lächelnd nickte er Jaarn zu. »Ich wollte nur, dass du weißt, wie dankbar ich dir für diese Gelegenheit bin.«

In diesem Moment wurde die Gruppe von den Torwachen gestoppt. Rugk wendete sich kurz zu Jaarn und den anderen um und raunte ihnen zu:

»Jetzt gilt's. Vergesst nicht: Wir dienen niemand Geringerem als dem hohen Fürsten Joran van Pardt, dem Herrn der Weißen Stadt!«

Kaum hatte er diese Worte ausgesprochen und sich wieder nach vorn gewendet, hob eine der Wachen laut an:

»Heda! Weshalb so früh zurück? Und dann auch noch mit leeren Händen? Dem Vogel des Keilergenerals zufolge sollte der Junge mit seinen Leuten bald durch den Wald kommen.«

»Der Einäugige hat einen Vogel gesandt?«

»Er wollte, wie es scheint, nachdem er ein Räuberlager im Narrjadth und einen Unterschlupf der Kadavriten ausgehoben hat, Meister Gherren nicht im Unklaren lassen.«

Die Torwachen blickten einander vielsagend an. Jaarn spürte, wie van Vailor zusammenzuckte. Die Hand des Räuberhauptmanns schloss sich so fest um den Griff seines Schwertes, dass seine Knöchel weiß hervortraten. Es war die Stimme Rugks, die van Vailor im letzten Augenblick doch noch zurückhielt.

»Todsammler und Strauchdiebe erschlagen sich eben leichter als Legenden.« Die Wachen stutzten und der Narbige setzte nach. »Vor allem, wenn sie im Begriff stehen, an Einfluss zu gewinnen. Der Junge reist, nach allem, was wir wissen, inzwischen mit gut hundert Bewaffneten, die geschworen haben, das Legendeneisen bis zum letzten Blutstropfen zu verteidigen.« Rugk nutzte das verwunderte Innehalten der Wachen, um fortzufahren. »Denke, das wird Meister Gherren interessieren. Und im Wald hat's zu viele Bussarde, als dass wir diese Nachricht einem Vogel anvertrauen konnten.«

Einer der Männer vor dem Tor schüttelte abschätzig den Kopf.

»Bussarde? Ob ihr es glaubt oder nicht, man hat unweit der Stadt inzwischen sogar Geier kreisen sehen.«

Der Narbige ließ sich nicht beirren.

»Werden angesichts dieser Kunde den hohen Herrn van Pardt um neue Befehle ersuchen müssen. Müssen entweder mit Verstärkung in den Wald zurück oder uns hier für die Armee des Jungen wappnen.«

Die Wachen warfen einander beunruhigte Blicke zu. Rugk aber wollte ihnen keine Zeit für eine Unterredung lassen.

»Können freilich auch umkehren und in seinem Namen ein paar Kadavriten oder Beutelschneider erschlagen. Bin mir allerdings nicht sicher, ob das den Fürsten zufriedenstellen wird. Wo er doch vor allem verhindern will, dass das Schwert in die Stadt gelangt.«

Nach kurzem Zögern traten die Wachen jetzt mit gesenkten Blicken beiseite, um der weißgewandeten Patrouille ihren Weg in die prächtigste Stadt des Reiches zu eröffnen. Inmitten der Soldaten setzten Jaarn, Rugk, Kydhan und van Vailor sich in Bewegung und überquerten in ruhigem Trab die mächtige weiße Zugbrücke, die an riesigen Ketten über dem Stadtgraben ruhte, in dem Jaarn mit Schaudern den ersten Alligator seines Lebens erblickte.

Deswyn saß aufrecht im Sattel und betrachtete vom Rand des Waldes aus die Silhouette der Weißen Stadt, die sich am Horizont kaum gegen den wolkenlosen Himmel abhob. Sie blickte zur Sonne empor und versuchte einzuschätzen, wie lange Rugk und die anderen schon fort waren. Inzwischen würden sie das Stadttor vermutlich schon erreicht haben. Sie hoffte nur, dass sie es auch ohne größere Probleme hatten passieren können. Sowohl der Narbige als auch der Räuberhauptmann, selbst Kydhan, sie alle waren impulsiv genug, den Plan aufgrund einer Laune zu vereiteln. Aber mit etwas Glück reichte die Macht des Ehernen Buches aus, um ihre Gefährten im Zaum zu halten.

Bald würde sie ihnen folgen, wie abgesprochen durch das Nordtor in die Stadt einreiten und, bevor sie zu ihnen stieß, zunächst eine kurze Audienz beim Fürsten erbitten, um dem hohen Herrn van Pardt für die Zukunft und falls seine Frau einen Thronfolger zu empfangen bereit war, ihre Dienste anzubieten.

Der Fürst aber war, wenn sie sich recht erinnerte, kein Mann, von dem auch nur irgendeine Frau gern etwas empfangen hätte. Was jedoch nicht bloß an seinem Alter, sondern auch an jener langsam wachsenden Form von Wahnsinn lag, wie sie bei den Mächtigen allzu oft als liebenswerte Marotte begann und schließlich in grausamen Katastrophen endete. Als Deswyn vor einigen Jahren zuletzt in der Weißen weilte, war die Zeit der Marotte gerade vorbei gewesen. Sie erinnerte sich, wie der Fürst damals seinen Narren eines schlechten Witzes wegen hatte hinrichten und ausstopfen lassen. Gerüchten zufolge hatte er das Gleiche seither auch noch mit zwei Ehefrauen tun lassen. Bis schließlich die dritte augenscheinlich einen Weg gefunden hatte, ihn für andere Dinge zu begeistern. Wahrscheinlich wäre es für Jaarn und die anderen besser gewesen, wenn irgendjemand den Fürsten inzwischen vergiftet und ein anderer an seiner statt den Thron bestiegen hätte. Die Vorstellung, dass in der friedlichsten Stadt des Reiches nunmehr der Wahnsinn herrschte, versuchte die Eisenmutter so gut es ging zu verdrängen.

Erst der Hufschlag eines Pferdes ließ Deswyn aus ihren Gedanken emporschrecken. Wachsam blickte sie, instinktiv die Hand nach einem ihrer Krummschwerter reckend, Richtung Stadt. Im nächsten Moment aber ließ sie ihre Hand wieder sinken und betrachtete verwundert den sich nähernden Reiter, einen übergewichtigen Glatzkopf, um dessen Hals ein Amulett baumelte, das sie sehr wohl kannte. Dabei erinnerte sie sich der Worte Rugks auf dem Baumpfad, und kurz bevor der Mann an ihr vorüberpreschte, rief sie ihm, sich der Worte des Narbigen erinnernd, zu:

»Gevatter Gidwigk?«

Der Wortvergolder zügelte sein Pferd, legte den Kopf auf die Seite und musterte sie interessiert.

»Gewiss. Aber … aber wer seid Ihr? Wenn Ihr mir die Frage erlaubt. Denn wenn es mir auch gefiele und ich es verdiente, vermute ich doch nicht, dass meine Berühmtheit ausreicht, mich auf der Straße zu erkennen.«

Deswyn lachte auf. Sie mochte es, wie er redete. Aber sie hatte genug über ihn gehört, um zu wissen, dass es keiner förmlichen Anrede bedurfte.

»Ich, mein Freund, bin ebenso wie du der Willkür eines narbigen Unholds ausgeliefert und Teil einer Prophezeiung, die sich erst noch als schicksalhaft oder unsinnig zu erweisen hat.«

Der Wortvergolder musste lächeln.

»*Narbiger Unhold*. Das muss ich mir merken. Für den Fall, dass ich ihn noch einmal wiedersehe.«

»Mein Name ist Deswyn Lhi. Aber gemeinhin nennt man mich die Eisenmutter.«

Gidwigk schaute über seine Schulter zurück in Richtung der Stadt und murmelte:

»Oh, natürlich. Ich habe bereits von Euch gehört. Lange vor dieser Sache. Aber verzeiht, ich fürchte, so leid es mir auch tut, uns bleibt nicht die Zeit, uns näher kennenzulernen.«

Fragend blickte sie den Glatzkopf an. Die Besorgnis in seinem Blick war nicht zu übersehen.

»Selbst wenn sie dem Baum seine Geschichte abtrotzen und es lebendig aus der Weißen Stadt schaffen, wartet dort draußen noch der General des Keilers mit seinen Leuten.«

»Das war uns doch zuvor schon bekannt.«

»Nun aber weiß ich, wie sie den Einäugigen unter Druck setzen: Gherren, die alte Weißhaut, hat Gvenn Bitterkling entführt. Jenes Mädchen, das unserem Jaarn gern die Kehle durchschneiden würde. Die beiden sollten sich vielleicht besser nicht begegnen. Hatte auch mal so ein Mädchen. Solange die kein Messer haben, ist alles in Ordnung. In der Stadt raunt man jedenfalls, dass van Pardt sie zu seiner Tochter machen wolle. Obwohl das Ganze sich eher nach einem Plan seiner jüngsten Gattin anhört.« Während er fortfuhr, wurde Deswyn bleich. »Mhaw wird alles versuchen, um das Kind unversehrt zurückzubekommen. Wirklich alles. Und seine Schatullen sind voll genug, eine Armee zwischen Jaarn und den Gul'Firrin zu stellen.« Die Eisenmutter und der Wortvergolder wechselten einige vielsagende Blicke. Deswyn konnte sich der Vorstellung nicht erwehren, wie Jaarn und Gvenn, jeder die Klinge des anderen im Bauch, einander im Todeskampf umschlungen hielten. Gidwigk nickte. »Ich habe in der Stadt unseren Verbündeten gefunden und ihn ein wenig ausgefragt. Ich denke, ich weiß jetzt, wer Rugk, oder wie immer er sich auch nennt, tatsächlich ist. Obwohl ich so etwas beinahe schon geahnt hatte. Ich hoffe nur, dass der Junge am Ende darüber hinwegkommen wird.«

Auch Deswyn hatte sich bereits mehr als einmal Gedanken über das wahre Wesen des Narbigen gemacht. Sie war in ihrem Leben viel herumgekommen und hatte dabei mehr dunkle Legenden und Geschichten gehört, als ihr lieb gewesen war. Und Rugk war vermutlich Teil einer solchen. Nicht nur, dass er jene sonderbare Verbindung mit dem Legendeneisen zu haben schien. Obendrein hatte er sich doch auch in all den Jahren nicht ein bisschen verändert. Abgesehen von seinen Narben. Wenn sie mit ihrer Vermutung richtig lag, dann hatte sie wahrhaftig eine fast vergessene Legende berührt.

Sich in seinen Steigbügeln aufrichtend, riss Gidwigk sie wieder aus ihren Gedanken.

»Sei's drum, ich muss weiter. Ich ahne nämlich, was der Einäugige für den Fall, dass unsere Leute es schaffen, vorhat. Und ich werde mich beeilen müssen, um seinen Schwertern zumindest meine Zunge entgegenzustellen. Wollt Ihr mich nicht womöglich begleiten?«

Deswyn schüttelte den Kopf. Ihre Gedanken überschlugen sich.

»Nein, ich muss in die Weiße Stadt. So schnell es geht. Bevor die beiden einander begegnen und Mhaws Saat aufgeht.«

»Ich ahne, dass auch Ihr keine leichte Aufgabe vor Euch habt.« Er lächelte ihr aufmunternd zu. »Falls es Euch nicht gelingt, die Stadt zusammen mit den anderen zu verlassen: Unserem Verbündeten zufolge sollen wir uns, wenn alles getan ist, im Haus der Narben unweit des Gul'Firrin einfinden. Ich hoffe aufrichtig, Euch dort wiederzusehen. Viel Glück, werte Deswyn Lhi!«

»Dir auch, bester Gidwigk!«

Sie reichten einander die Hände und tauschten einen letzten Blick aus. Dann trieben der Wortvergolder und die Eisenmutter ihre Pferde an und galoppierten los. Er zurück in den Wald und sie in Richtung der Weißen Stadt.

Nachdem sich lediglich der Anführer der Patrouille zum Rapport hatte melden müssen und der Albino beschlossen hatte, eine weitere Patrouille in den Wald zu entsenden, waren Jaarn und die anderen in der Stadt untergetaucht.

Pferde und Uniformen hatten sie in der Kaserne zurückgelassen und sich versichert, dass ihre Verbündeten bald wieder aufbrechen würden, um auch noch die restlichen Räuber in die Stadt zu holen. Schließlich waren sie mitsamt einem Fuhrwerk, das die Gardisten ihnen beschafft und unter dem sie nunmehr auch die Geschichtenklinge verborgen hatten, in den Gassen verschwunden. Auf der Suche nach dem Haus jenes Mannes, der sie verstecken sollte, während van Vailor und seine Männer an der Umsetzung von Rugks Plan arbeiteten.

Wieder einmal hatte der Narbige die Kapuze seines Mantels tief ins Gesicht gezogen und hielt die Zügel fest in der Hand. Kydhan hatte sein weißes Haar zu einem Zopf geflochten und seine knöcherne Krone in einem kleinen Lederbeutel verstaut, der neben dem ledernen Zylinder an seinem Gürtel baumelte. Von Zeit zu Zeit versicherte er sich mit einem kurzen Blick, dass Srigk irgendwo über ihnen seine Kreise zog. Sie saßen zu dritt vorne auf dem Fuhrwerk, während der Räuberhauptmann mit seinem Gefolge zu Fuß durch die Stadt zog, um nicht zu viel Aufsehen zu erregen.

Jaarn drängte es zu erfahren, wer jener geheimnisvolle Verbündete im Inneren der Stadt sein mochte, weshalb er bereit war, ihnen zu helfen, und wie Rugk diesen Mann überhaupt gefunden hatte. Er war sicher, dass der Narbige in all der Zeit, die sie miteinander verbracht hatten, keinerlei Kontakt mit der Weißen Stadt aufgenommen hatte. Was wiederum bedeutete, dass sein Plan bereits wesentlich früher existiert haben musste. Lange bevor er Jaarn aus Ghidt-Lhorr entführt hatte. Oder überhaupt gewusst hatte, dass er es einmal tun würde. Dazu kamen seine sonderbaren Andeutungen, die vielen Namen und das wenige, was die Menschen über den Narbigen erzählt hatten. Jaarn hatte längst begonnen zu begreifen, dass Rugk kein gewöhnlicher Sterblicher sein konnte.

Doch selbst diese Gedanken verblassten im Angesicht der Pracht dieser Stadt, hinter deren weißen Mauern alle Wunder des Reiches sich versammelt zu haben schienen. Jaarn war wie berauscht von den Gerüchen, Sehenswürdigkeiten und Menschen. Die Kleider waren von einer Schönheit, dass selbst der Staub der Straßen vor ihnen zurückzuschrecken schien. Kostbare Diademe schimmerten in den Haaren der Frauen und in den Stoffen ihrer Kleider sah er Perlen und Silberfäden funkeln.

Die Gassen waren mit polierten Steinen gepflastert und an den Kreuzungen sprudelte frisches Wasser aus verzierten Brunnen, umgeben von marmornen Skulpturen, in deren Händen statt Schwertern oder Lanzen Flöten und Leiern lagen. Jaarn schien es beinahe, als ob diese Stadt den Krieg nicht einmal kannte. Und obwohl der Schlachtenlärm auch niemals bis ins Innere Ghidt-Lhorrs gedrungen war, hatte er ihn dort doch noch immer spüren können, seine Spuren in den Büchern und den Gesichtern der Männer im Lesesaal gesehen. Hier jedoch, in diesen Straßen, zwischen diesen vergnügten, wunderschönen Gestalten, deren Lachen lauter war als jede schreckliche Erinnerung, schien der Krieg mit einem Mal unwirklich. Als hätte der Frieden, zumindest an diesem Ort, längst Einzug gehalten.

Jaarn sah Frauen, die kleine Affen an goldenen Leinen spazieren führten, Männer, die mit aufgeschlagenen Büchern auf marmornen Bänken am Straßenrand hockten, und Knaben, die scherzend in den kunstvoll gearbeiteten Brunnen tollten.

Diese Stadt vernebelte ihm die Sinne. Alle Wirrnisse und Schrecken der vergangenen Wochen fielen von ihm ab und verwandelten sich innerhalb weniger Meter in hoffnungsvolle Neugier. Bis ihm schließlich sogar der Gedanke in den Sinn kam, ob er und die anderen nicht einfach bleiben und die Prophezeiung gegen den kleinen Frieden dieser Stadt eintauschen könnten. Dann würde keiner von ihnen sterben müssen, sie würden einer ehrlichen Arbeit nachgehen können und womöglich, ganz vielleicht, würden auch Gvenn und er irgendwann hier leben.

Plötzlich spürte Jaarn den Blick des Knochenkönigs auf sich. Kydhan musterte ihn kühl.

»Ich hab deine Augen leuchten sehen, Junge. Hat dich in ihren Bann gezogen, die Weiße Stadt, hm?«

Er nickte versonnen und schaute sich, während der Narbige die Pferde antrieb und sein Gegenüber fortfuhr, weiter fasziniert in den Straßen um.

»Sie ist so makellos und prachtvoll, dass sie auf den ersten Blick geradezu magisch wirkt. Einzigartig. Als existierte sie vollkommen losgelöst vom Rest des Reiches. Fern von allem Krieg, allem Elend. Beinahe, als wäre sie in einer anderen Welt errichtet worden, nicht wahr?«

»Oh ja, das ist sie. Einzigartig. Unglaublich. Ich habe von all dem gelesen. Von diesen Menschen, den Häusern und den prachtvollen Alleen. Nun aber, da ich sie sehe, fürchte ich, dass es keine Worte gibt, die diesem Ort gerecht werden könnten. Wenn Frieden tatsächlich existieren kann, dann, glaube ich, wird er wohl so aussehen.«

Der Knochenkönig schmunzelte böse und senkte seine Stimme ein wenig.

»So weit die Weiße vom Krieg entfernt scheint, so weit ist sie es in Wirklichkeit vom Frieden. Aber ich denke, wir werden lange genug hier sein, damit ich es dir beweisen kann. Natürlich nur, wenn Rugk es mir gestattet.«

Kydhan neigte seinen Kopf in Richtung des Narbigen, dessen Stimme tonlos unter der Kapuze hervorklang:

»Zeig ihm, was immer du willst. Solang du den Plan nicht gefährdest. Mit etwas Glück hat der Junge noch ein ganzes Leben Zeit, etwas über diese Dinge zu lernen.«

»Oh, und er kann froh sein, wenn es bei diesem einen Leben bleibt, nicht wahr?«, schelmisch funkelte der Knochenkönig Rugk an, dem jedoch nicht der Sinn nach derlei zu stehen schien.

»Halt den Mund, Kydhan! Denk dran, dass wir nicht auffallen dürfen. Und das wäre verdammt schwierig, wenn ich dich jetzt von diesem Karren prügeln müsste.«

Lächelnd klopfte der Knochenkönig dem Narbigen auf die Schulter und zwinkerte Jaarn zu, der im gleichen Moment begriff, dass sein Begleiter in dieser Stadt ohne Makel vermutlich der einzige Bucklige war.

Als sie ihren Unterschlupf, ein verzogenes kleines Haus am Rande der Stadt, erreichten, öffnete ihnen ein alter Mann mit nur einem Arm. Doch selbst als Jaarn ihm gegenüberstand und den Schulterstumpf unter seinem fleckigen Wams und der ledernen Schürze betrachtete, machte sein Gegenüber auf ihn nicht den Eindruck eines Krüppels. Er war kräftig, vielleicht siebzig Jahre alt, und sein Gesicht ähnelte der groben Borke eines verwitterten Baumes. Unter buschigen grauen Brauen blinzelten wache grüne Augen hervor, die die Neuankömmlinge neugierig musterten.

Kaum dass Jaarn, Rugk und Kydhan sich mitsamt der Geschichtenklinge an dem Einarmigen vorbei ins Innere des Hauses gedrückt hatten, stellte der Narbige den Alten vor:

»Das, meine Freunde, ist Ceswell Hammergram, der einarmige Schmied. Abgesehen von den Gardisten, die Gidwigk weich geredet hat, vermutlich der einzige Mensch in dieser Stadt, dem wir vertrauen können.«

»Und warum sollten wir ausgerechnet ihm trauen können?«, fragte Jaarn mit einem skeptischen Blick auf ihren Gastgeber und bemerkte verwundert, dass dieser mit einem Lächeln reagierte.

Rugk trat neben den Fremden und legte ihm den Arm um die Schulter.

»Weil's nur wenige gibt, die so eng mit der Geschichte von Arren und dem Legendeneisen verbunden sind wie er. Und weil er einer der letzten Nachfahren des Schmieds aus der Legende ist.«

Der Alte nickte und schaute den Narbigen zufrieden an.

»Gut gesprochen, Narbensammler. Obschon es freilich mindestens einen Menschen gibt, der noch ein wenig enger mit jener Legende …« Ein finsterer Blick Rugks ließ den Einarmigen verstummen. An seiner statt ergriff jetzt Kydhan das Wort und neigte seinen Kopf vor dem Alten.

»Es ist mir eine Ehre, dem legendären einarmigen Schmied von Angesicht zu Angesicht gegenüberzustehen. An den Feuern der Kadavriten erzählt man von Euch, Ceswell Hammergram. Davon, dass auch Ihr lange schon auf der Suche nach dem Buch seid und alles tut, seine Bestimmung zu erfüllen.«

»Seid mir willkommen, Knochenkönig. Mir hat der alte Findt oder wie immer du ihn nennen magst …«, mit diesen Worten wies er auf den Narbigen, »… auch schon einiges über dich und euren Plan mit der falschen Klinge erzählt, die zu schmieden ich das Vergnügen hatte.«

Jaarn bemerkte, dass Rugk dieses Gespräch sichtlich unangenehm war. So sehr, dass er schließlich sogar dazwischenfuhr.

»Denke mal, das reicht an Höflichkeiten. Was war, war. Was ist, ist. Wir alle sind mit dem Legendeneisen verbunden. Und jeder von uns hat seine Rolle in diesem Reigen. Jaarn aber ist auserwählt, es dem Kriegbringer zu Füßen zu legen.«

Der Angesprochene bemerkte, wie die drei Männer verschwörerische Blicke austauschten, begriff jedoch nicht, was sie bedeuteten. Offenbar verschwiegen sie ihm noch immer einiges. Nicht zuletzt deswegen wuchs sein Unmut. Vielleicht war es langsam doch an der

Zeit, dem Narbigen die Wahrheit abzuringen. In Erfahrung zu bringen, was er wirklich vorhatte. Auch wenn er nicht wusste, wie genau er das hätte anstellen sollen.

Jaarn betrachtete Rugk, Hosk oder wie immer er hieß und wer immer er war. Bemüht, zwischen seinen Narben etwas zu erkennen, das womöglich mehr über diesen Mann verriet. Doch weder erkannte er eine Spur von Boshaftigkeit noch Verrat, geschweige denn Heimtücke.

Im gleichen Moment schlug es laut an die Tür.

Ceswell zuckte zusammen. Der Narbige jedoch bedeutete ihm, Ruhe zu bewahren, trat ans Fenster und blickte vorsichtig hinaus. Daraufhin gab er dem Schmied ein Zeichen. Als der Einarmige die Tür öffnete, standen davor van Vailor und seine Männer. Verwundert betrachtete der Räuberhauptmann den Alten, schaute dann von Rugk über Kydhan zu Jaarn und nickte entschieden.

»Gut. Lasst uns anfangen. Wir haben eine Geschichte zu stehlen.«

Die Eisenmutter erreichte den Fürstenpalast am frühen Abend. Rugks Plan entsprechend sollte sie ihn nach einer kurzen Audienz wieder verlassen, um die anderen im Haus des Einarmigen zu treffen. Doch der Gedanke an Gvenn Bitterkling, die Vorstellung, wie sie von Zadt Mhaw zum Werkzeug seiner Läuterung herangezüchtet worden war und nun auch noch zum Spielball der Mächtigen werden sollte, ließ Deswyn nicht los. Sie ahnte, dass Gvenn in all den Jahren nie Kind hatte sein dürfen. Wie der General sie, statt mit Muttermilch, mit Wut und Hass genährt hatte. Vom Leben erwartete sich jenes Mädchen vermutlich kaum mehr, als ihren Vater zu rächen und den Thron des Keilers zu besteigen. Das waren die Aufgaben, die der Einäugige dem Kind zugedacht hatte. Und beides forderte, was der Eisenmutter schmerzlich bewusst war, den Tod Jaarns von Stahl, der einer alten Fehde wegen auf dem Altar des Krieges und für irgendein Wappen geopfert werden sollte. Raben,

Hirsche, Bären oder Keiler. Sie waren nicht mehr als wilde Tiere auf buntem Stoff. Ihre Banner wehten anders mit jedem Wind. Die Treue nur weniger Männer war für den Sturm gemacht. Das hatte die Eisenmutter im Laufe ihres Lebens zwischen Wiege und Schlachtfeld gelernt.

Den Gedanken, dass Gvenn ein Leben unter dem gestickten Keiler im Namen des Kriegbringers und zum Ruhme eines längst zu Staub zerfallenen Vaters führen sollte, konnte Deswyn kaum ertragen. Und niemand außer ihr würde es verhindern können. Denn allein sie wusste um jenes Geheimnis, durch dessen Offenbarung die Mordlust des Keilers sich in Rauch auflösen würde. Ein Geheimnis, das sie mit keiner lebenden Seele teilte. Doch sie war fest entschlossen, dem Kriegbringer das Leben dieser Kinder zu entreißen. Hammergrams Haus würde sie erst aufsuchen, wenn es ihr gelungen war, dem Kind des Keilers jene wenigen Worte einzuflüstern, die alles verändern würden.

Obwohl der Herr der Weißen, Joran van Pardt, als überaus vorsichtig galt, musste die Eisenmutter, als sie wenig später den Thronsaal betrat, nicht einmal ihre Schwerter ablegen. Im Rahmen ihres letzten Besuches hatte sie noch vor der hohen Halle all ihre Kleider ablegen und sich nach versteckten Waffen durchsuchen lassen müssen. Dass heute niemand derlei einforderte, machte sie stutzig. Sie konnte sich nicht vorstellen, dass der Hochfürst sich derart gewandelt haben sollte. Ihrer Einschätzung nach gehörte van Pardt zu jener Sorte Männer, die sich in ihrem Leben lediglich zwei Mal maßgeblich änderten: in dem Moment, da sie Macht bekamen, und in dem, da sie starben. Dass er tot war, schien ihr jedoch unwahrscheinlich zu sein. Wäre doch der Tod des ersten Mannes im Rat der Städte gewiss nichts gewesen, das sich im Reich auf längere Sicht hätte verbergen lassen.

Es gab allerdings noch eine weitere Möglichkeit. Eine Frau. Im Gegensatz zu ihren Vorgängerinnen war das neue Weib des Fürsten schließlich nicht innerhalb eines Jahres unter mysteriösen Umständen verstorben. Was darauf hindeutete, dass sie sich von den anderen unterschied.

Denn obwohl auch Tara van Pardt Gerüchten zufolge nicht in der Lage war, ihrem Gatten einen Erben zu schenken, saß sie noch immer neben ihm auf dem Thron.

Wie sehr Joran van Pardt sich aber auch verändert haben mochte, als höchsten Ausdruck seiner Vaterliebe konnte Deswyn sich lediglich vorstellen, dass er die Knute über Gvenn etwas einfühlsamer als sonst schwang.

Mit diesen Gedanken im Kopf trat sie, verschwitzt vom Ritt, ihre Krummschwerter auf dem Rücken, in Begleitung zweier Palastwachen im Licht Hunderter Kerzen über einen schmalen roten Teppich in den Thronsaal der Weißen Stadt. Seine marmornen Säulen wirkten, als vermöchten sie den Himmel über dem Reich zu stützen. Die weißen Wände spiegelten das warme Kerzenlicht um ein Vielfaches wider.

Um die Pracht dieser Halle scherte sich die Eisenmutter, die beinahe alle Paläste des Reiches gesehen und mit allen Fürsten gespeist hatte, allerdings nicht. Zumal sie wusste, dass das Weiß dieser Wände, Säulen und Böden lediglich den Schmutz und das Blut im Herzen dieser Stadt vergessen machen sollte.

Unbeeindruckt durchschritt Deswyn Lhi die Pracht des Saales und passierte die Spalier stehende Palastgarde. Plötzlich aber stutzte sie: *Der Thron des Hochfürsten war leer!* Auf dem etwas kleineren daneben jedoch saß, stolz und hocherhobenen Hauptes, eine in Weiß gewandete Frau, die der Eisenmutter aus einem streng geschnittenen, von langem schwarzen Haar umfassten Gesicht hochmütig entgegenblickte: Tara van Pardt, auf deren Schoß die Eisenmutter jenes Mädchen erkannte, das sie zu sehen gekommen war.

Van Vailor und seine Männer drängten sich um den Tisch hinter dem Haus des Einarmigen. An den Hof grenzte eine Schmiede, aus der das Duett von Stahl und Eisen drang, derweil die Glut ihrer Esse bis in den Hof strahlte.

Die Räuber hatten ein notdürftiges Nachtlager aufgeschlagen und versuchten sich nun mit Alkohol und fettem Fleisch davon abzulenken, dass der Platz unter normalen Umständen allenfalls für die Hälfte von ihnen ausgereicht hätte. Sie würden enger beieinanderliegen, als ihnen lieb war, und wollten es zumindest nicht nüchtern tun. Jaarn merkte ihnen an, wie sehr der Gedanke sie erschreckte, mit den Bartstoppeln ihrer Gefährten im Gesicht aufzuwachen. Er, Kydhan und Rugk würden im Haus schlafen, was die Räuber nicht durchweg wohlwollend aufgenommen hatten. Während sie sich missmutig über zwei Fässer heißen Mets und ein gebratenes Schwein hermachten, beobachtete Jaarn sie genau und fragte sich, ob sie die kommenden Tage im engen Hof der Schmiede wohl durchstehen würden, ohne einander die Schädel einzuschlagen.

Er hielt die Hand vor das Gesicht und blickte in den Himmel, wo er in einiger Entfernung Srigk ausmachte, der gerade hinter den Dächern verschwand. Dann blickte er zu Kydhan hinüber, der dem alten Geier versonnen nachschaute und zwischen den Räubern seltsam deplatziert wirkte. Hinter dem Knochenkönig trat der alte Hammergram aus dem Haus, eilte zu Rugk und flüsterte ihm, bevor er in der Schmiede verschwand, etwas zu. Daraufhin trat der Narbige neben den Knochenkönig und winkte Jaarn zu sich hinüber. Seine Miene verhieß nichts Gutes.

»Geht um Deswyn. Sie ist noch immer nicht da. Hoffe nur, dass man sie nicht im Palast festgesetzt hat. Nach allem, was man hört, ist van Pardt seit seiner letzten Eheschließung sogar noch grausamer geworden. Im Rat jedenfalls ist er weit unnachgiebiger als früher, und seine Alligatoren scheinen nicht die einzige zusätzliche Maßnahme zu sein, die er zum Schutz der Stadt ergriffen hat.«

Kydhan nickte zustimmend.

»Wenn er sie in seiner Gewalt hat, haben wir ein Problem. Die Folterknechte in dieser Stadt arbeiten anders. Wenn Deswyn in den

Kerkern des Palastes endet, wird sie unseren Plan über kurz oder lang verraten.«

»Das wird sie nicht«, entgegnete Rugk ruppig. Der Knochenkönig aber beharrte auf seiner Meinung.

»Glaub mir, das wird sie. Ich habe Todsammler gesehen, die diesen Leuten in die Hände gefallen sind. Und ich weiß, was die von ihnen übriggelassen haben.«

Der Narbige atmete tief durch, blickte zögernd zu Jaarn hinüber und sprach dann leise:

»Sie kann unseren Plan nicht verraten. Weil sie ihn nicht kennt. Dass wir zum Baum wollen, wissen der Fürst und sein Albino ohnehin. Und mehr weiß Deswyn auch nicht. Egal, was sie ihr antun.«

»Ah, ich verstehe.« Kydhan lächelte bitter. »Uns werden sie dann also vermutlich auflauern und Deswyn zu Tode foltern.«

»Ersteres ist wahrscheinlich. Das Zweite auch. Wenn sie sie denn tatsächlich haben.«

Bei dem Gedanken daran wurde Jaarn flau im Magen.

»Aber dann ... dann müssen wir etwas tun! Wir können sie doch nicht ...«

Rugk aber fuhr ihm entschieden ins Wort.

»Nein! Das Buch ist jetzt wichtiger. Das weiß Deswyn ebenso wie du. Müssen morgen anfangen. Und wir sollten uns beeilen. Nur für den Fall, dass sie ihnen tatsächlich in die Hände gefallen ist.« Der Narbige schaute sich nach van Vailor und seinen Räubern um, die bemüht waren, den Zustand der Nüchternheit schnellstmöglich hinter sich zu lassen. »Lasst uns sehen, wie weit Ceswell ist. Und hoffen, dass diese Bande morgen schnell genug nüchtern wird, um zu tun, was getan werden muss.«

Der Narbige bedeutete seinen beiden Gefährten, ihm in die Schmiede zu folgen, wo der Hammer noch immer laut vernehmlich auf dem Amboss umhersprang. Mit einem seltsam tauben Gefühl in den Beinen folgte Jaarn seinem Wink. Er wusste, dass der Narbige recht hatte, hegte dabei aber die heimliche Hoffnung, dass es vielleicht doch noch einen anderen Grund für das Fernbleiben der Eisenmutter gab.

Rugk hob den schweren Vorhang an. Gefolgt von Jaarn und Kydhan betrat er die Schmiede. Im Inneren war es unerträglich heiß. Der Raum stand voll mit Waffen und Gerümpel, wobei ein Dutzend funkelnder Zweihänder, die allesamt an der Wand lehnten und auf deren Klingenwurzeln das weiße Wappen van Pardts prangte, am auffälligsten waren.

Neben dem Amboss stand der Einarmige und beobachtete zwei verschwitzte und halbnackte, einander aufs Haar gleichende Männer dabei, wie sie ihre Hämmer abwechselnd über den glühenden Stahl springen ließen. Funken stoben durch die Luft, als der alte Hammergram den Kopf hob und Jaarn zuzwinkerte.

»Treue Hammeraffen, mein Junge, mehr braucht ein einarmiger Schmied nicht, um seine Arbeit zu erledigen.« Er zögerte kurz, warf einen fragenden Blick auf Rugk und runzelte die Stirn. »Ihr seht aus, als ob es Probleme gebe.«

Der Narbige nickte.

»Werden das Ganze ein wenig beschleunigen müssen. Wie weit bist du mit dem Buch?«

»Es ist fertig. Besser bekomme ich es, ohne die Klinge zu beschädigen, nicht hin.«

Mit seinem verbliebenen Arm wies Ceswell auf die Schwerter an der Wand. Rugk trat näher, begutachtete die Waffen und hob schließlich eine der Klingen vor sein Gesicht.

Jetzt erkannte auch Jaarn, dass es sich dabei um das Eherne Buch handelte, aus dessen Parierstange der Schmied, nachdem er den Griff auf die gleiche Weise wie die der anderen Zweihänder mit gebleichten Lederriemen umwickelt hatte, die Edelsteine herausgebrochen hatte; stattdessen hatte er das Wappen des Hochfürsten eingesetzt.

Der Narbige schien zufrieden.

»Das muss reichen. Morgen werden wir van Vailors Männer losschicken und Guldabadt kommen lassen. Wie lange brauchst du, um seinen Schlüssel nachzumachen?«

»Einen Tag. Wenn meine kleinen Affen emsig sind.«

Die beiden Männer am Amboss hielten kurz inne und blickten den Einarmigen vorwurfsvoll an.

»Vater!«, knurrten sie wie aus einem Mund. Während Rugk das Büchlein aus der Natterngrube hervorholte, wendete der Einarmige sich vergnügt an Jaarn.

»Falls du jemals vorhaben solltest, einen Arm zu verlieren, vergiss auf keinen Fall, zuvor ein paar neue zu zeugen!«

Jaarn lächelte unsicher. Rugk wirkte besorgt, als sein Blick nun über die dicht beschriebenen Seiten huschte.

»Können bloß hoffen, dass unsere Räuber morgen in der Lage sind, die Liste abzuarbeiten. Wird nicht leichter werden, wenn das Ganze schneller geschehen muss.«

Plötzlich wurde es laut im Hof. Der Narbige schloss das Buch und blickte auf. Kydhan eilte zum Vorhang und warf einen Blick nach draußen. Jaarn sah sofort, was geschehen war: Der alte Geier war auf dem Tisch inmitten der Räuber gelandet, tat sich an einigen übriggebliebenen Knochen gütlich und hackte wild nach jedem, der ihn daran zu hindern versuchte.

Als der Knochenkönig zu dem Vogel eilte und sich zu ihm hinabbeugte, wirkte es, als flüsterten zwei Verschwörer miteinander.

Wenig später trat er wieder in die Schmiede und war noch bleicher als zuvor. Seine Stimme zitterte:

»Keine guten Nachrichten. Es geht um Deswyn. Srigk sagt, sie ist tatsächlich noch immer im Palast.«

XVI

Hoch über der Stadt lag, von Wehrgängen umgeben, im Licht der Morgensonne die Prunkterrasse des Palastes, auf der, inmitten wilden Weins, der sich um weiße Spaliere rankte, die hohe Herrin van Pardt zusammen mit Gvenn Bitterkling an einer üppig gedeckten Tafel saß.

Die Eisenmutter stand an der marmornen Brüstung, blickte hinab auf die Weiße und erinnerte sich dabei der unterirdischen Stadt des Knochenkönigs. Sie fragte sich, ob Kydhan und die anderen es wohl geschafft hatten. Von hier aus würde sie ihnen kaum zur Seite stehen können. Sie würde vermutlich nicht einmal erfahren, falls sie von der Garde aufgegriffen wurden. Alles, was Deswyn wusste, war, dass irgendwo dort unten am Ende einer dieser prächtigen Straßen das Haus des einarmigen Schmieds lag, wo van Vailors Raubgesellen mit etwas Glück begonnen hatten, dem Ehernen Buch den Weg zu Arrens Baum zu ebnen.

»Eine wundervolle Stadt, nicht wahr?«, vernahm Deswyn die Stimme der Fürstin hinter sich. Bei ihrem Klang schauderte es sie. Was immer Tara van Pardt auch sagte, sie wirkte stets wie eine Herrin. Vermutlich hätte es, selbst wenn sie um etwas gebettelt hätte, wie ein Befehl geklungen.

Die Eisenmutter nickte.

»Wahrhaftig. Und mit keiner zu vergleichen, die ich jemals gesehen habe.« Sie bemühte sich, die nötige Ehrfurcht in ihrer Stimme mitschwingen zu lassen. Doch irgendetwas an dieser Stadt, in der es an nichts zu fehlen schien, wo kein Wunsch offenblieb und über die der Krieg keine Macht hatte, verstörte sie. Auch wenn sie nicht zu sagen vermochte, was es war.

»Ich sprach heute Nacht mit meinem Gatten. Wir würden uns wünschen, dass du bleibst. Um mir eine Vertraute und Gvenn eine Lehrerin zu sein. Um ihr beizubringen, was es braucht, um in dieser Welt zu bestehen.«

Langsam drehte Deswyn sich um und erstarrte, als sie Gvenn Bitterkling ganz in Weiß neben der Fürstin sitzen und aus ihrer Hand rote Trauben essen sah.

»Ihr habt mit dem Fürsten gesprochen, Herrin? Dann wäre er womöglich auch in der Lage, mich zu empfangen?«

»Ich fürchte, dafür fühlt er sich noch nicht gut genug, meine Liebe. Aber morgen vielleicht. Ich denke, er wird sein Bett während der nächsten Tage wieder verlassen können. Aber wisse, dass du bleiben kannst, so lange du willst. Hier in unserem Palast. Als Teil unserer Familie und einer strahlenden Zukunft.«

Mit einem eisigen Lächeln strich die Fürstin dem rothaarigen Mädchen durch das Haar. Schlimmer als dieses Lächeln aber traf Deswyn der ausdruckslose Blick des Mädchens, der ihre neue Herrin ebenso teilnahmslos wie die Eisenmutter maß. Sie ahnte, was in Gvenns Kopf vor sich ging. Wahrscheinlich kreisten ihre Gedanken um die Möglichkeiten, die sich ihr eröffneten, sobald man sie zur Tochter Joran van Pardts erheben würde.

Während sie dort saß und der hohen Dame gehorsam aus der Hand fraß, wirkte das Keilerkind wie das kleinere Abbild der Weißen Fürstin.

Tara van Pardt hob den Kopf. Ergeben senkte Deswyn den ihren.

»Sehr wohl, Herrin.«

Sie durfte keinen Verdacht erregen, die Fürstin nicht ahnen lassen, dass sie nur darauf wartete, mit Gvenn allein zu sein. Der kranke Fürst war zumindest ein guter Vorwand, einige weitere Tage im Palast zu bleiben und den richtigen Moment abzupassen. Auch wenn es nicht leicht werden würde. Schon der Blick der Fürstin verriet, dass sie nichts zwischen sich und jenes Kind kommen lassen wollte, das sie nach ihrem Bild formen und mit den Gesetzen der Macht vertraut machen wollte. Was die Eisenmutter jedoch nicht recht verstand, war, was Tara van Pardt mit ihr selbst vorhatte. Sie konnte sich nicht vorstellen, dass es nur um das Mädchen ging. Auch um das herauszufinden, würde sie die Zeit nutzen, die sie gezwungen war, im Palast zu bleiben.

Deswyn verneigte sich knapp, wartete das Nicken der Fürstin ab und begab sich zurück in ihre Gemächer. Dabei schritt sie langsam an der Brüstung entlang, beobachtete beiläufig die Gardisten auf den Wehrgängen und versuchte einzuschätzen, wie viele es sein mochten. Als sie schließlich hoch über der Stadt einen Geier kreisen sah, musste sie lächeln.

Zusammen mit Kydhan trieb Jaarn sich bereits seit Stunden in den Straßen herum. Sie waren mit den Männern van Vailors aufgebrochen, die begonnen hatten, den Plan des Narbigen umzusetzen. Rugk hatte den beiden eingeschärft, bloß nicht aufzufallen. Auf sein Geheiß hatte der Knochenkönig seinen Buckel mit einem ausgestopften Wams kaschieren und sein Haar unter einer Bundhaube verbergen müssen. Jaarn hingegen brauchte derlei nicht. Niemand wusste, wie er aussah. Solange sie die Garde mieden und kein Aufsehen erregten, hatten sie kaum etwas zu befürchten.

Während Jaarn die Pracht der Weißen noch immer sprachlos machte und er ihre Schönheit mit glänzenden Augen bestaunte, musterte der Knochenkönig all das geradezu abschätzig.

»Wie kannst du nur mit so einem Gesicht durch diese Gassen gehen, Kydhan? Sind dir all diese Wunder denn gleichgültig?« Er hob die Brauen, schaute Kydhan aufmunternd an und wies auf den nahen Markt, wo zwischen Ständen voller exotischer Früchte Gaukler in prachtvollen Kleidern Schabernack trieben. Lachend breitete Jaarn seine Arme aus.

»Spürst du denn nicht, wie sich dieser Ort von allen anderen dort draußen unterscheidet?« Beinahe ausdruckslos blickte der Knochenkönig ihn an. »Oder betrübt es dich etwa, dass es hier nichts zu plündern gibt? Dass keine Toten in den Straßen liegen, denen du …«

Bevor er den Satz zu Ende bringen konnte, hatte Kydhan ihm eine kräftige Ohrfeige verpasst, ihn am Kragen gepackt und zu sich herangezogen. Jaarn roch seinen Atem, eine seltsame Mischung aus Bitternis und Süße, als der bucklige Jüngling ihm wütend zuraunte:

»Denkst du, wir hätten uns das ausgesucht? Wären als Todsammler geboren worden? Nicht alle haben das Glück, sich vor dem Krieg in einem Turm verstecken zu können!«

Jaarn wollte etwas entgegnen, sein Gegenüber aber legte ihm die Hand auf den Mund. Er griff nach ihr und versuchte erfolglos, sie fortzuzerren. Kydhan funkelte ihn zornig an.

»Du wirst mir jetzt zuhören! Bis du begreifst, dass Bücher nicht das Leben sind!«

Ungläubig starrte Jaarn seinen Begleiter an. Er erkannte ihn beinahe nicht wieder. Kydhan packte ihn noch fester und zerrte ihn im Schatten der Häuser mit sich.

»Du glaubst, alles zu wissen, weil du deine Augen an Papier gerieben hast und mit dem alten Hosk umhergezogen bist. Aber deine Bücher haben gelogen und der Narbige hat dir mehr verschwiegen, als er dir erzählt hat. Wird Zeit, dass du der Wahrheit ins Auge siehst!«

Jaarn bemerkte die erstaunten Blicke der Menschen, die ihnen hinterherstarrten. Aber er wagte nicht, sich zu wehren.

Auch zwei Gassen weiter schien Kydhans Zorn noch nicht abgeklungen. Leise fluchte er vor sich hin.

»Ich fasse es nicht! Du kommst von deinem Turm herabgestiegen, bildest dir ein, der Auserwählte zu sein, und willst mir dann auch noch etwas über die Weiße Stadt erzählen!«

Kydhan hielt kurz inne, baute sich vor Jaarn auf, legte ihm seine Hände auf die Schultern und atmete tief durch.

»Sobald du ein Dutzend Freunde verloren, die Pest und eine Nacht auf dem Schlachtfeld überlebt hast, werde ich dich für voll nehmen. Doch bis dahin bist du für mich nicht mehr als der Knabe, der sich in Hosks Schatten versteckt!«

Verstört starrte Jaarn ihn an und wusste nichts zu entgegnen. Da lächelte der Knochenkönig plötzlich, packte ihn im Nacken und stieß mit seiner Stirn gegen Jaarns.

»Schau nicht so! Über kurz oder lang bekommst du das hin. Wir haben's schließlich auch geschafft. Schlachtfelder gibt es jedenfalls genug. Und bis dahin«, mit diesen Worten wies er auf ein Gebäude von schlichter Pracht, das sich auf der anderen Straßenseite erhob, »werde ich dir ein wenig Wissen über die Welt beibringen.«

In die Gasse hinaustretend, betrachtete Jaarn das Haus, das auf den ersten Blick wie eine Art Versammlungshalle wirkte. Es herrschte ein reges Kommen und Gehen. Viele jener Leute waren noch prächtiger gekleidet, als es hier ohnehin schon üblich war. Jaarn entging auch nicht, dass einige Männer das Gebäude in Begleitung bewaffneter Leibgarden verließen.

»Ich verstehe nicht ganz, ist das etwa die Halle des Rates?«

Kydhan lachte leise auf.

»Du meinst jenen Raum, in dem die Herren der Fünf sich begegnen, allen Zwist vergessen und bemüht sind, ihre Streitigkeiten jenseits des Schlachtfelds beizulegen?«

»Eben der. Sind das dort die herrschaftlichen Unterhändler, die …«

»Junge! Schau doch hin! Die Welt hat sich verändert, seit deine Bücher geschrieben wurden! Ich weiß nicht mal, wann der Rat das letzte Mal zusammengekommen ist. Die dort drüben haben mit Fürsten jedenfalls nur zu tun, wenn sie sie bestechen.« In der Stimme des Knochenkönigs schwang ein verächtlicher Unterton mit. Und obwohl er die dunkle Seite seines Gefährten fürchtete, drängte es Jaarn doch, mehr über diese Männer und jenes Haus zu erfahren.

»Wenn du wirklich willst, dass ich etwas verstehe, wirst du mir schon mehr erzählen müssen.«

»Will dir gern alles über diesen Tempel des schmutzigen Glücks verraten, in dem alte Männer wetten, bis ihre Taschen so voll sind, dass sie nicht mehr gerade stehen können.«

»Ach? Willst du mir etwa was über Glücksspiel erzählen? Nachdem wir mit van Vailor und seinen dreckigen Halunken unterwegs waren, bei denen kein Würfel ungezinkt ist? Ihr spielt doch alle. Selbst Rugk! Und dich hab ich auch schon mit ihnen am Tisch gesehen.«

Kydhan schüttelte den Kopf.

»Du verstehst schon wieder nicht, worum es geht. Dort drüben«, er wies auf die andere Straßenseite, »wird weder gewürfelt noch mit Karten gespielt. Da gibt es keine Hahnenkämpfe, Armdrücken oder Hütchen mit Kugeln darunter.«

»Was zur Pest noch eins willst du mir sagen? Was geht dort vor sich?«

»Dort, mein Junge, werden Schlachten geboren. Dort werden Legendenschänder wie euer Gidwigk dafür bezahlt, dass sie Kriege aus dem Boden lügen, auf deren Ausgang diese Männer dann wetten können!«

Fassungslos blickte Jaarn sein Gegenüber an.

»Willst du etwa behaupten …«

»Oh ja, die meisten Schlachten dort draußen toben nur, damit diese Leute ihre Schatullen füllen können.«

»Aber das … das ist doch widersinnig, es ist …«

»Lohnend. Das ist, was es ist. So sehr, dass einige dieser Leute mitunter sogar noch eine kleine Söldnerarmee ins Feld schicken, wenn es darum geht, das Schlachtenglück zu wenden. Das dort drüben ist die Wiege allen Krieges. Das Haus der Lügen. Für Legendenschänder wie Gidwigk der Tempel der Glückseligkeit. Und die Männer, denen sie dienen, sind Alchemisten, die Blut in Gold verwandeln.«

Jaarn stand wie betäubt inmitten der Gasse und konnte seinen ungläubigen Blick nicht von den Gestalten in ihren prachtvollen Gewändern abwenden.

Zufrieden sah Kydhan ihn an.

»Die ganze Pracht der Weißen Stadt fußt auf den Geschäften

dieser Männer. Auf dem Gold, das sie ihren Fürsten entrichten, nachdem sie den Hengsten des Kriegbringers die Sporen gegeben haben.«

Einige von ihnen trugen, wie Jaarn nun erkannte, tatsächlich das Schlangenfass um den Hals, lachten und scherzten mit den Prunkvollen um sie herum, deren bewaffnete Begleiter sich mürrisch umschauten.

Jaarn aber wollte es nicht wahrhaben.

Ganz plötzlich, ohne dass Kydhan ihn hätte zurückhalten können, setzte er sich in Bewegung und ging mit unsicherem Schritt auf die Gruppe vor dem Haus zu. Er hatte sie beinahe erreicht, die Hände der Leibwächter fuhren bereits zu ihren Schwertern hinab, als er in seinem Nacken den Griff des Knochenkönigs spürte.

Obwohl Kydhan ihn zügig in den Schatten der Häuser zurückzog, hatten sie doch die Aufmerksamkeit der Wachen auf sich gelenkt. Zwei von ihnen kamen mit gezogenen Schwertern auf sie zu, wodurch sie auch eine Gruppe Gardisten in Alarmbereitschaft versetzten, die sich nun vom Markt her näherte.

Der Knochenkönig blickte Jaarn ernst an.

»Ich denke, wir reden lieber später weiter. Jetzt sollten wir uns erst einmal trennen. Findest du den Weg zur Schmiede?«

Obwohl er nicht sicher war, nickte Jaarn hastig. Die beiden Bewaffneten in seinem Rücken kamen bedrohlich nahe.

»Gut, dann lauf!« Mit diesen Worten drehte Kydhan sich um und sprintete los. Jaarn rannte in die entgegengesetzte Richtung davon.

Er war schneller außer Atem, als ihm lieb war. Verstecken lag ihm mehr als davonlaufen.

Zwei Mitglieder der Weißen Garde waren ihm dicht auf den Fersen. Jaarn nahm all seine Kräfte zusammen, schlug Haken, drängte durch Menschenmassen und verschwand schließlich zwischen einigen Häusern.

Er lief in einen Hinterhof, sprang über einen Zaun, riss sich die Waden auf, stolperte und rannte weiter. Schweiß stand auf seiner

Stirn. Er atmete schwer. Seine Beine schmerzten. Doch als er sich das nächste Mal vorsichtig umdrehte, hatten seine Verfolger nicht nur aufgeschlossen, sondern waren mittlerweile sogar zu dritt.

Jaarn bog um eine Häuserecke, dann um eine weitere und fand sich plötzlich in einer Sackgasse wieder. Als er herumfuhr, war es zu spät. Mit blanken Klingen bauten die Gardisten sich vor ihm auf.

Angst ergriff Besitz von ihm, kroch sein Rückgrat empor in seinen Kopf. Er hätte einiges darum gegeben, Rugk in seiner Nähe zu wissen.

Gesenkten Hauptes trat er, seine Hände von sich streckend, den Männern entgegen, als plötzlich ein riesiger Schatten aus dem Himmel auf die Gardisten herabstürzte.

Srigk stieß einen fürchterlichen Schrei aus und riss zwei von ihnen mit seinen scharfen Krallen zu Boden. Den Dritten ließ er straucheln und bekam im Gegenzug einen Schwerthieb versetzt, bevor er sich blutend wieder in die Lüfte schwang.

Jaarn aber gelang es, den Mann von den Füßen zu werfen und über die Gardisten hinwegzuspringen. Bevor sie sich aufgerappelt hatten, war er in der Menschenmenge verschwunden.

Die Eisenmutter starrte aus einem der hohen Fenster des Palastes auf das Dach des vorgelagerten Gebäudes hinab. Das also war sie. Die Halle, in der das Vermächtnis Arren van Gidmons ruhte. Jener Baum, den er einst mit einem Schlag gefällt und damit eine weitere Geschichte aus dem Ehernen Buch gerissen hatte.

Am Fuß der Treppe und vor den Toren erkannte sie einige Wachtposten.

Direkt neben der Halle lag darüber hinaus die Kaserne, in der gut hundert Gardisten darauf warteten, ihr Schwert gegen alles zu erheben, das die innere Ordnung der Stadt gefährdete. Deswyn hatte genügend Zeit mit solchen Männern verbracht, um zu wissen, wie sehr sie danach gierten, sich zu beweisen. Das würde selbst an einem Ort wie diesem nicht anders sein. Soldaten wollten Helden sein. Überall. Denn dafür waren sie schließlich Soldaten geworden.

Von oben konnte sie erkennen, dass die Kaserne, die Halle des Baumes und der Palast einen über Gänge verbundenen Komplex bildeten. Dieser war von einer Mauer umgeben, auf der, wenn sie es richtig beobachtet hatte, rund um die Uhr Patrouillen unterwegs waren. Der Pilger wegen hatte die Halle des Baumes zwar noch einen weiteren Eingang zur Straße hin, vor dem war allerdings eine zusätzliche Einheit postiert.

Der Baum selbst wurde Tag und Nacht bewacht. Und die Mauern des Palastes waren zu massiv, als dass van Vailors Männer einen Gang hätten graben können. Das wenige, was die Eisenmutter über die Halle des Baumes in Erfahrung hatte bringen können, reichte aus, um nur noch mehr Fragen aufzuwerfen. Dass der Schlüssel zu seinem Plan das Büchlein aus der Natterngrube sein musste, ahnte sie freilich. Auch ohne der Schrift kundig zu sein. Was immer aber Rugk vorhatte – vermutlich würde er schon ihretwegen seinen Plan schneller umsetzen als vorgesehen. Das wiederum bedeutete, dass auch sie sich beeilen musste. Rugk und die anderen waren, wenn sie es tatsächlich bis in die Halle schafften, vermutlich ihre einzige Chance, das Mädchen aus dem Palast zu bekommen.

Die Fürstin hatte während der letzten drei Tage unmissverständlich deutlich gemacht, wie sehr sie sich wünschte, dass die Eisenmutter Gvenns Lehrerin wurde. Tara van Pardt schien das Mädchen so sehr zu lieben, dass Deswyn am Ende lediglich die Wahl zwischen dem Palast und seinen Kerkern blieb. Das Angebot abzulehnen würde die hohe Herrin nicht dulden. Und nicht nur aus diesem Grund ließ sie die Eisenmutter unentwegt beobachten. Die Gardisten folgten ihr, während die Fürstin das Mädchen von ihr abschirmte, sogar bis in die Gärten des Palastes. Deswyn Lhi saß in einem goldenen Käfig: Die Welt jenseits dieser Mauern war für sie unerreichbar geworden. Und das nur, weil es unmöglich war, der mächtigsten Frau des Reiches einen Wunsch abzuschlagen.

Sie hob ihren Blick, blinzelte in den Himmel empor und suchte dort nach Kydhans geflügeltem Gefährten.

Plötzlich vernahm sie ein Lachen in ihrem Rücken. Sie fuhr herum und sah, während das Gelächter hell von den Wänden widerhallte, die Fürstin mit Gvenn durch die Weiten der Halle eilen. Sie huschten zwischen den Wachen hindurch, die reglos auf ihren Posten verharrten, die Speere zur Decke und die Blicke auf die gegenüberliegende Wand gerichtet. Tara van Pardt und das Kind versteckten sich hinter den Säulen, fanden einander, lachten auf und hasteten weiter.

Sie beobachtete, wie die Fürstin und das Mädchen herumtollten und musste lächeln. Es wirkte tatsächlich wie das ausgelassene Spiel eines Kindes. In diesem Augenblick meinte Deswyn unter der bleichen Haut Tara van Pardts zum ersten Mal, seit sie sie kennengelernt hatte, eine Regung echten Lebens zu erahnen. Konnte dieser Palast vielleicht doch mehr als bloß ein Käfig sein?

Dann aber bemerkte die Eisenmutter etwas: Immer wenn Gvenn zwischen den Säulen auftauchte und sicher sein konnte, dass die Fürstin sie nicht sehen konnte, blickte sie Deswyn entgegen und betrachtete sie mit derart gefühllosen Augen, dass es sie schauderte. Als wäre das noch nicht befremdlich genug, tat die Fürstin, sobald sie sich unbeobachtet wähnte und ihre Blicke sich kreuzten, genau das Gleiche! Bis im nächsten Moment wieder das unbeschwerte Lachen erklang, das sich in nichts von dem einer liebenden Mutter unterschied, die mit ihrer Tochter spielte.

Die Eisenmutter schloss die Augen. Je eher es ihr gelang, das Mädchen von hier fortzubringen, desto besser war es für sie beide.

Im nächsten Moment erklangen plötzlich Schritte und das Lachen verstummte abrupt. Als sie ihre Augen wieder aufschlug, erkannte sie Tindt Gherren, der auf die Fürstin zueilte.

Aufgeregt redete der Albino leise auf die hohe Herrin ein, ohne dass Deswyn etwas verstehen konnte. Als sie näher trat, gab die

Fürstin Gvenn einen Wink und schritt, gefolgt von dem Mädchen und unter den verstörten Blicken der Eisenmutter, an Gherrens Seite hastig die Treppe zum Thronsaal empor.

Als Jaarn Ceswells Schmiede erreichte, war es bereits Abend.

Zuerst hatte er den Weg nicht gefunden. Später dann war er durch die Straßen gezogen und hatte sich an markante Stellen zu erinnern versucht. Über all den Wundern der Stadt lagen plötzlich die Schatten der Toten, die er gesehen hatte, seit er mit dem Narbigen in der Welt unterwegs war. Vor seinem inneren Auge, das er nicht mehr zu schließen vermochte, hatte die Weiße Stadt sich verändert. Das Wissen um die Wahrheit hinter den Kriegen ließ die Früchte auf dem Markt faulen, die ausgelassensten Gaukler zu Totengräbern werden und verwandelte jene prachtvollen Bauten um ihn herum in blutbesprenkelte Grabstelen.

Das Haus des Einarmigen betrat er schließlich mit einer derart dunklen Miene, dass Rugk seine finsteren Gedanken kaum übersehen konnte.

»Kydhan hat erzählt, was euch widerfahren ist.« Der Knochenkönig hockte in der Ecke auf einem Schemel. »Dass er dir das Haus der Lügen gezeigt hat. Was ich ihm übrigens verboten hatte. Glaube nicht, dass es nötig war. Aber Kydhan war da wohl ein wenig übermütiger als ich. Erträgt dieses Lügengebilde nicht, hat diese Stadt schon immer gehasst und kann es nicht abwarten, ihr seine Nachricht zu überbringen. Hoffe, du kannst ihm verzeihen.«

Jaarn richtete sich auf und schaute Rugk müde an.

»Die Wahrheit muss nicht verziehen werden. Zumindest was das angeht, kann man den Büchern glauben«, murmelte er und nickte dem Knochenkönig zu.

Der Narbige schien zufrieden.

»Hast ihm also schon vergeben. Gut.« Er legte ihm die Hand auf die Schulter, drehte den Kopf zur Seite und funkelte Kydhan zornig an. »Ich allerdings noch nicht. Würde ihm schon gern ein wenig den Hintern versohlen, weil er dich dort draußen allein gelassen hat. Was, wenn sie dich erkannt hätten? Oder dich ganz einfach so totgeschlagen hätten? Ohne zu wissen, wer du bist?« Kydhan ließ die Schimpftirade des Narbigen schweigend über sich ergehen. »Wäre ja nicht weiter schlimm gewesen. Haben ja noch ein gutes Dutzend Leute in der Hinterhand, die sich darum reißen, dem Kriegbringer das Legendeneisen zu Füßen zu legen. Notfalls lassen wir uns einfach noch ein wenig Zeit, hm?« Rugk hatte den Raum durchquert, stand nun vor dem kleinlaut gewordenen Knochenkönig und herrschte ihn mit geballten Fäusten an.

»Es reicht!«, fuhr Jaarn dazwischen. »Das nützt niemandem. Alles ist gut. Ich bin hier, keiner hat mich erkannt und wir haben einen Plan umzusetzen!«

Der Narbige richtete sich auf und sog die Luft scharf durch die Nase ein.

»Hast ja recht, Junge. Sollten besser nach hinten gehen und schauen, ob Ceswell und seine Hammeraffen inzwischen fertig sind.« Er wendete sich zum Gehen. Bevor sie gemeinsam in den Hof traten, warf Kydhan Jaarn einen dankbaren Blick zu.

Zusammen mit dem Narbigen begaben sie sich zur Schmiede, wo Hammergrams Söhne mit geröteten Gesichtern das glühende Eisen schlugen. Jaarn achtete nicht weiter auf sie. Es war auch nicht der Einarmige, der seine Aufmerksamkeit fesselte, kaum dass sie eintraten, sondern vielmehr der Mann, der diesen besorgt beim Hantieren mit einer kleinen Gussform beobachtete.

Er hatte dunkle Haut und trug einen Kaftan aus schimmernd rotem Stoff mit eingewobenen Silberfäden. Jaarn hatte ihn schon einmal gesehen. Damals, in Ballgadts Hütte, als der Narbige die Bücher aus der Bibliothek an Fremde verschachert hatte, und er sich geschworen hatte, diese Männer irgendwann ihrer gerechten Strafe zuzuführen. Bevor er begriffen hatte, dass all das mit Wissen und Segen des Hohen Bruders geschehen war.

Seinen Blick von dem Fremden abwendend, schaute Jaarn zu Rugk hinüber und deutete auf den Mann.

»Guldabadt, nicht wahr? Der *Bericht der Eisernen Garde über die Vorfälle am letzten Tag der Schlacht von Navrodt ...*«

»Hast ein gutes Gedächtnis«, meinte der Narbige und betrachtete den Fremden, der sich unsicher umschaute. »Eben den hat er bekommen und ist jetzt hier, um seine Schuld zu begleichen.«

Guldabadt knurrte leise:

»Hätte es lieber schon hinter mir und wäre zurück in meinen Gemächern. Bevor die hohe Herrin etwas merkt.«

Er hatte den Satz noch nicht einmal beendet, als Hammergram die Gussform zerbrach und mit einer Zange etwas daraus hervorzog. Jaarn erkannte einen rotglühenden Schlüssel, kaum größer als ein Zeigefinger, wirr gezackt und mit einer eigentümlich anmutenden Spitze.

Der Einarmige betrachtete sein Werk und murmelte etwas Unverständliches. Daraufhin zog der Fremde einen zweiten Schlüssel aus einem Lederetui und hielt ihn neben den anderen. Sie glichen einander bis auf die letzte Kerbe.

Zufrieden und mit glänzenden Augen nickte Rugk dem Kaftanträger zu.

»Damit wäre die Sache erledigt. War mir eine Freude, mit dem Hüter des Baumes Geschäfte zu machen. Ihr könnt nun gehen, Meister Guldabadt. Aber seht davon ab, den Fürsten oder seine Gattin von mir zu grüßen. Werden noch früh genug bemerken, dass ich in der Stadt bin.«

Der Knochenkönig grinste. Ebenso der Einarmige, dessen Söhne ungerührt fortfuhren, auf das Eisen einzuhauen, sodass der Lärm ihrer Hammerschläge den Fremden, der sich eilig und mit einer knappen Geste verabschiedete, nach draußen begleitete.

XVII

Während der folgenden beiden Tage wagte Jaarn sich weder allein noch in Begleitung aus dem Haus. Zum einen, weil Rugk es ihm verboten hatte. Zum anderen aber auch, weil er begriffen hatte, wie töricht es war, ihren Plan jetzt noch zu gefährden. Im Gegenzug hatte er jedoch darauf bestanden, mehr über diesen Plan zu erfahren, den er nicht zu gefährden beschlossen hatte. Der Narbige hatte zwar zugestimmt, ihm schlussendlich aber kaum mehr verraten, als dass er mit den Büchern aus der Bibliothek die Loyalität verschiedener Männer hatte kaufen können. Unter anderem die eines hohen Würdenträgers der Weißen Stadt, der ihnen mit Freuden eine Reihe Helfer zur Verfügung stellen würde. Über die genaue Rolle dieser Männer schwieg der Narbige sich allerdings aus. Zumal sie, wie er sagte, nur für jenen Teil des Plans zuständig waren, der es ihnen ermöglichen sollte, nach der Tat in der Stadt unterzutauchen. Für den zweiten Teil, das Verlassen der Stadt, hätte er einem berredhanischen Händler Kumbrins *Vergessene Waffen vergessener Völker* sowie Eharaels *Kamelzucht* überlassen müssen, was ihnen den Kampf mit der Garde und die Alligatoren ersparen würde.

Jaarn wusste dementsprechend nicht wesentlich mehr als zuvor, kannte den Narbensammler aber inzwischen gut genug, um zu wissen, dass er von ihm nicht mehr erfahren würde. Er fand sich also damit ab und beobachtete dafür umso genauer, was in der folgenden Zeit in Hammergrams Haus vonstatten ging. Wie die Räuber abends wiederkehrten, um dem Narbigen Bericht zu erstatten, und dieser mit einem angespitzten Stückchen Kohle kleine Häkchen in sein Büchlein machte. Es gelang Jaarn sogar, einen Blick auf den Inhalt zu erhaschen, eine Liste mit Namen und Ortsbezeichnungen, wobei letztere, wie er bemerkte, verschiedene Plätze innerhalb der Stadtmauern bezeichneten. Er begriff schnell, dass dort bestimmte Personen zu finden sein mussten. Die Namen aber, die zu gleichen Teilen von Männern wie von Frauen zu stammen schienen, konnte er nicht zuordnen. Doch ihm entging nicht Rugks Zufriedenheit, als dieser einen nach dem anderen abhakte, bis spät in die Nacht mit dem Räuberhauptmann über der Liste brütete und in verschwörerischem Ton beratschlagte, wie sie mit diesen Leuten verfahren sollten.

Es war schließlich der alte Hammergram, der Jaarn aufmunternd ansprach, als dieser im Kerzenschein auf seiner Bank vor einem Humpen verdünnten Weins saß und van Vailor und den Narbigen missmutig musterte.

»Seine Geheimniskrämerei kann einen verrückt machen, nicht wahr?«

»Er hat keinen Grund, mir zu misstrauen. Ich könnte helfen, ihm zur Hand gehen. Ich bin schnell mit dem Kopf, begreife Dinge, aber er behandelt mich wie einen dummen Jungen!«

»Ich verstehe deinen Zorn, Jaarn. Aber glaube mir, er hat seine Gründe. Er will nicht, dass gewisse Dinge sich wiederholen. Es ist lange her, dass er jemandem vertraut hat. Sehr lange. Und es kam nicht nur ihn teuer zu stehen.« Der Alte zögerte kurz und betrachtete seinen Armstumpf. »Wobei leider auch dein Vater eine nicht unerhebliche Rolle in dieser Geschichte spielt. Vertrauen und Verrat, mein Junge, liegen mitunter nahe beieinander.«

»Erzählt mir nicht, dass Ihr mich versteht, Meister Hammergram!«, knurrte Jaarn und funkelte den Einarmigen trotzig an. Der jedoch ließ sich nicht beirren.

»Auch ich habe Rugk einmal vertraut. Was mich einen Arm, einen anderen ein Bein und einen dritten sein Augenlicht kostete. Und doch glaube ich noch immer an ihn. Sonst wärt ihr nicht hier und ich hätte niemals die Kopie für ihn angefertigt.«

»Dann stammte die falsche Klinge also tatsächlich von Euch?«

»Sie war Teil seines Plans. Von Anfang an. Und blieb es scheinbar sogar, als der Plan sich notgedrungen änderte.«

Jaarn verdrehte die Augen.

»Ihr tut das Gleiche wie er, Meister Hammergram. Das, was alle tun, seit wir versuchen, das Buch wieder zu vervollständigen. Ihr murmelt, wispert, deutet an. Geheimnisse, die ihn umgeben, Dinge, die geschehen sind oder geschehen werden. Ohne etwas auszusprechen.«

Wütend wischte er seinen Humpen vom Tisch, der mit einem lauten Geräusch auf dem Boden zersplitterte. Die anderen fuhren aufgeschreckt herum. Erstaunt blickten sie ihn an, Rugk, van Vailor, seine Räuber im hinteren Teil des Raumes und selbst Ceswells Söhne, die wie jeden Abend in ein Kartenspiel vertieft waren, dessen Regeln nur sie verstanden. Der Einarmige schaute in die Runde und hob beschwichtigend die Hände.

»Alles in Ordnung. Unser junger Freund ist nur ein wenig nervös.«

Kaum dass sich alle wieder beruhigt hatten, die einen bei ihren Karten, die anderen bei ihrem Wein und Rugk und van Vailor zurück bei ihrem Büchlein waren, raunte der Schmied Jaarn verschwörerisch zu:

»Er weiß genau, was du bist und was du kannst. Du stehst in seiner Achtung höher, als du ahnst. Zugleich aber hungert er nach Erlösung. Und glaube mir, er verdient es, erlöst zu werden! Nach all dem Leid, diesen vielen Jahren. Ich bitte dich, ihm zu vertrauen. Und dann lerne, ihm zu verzeihen. Denn am Ende wird er dir das Schlimmste antun, was du dir vorstellen kannst.«

Jaarn musterte den Alten finster.

»Ihr klingt wie die billigen Orakelbücher aus Gimgur, mit denen wir im Winter den Turm geheizt haben! Macht so weiter, und am Ende könnt ihr euch jemand anderen suchen, der dem Kriegbringer das Buch zu Füßen legt!«, schimpfte er, verschränkte die Arme vor der Brust und wendete sich ab.

Der Einarmige erhob sich und murmelte, während er zu seinen Söhnen hinüberstapfte:

»Ich werde eure Kleidung bereitlegen und hoffe, dass alles gutgeht. Und dass du womöglich irgendwann verstehst, dass er dich niemals wirklich in die Irre geführt hat.«

Jaarn ignorierte ihn, starrte schweigend aus dem Fenster und beobachtete den Knochenkönig, der, von den letzten Strahlen der Abendsonne beschienen, im Hof hockte und dem hässlichen alten Srigk, dessen Flügel helle Verbände zierten, zärtlich über den Kopf strich.

Als es an ihre Tür schlug, schrak die Eisenmutter aus ihrem ohnehin schon unruhigen Schlaf. Es war mitten in der Nacht. Ihre Hand tastete bereits nach dem verborgenen Dolch unter ihrer Matratze, als ihr bewusst wurde, dass ein Meuchelmörder kaum geklopft hätte.

»Tretet ein«, sagte sie laut und mit fester Stimme. Daraufhin öffnete sich die Tür und Tara van Pardt trat zögernd, in einem Nachtgewand aus weißer Spitze und mit einem fünfarmigen Kerzenleuchter in der Hand, in ihre Kammer.

Verwundert richtete Deswyn sich in ihrem Bett auf und fürchtete schon, hastig ihre Brust bedeckend, sich den Avancen der hohen Herrin widersetzen zu müssen. Diese aber beschwichtigte sie mit ihrer freien Hand.

»Ich bin nicht wegen derlei Kleinlichkeiten gekommen. Deinen Körper schätze ich zwar, aber vor allem als den meiner ersten Kriegerin. Nein, ich bin hier, um dir etwas anderes zu zeigen. Zieh dir etwas an!«

Unter den Augen der Fürstin erhob sich Deswyn und trat an den Stuhl, auf dem ihre Rüstung, das weiche Unterzeug und ihre Leinenhose lagen. Die Fürstin machte keine Anstalten sich abzuwenden und Deswyn spürte, während sie sich eilig ankleidete, ihre Blicke. Wie sie sich über ihre Brust und ihre Schultern bewegten und ihren Körper eingehend betrachteten.

Als die Eisenmutter sich schließlich umdrehte, wirkte Tara van Pardt sonderbar zufrieden.

»Ich weiß, warum ich dich ausgewählt habe. Niemand außer dir könnte diese Rolle übernehmen. Und jetzt folge mir. Ich will, dass du begreifst, was für umwälzende Veränderungen dem Reich bevorstehen.«

Deswyn fiel auf, dass der Ton der Fürstin vertraulicher, geradezu verschwörerisch geworden war. Als wäre die Fürstin bereit, ihr größtes Geheimnis mit der Eisenmutter zu teilen, um diese zu ihrer Vertrauten zu machen. Aber es fühlte sich auf eine eigentümliche Weise falsch an, als wohnte diesem Geheimnis etwas Dunkles, etwas Böses inne.

Schweigend schritten die beiden Frauen nebeneinanderher durch den von Säulen gesäumten Korridor. Das Kerzenlicht tanzte auf ihren Gesichtern und mischte sich mit dem der wenigen Fackeln, die während der Nacht in eisernen Halterungen an den Wänden des Palastes knisterten.

Durch die Fensteröffnungen konnte Deswyn auf die hell erleuchtete Stadt hinabsehen, die selbst nachts von Leben erfüllt war. Ihre Straßen waren von bunten Lampen erleuchtet und schienen beinahe so geschäftig wie bei Tag zu sein. Mitternachtsmärkte, fahrende Händler, Gaukler und Wunderwirker durchstreiften die nächtliche Weiße. Selten zuvor war Deswyn sich der Abwesenheit des Krieges so bewusst gewesen wie in diesem Moment.

Die hohe Herrin aber ließ ihr nicht die Zeit, sich zu wundern, und drängte zur Eile.

Auf ihrem Weg durch die einzelnen Stockwerke passierten Eisenmutter und Fürstin immer wieder Türen und von Wachen flankierte Treppenaufgänge. Bis sie schließlich vor einer wuchtigen weißen, mit aufwendigen Schnitzereien verzierten Holztür haltmachten. Auf dem Holz prangte ein kunstvoll gearbeiteter, von Flammen umgebener Kriegbringer auf seinem Thron. In den Augenhöhlen des Reliefs gähnten zwei dunkle, mit Metall eingefasste Schlüssellöcher, und Dhur'Kharr zu Füßen erkannte man, unter den Bannern ihrer jeweiligen Herren, die fünf Städte. Der Rabe im Banner Ghidt-Lhorrs war bereits getilgt worden.

Vor der Tür reichte die Fürstin der Eisenmutter den Kerzenleuchter und griff in ihren Ausschnitt, um behände eine Kette hervorzuziehen, an deren Ende zwei silberne Schlüssel baumelten.

»Ich habe dir eine Audienz beim Fürsten verschafft, meine Liebe. Obwohl sein Zustand sich noch immer nicht verbessert hat, waren wir der Ansicht, dass du nach all den Tagen des Wartens die Gelegenheit bekommen solltest, auch seine Sicht der Dinge zu hören. Um deine Zweifel auszuräumen und dir zu zeigen, dass er und ich in allen Belangen einer Meinung sind.«

Während sie noch sprach, hatte die hohe Herrin auch den zweiten Schlüssel in seinem Schloss gedreht. Auf ein leises Klicken hin schwang die massive Tür nach innen.

Aus dem Zimmer schlug den beiden Frauen der schwere Duft schwelender Kräuter und Harze entgegen. Im Gegensatz zum Rest des Palastes war es hell erleuchtet. Dutzende Kerzen brannten in Leuchtern und Wandhalterungen.

Dünne Schwaden ätherischen Rauches waberten durch den Raum, der lediglich Platz für ein großes Himmelbett und einige Möbel bot.

Ein Schatten näherte sich ihnen durch den Rauch. Deswyn zuckte zurück. Die Fürstin aber rührte sich nicht und blieb einfach stehen, bis sich ein gebeugter alter Mann aus den Schwaden schälte, vor der hohen Herrin auf die Knie fiel und seine faltigen Lippen hingebungsvoll auf ihren Siegelring presste.

Über ihre Schulter hinweg sprach die Fürstin zur Eisenmutter:

»Das, meine Liebe, ist Meister Gernard. Er dient meiner Familie seit über vierzig Jahren. Seit mein Vater ihn von irgendeinem Schlachtfeld im Süden gepflückt hat, wo er lausige Soldatenleben um ein oder zwei Tage zu verlängern versuchte. Gib ihm das rechte Pflänzlein und er kann dich unbesiegbar, ja sogar unsterblich machen.«

Deswyn betrachtete den knienden Mann und begriff nicht, was hier vor sich ging.

»Und weil er so wertvoll ist, sperrt Ihr ihn hier ein? Damit niemand ihn stiehlt? Oder er nicht versehentlich die Falschen unsterblich macht?«

»Weit gefehlt, gute Deswyn. Auch wenn so mancher Fürst einiges für seine Tinkturen zu zahlen bereit ist, hat der gute Gernard gegenwärtig eine wichtigere Aufgabe: nämlich die aufopferungsvolle Pflege meines geliebten Gatten.«

Während der Alte noch an ihrer Hand hing, wies die Fürstin mit der anderen auf das wuchtige weiße Himmelbett, in dem Deswyn nun eine Gestalt ausmachen konnte. Sie trat näher, um besser sehen zu können. Es war tatsächlich der Hochfürst. Ausgemergelt. Sein Gesicht war eingefallen und die prächtige graue Mähne, derer sie sich erinnerte, hatte sich in einen dünnen brüchigen Haarkranz verwandelt. Seine Augen, denen einmal die Wachsamkeit und Schnelligkeit eines Raubvogels innegewohnt hatte, wirkten bloß noch trübe und leer.

Deswyn fragte sich, was für eine Krankheit den hohen Herren befallen haben mochte, als Tara van Pardt hinter sie trat und ihr leise zuflüsterte:

»Es ist nicht leicht für eine schwache Frau, ihren geliebten Gatten derart dahinwelken zu sehen. Vor allem, wenn man ihn dazu auch noch im Rat vertreten und über eine ganze Stadt herrschen muss.« Die Teilnahmslosigkeit, mit der sie diese Worte aussprach, ließ die Eisenmutter nichts Gutes ahnen. Keinerlei Bedauern, kein Mitleid, keine Anteilnahme war in ihrer Stimme auszumachen. »Dem Kriegbringer sei Dank, hat mir mein geliebter Joran die Vollmacht erteilt, in seinem Namen zu agieren, bis er wieder bei Kräften ist, sodass ich uneingeschränkte Siegelgewalt habe.« Sie drückte sich an Deswyn vorbei, setzte sich auf das Bett und ergriff die fahle Hand des Fürsten. »Wobei ich meinen Herrn freilich vor jeder wichtigen Entscheidung um Rat ersuche und niemals etwas ohne sein Einverständnis tun würde.«

Sein Einverständnis? Der Mann in jenem Bett hatte nicht einmal ihr Eintreten bemerkt. Er war vermutlich nicht einmal in der Lage, den

Kopf zu heben, geschweige denn irgendetwas zu verstehen, dachte Deswyn. Und dabei begann sie zu ahnen, auf welche Art und Weise Meister Gernard dem Fürsten zur Seite stand.

Die Fürstin ließ die leblose Hand zurück aufs Laken fallen. Ihr Blick wurde eiskalt.

»Ihn zu vergiften war das geringste Problem. Doch ihn in diesem Zustand zu halten ist schwierig. Dafür braucht es jemanden wie Meister Gernard, der sich mit Dornborke und Zunderpilz auskennt. Zu viel hiervon und er stirbt. Zu viel davon und er begreift, was mit ihm geschieht. Darum muss Gernard in diesem Raum bleiben, um gegebenenfalls zu … helfen.« Tara van Pardt lächelte kühl. »Ich habe es nicht für mich getan, Deswyn. Sondern für uns. Uns Frauen. Die der Fürsten, Krieger und Knechte im Reich, die bisher kaum mehr als Dienerinnen ihrer Männer sind. Schau dich um. Unter dem niedersten Mann wirst du noch sein Weib finden. Gestützt von den Gesetzen unserer Tage, die, wie auch der Krieg, von Männern für Männer gemacht sind.«

»Und wie gedenkt Ihr das zu ändern?« Die Stimme der Eisenmutter war leise. Sie hatte mehr als einen bizarren Frauenkult entstehen und vergehen sehen und hoffte, dass ihre Zweifel in diesem Moment nicht zu offensichtlich waren. Die Fürstin neigte den Kopf ein wenig zur Seite, schien diese Frage jedoch erwartet zu haben, und antwortete, ohne zu zögern:

»Was, wenn wir die Macht bekommen, Dinge zu ändern? Die Gesetze neu zu schreiben? Eine Stimme im Rat und das Zepter der Weißen Stadt sind nur der Anfang!«

Dieser Gedanke war Deswyn nicht fremd. Die Hoffnung, den Wunsch, die Dinge verändern zu können, hatte sie immer schon gehabt. Frauen, die ihren Männern im Bett und im Haus zu Dienste waren, das Privileg, sich wehren zu können, besaßen die wenigsten von ihnen. Und den anderen blieb kaum mehr, als von ihren Männern geschlagen, genommen und irgendwann für das Schwert oder eine andere verlassen zu werden. Sogar sie selbst hatte sich oft schon eine Gesellschaft starker Frauen gewünscht, wie sie im Reich bisher so selten wie Edelsteine im Flussbett blinkten. Doch wenn sie tatsächlich eine Stimme im Rat bekämen …

Der Fürstin blieb nicht verborgen, was in der Eisenmutter vor sich ging.

»Ich wusste, dass du es verstehen würdest. Du vor allen anderen. Wir sind Schwestern, Deswyn. Und mit deiner Hilfe werden wir die kleine Bitterkling zur Ersten einer neuen Art machen. Gemeinsam werden wir sie alles lehren, was man den unseren bislang vorenthielt. Die Regeln der Macht und des Kampfes! Sie wird eine Kriegerfürstin werden, wie das Reich sie noch nicht gesehen hat! Und dann werden wir eine Armee von Frauen erschaffen! Frauen, die jedem Mann in der Schlacht überlegen sein werden. Bis jene, die heute noch unsere Herren sind, unsere Diener sein werden! Bis jede Stadt und jede Armee von einer von uns befehligt wird!«

Die Augen der hohen Herrin van Pardt leuchteten auf und zufrieden fuhr sie fort:

»Es hat längst begonnen, meine Liebe. Wir sind nicht mehr aufzuhalten. Jüngst hat Thorden Baut, der Herr Ghidt-Lhorrs, den Zadt Mhaw noch immer für seinen Knecht hält, sein Herz an eine von uns verloren. Eine Frau, die von mir und Meister Gernard alles gelernt hat.«

Ohne den Blick von der Eisenmutter abzuwenden, erhob die Fürstin sich vom Lager ihres Mannes.

Gut einen Kopf kleiner, baute sie sich vor Deswyn auf und streckte ihr, mit dem vagen Ansatz eines Lächelns auf den Lippen, die Hand entgegen. Als die Eisenmutter diese kräftiger ergriff, als sie es üblicherweise getan hätte, schloss die Fürstin die Augen.

»Oh ja, diese Kraft ist es, die wir brauchen! Gib sie mir! Gib sie uns, lass sie uns spüren! Lehre sie uns!« Verzückt wand sich die hohe Herrin unter Deswyns Griff. »Fester!«, zischte sie. Die Eisenmutter aber zögerte.

»Fester!«, befahl Tara van Pardt.

Und Deswyn tat wie geheißen, verstärkte ihren Griff, bis sie die Finger der Fürstin knacken hörte. All ihre Gefühlskälte vergessend, schlang die hohe Herrin plötzlich ihren freien Arm um Deswyn und presste sich an sie.

Die Eisenmutter bebte. In ihrem Arm die Fürstin, um sie herum das unerträgliche Weiß des Raumes, das Lager mit dem ins Leere starrenden Kranken. Dazu der kleine alte Mann, der, an einem Schränkchen stehend, Kräuter in einem Mörser zerstieß und nichts zu sehen oder zu hören vorgab. Und noch etwas anderes bemerkte sie: Als die hohe Herrin sich erhoben hatte, war die Decke des Bettes ein wenig verrutscht, sodass sie darunter den nahezu fleischlosen Knöchel Joran van Pardts erkennen konnte, der an einer weißen Kette lag. Die hohe Herrin hatte sich nicht damit begnügt, nur seinen Geist in Fesseln zu legen.

»Genug«, hauchte die Fürstin plötzlich, entwand ihre Hand beinahe schlangengleich Deswyns Umklammerung, trat einen Schritt zurück und war mit einem Mal wieder so unnahbar wie zuvor.

»Du wirst meine rechte Hand sein, die Anführerin meiner Kriegerinnen und Lehrerin der Kriegerfürstin. Sobald mein Gatte an seiner Krankheit verstirbt und wir angemessen getrauert haben, wird der Keiler sich mit dem Weiß vereinen!«

Ehrerbietig neigte Deswyn ihr Haupt. Zufrieden wendete die hohe Herrin sich einer nahen Kommode zu, öffnete sie und entnahm mit bedeutsamer Geste einen kleinen Gegenstand.

»Ich will dir einen Beweis meines Vertrauens schenken,« sagte sie und präsentierte Deswyn eine reich verzierte eiserne Kugel von der Größe einer Kinderfaust.

Staunend erkannte sie, wie Buchstaben und Muster sich auf ihrer Oberfläche in filigranen Linien um das weiße Wappen des Hochfürsten wanden. »Dies ist das Siegel der Stadt. Es gibt lediglich zwei davon. Sie sind so kunstvoll und komplex gefertigt, dass niemand sie zu fälschen vermag. Wer immer dieses Siegel besitzt, handelt offiziell im Namen des Hochfürsten, sodass ihm innerhalb dieser Mauern kein Wunsch abgeschlagen wird. Darüber stehen einzig noch die Befehle des Fürsten.« Ihre letzten Worte sprach die hohe Herrin mit Blick auf den eingefallenen Körper ihres Gatten. Er würde kaum noch irgendjemandem Einhalt gebieten. »Und natürlich die meinen«, fügte sie hinzu und streckte Deswyn lächelnd das eiserne Siegel entgegen.

»Es ist deines, Schwester!«

Bedächtig nahm die Eisenmutter das Siegel aus der Hand der Fürstin. Unzählige Gedanken durchfluteten ihren Geist in diesem einen Augenblick, diesem Wimpernschlag, in dem sich ihre Finger um das Metall schlossen. Dann holte sie aus und versetzte der Fürstin einen Schlag, der auch einen Mann wie Zadt Mhaw niedergestreckt hätte.

Die hohe Herrin hatte nicht einmal die Zeit, erstaunt zu sein, bevor sie auf dem ausgemergelten Zerrbild ihres Gatten ohnmächtig wurde.

Meister Gernard dagegen schrie erschrocken auf und hastete zum Fenster. Bevor er es aber aufreißen konnte, bekam Deswyn ihn gerade noch zu fassen. Der kleine Kerl, den sie mühelos mit beiden Händen emporhielt, zappelte in der Luft. Aus seinen Augen blitzte blanke Panik. Die Eisenmutter meinte, das panische Hämmern seines Herzens hören zu können, bevor sie ihm mit einem gezielten Hieb das Bewusstsein raubte und ihn neben seine Herrin auf das Bett warf.

Nachdenklich betrachtete sie das gravierte Siegel. Sie würde es gebrauchen können, um Gvenn in Sicherheit zu bringen. Es jedoch zu benutzen, um auch Rugk und Jaarn beizustehen, schien ihr zu riskant. Zu viele Fragen würden dadurch aufgeworfen, Boten nach der Fürstin geschickt werden. Nein, sie würde sich um das Mädchen kümmern und konnte nur hoffen, dass Rugks Plan auch ohne ihre Hilfe aufging.

Deswyn fesselte Tara van Pardt und ihren Giftzwerg an die Bettpfosten. Mit Kräutern und Essenzen war sie ausreichend vertraut, um aus den vorhandenen Zutaten eine Tinktur zu mischen, die sie bis zum nächsten Mittag würde schlafen lassen. Schließlich riss sie der Fürstin noch die Schlüssel zur Kammer vom Hals und war bereits auf dem Weg nach draußen, als sie sich doch noch einmal umdrehte.

Zögernd trat sie neben das Bett und blickte in die ausdruckslosen Augen Joran van Pardts, denen kaum noch etwas Menschliches innewohnte. Von einem matten Schleier überzogen, ähnelten sie eher denen eines Toten als denen eines Lebenden.

Stumm stieg die Eisenmutter auf das Bett, um den Hochfürsten in einem Akt der Gnade mit seinem eigenen Kissen zu ersticken.

Die Fünfte hatte sich während all der Jahre nicht verändert. Im frühen Licht des Tages wirkte Shem-Goll so schäbig und heruntergekommen wie eh und je. Eine Stadt mit brüchigen Mauern, die es sich leisten konnte, wehrlos am Ende der großen Straße zu liegen und sich mit unbewachten Türmen und maroden Stadttoren jedem darzubieten, der sich ihr näherte. Niemand wäre auf den Gedanken gekommen, sie anzugreifen. Die blanke Kehle dieser Stadt stank nach Krankheit und Verwesung, und jeder der ihre löchrigen Mauern versehentlich überwand, lief Gefahr, sich anzustecken.

Heute wie einst war Shem-Goll die Kloake des Reiches.

Inmitten seiner Söldnerarmee sah Zadt Mhaw die verdorbene Stadt, deren Bewohner sich seit Urzeiten an fremden Klingen aus dem eigenen Elend zu ziehen versuchten, am Horizont heranwachsen. Nirgends im Reich war Treue so günstig zu haben wie hier, wo die Elenden den Geruch der Straßen mit dem Blut derer abzuwaschen hofften, die sie für denjenigen erschlugen, der sie bezahlte.

Und ebendas gedachte der General zu tun. Er würde einige dieser Verdammten dafür entlohnen, dass sie seine Reihen stärkten. Dafür hatte er das Gold des Keilers bei sich. Er würde selbst noch die letzte Münze dafür hergeben, dass Jaarn von Stahl mitsamt der vermaledeiten Geschichtenklinge sein verdientes Ende fand.

Und er führte genügend Gold mit sich, dass er sich damit zum Herrn dieses gärenden Misthaufens hätte aufschwingen können.

Deshalb war er zuversichtlich, die Stadt am folgenden Abend mit einer doppelt so großen Armee wieder zu verlassen.

Gedanken wie diese bewegten den General des Keilers, als er sich an diesem Morgen unter dem Banner des Keilers den Toren Shem-Golls näherte, wo die Liebe so käuflich wie das Schwert und Treue etwas war, das kaum jemand sich leisten konnte.

Dem größten Teil seiner Männer gab er für den Tag frei, damit sie sich den schalen Vergnügungen dieses Söldnerhorts hingeben konnten, derweil er sich mit seinen engsten Vertrauten in das Schwerthaus begab, wo die Häuptlinge darüber befanden, wem sie die Waffen ihres Clans überließen.

Mhaw entsann sich, wie er einst selbst in ihrem Namen auf jenem Schwertsklavenmarkt feilgeboten worden war. Das aber war lange her. Die meisten Gesichter waren ihm fremd, als er mit seinen Getreuen in die große Halle trat. Von moosbewachsenen Steinen und eisernen Gittern begrenzt, hinter denen die Söldner darauf harrten, dass die Häuptlinge sie ihren neuen Herren zusprachen, erinnerte sie an eine verfallene Arena.

Die Clansführer thronten auf einer höheren Ebene, von der sie ins Zentrum des Raumes hinunterblickten, wo Mhaw und seine Männer in diesem Moment ihre schweren Schatullen zu Boden ließen, Aufstellung nahmen und sich vor ihnen verneigten.

Der Einäugige bemerkte das Staunen, welches das Gold hervorrief. Die meisten Bewohner Shem-Golls hätten schon für weit weniger als sechs stählerne Kassetten voll goldener Keiler gemordet. Er war mit den hiesigen Gesetzen wohlvertraut: Zusammen mit dem Haus der Lügen und der Gemeinschaft der Wortvergolder bildete diese Stadt das Rückgrat aller Kriege. Und die Häuptlinge von Shem-Goll hatten einen Ruf zu verlieren. Falls sie einen Auftraggeber ohne den entsprechenden Dienst zu leisten um sein Gold erleichterten, würde sich das herumsprechen. Und dann würde sich über kurz oder lang das Feuer der fürstlichen Armeen durch die löchrigen Mauern der Stadt ergießen. Sie konnten es sich also nicht erlauben, die Regeln jenes Krieges zu verletzen, der ihre Macht seit ehedem stützte. Dessen war Mhaw sich sicher, weshalb er stolz erhobenen Hauptes mitsamt seinem Gold vor die Häuptlinge zu treten wagte.

Nachdem diese den General und die Gesandtschaft des Keilers zur Kenntnis genommen hatten, bemerkte er zufrieden, wie der Zeremonienmeister, in eine zerschlissene Robe gehüllt, traditionell mit verbundenen Augen und einem mannshohen schwarzen Stab in der Hand, auf eine Plattform oberhalb der Throne trat.

Siegesgewiss hob der General seinen Kopf und musterte den Stab, auf dem jeder Krieg der vergangenen Jahrhunderte sein Zeichen bekommen hatte. Heute gedachte er, in seinem schwarzen Holz ein weiteres Mal zu verewigen.

Dann hallte die Stimme des Zeremonienmeister von den Wänden wider:

»Schwerter für einen Krieg in den Grenzen des Reiches zu werben, tritt vor die Herren Shem-Golls Zadt Mhaw, General des Keilers, Bürger der Stadt und zu seinen Zeiten Gefolgsmann des freien Fürsten Mirrhen Ghrimm vom Clan der Kupferdolche.«

Seine Worte verhallten. Im Licht, das durch das marode Kuppeldach fiel, bemerkte Mhaw, wie die Häuptlinge sich regten. Ein älterer, der Perlen in seinem grauen Bart trug und dessen Augen unter seinen dichten buschigen Brauen nur zu erahnen waren, warf schließlich die erste Frage in die Halle.

»Und gegen wen gedenkt Herr Mhaw seinen Krieg zu führen?« Der Mann hustete leise, bevor er mit brüchiger Stimme fortfuhr: »Versteht mich nicht falsch, aber ich halte es für wichtig, dass der Diener eines längst verstorbenen Herrn uns, auch wenn er einst selbst einer von uns war, zumindest seine Gegner benennen kann, wenn er unsere Männer beansprucht.«

Der Zeremonienmeister erteilte dem General das Wort. Er trat vor und blickte zu den Häuptlingen empor.

»Mein Krieg, ihr Herren, richtet sich gegen eine Gruppe Aufsässiger. Die Brut des alten Raben und alle, die ihr folgen. Ich trachte danach, den letzten Nachkommen des Hauses von Stahl zu besiegen, ein Schwert zu zerbrechen und eine Legende ein für alle Mal vom Antlitz der Welt zu tilgen!«

Schweigend blickten die Häuptlinge auf den Einäugigen hinab, bis der Nächste von ihnen eine Frage stellte. Seine dunkle Haut und der dichte schwarze Backenbart ließen vermuten, dass er aus dem Osten des Reiches stammte.

»Wie viele Gegner?«, wollte er wissen.

Mhaw wendete sich ihm zu.

»Ihre Zahl ist ungewiss, doch ich habe genügend Gold, fünfhundert eurer besten Männer einen Monat lang in meinen Dienst zu nehmen. Und derjenige, der das Schwert oder die Brut vernichtet, wird höher belohnt werden als je ein Söldner zuvor.«

Das war der Moment, in dem die Häuptlinge für gewöhnlich auf die Lehnen ihrer Stühle schlugen, bevor sie ihre Krieger anzubieten begannen. Bereit für den Lärm von den oberen Rängen, schloss Mhaw die Augen. Zu seinem Erstaunen aber blieb es still in der Halle. Als er verwundert aufblickte, hatte einer der Häuptlinge sich erhoben und musterte ihn abfällig. Der Mann war kräftig und trug ein eng anliegendes dunkles Gewand mit ledernen Verzierungen, das nur entfernt an eine Rüstung erinnerte. Haltung und Gebaren ließen den Einäugigen vermuten, dass er der Gemeinschaft der Häuptlinge vorstand.

»Vergib mir, General, oder welchen Titel auch immer du dieser Tage führen magst. Mir scheint, dass du zu erwähnen versäumtest, um was für ein Schwert es sich handelt, das du mit Hilfe der ehrbaren Söldner dieser Stadt zu zerbrechen trachtest.«

Stirnrunzelnd blickte Mhaw von einem der Häuptlinge zum anderen. Irgendetwas ging hier vor sich, etwas, das seinen Plänen vermutlich nicht förderlich war. Doch er antwortete, ohne zu zögern:

»Ich gedenke, das Eherne Buch, Arrens Erbe, zu zerstören. So, wie es gewiss auch im Sinne der Herren Shem-Golls sein dürfte.«

Kaum dass er das Legendeneisen erwähnte, ging ein unverständliches Raunen durch die Reihen der Häuptlinge. Mhaw hob beschwichtigend die Hände.

»Wobei nicht einmal sicher ist, ob es überhaupt das echte ist. In letzter Zeit ist die Klinge wieder häufiger gesehen worden. Mir selbst geht es in diesem Krieg allein um die Brut, während das Eherne Buch vor allem im Namen der Fürsten zerstört werden soll. Das aber muss euch nicht scheren. Das Gold des Keilers ist euch in jedem Fall sicher.«

Auf sein Zeichen öffneten seine Männer die Schatullen, damit der Anblick der Münzen auch noch die letzten Zweifel der Häuptlinge ausräumen konnte. Mhaw schien es allerdings, als riefe das Gold nicht den üblichen Glanz in den Augen dieser Männer hervor.

Noch einmal hob ihr Wortführer an:

»Du, Zadt Mhaw, magst die Existenz des Ehernen Buches bezweifeln. Wir aber tun es nicht!«

Der General zuckte mit den Schultern.

»Es wäre nicht die erste Legende, die der Krieg ins Vergessen treibt, während der Ruhm Shem-Golls weiterwächst.«

»Du willst uns um deines Krieges willen schmeicheln. Und das wäre uns für gewöhnlich ebenso recht wie dein Gold. Hätte uns nicht schon jemand ersucht, diesen Krieg *nicht* zu führen.«

»Wer soll das gewesen sein? Wer könnte euch mehr zahlen als ich?«

»Er zahlt in einer anderen Währung. Einer, mit der in den Mauern dieser Stadt lange nicht mehr gehandelt wurde.«

»Ihr sprecht in Rätseln, Häuptling. Seid versichert, dass ich jenen anderen, was immer er auch zahlt, zu überbieten vermag.«

»Das wirst du gewiss nicht können. Denn du führst weder Wahrheit noch Hoffnung mit dir.«

Der General lachte auf. Er konnte nicht glauben, was er gerade gehört hatte.

»Ich wusste nicht, dass derlei für euch von Wert ist.«

»Es wurde uns lange nicht angeboten.«

»Und wer ist es, der euch diese seltenen Schätze andient?«

Der Einäugige hatte diese Frage kaum ausgesprochen, als hinter dem Thron des Häuptlings ein Mann vortrat. Dieser kam ihm bekannt vor, doch konnte er ihn im ersten Moment nicht einordnen. Dass er Gidwigk nicht sofort erkannte, lag vermutlich an seinem inzwischen abgeschwollenen Gesicht. Der General musste dementsprechend ein zweites Mal hinsehen, bevor er begriff, wer dort oben neben dem Häuptling stand.

Ungläubig hob er seine Hand und deutete auf den korpulenten Wortvergolder.

»Der? Wirklich? Ist das euer Ernst? Ein Legendenschänder? Einer, dem ich das Leben rettete, was er mir dankte, indem er mich verriet? Ihr wollt eure Wahrheit und eure Hoffnung von einem ehrlosen Geschichtenbieger erhalten, der für Gold alles erzählt, was man ihm befiehlt?«

Mit einem kurzen Blick in Richtung des Häuptlings versicherte Gidwigk sich, sprechen zu dürfen.

»Für das, was ich hier erzählt habe, wurde ich nicht bezahlt.«

Mhaw konnte es noch immer nicht fassen und erwiderte zynisch:

»Dann ist das Lügen dir eben ins Blut übergegangen! Was allerdings kein Grund ist, deine Geschichten meinem Gold vorzuziehen! Am allerwenigsten in Shem-Goll!«

»Er hat es berührt«, murmelte einer der Häuptlinge. So leise, dass der Einäugige es kaum verstand.

»Er hat was?«

»Einen Blick in das Eherne Buch geworfen«, führte der Mann aus.

Mhaw aber wollte das nicht gelten lassen.

»Ha! Das ist, was er behauptet? Seid ihr tatsächlich bereit, statt meines Goldes eine seiner Lügen zu nehmen?«

Seine Worte verklangen und in der Halle entstand ein bedrückendes Schweigen.

Der General sah, wie die Häuptlinge miteinander flüsterten, bevor erneut ihr Anführer seine Stimme erhob.

»Wir haben uns diese Entscheidung nicht leichtgemacht. Zwei Tage sind vergangen, seit dieser Wortvergolder die Halle betrat. Zwei Tage, während der wir ihm lauschten, haderten, stritten und abstimmten. Du ahnst jedoch, wie überzeugend ein Mann wirken kann, dessen Zunge Dutzende Kriege entfachte, wenn er plötzlich vom Frieden spricht. Es hat etwas von Magie. Auch wenn sie vielleicht nicht jedem hier zugänglich ist.«

Der Mann wies in die Runde. Mhaws Auge folgte seiner Geste, und er versuchte einzuschätzen, wie viele dieser Männer Gidwigks Geschichte vom Ehernen Buch überzeugt haben mochte.

»Die Clansoberhäupter haben also abgestimmt?«, fragte er zögernd.

»Nicht bloß die Oberhäupter. Macht und Reichtum Shem-Golls fußen auf dem Mut und dem Willen unserer Männer. Berserker, Meuchler und Soldaten. Der Dünger für eure Schlachtfelder. Wenn es um das Ende allen Krieges geht, verdienen auch diese Männer eine Stimme. Und darum befragten wir jedes einzelne unserer Schwerter.«

»Ach, und mit welchem Ergebnis?«

»Wir sind zu keinem eindeutigen gekommen. Obwohl viele von uns bereit wären, jener Legende Glauben zu schenken, ist den meisten von uns die Vorstellung doch fremd, unsere Schwerter künftig durch die Furchen eines Feldes zu ziehen. Wir leben schon zu lange in diesem Kreislauf des Blutes.«

Das war es, was der General zu hören gehofft hatte. Die Möglichkeit, die Söldner zu spalten und auf diesem Weg doch noch zu seiner Armee zu kommen.

»Dann gebt mir für meinen Feldzug eure Zweifler. Die sollten bei weitem ausreichen, diesem Spuk ein Ende zu bereiten.«

Sein Gegenüber stimmte dem General jedoch nicht zu, wie dieser es sich erhofft hatte. Stattdessen senkte der Mann seine Stimme:

»Wir ahnten, dass du uns diesen Vorschlag unterbreiten würdest. Und haben uns erlaubt, auch darüber zu entscheiden. Schließlich haben wir unsere Bestimmung. Und solange unser Samen fruchtbar und unsere Schmiede fleißig sind, könnten wir womöglich ewig in jenem brodelnden Strudel des Krieges existieren.«

»Ich ehre eure Schwerter, ohne die manch ein Fürst seinen Thron nie zu ersteigen imstande gewesen wäre.«

Mit einer ehrerbietigen Geste wendete der General sich, seinen Kopf senkend, nacheinander an jeden einzelnen Häuptling.

Ihr Wortführer nickte gemächlich.

»Du versuchst, uns noch immer zu schmeicheln. Und wir wissen das zu schätzen, müssen dir aber mitteilen, dass wir beschlossen haben, dir keine Männer zu überlassen.«

Verwundert hielt Mhaw inne und starrte ungläubig zu dem Häuptling empor. *Das konnte nicht wahr sein! Das war schlichtweg unmöglich!* Es wäre das erste Mal seit Bestehen der Stadt, dass die Söldner Shem-Golls den Dienst verweigerten!

Als der Mann über ihm weitersprach, spürte der General eine sonderbare Taubheit in sich aufsteigen.

»Dieses Mal wurden wir dafür bezahlt, unsere Schwerter ruhen zu lassen. Wir wurden mit etwas bezahlt, das seinen wahren Wert womöglich erst in der Zukunft zeigen wird. Doch wir wurden bezahlt. Der Handel ist gemacht. Heute stehen in dieser Halle keine Schwerter zum Verkauf.«

Bei seinen letzten Worten begannen die Häuptlinge auf die Lehnen ihrer Sitze zu schlagen und zustimmende Rufe auszustoßen. Innerhalb weniger Augenblicke war die Halle von einem ohrenbetäubenden Lärm erfüllt, gegen den Mhaw anschreien musste, um überhaupt noch gehört zu werden. Er hob seinen Finger, deutete wütend in die Runde und prophezeite zornig: »Glaubt mir, wenn ich in einer Woche zurückkehre, haben eure Zweifler eure Träumer erschlagen! Und ich werde bekommen, was mein Gold wert ist!«

Da gebot der Wortführer den Häuptlingen zu schweigen, beugte sich etwas vor und entgegnete Mhaw gelassen:

»Um dem entgegenzuwirken, haben wir beschlossen, dir, bevor

wir dich aus der Stadt jagen, dein Gold abzunehmen und deinen Männern die Wahl zu lassen, fortan ihm oder dir zu dienen.«

Nun ergriff die Taubheit gänzlich Besitz von ihm. Schweiß trat auf seine Stirn. Er fühlte sich, als wäre der Keiler in diesem Moment ein weiteres Mal gestorben.

Als der General des Keilers Shem-Goll, die Stadt der Söldner, kaum zwei Stunden später verbittert verließ, tat er es allein.

Keiner seiner Männer war ihm gefolgt, nicht ein goldener Keiler geblieben. Einzig sein Pferd hatte man Mhaw gelassen. Doch hatte er oft genug blutend und mit gebrochenen Knochen am Rande irgendeines Schlachtfeldes gelegen, um zu wissen, dass er selbst jetzt noch nicht verloren hatte.

Während früh am Morgen in irgendeinem Hinterhof unweit des Marktes der erste Hahn krähte, hatten Jaarn, Rugk, Kydhan und van Vailor sich in Hammergrams Stube längst in eine Gruppe Pilger verwandelt.

Ihre zierlosen hellen Kutten ließen sie glaubhaft wirken, wobei die weiten Kapuzen, deren Schatten Rugks Narben und das auffällige Äußere des Knochenkönigs verbargen, eine große Hilfe waren. Jaarn jedenfalls hielt sich, während er die anderen beim Zurechtrücken ihrer Gewänder betrachtete, beinahe für einen echten Pilger.

Sie wirkten wie jene, die die Tore der Weißen Stadt allmorgendlich durchschritten, um vor allen anderen in der Halle des Baumes niederzuknien, Arrens Erbe zu bestaunen und seiner Irrfahrt zu gedenken.

Voller Tatendrang stieß Rugk ihn übermütig an.

»Träum nicht, Bursche. Wenn alles gutgeht und du tust, was ich sage, haben wir die zweite Geschichte noch vor dem Mittag zurück in das Eherne Buch geschrieben. Dann wären wir sogar früher auf dem Weg ins Haus der Narben, als ich es für möglich gehalten habe.«

»Ich habe schon verstanden. Meine Aufgabe ist es, dir und deinen Anweisungen zu folgen. So wie immer. Wobei mir freilich auch noch die Ehre zuteil wird, die Klinge emporzuhalten, wenn ihre Geschichte zurückkehrt. Weil ich schließlich dafür bestimmt bin. Und da du mich ja auch nach mehrmaligem Ersuchen in keinen deiner Pläne komplett eingeweiht hast, werde ich …«

»Red nicht so viel. Wir haben Wichtigeres zu tun!«

Rugk zupfte an seiner Hüftkordel herum, nickte erst dem Knochenkönig und dann Jaarn zu, um sich schließlich dem einarmigen Schmied zuzuwenden, der schweigend und finster dreinblickend neben der Feuerstelle stand.

Innig schloss der Narbige seine Arme um den alten Hammergram.

»Lass uns ein letztes Mal Abschied nehmen, treuer Freund! Wenn nun am Ende gelingt, wofür wir so lange gekämpft haben, dann nur, weil du an meiner Seite warst.«

Die Stimme des Schmieds zitterte kaum hörbar, als er antwortete:

»Sollte einer meiner Söhne sich jemals für etwas anderes als Eisen interessieren, verspreche ich dir, dass mein erster Enkel deinen Namen tragen wird. Selbst wenn es ein Mädchen ist!«

Jaarn sah die beiden Männer lachen. In ihren Augen schimmerten Tränen.

Nachdem Rugk sich von dem alten Schmied gelöst hatte, reichte auch der Knochenkönig ihm die Hand.

»Ich danke Euch ebenfalls, Meister Hammergram. Für alles. In meinem und dem Namen meiner Leute. Ich bin froh, Teil dieser wackeren Gemeinschaft zu sein, die unser narbiger Freund einst begründete.« Kydhan hatte sich bereits wieder abgewendet, als er plötzlich noch einmal zögerte. Nachdenklich griff er nach dem ledernen Zylinder, der inzwischen an der Kordel seines Pilgergewands baumelte, und blickte den Einarmigen ernst an. »Ihr solltet mit Euren Söhnen besser von hier fortgehen.«

Jaarn konnte sehen, wie Hammergram kaum merklich zusammenzuckte, seinem Gegenüber dann aber knapp zunickte, bevor auch der Räuberhauptmann Abschied nahm.

»Magst nur einen Arm haben, alter Mann, aber ich würde weder wagen, dich zu überfallen, noch dich unter den Tisch zu saufen.« Der Händedruck der beiden war fest und innig, und der sonderbare Respekt, der sie verband, für jeden im Raum spürbar.

Zuletzt war die Reihe an Jaarn, der nun langsam näher trat.

»Meister Hammergram, habt Dank für Eure Gastfreundschaft und Eure offenen Worte. Wenn unser Unterfangen gelingt, hoffe ich Euch in nicht allzu ferner Zukunft wiederzusehen.« Er wollte dem Schmied die Hand reichen, doch sein Gegenüber zog ihn an sich und schloss ihn herzlich in den Arm.

Kurz darauf begannen in der Schmiede wieder die Werkzeuge auf dem Amboss zu tanzen, während vier falsche Pilger das Haus Ceswell Hammergrams verließen.

Im ersten Licht der Morgensonne sah Jaarn die Weiße Stadt nun zum ersten Mal beinahe leblos. Während er sich zusammen mit den anderen auf die Halle des Baumes zubewegte, schien ihm dieser Ort nicht mehr wundervoll oder schrecklich, sondern bloß noch eine Ansammlung weiß getünchter Wände, die sich zwischen ihresgleichen vor der Welt jenseits der Stadtmauern verbargen.

Völlig unbehelligt zogen die vier Männer durch die Gassen und hielten auf ihrem Weg lediglich kurz inne, damit der Knochenkönig seine Botschaft überbringen konnte.

Jaarn hatte damit gerechnet, dass Kydhan an irgendeine Tür klopfen und dort sein Lederetui übergeben würde. Stattdessen blieb er an einem der Brunnen stehen.

»Für wen genau ist deine Botschaft nochmal bestimmt?«, fragte er stirnrunzelnd.

»Die ganze Stadt, mein Junge. Jeden hier. Und sie wird sie auch alle erreichen!«, entgegnete Kydhan und trat an den Brunnen. Er löste die

Riemen und das Siegel an seinem Zylinder, öffnete bedächtig den Behälter und ließ etwas in den Schacht fallen.

Rugk nahm Jaarn beiseite.

»Für einen Todsammler ist es kein Leichtes, die Mauern der Weißen zu überwinden. Schert die Leute hier wenig, was dort draußen passiert. Lassen sich ihr Lachen nicht gern verderben.«

Kydhan, der Rugks Worte genau verstanden hatte, trat an ihre Seite.

»Fürwahr, sie lachen wundervoll. Aber nicht mehr lange. Meine Botschaft wird schnell die Runde machen. Und dann hat das alles ein Ende«, sprach er geheimnisvoll und nickte ihnen zu. »Nun aber auf! Wir sollten den Baum nicht warten lassen.«

Nur wenig später betraten die vier falschen Pilger im Schatten des Palastes die Stufen der mächtigen, zur Halle des Baumes emporführenden Freitreppe und passierten einen großen Gong, den Jaarn interessiert betrachtete.

Der Räuberhauptmann klärte ihn auf:

»Das ist der Ruf der Pilger. Der Legende zufolge aus den Schwertern der Leibwachen eines der früheren Fürsten geschmiedet. Die hat er einschmelzen lassen. Für den Frieden und so. Aber natürlich erst, nachdem seine Wachen bessere Waffen bekommen hatten.«

»Ich dachte, das Ding wäre sein eiserner Thron gewesen, den er auf Geheiß irgendeines Gottes eingeschmolzen hat«, murmelte Kydhan. Van Vailor zuckte mit den Schultern und besah sich das metallene Gebilde ohne die geringste Ehrfurcht.

»Sei's drum. Was immer er früher auch mal war, heute schlägt man ihn allmorgendlich, um den Pilgern anzuzeigen, dass sie die Halle betreten dürfen, und noch einmal abends, damit sie wissen, dass sie sie wieder zu verlassen haben.«

»Wobei wir uns in diesem besonderen Fall einmal nicht darum scheren wollen«, raunte Rugk und zwinkerte Jaarn zu.

Wenige Schritte später gewahrte er zwei Männer am oberen Ende der Treppe. Beide wirkten größer und majestätischer als die Gardisten, mit denen sie bisher zu tun gehabt hatten. Ihre Rüstungen waren ungleich prachtvoller, Visiere und Armkacheln aus poliertem Silber und im Bruststück ruhte die in Weiß und Silber gehaltene Darstellung eines von Mauern umgebenen Baumes.

Unbeirrbar standen jene Männer dort, mächtige Schwerter vor sich, die Spitze am Boden, die Hände reglos auf der weißen Parierstange, in deren Mitte das Wappen der Stadt prangte. Dies also war die Baumgarde, deren einzige Aufgabe darin bestand, Arrens Baum zu schützen. Und im Inneren der Halle warteten vermutlich noch mehr von ihnen.

Erst als es Jaarn gelang, seinen Blick von den Baumgardisten abzuwenden, bemerkte er die kunstvollen Steinmetzarbeiten, welche die Felsquader auf beiden Seiten des flügellosen Tores wie die Stämme riesiger Bäume erscheinen ließen. Ihre Rinde war aus hellem Fels geschlagen, mit steinernen Ästen, die sich, von reglosen Blätterreliefs bedeckt, ausladend über die Front des Gebäudes rankten. All das war derart fein gearbeitet, dass es schien, als würden sie jeden Moment mit dem ersten Windhauch des Tages zu rauschen beginnen.

Van Vailor entging der staunende Glanz in Jaarns Augen nicht. Und noch während sie Stufe um Stufe auf das Tor zuschritten, flüsterte ihm der Räuberhauptmann zu:

»Der Legende zufolge haben hundert Steinmetze Arrens Baum zu Ehren fünf Jahre lang daran gearbeitet, diese Stämme und Äste wie echt aussehen zu lassen. Und am Morgen, nachdem sie ihre Arbeit beendet hatten, waren darauf plötzlich steinerne Blätter gewachsen.«

»Ist das wirklich wahr?«

»Natürlich nicht. Es ist nur eine dieser Legenden, wie die Mächtigen sie benutzen, um die Menschen in Staunen zu versetzen, damit sie nicht anfangen, die Rechtmäßigkeit ihrer Macht anzuzweifeln.«

Neben ihnen erklang die Stimme des Knochenkönigs.

»Ganz genau. In Wirklichkeit waren es nicht einmal Steinmetze, sondern Sklaven. Dafür allerdings zweihundert, denen irgendein Vorfahr des alten van Pardt die Freiheit versprach, sobald sie dieses Tor mit steinernen Bäumen gesäumt hatten. Zwei ganze Jahre haben sie gebraucht. Und ihre Bäume waren wahrhaft prächtig. Bis dem Fürsten auffiel, dass er sie gern mit Blättern gehabt hätte, weshalb sie noch ein paar Jahre mehr für ihn schuften mussten, bevor sie ihren Herrn eines Morgens erschlugen.«

»Ganz ohne Wunder. Mit Hammer und Meißel«, fügte van Vailor mit einem schmutzigen Grinsen hinzu. Und Jaarn murmelte:

»Das Wesen der Wunder in den Büchern scheint von denen in der Wirklichkeit etwas abzuweichen.«

Der Räuberhauptmann pfiff in gespielter Anerkennung durch die Zähne und blickte zu Rugk hinüber.

»Der Junge beginnt langsam zu begreifen. Solltest das Ganze besser schnell zu einem Ende bringen, bevor er seinen Glauben an Wunder noch ganz verliert!«

Die kleine Gruppe erreichte den oberen Treppenabsatz. Der Eingang der Halle war nun so nahe, dass Jaarn jedes Detail der aus Stein gehauenen Borke erkennen konnte. Der Narbige aber gab ihm keine Gelegenheit, sie noch länger zu bestaunen. Stattdessen schob er ihn weiter, vorbei an den beiden reglosen Gardisten, die sie, auf irgendeinen weit entfernten Punkt starrend, nicht einmal wahrzunehmen schienen. Wie sonderbar ihr Verhalten aber tatsächlich war, bemerkte Jaarn, als die Gardisten im Inneren der Halle sich ebenso verhielten. Hatte er es bei den Männern vor dem Tor noch für möglich gehalten, dass ihr stoischer Gleichmut eine rituelle Bewandtnis hatte, wirkte das Auftreten der sechs Baumgardisten im Inneren befremdlich. Sie alle standen, auf ihre Schwerter gestützt, jenseits einer hüfthohen Absperrung und blickten angestrengt an den falschen Pilgern vorbei.

Das dies wirklich so war, gewahrte Jaarn allerdings erst auf den zweiten Blick. Denn sein erster galt dem Vermächtnis Arren van Gidmons: Der legendenträchtige Baum stand im Zentrum des Raumes in einem hohen, aus stählernen Bändern geflochtenen Käfig. Der Stahl war weiß wie die Wände der Halle, von denen sich selbst die Garde in ihrer Prachtrüstung kaum abhob. Von gleicher Farbe waren auch die auf beiden Seiten des Raumes zu einer Empore führenden Treppen, ihre steinernen Einfassungen und selbst die massive Tür an ihrem oberen Ende, die direkt in den Palast führte. Von dort oben, von jener weißen Empore aus, pflegte der hohe Herr van Pardt zu seinem Volk zu sprechen. Unter den Zweigen des Baumes, im Abglanz einer fast vergessenen Legende.

Aus dem allgegenwärtig strahlenden Weiß, in das selbst die hellen Kutten der falschen Pilger sich nahtlos einfügten, stach nur eines hervor: Arrens Baum.

Das Holz seines Stammes wirkte frisch, als wäre er gerade erst gefällt worden. Wurzel und Stumpf ruhten am Boden des Käfigs. Der Stamm, der mitsamt seinen kahlen, gestutzten Ästen beinahe bis unter das Dach der hohen Halle reichte, schien gut zwei Fuß darüber zu schweben. Ein Effekt, der, wie Jaarn bei genauerem Hinsehen erkannte, durch einige schmale stählerne Stangen hervorgerufen wurde, die mit dem Käfig verbunden und so angebracht waren, dass man sie nur erkennen konnte, wenn man sehr nahe davorstand.

»Nicht wahr? Sie machen wirklich das Beste aus den wenigen Wundern, die ihnen noch geblieben sind«, meinte van Vailor. Und der Knochenkönig ergänzte:

»Nach allem, was ich gehört habe, dürfen normale Pilger überhaupt nicht so nahe ran, dass sie die Streben erkennen können.«

Normale Pilger? Verwundert schaute Jaarn den Knochenkönig an. Er verstand nicht, was er meinte. Bis Kydhan zu Rugk hinüberwies, der gerade die Absperrung geöffnet und die markierte Grenze überschritten hatte.

Erschrocken fuhr Jaarn herum und blickte zu den Baumgardisten hinüber. *Spätestens jetzt hätten sie doch einschreiten müssen!* Stattdessen standen sie noch immer so reglos da wie zuvor und fixierten mit starrem Blick die gegenüberliegende Wand.

Lächelnd schritt Rugk auf den Käfig zu und zog, nachdem er seine Kapuze abgestreift hatte, die Kette mit seinen Talismanen hervor. Zwischen Schlangenfass und Knochenflöte erkannte Jaarn Guldabadts kleinen gezackten Schlüssel. Rugk löste ihn von der Kette und schob ihn in das Schloss der niedrigen Tür, durch die man den Käfig betreten konnte. Selbst jetzt zeigten die Baumgardisten keinerlei Regung, hoben weder ihre Schwerter noch schlugen sie Alarm.

Jaarn begriff noch immer nicht, wie das möglich sein konnte.

»Aber warum … Sie … sie tun ja beinahe so, als wären wir überhaupt nicht hier!«

Kydhan grinste ihn zufrieden an.

»Nicht wahr? Ein großartiger Plan. Hat aber auch einiges an Zeit gekostet …«

»Wobei wir nicht vergessen wollen, dass es auch verdammt gute Männer brauchte, so einen Plan in die Tat umzusetzen!«, warf van Vailor ein.

»Was … was bedeutet das alles?«

Es war der Räuberhauptmann, der ihm, während Kydhan lächelnd danebenstand, stolz antwortete:

»Wenn dein Ziel niemals unbewacht ist, bleiben dir genau drei Möglichkeiten, es dennoch zu erreichen: Entweder du sorgst dafür, dass du es selbst bewachst …«

»Was leider für uns, da in die Baumgarde nur Männer aufgenommen werden, die seit mindestens fünf Jahren in der Weißen Garde dienen, keine Möglichkeit darstellte«, unterbrach ihn Kydhan.

»… oder du beseitigst alle Wachen.«

»Was wiederum riskant wäre. Zumal ja niemand garantieren kann, dass nicht doch irgendjemand Alarm schlägt, woraufhin das weiße Pack diesen Baum wie Fliegen den Dung stürmen würde.«

»Oder aber du bringst besagte Wachen unter deine Kontrolle.«

Jaarn stutzte.

»Unter Kontrolle? Aber wie das? Mit Magie?«

»Magie? Unsinn! Nein, mein Junge, in der Regel sind es Menschen, die etwas bewachen. Und Menschen, zumindest die lebenden …«, mit diesen Worten blickte er kurz zu Rugk hinüber, »… haben Schwächen. Sie werden von Müttern zur Welt gebracht, haben Väter, Lehrer, verlieben sich, heiraten, bekommen Kinder oder halten sich zumindest einen Hund, der ihnen ans Herz gewachsen ist. Am

Ende aber neigt jeder dazu, irgendjemandem so nahe zu sein, dass er den Verlust nur schwer ertragen könnte.«

»Wobei es freilich viel Zeit, Mühe und Gold kostet, herauszufinden, wer diese Person letztendlich ist«, bemerkte wiederum Kydhan, dem es sichtlich schwerfiel, die Ausführungen dem Räuberhauptmann zu überlassen.

»Die heimliche Geliebte, ein paar Bastarde in einem entlegenen Dorf, der totgeschwiegene Vater im Exil oder ein kranker Zwillingsbruder in Shem-Goll. Es braucht Jahre, das alles in Erfahrung zu bringen.«

Der Knochenkönig nickte zustimmend.

»Hier stirbt jemand, dort wird jemand verlassen, das alles ist in steter Bewegung. Man muss sehr genau Buch führen. Und am Ende braucht man auch noch ein paar Leute, die glaubhaft vermitteln können, besagten Personen schneller schaden zu können, als irgendjemand anders sie retten kann. Aber wenn das am Ende gelingt, erblindet ein Dutzend ehrbarer, aufrichtiger, kampferfahrener Gardisten von einem Augenblick auf den anderen.«

Nun war es an van Vailor, zufrieden zu nicken.

»Wir könnten ihnen gegen das Schienbein treten und in die Helme pissen, sie würden nichts tun. Keiner von ihnen. Weil sie fürchten, dass ihre Frauen, Väter, Mütter und Kinder es nicht überleben würden.«

»Später schwören sie ihrem Fürsten, nichts gesehen zu haben und sich nicht erklären zu können, was hier vorgefallen ist. Was übrigens angesichts des unbeschädigten Käfigs und seiner verschlossenen Tür auch vollkommen glaubhaft sein wird.«

Die Zufriedenheit des Knochenkönigs und des Räuberhauptmanns wirkte geradezu ansteckend. Doch dann erklang hinter ihnen die ungeduldige Stimme des Narbigen:

»Genug geredet. Hol das Schwert, Kydhan!« Eilig wendete der Angesprochene sich ab und begab sich zu den Baumgardisten, um ihre Schwerter eines nach dem anderen einer eingehenden Begutachtung zu unterziehen.

Natürlich! Darum hatte der einarmige Schmied das Eherne Buch bearbeitet und die Edelsteine herausgebrochen! Er hatte es den Prunkschwertern der Baumgarde angeglichen. Als Waffenmeister der Garde war es ihm ein Leichtes, das Eherne Buch auf diese Weise zusammen mit den anderen in die Kaserne zu schaffen, wo einer der Männer es, ob bewusst oder unbewusst, in Empfang nahm und am nächsten Morgen mit in die Halle brachte. Selbst wenn dieser es erkannt oder es mit der blanken Hand berührt hätte, wobei sie alle im Dienst weiße Panzerhandschuhe trugen, würde er es, um das Leben seiner Lieben nicht zu gefährden, niemandem verraten.

Ganz allmählich begann Jaarn, den Plan des Narbigen in seinem vollen Umfang zu verstehen.

Kydhan war bereits die Hälfte der Gardisten abgegangen, als er schließlich dem fünften Mann sein Schwert abnahm, um es Jaarn zu reichen. Feierlich nickte der Knochenkönig ihm zu. Nun, da Arrens Baum und das Eherne Buch wieder zusammengeführt wurden, würde durch ihn nach so langer Zeit eine weitere verlorene Geschichte den Weg zurück in das Buch finden.

Ehrfürchtig nahm Jaarn das Schwert aus den Händen des Knochenkönigs entgegen, wendete sich um und näherte sich dem Käfig, wo der Narbige wartete. Unter den teilnahmslosen Blicken der Wachen trat er an ihm vorbei und bückte sich durch die selbst für ihn etwas zu niedrige Tür.

Gleich darauf stand er direkt neben dem Baum und spürte, wie die Klinge in seiner Hand zwischen Stamm und Stumpf drängte. Langsam gab er ihr nach, führte das Eherne Buch näher an das gespaltene Holz heran, zwischen dessen Jahresringen er plötzlich etwas bemerkte: *Auf der Oberseite des Baumstumpfes waren tatsächlich Buchstaben zu erkennen!* Die Schatten fein geschwungener Lettern hoben sich, wie vage eingebrannt, dunkel vom Rest des Holzes ab. Als hätte Arren van Gidmon jene verlorene Geschichte direkt hineingeschrieben. Jetzt aber, da das Legendeneisen sich dem Stamm ein weiteres Mal näherte, begannen die Buchstaben zu verblassen, und Jaarn spürte, wie die Geschichte ihren Weg zurück zu den anderen fand.

Der Palast von Tindermhir

König Rohardt war ein Mann der Tat, dem das Zögern so fremd war wie dem Bettler das Gold. So ungestüm war jener König, dass niemand wagte, sich ihm und seinem Willen in den Weg zu stellen. Und doch liebten ihn seine Untertanen. Denn wenn Rohardt zufrieden und seinem Willen genüge getan war, war er ein guter und gütiger Herrscher, der es seinem Volke an nichts mangeln ließ. Die von ihm erhobenen Steuern waren ebenso gerecht wie seine Urteile bei Gericht. Er hatte eine der schönsten Frauen des Reiches an seiner Seite, einen Sohn, der einst ein prächtiger König zu werden versprach, und darüber hinaus hatten er und seine Armeen auf dem Feld noch niemals eine Niederlage erlitten.

Lang und ruhmreich hätte die Zeit seiner Herrschaft sein können, wäre es Rohardt nicht eines Tages in den Sinn gekommen, seinen neuen Palast an einem besonderen Ort zu errichten. Der Wald von Tindermhir lag einen Tagesritt von der Hauptstadt entfernt. Seine Bäume waren alt, älter noch als Rohardts Haus, und ihre Stämme mächtiger, als ein König jemals hätte sein können. Und womöglich war es eben das, was den König reizte. Etwas zu bezwingen, das älter und mächtiger war als alles, was er jemals unterworfen hatte. Diese Bäume zu fällen und an ihrer statt die Mauern seines Palastes emporwachsen zu lassen.

Seine Untertanen versuchten jedoch, ihn davon abzubringen, allen voran seine Frau und sein Sohn, Prinz Perion. Sie erinnerten ihn daran, dass der Wald von den Göttern selbst gepflanzt worden war, seine Bäume als heilig galten und sie zu fällen großes Unglück verhieß. Doch Rohardt, der sich selbst beinahe gottgleich wähnte, ließ sich nicht abbringen von seinem Vorhaben. Und so wies er seine besten Baumeistern an, einen Palast zu entwerfen, mit Türmen, so hoch, dass sie die

Wolken durchstießen, und Mauern, so stark, dass sie eher Bergen denn Wänden glichen. Wo auch immer dieser Palast in seinem Reich gestanden hätte, niemand hätte an seiner Pracht und der Macht seines Erbauers zweifeln können. Rohardt aber hatte sich in den Kopf gesetzt, für ihn den Wald von Tindermhir roden zu lassen.

Kaum dass die Tinte auf den Plänen trocken war, brach Rohardt an der Seite seines ersten Beraters auf, die Bäume zu bezwingen und den Grundstein seines Palastes zu legen. Vom dichten Nebel, der an jenem Tage über dem Tal von Tindermhir hing, ließ der Trupp des Königs sich nicht schrecken, und wacker zogen die Männer mit ihren Äxten gegen den Wald.

Als die Königin zwei Tage später noch immer nichts von König Rohardt gehört hatte, begann sie sich zu sorgen und entsandte Prinz Perion, um mit einigen Männern nach seinem Vater zu suchen.

Als aber der Prinz im Wald anlangte, war vom König und den Seinen nichts auszumachen, und die Bäume standen unter der Sonne friedlich und prachtvoll wie ehedem. Von einem zum anderen Ende und wieder zurück durchritten Perion und seine Vertrauten den Wald, ohne Rohardt oder seine Begleiter zu finden. Allein ihre Pferde entdeckten sie schließlich noch am gleichen Tag unweit des Waldes.

Ein halbes Jahr später hatte das Reich den Verlust seines alten Herrn verwunden und der Prinz war nunmehr König geworden. Den Plan seines Vaters hatte er verworfen, residierte noch immer im alten Palast und nutzte den Wald von Tindermhir, wie schon seine Ahnen, lediglich zur Jagd.

So auch in jenem schicksalhaften Sommer, da er mit seinem Falken und zwei Vertrauten inmitten der Bäume weilte und seine Jagdgesellschaft aus heiterem Himmel von einem Unwetter überrascht wurde. Während der Falke des Prinzen verschwunden war, beschlossen die Männer gerade, im Schatten einer Gruppe graublättriger Bleibuchen Schutz zu suchen, als plötzlich ein Blitz sie knapp verfehlte und mit lautem Getöse in einen nahen Baum fuhr. Und derweil dem Prinzen der Schrecken in die Glieder fuhr, klarte der Himmel über dem Wald binnen weniger Minuten auf und der Sonnenschein drang zwischen den Blättern hindurch, als hätte dieser Ort in hundert Jahren kein Unwetter erlebt. Und war doch dieser Umstand schon wunderlich genug, so wurden Perion und seine Begleiter kurz darauf von einem noch größeren Schrecken ergriffen: Denn dort, inmitten des schwelenden Holzes des vom Blitz getroffenen und gespaltenen Baumes, thronte bleich und tot, wie in das Holz hineingewachsen, der erste Berater König Rohardts. Als er sich umblickte und in jedem jener Bäume einen Getreuen seines Vaters ahnte, schauderte es den Prinzen zutiefst. Einen heiseren Ruf vernehmend, blickte er empor und erspähte den Falken, der durch die Wipfel auf seinen Herrn zuschoss. Im Näherkommen riss er ein Vogelnest aus einem nahen Baum und landete schließlich auf dem mit Lederriemen umschlungenen Arm des Prinzen. Dieser aber scherte sich nicht um den Falken. Sein Blick ruhte vielmehr auf jenem Baum, von dem das Tier das Nest gerissen hatte. Dort, wo dieses sich zuvor befunden hatte, war nun, von Rinde umgeben und mit dem Holz des Baumes verwachsen, die Krone seines Vaters zu erkennen …

Den König zu ehren, beschloss Prinz Perion, ihm seinen letzten Wunsch zu erfüllen und einen Palast an dem Platz zu errichten, den sein Vater dafür ausersehen hatte.

Zugleich aber wusste er, dass es auch den Willen jenes Waldes zu ehren galt, der bewiesen hatte, was er zu tun vermochte, wenn man sich ihm widersetzte. So ließ der Prinz einen Palast erbauen, wie die Welt ihn noch nicht gesehen hatte. Er ließ ihn um die Bäume des Waldes herumbauen und verfügte, dass nicht ein Ast und nicht ein Blatt um der Mauern willen geknickt werden durfte.

Kein Dach hat der Palast von Tindermhir, sodass der Wald sich frei entfalten kann, die Lage der zahllosen Fenster ist dem Wuchs der Äste geschuldet und in der großen Halle, den Wehrgängen, selbst bis in die Türme hinauf wachsen die Bäume. Der prächtigste von ihnen aber ist jener, der die Krone des hohen Rohardt trägt, zu dessen Füßen man einen Thron errichtet und um dessen Stamm man einen purpurnen Mantel gelegt hat.

So sitzt König Rohardt noch heute auf dem Thron des Palastes, der, seinem Willen gemäß, im Tal von Tindermhir errichtet ward. Und noch heute spricht man von ihm als einem Herrscher, der keinen seiner Kämpfe verloren hat und der seinen letzten Krieg gegen einen Wald zu führen wagte.

Schaudernd kam Jaarn wieder zur Besinnung. Er wusste nicht, wie lange er die Klinge zwischen Stumpf und Stamm gehalten hatte. Seine Arme schmerzten jedenfalls, als er das Eherne Buch nun sinken ließ und staunend bemerkte, dass die Buchstaben zwischen den Jahresringen verschwunden waren.

Er hob den Kopf und blickte an den Stahlbändern des Käfigs vorbei zu seinen Gefährten hinüber. Beinahe ehrfürchtig standen sie dort und betrachteten ihn, wie er sich erschöpft auf das Legendeneisen stützte. In ihren Gesichtern glaubte er Zufriedenheit und Erleichterung zu erkennen. Jetzt trennte sie bloß noch eine Geschichte vom Hochtempel des Kriegbringers auf dem Gul'Firrin.

Plötzlich vernahm Jaarn ein leises Knarren. Erschrocken blickte er zu dem befestigten Stamm empor. Innerhalb kürzester Zeit hatte dieser sich verändert. Seine Rinde war grau, das Holz von einem Moment auf den anderen morsch geworden. Als hätte einzig jene Geschichte diesen Baum am Leben gehalten, als wäre mit ihr alle Lebenskraft aus ihm entschwunden. Das Holz bröckelte, brach aus den Halterungen und rutschte zwischen den Gittern hinab. Mit einem dumpfen Schlag krachte der Stamm auf den Stumpf und zerstob in tausend Stücke, sodass Jaarn in einer Wolke trockener Splitter verschwand.

Die falschen Pilger staunten ebenso wie die umstehenden Wachen. Dann, mit einem Mal, war es vollkommen still in der hohen Halle. Als aber auch noch die letzten Reste des morschen Baumes tonlos in sich zusammensackten, ertönte plötzlich ein Geräusch: Das behäbige Klatschen zweier Hände, das von der Empore zu ihnen herabschallte und von den steinernen Wänden widerhallte.

Die Köpfe der Anwesenden, selbst die der Gardisten, fuhren herum: Dort stand, umgeben von der Nacht, in ein wallendes weißes Gewand gehüllt, Tindt Gherren, der Albino. Mit trüben roten Augen starrte er auf Jaarn und den Käfig hinab, bevor seine unangenehme Stimme durch den Raum hallte:

»Was für ein wundervolles Schauspiel! Das ich das noch erleben darf. Ich konnte es mir einfach nicht nehmen lassen, dabei zuzusehen, wie ihr jener legendären Klinge eine ihrer Geschichten zurückgebt. Nun ist aber Schluss damit. Lasst uns das Ganze beenden!«

Gherren gab der Nacht einen Wink. Blitzschnell flossen die drei maskierten Gestalten die Treppen hinab. Kydhan, van Vailor und Rugk wichen zurück und stellten sich Rücken an Rücken, wobei sie die sich hastig nähernden Schatten aufmerksam beobachteten.

Unschlüssig darüber, was sie tun sollten, blickten die verwirrten Gardisten einander an, während die schwarzen Schemen sich vor den falschen Pilgern erhoben. Van Vailor zog einen Dolch von der Länge seines Unterarmes aus dem Ärmel seiner Kutte hervor, der Knochenkönig befahl einem Gardisten, ihm sein Schwert zuzuwerfen. Der Mann zögerte kurz, tat dann aber wie geheißen. Und kaum dass Kydhan die Klinge gefangen hatte, begann es: So schnell, wie die Nacht die Waffen aus ihren schwarzen Umhängen zog, wirkte es beinahe, als wüchsen ihr schartige Stacheln, mit denen sie sich nun auf die kleine Gruppe stürzte.

Aus dem Käfig heraus musste Jaarn dabei zusehen, wie van Vailor mit seinem Dolch die Angriffe einer der finsteren Gestalten zu blocken versuchte, was ihm sichtlich schwerfiel und darüber hinaus keine Möglichkeit zum Angriff ließ. Kydhan erging es, obwohl sein Schwert den Schwarzgewandeten etwas weiter auf Abstand hielt, kaum besser. Der Narbige hingegen hatte sich von der kleinen Gruppe gelöst und wich, während die Gardisten weiter wie geschnitzte Figuren an den Wänden standen, den Attacken durch flinke Bewegungen aus.

Verzweiflung überkam Jaarn, der noch immer mit dem Legendeneisen im Käfig stand. So würden seine Freunde gegen die Nacht nicht lange bestehen können. Durch die Gitterbänder hindurch schaute er hinauf zu der Empore, von wo aus der Albino das Geschehen mit zufriedener Miene verfolgte. Und da wusste er plötzlich, was zu tun war: *Diese bleiche rotäugige Gestalt war der Schlüssel!* Auf Gherrens Zeichen hin waren die Schatten über seine Gefährten hereingebrochen. Wenn es Jaarn gelang, ihn in seine Gewalt zu bringen …

Vorsichtig öffnete er, während er die Kämpfenden im Auge behielt, die Käfigtür und schob sich nach draußen. Aus den Augenwinkeln sah er den Knochenkönig leichtfüßig vor einer der schwarzen Gestalten zurückweichen, während deren Klingen auf seinem Schwert sangen. Dem Räuberhauptmann war es unterdessen gelungen, zum Angriff überzugehen und sein Gegenüber einige Schritte zurückzudrängen. Der Narbige entging den Attacken seines Schattens noch immer beinahe mühelos. In dem Moment aber, als Jaarn, die Geschichtenklinge in Händen, die Stufen zur Empore erreichte, erwischte es Rugk am Arm. Sein Aufschrei hallte von den Wänden wider. Blut färbte den Ärmel seiner Kutte rot.

Während der Knochenkönig seinem Angreifer jetzt einen der Gardisten in den Weg stieß, hastete Jaarn weiter nach oben, wo Gherren so vertieft in den Anblick des Kampfes war, dass er nicht einmal bemerkte, was hinter ihm vor sich ging. Vorsichtig legte Jaarn das Eherne Buch auf dem Boden ab. Er musterte den kleinen Mann von hinten und betrachtete den verzierten Kurzdolch in seinem Gürtel. Im nächsten Moment schoss seine Hand nach vorne. Erst als ein Arm sich um seinen Hals gelegt hatte und er einen Dolch in den Rippen spürte, begriff Gherren, was geschah. Da aber war es schon zu spät.

»Befiehl ihnen, von meinen Freunden abzulassen!«, zischte Jaarn ihm ins Ohr.

»Oder was?«

»Oder ich ramme dir deinen eigenen Dolch ins Herz!«

»Deine Hand zittert, mein Junge. Du hast vermutlich noch nie jemanden umgebracht, oder?«

»Ich bin gewillt, heute damit anzufangen.«

»Aber lass dir gesagt sein, dass die Klinge keinesfalls an meinem Herzen liegt.«

»Du kannst sicher sein, dass ich mich dahin durchwühlen werde. Und jetzt gebiete ihnen Einhalt!«

Gherren stieß einen schrillen Pfiff aus. Und noch bevor dieser verklungen war, senkte die Nacht ihre Waffen. Verwundert blickten die Männer zu der Empore hinauf.

»Und jetzt? Was willst du jetzt tun?«, fragte Gherren, als ahnte er, dass Jaarn diese Frage nicht würde beantworten können. Als der Albino nun den Kopf etwas drehte, bemerkte er die Geschichtenklinge, die keine zwei Meter von ihm entfernt am Boden lag. Seine Augen blitzten auf. Und plötzlich kam Leben in den kleinen Mann: Ohne zu zögern, hieb er Jaarn seinen Ellenbogen in die Seite und entwand sich seinem Griff, wobei der Dolch lediglich seine Kutte zerriss. Schneller, als man es für möglich gehalten hätte, fuhr Gherren herum und stieß Jaarn, dem dabei das Messer aus der Hand glitt, zu Boden. Hysterisch schrie der Albino:

»Das Legendeneisen! Es ist hier! Hier oben!«

Die Nacht hörte ihn und verstand. Im Bruchteil eines Augenblicks wendeten sich die drei schwarzen Gestalten der Treppe zu.

Rugk reagierte sofort. Er stürzte sich auf den ihm am nächsten Stehenden, um ihn niederzureißen. Dem zweiten von ihnen hastete Kydhan mit erhobenem Schwert hinterher und verstrickte ihn seinerseits wieder in einen Kampf. Der dritte Schwarzgewandete aber war bereits auf der Treppe, als der Räuberhauptmann sich mit seinem Dolch in Bewegung setzte.

Die dunkle Gestalt stürmte die Stufen empor, bereit, ihre behandschuhten Finger um den Griff der Geschichtenklinge zu schließen. Der Mann war schon beinahe an dem Albino vorbei, als van Vailor ihn schließlich einholte. Er hechtete nach vorne, bekam seine Beine zu fassen und riss ihn zu Boden.

Jaarn wollte sich gerade aufrappeln, als plötzlich der Albino über ihm stand und ihm einen heftigen Tritt verpasste. Den Fuß auf seine

Brust stellend, funkelte Tindt Gherren ihn an, während Jaarn dabei zusehen musste, wie van Vailor dem Schatten unterlag. Das Ringen der beiden dauerte nicht lange. Das Knäuel aus schwarzem und weißem Stoff, aus dem immer wieder eine Maske und ein angestrengtes Gesicht auftauchten, bewegte sich auf der Empore hin und her. Bis sich eine behandschuhte Faust erhob, in der eine schwarze Klinge aufblitzte, die gleich darauf zwei Mal niederfuhr. Der Räuberhauptmann schrie auf, ließ seinen Gegner aber noch immer nicht los. Langsam breitete sich eine Blutlache unter den beiden Männern aus. Jaarn wollte aufspringen. Doch der Albino drückte ihn unerbittlich nieder. Hilflos musste er mit ansehen, wie der Maskierte ein drittes Mal mit seinem Dolch auf van Vailor einstoch. Dieses Mal stöhnte der Getroffene bloß noch dumpf auf. Dann sackte er in sich zusammen. Mühelos entwand die schwarze Gestalt sich jetzt dem Griff des Räubers, streifte dessen reglosen Körper ab und war mit zwei großen Schritten bei dem Ehernen Buch. Der Maskierte hob den Kopf und wechselte einen kurzen Blick mit dem Albino, der ihm triumphierend lächelnd zunickte. Dann hob die Nacht die Geschichtenklinge vom Boden auf.

Gleich darauf aber brach der Schwarzgewandete plötzlich zitternd in die Knie.

Während der Albino den Schatten fassungslos anstarrte, bemerkte Jaarn, dass der tote van Vailor etwas in seiner Hand hielt: einen Handschuh, den er seinem Gegner noch im Sterben entwunden hatte.

Nun kniete der finstere Schemen, seine Hände um den Griff der Geschichtenklinge gelegt, und musste erfahren, wie die Schwärze in seinem Inneren sich innerhalb von Sekundenbruchteilen mit Geschichten füllte.

Jetzt begriff auch Gherren, nahm den Fuß von Jaarns Brustkorb, bückte sich nach seinem Dolch und bewegte sich langsam auf den am Boden knienden Mann in Schwarz zu.

Er näherte sich ihm von hinten, hob langsam und mit einem Blick des Bedauerns die Klinge. Gerade wollte er sie in den Nacken seines Gefolgsmanns treiben, da schnellte Jaarn vom Boden hoch, sprang ihm nach und stieß den Albino über die Brüstung der Empore.

Zu verdutzt, um überhaupt aufzuschreien, stürzte Gherren gut vier Meter in die Tiefe.

Jaarn blickte hinab und sah seine bleiche Gestalt leblos, zerbrochen und mit grotesk verrenkten Gliedern am Boden der Halle liegen.

Als er sich wieder umwendete, blickte ihm der Maskierte geradewegs ins Gesicht. Wortlos reckte sein Gegenüber ihm das Eherne Buch mit dem Griff voran entgegen. Jaarn neigte den Kopf, nahm es und wunderte sich, wie mit einem Mal alle Kälte und Unerbittlichkeit aus den schwarzen Augen gewichen waren.

Kaum dass er die Geschichtenklinge aus der Hand des Schemens zurückerhalten hatte, griff dieser hinter seinen Kopf und löste die Maske. Das Gesicht, das darunter zum Vorschein kam, war komplett tätowiert, über und über mit schwarzen Mustern versehen, die sich überschnitten, ineinandergriffen und von den Ohren über die Augenlider bis auf die Lippen reichten.

Mit einem tiefen Atemzug streifte der Fremde auch seinen Umhang ab, unter dem das wahre Wesen der Nacht zum Vorschein kam: ein bis ins Groteske trainierter Körper in einem eng anliegenden Gewand, das über und über mit Haken und Ösen bestückt war, in denen beinahe jede Art von Waffe steckte, von der Jaarn jemals gelesen hatte. Er erkannte ein Blasrohr, Wurfsterne und -messer sowie Fingerklingen, einen kybrischen Stachelhammer und sogar ein kleines Kettenschwert.

In diesem Moment ertönte der große Gong.

Ohne den Blick von Jaarn abzuwenden, zog sein Gegenüber zwei mit Widerhaken versehene Langdolche hervor und wies mit einer knappen Bewegung Richtung Ausgang. Dann sprang er über die Empore, stieß sich von dem Käfig ab und stürzte sich auf jenen Teil der Nacht, der mit dem Knochenkönig rang. In dem Tumult gelang es Kydhan, sich zu befreien.

Jaarn hastete über die Stufen hinab, blieb jedoch kurz darauf wie angewurzelt stehen.

Der Anblick, der sich ihm bot, ließ ihm das Blut in den Adern gefrieren: Von einem Tritt getroffen, strauchelte der offenbar schwer verwundete Rugk. Und während er noch mit den Armen ruderte, schnellte der Maskierte vor und rammte ihm sein Faustmesser in die Brust.

Wie schon bei van Vailor musste Jaarn hilflos mit ansehen, wie der weiße Marmor sich unter dem Blut seines Freundes rot färbte. Und die Nacht stieß ein weiteres Mal zu. Dann noch einmal. Und noch einmal.

Da ergoss sich plötzlich der Strom der Pilger ins Innere der Halle, den nun, kaum dass die Gläubigen sich mit dem leeren Käfig konfrontiert sahen, nichts mehr aufhalten konnte. Was galt schon die Gefahr für das eigene Leben im Angesicht eines Wunders?

Die weißen Kutten schwappten in den Raum, über die kämpfende Nacht und den Narbigen hinweg, bis zu den Gitterbändern, hinter denen die kläglichen Überreste von Arrens Baum ruhten.

Undeutlich vernahm Jaarn, der noch immer auf die Stelle starrte, wo Rugk zu Boden gegangen war, die Stimme des Knochenkönigs, der im Vorbeigehen ein Banner von der Wand riss, hastig das Legendeneisen darin einschlug und ihn von der Treppe herab durch die tobende Rotte Richtung Ausgang zerrte.

»Raus hier! Nichts wie raus! Wir müssen uns an den Plan halten! Hörst du?«

Seine Worte drangen wie durch einen Schleier zu Jaarn, der sich widerstandslos nach draußen ziehen ließ. Er fühlte sich betäubt. Alles um ihn herum schien plötzlich unwirklich. Das wogende Meer aus weißen Kutten, das in die Halle brandete, die toten Körper, der leere Käfig und die Nacht, die sich selbst zerfleischte, während die Garde noch immer reglos danebenstand und Kydhan ihnen einen Weg nach draußen bahnte.

XVIII

Innig betrachtete die Eisenmutter das erschöpfte Mädchen, dessen müder Blick von den Strapazen der vergangenen Tage kündete. Die Strecke von der Weißen Stadt bis zum Haus der Narben waren sie beinahe ohne Unterbrechung geritten. Ein einziges Mal nur hatte Deswyn an einem Gasthaus angehalten, damit die Kleine und das Pferd sich ein wenig ausruhen konnten.

Einige Stunden, nachdem sie die Stadt mit Hilfe des Siegels verlassen hatten, war Gvenn erwacht. Deswyn hatte sie vor sich festgezurrt und dem Pferd die Sporen gegeben, um die Weiße und ihre Fürstin schnellstmöglich hinter sich zu lassen. Die Eisenmutter ahnte, was passieren würde, wenn Tara van Pardt wieder zu sich kam, der Knochenkönig seine Botschaft überbracht und Jaarn die Geschichte aus Arrens Baum geraubt hatte: Innerhalb kürzester Zeit würde die Stadt in jenem Chaos versinken, dem ihre Mauern so lange getrotzt hatte.

Zunächst hatte Gvenn sich noch gewehrt und versucht, sich loszureißen. Bis sie begriffen hatte, dass Deswyn die Stärkere war. Und nach zwei erfolglosen Fluchtversuchen war ihr schließlich klargeworden, dass es kein Zurück mehr gab. Inzwischen waren bereits einige Tage unfreiwilliger Zweisamkeit vergangen. Hinter ihnen lagen ein schweigsamer Ritt und ihre kurze gemeinsame Zeit im Haus der Narben. Hier hatten die beiden das erste Mal wirklich miteinander geredet. Über Dinge, die Gvenn mit dem General ihre Vaters nie hatte bereden können und die in ihrem bisherigen Leben auch keine

Rolle gespielt hatten. Erst hier, in diesen Mauern, begann sie zu ahnen, was es bedeutete, ihrem eigenen Willen gemäß zu leben. Niemand hinderte sie. An nichts. Im Haus der Narben ließen Deswyn und die Priester Gvenn beinahe alles durchgehen, sodass sie während der letzten Tage in den Gärten herumgetollt, Kuttenträger gefoppt und mehr gegessen und getrunken hatte, als gut für sie gewesen wäre. Die Eisenmutter hatte sie die ganze Zeit über beobachtet und dabei bemerkt, wie sie mehr als einmal über Flucht nachgedacht hatte. Und doch war sie geblieben.

Unterdessen hatte Deswyn auch mehr über Rugk erfahren, den Narbensammler, dem zu Ehren dieses Haus erbaut und dem die Mönche dieses Ortes geweiht waren. Das Haus der Narben bewahrte seine Geschichte, teilte sie jedoch nur mit jenen, die bereit waren, die Male zu empfangen. Ihr als Frau war das verwehrt. Doch allein die Existenz dieses Tempels bestätigte ihr, was sie lange schon vermutet hatte: dass Rugk kein gewöhnlicher Mensch, sondern Teil der Legende des Ehernen Buches war.

Von den Narbenbrüdern hatte sie außerdem erfahren, was bald geschehen würde. Seitdem sorgte sie sich noch mehr um Jaarn.

Gvenn war den halben Tag mit den Hunden herumgetollt und hatte dabei vermutlich weder einen Gedanken daran verschwendet, Jaarn die Kehle durchzuschneiden, noch daran, irgendwelche Männer zu unterjochen. Nun lag sie erschöpft und mit geröteten Wangen, schon mehr schlafend als wach, auf ihrem Lager.

Behutsam zog Deswyn ihr die grobe Nesseldecke über die Schultern und strich ihr über das wirre rote Haar. Dieses Kind erinnerte sie an jene Zeit, als sie selbst, während ihr Vater sie verheiraten und ihre Mutter sie irgendwelchen heilkundigen Schwestern überlassen wollte, jenen Weg gewählt hatte, den vor ihr noch nie jemand gegangen war: zu gleichen Teilen Hebamme wie Söldnerin zu werden. Die einzige ihrer Art. Gegen alle Widrigkeiten.

Und sie würde tun, was in ihrer Macht stand, damit auch Gvenn Bitterkling, die Tochter des Keilers, die wohl so wenig eine Fürstin wie eine Kriegerin war, ihren Weg frei wählen konnte.

Vorsichtig erhob die Eisenmutter sich vom Lager des Mädchens, griff nach der Kerze, stieg über die zwei am Boden schlafenden Welpen hinweg und verließ leise den Raum.

Als sie die Tür sachte von außen zuzog, geriet Deswyn in eine kleine Gruppe Kuttenträger, die gerade den Flur durchschritt. Aus den Augenwinkeln bemerkte sie, wie einer der Männer stehen blieb, sich ihr langsam zuwendete und seine Kapuze abstreifte. Staunend erkannte sie den Wortvergolder vom Waldrand, der aufgeregt näher trat.

»Du hier? Wo … wo sind die anderen? Ist alles gut gegangen? Und was ist mit dem Buch?«

»Ich weiß es nicht«, entgegnete sie leise und schloss Gidwigk vorsichtig in die Arme. »Ich habe sie, seit wir beide uns trennten, nicht mehr gesehen. Sie sollten längst hier sein …« Deswyn löste sich wieder von ihm und musterte den Wortvergolder eingehend. »Und du? Wie ist es dir ergangen? Was zum Kriegbringer hast du da draußen getrieben?«

»Wenn ich meine Sache gut gemacht habe, habe ich mit meiner Zunge dafür gesorgt, dass kein Heer mehr zwischen Jaarn und dem Gul'Firrin steht.«

»Dann können wir nur noch hoffen, dass sie es auch geschafft haben.«

»Wer, wenn nicht sie. Rugk ist eine Legende, van Vailor skrupellos, Kydhan wahnsinnig und der Junge hat von allen das Beste gelernt. Das sind die richtigen Männer, wenn es darum geht, das Unmögliche zu versuchen.« Er zwinkerte ihr zu. Erst jetzt begriff sie, dass er die Kutte des Hauses der Narben trug.

»Du wirst dich zeichnen lassen?«

Gidwigk nickte begeistert.

»Dem Narbensammler zu begegnen und das Buch zu berühren war das Größte, was mir in meinem Leben widerfahren ist. Ich bin es ihm schuldig. Damit die Menschen sich an ihn erinnern.«

»Fürwahr. Und er wird es dir danken.«

Beide ahnten, dass Rugks Weg hier im Haus der Narben enden

würde. Schweigend blickten sie einander an, bis die Stille zwischen ihnen beinahe unerträglich wurde. Da erklang vom höchsten Turm des Hauses der Schall eines Horns.

Die Augen der Eisenmutter leuchteten auf.

»Hörst du? Das Zeichen! Reiter nahen!« Hastig drückte Deswyn sich an Gidwigk vorbei und eilte den Flur so schnell hinab in Richtung der großen Halle, dass der Wortvergolder kaum hinterherkam.

Es waren nur zwei der vier Männer, die sie erwartet hatte. Lediglich Jaarn und der Knochenkönig waren, gefolgt von Kydhans altem Geier, aus der Weißen Stadt entkommen. Rugk und der Räuberhauptmann waren ihnen zufolge der Nacht zum Opfer gefallen.

Deswyn wollte es nicht wahrhaben. Wie hätte der Narbensammler nach so vielen Jahren und zahllosen Gefahren Opfer der Nacht werden können?

Selbst als Kydhan ihr in allen Einzelheiten erzählte, was in der Halle des Baumes vorgefallen war, konnte sie es nicht glauben. Als Jaarn aber die Berichte des Knochenkönigs mit stockender Stimme bestätigte, wurden ihr die Knie weich. Sie hatte geahnt, dass er bald nicht mehr da sein würde. Aber so? Das konnte nicht sein. Das durfte nicht sein. Nicht, ohne Abschied genommen zu haben.

Während Deswyn in Kydhans Armen zusammensank, bedeutete der Wortvergolder Jaarn, ihm in die Gewölbe des Tempels zu folgen. Seite an Seite stiegen sie im Schein der Fackeln die steilen, steinernen Stufen hinab. Jaarn blickte sich schwermütig um und betrachtete die grob gefugten Wände. Für einen kurzen Moment fühlte es sich beinahe so an, als ob er heimgekehrt wäre. Das Gefühl von Enge tat ihm gut. In einem gemauerten Raum wurde das Leben angenehm übersichtlich.

Geheimnisvoll raunte Gidwigk ihm zu:

»Du weißt, dass er nicht tot sein kann, oder?«

»Ich habe ihn sterben sehen. Mit einer Klinge in seinem Herzen.«

»Und du glaubst wirklich, dass ihn das getötet hat?«

»Ich … ich weiß es nicht. Keiner von euch wollte mir verraten, wer er ist. Irgendwann glaubte ich, es begriffen zu haben. Aber es schien mir zu absurd. Einfach nicht möglich. Ich hätte ihn so gerne gefragt, ob ich richtig lag.«

Der Wortvergolder legte ihm seine Hand auf die Schulter.

»Vielleicht bekommst du dazu ja doch noch eine Gelegenheit.«

Sie schwiegen. Bis sich schließlich eine riesige in den nackten Fels gehauene Halle vor ihnen eröffnete.

In verzogenen Lampen flackerten hinter verrußtem Glas Hunderte Kerzen, deren Schein den Raum in ein dämmeriges Zwielicht tauchte.

Im Zentrum des Raumes bemerkte Jaarn, umgeben von einigen Kuttenträgern, einen mit Flecken übersäten Tisch aus dunklem Holz. Davor befanden sich ein Podest und ein hölzerner Wagen, auf dem er eine Reihe metallener Instrumente zu erkennen glaubte.

Hinter dem massiven Tisch stand ein alter Mann, in dieselbe Kutte gehüllt wie jene Männer, die in seinem Rücken Aufstellung genommen hatten.

An der rückseitigen Wand des Raumes erkannte Jaarn kurz darauf ein großes Pergament, auf dem eine Vielzahl wirrer Wege und Markierungen verzeichnet waren. Es musste eine Art Karte sein. Obwohl ihn nichts darauf an einen ihm bekannten Teil des Reiches erinnerte. Er stieß Gidwigk an, der die Zeichnung ebenfalls mit glänzenden Augen betrachtete.

»Was für eine Karte ist das?«

»Eine ganz besondere, mein Junge.«

»Und was zeigt sie?«, fragte Jaarn, begierig darauf, zu erfahren, weshalb die Männer sich hier unten versammelt hatten. Bevor der Wortvergolder ihm jedoch antworten konnte, stimmten die Kuttenträger einen dunklen Choral an. Die Stimmen der Männer legten sich über das Gewölbe, und Gidwigk schloss, ohne Jaarn weiter zu beachten, die Augen. Seine Kutte abstreifend schritt er, während der Gesang um ihn herum immer lauter wurde, im flackernden Licht der Kerzen nackt auf den Tisch im Herzen des Raumes zu. Entrückt erstieg er das Podest und legte sich ruhig atmend auf das dunkle Holz.

Als der Alte den hölzernen Wagen an den Tisch zog, zwischen einer Reihe kleinerer Tiegel nach einigen Nadeln griff und sich dann über den Wortvergolder beugte, konnte Jaarn für einen kurzen Augenblick unter seine Kapuze sehen. Was er dort sah, ließ ihn schaudernd zusammenfahren. Er wusste, was jene milchig weißen Augen bedeuteten. Der Mann war blind. Ein blinder Tätowierer.

Die Worte Hammergrams schossen ihm durch den Kopf, über die drei Männer, die es Bein, Arm und Augenlicht gekostet hatte, Rugk zu vertrauen.

Und während der Chor der Kuttenträger sich nun schier überschlug, begriff Jaarn auch, was es mit der Karte auf sich hatte.

Mit einem kleinen Hämmerchen begann der Blinde unterdessen, mit Farbe benetzte Nadeln in die Haut des Wortvergolders zu treiben und jene sonderbaren Wege und Markierungen zu übertragen, die sich auf seinem Körper in etwas vollkommen anderes verwandelten: ein Geflecht aus Narben, das Jaarn nur zu gut kannte. Es war die Leidensgeschichte des Narbensammlers, die der Alte dem Legendenschänder auf den Leib schrieb.

Wie gebannt beobachtete er das seltsame Schauspiel. Bis er, einer Eingebung folgend, den Blick von Gidwigks blutiger Haut abwendete. In den Schatten ihrer Kapuzen suchte er nach den Gesichtern der Kuttenträger, wartete darauf, dass der Schein der Kerzen sie für den Bruchteil einer Sekunde erhellte.

Einen Moment darauf hatte er Gewissheit: *Sie alle waren mit Rugks Narben gezeichnet.*

Während Gidwigk feierlich in den Bund der Narbenbrüder aufgenommen wurde, harrte Deswyn bis zum Morgen an einem der Fenster im oberen Stock des Tempels aus.

Sie hatte hinuntergestarrt, mit tränenverhangenen Augen die Steppe abgesucht und gehofft, irgendwo am Horizont etwas oder jemanden zu erblicken. Zwei vereinzelte Reiter hatten sich im Laufe der Nacht aus dem Dunkel geschält. Der aber, auf den sie gehofft hatte, war nicht dabei gewesen.

Bis zum Sonnenaufgang weinte die Eisenmutter um Rugk. Dann kehrte sie in Gvenns Kammer zurück, wo sie ihr Schwert neben das Bett und sich selbst zu dem Mädchen legte. Die Tochter des Keilers sollte nicht allein sein, wenn sie erwachte.

Deswyn schloss ihre von Tränen geröteten Augen. Den ruhigen Atem des Mädchens an ihrer Brust spürend, versuchte sie einzuschlafen.

Sie hatte bereits zu träumen begonnen, als die Tür der Kammer sich zögerlich öffnete. Da schnellte die Eisenmutter wieder empor und stand im nächsten Augenblick mit dem Schwert in der Hand neben dem Bett. Nur um sich Jaarn gegenüberzusehen, der mit hängenden Schultern im Türrahmen lehnte. Auch seine Augen waren gerötet, seine Wangen feucht.

Deswyn legte das Schwert beiseite und schloss ihn in die Arme. Sie wusste, was er empfand und dass sein Verlust womöglich noch schwerer wog als der ihre.

Jaarn schluchzte und sie legte ihre Arme noch enger um ihn.

»Ruhig, ganz ruhig«, flüsterte sie und strich ihm über das Haar.

»Er … er hat immer so getan, als könnte ihm nichts passieren.«

»Ich weiß«, murmelte sie, schloss die Augen und spürte, wie auch ihr erneut die Tränen kamen. »Ich weiß.«

Jaarn krallte sich in den Stoff ihres Hemdes und schluchzte dabei so laut, dass auch Gvenn die Augen aufschlug und ihnen verschlafen entgegenblinzelte.

Verwundert bemerkte die Eisenmutter, wie Jaarn in ihren Armen erstarrte. Dann drehte sie ihren Kopf so weit zur Seite, dass sie das verstörte Mädchen sehen konnte. Behutsam ließ Deswyn Jaarn los und ging vor dem Bett auf die Knie, um Gvenn tief in die Augen zu schauen.

»Du musst keine Angst haben. Er ist ein Freund.«

Schlaftrunken blickte sie zu Jaarn hinüber, der regungslos dastand und sie aus großen Augen ansah. Vorsichtig ergriff die Eisenmutter die Hände des Mädchens.

»Bleib ganz ruhig und hör mir jetzt gut zu: Das ist Jaarn, und er …«

Weiter aber kam sie nicht. Mit demselben Reflex wie zuvor sie selbst sprang jetzt Gvenn aus dem Bett. Blitzschnell bewegten sich ihre nackten Füße über die groben Dielen, dann war sie auch schon bei ihm, hatte Jaarn seinen Dolch aus dem Gürtel gerissen und stand, die Klinge an seinem Hals, einen Arm um seinen Oberkörper geschlungen, hinter ihm.

Entsetzt streckte Deswyn ihre Hand nach Gvenn aus und schüttelte verzweifelt den Kopf.

»Warum sollte ich es nicht tun?«, fragte das Mädchen leise. »Sein Vater hat meinen auf dem Gewissen. Als die Raben dem Keiler seine Augen aushackten, haben sie auch nicht gezögert!«

Sie presste die Klinge fester an seinen Hals. Jaarn atmete schwer. Während die ersten Blutstropfen hervortraten, blickte er mit vor Angst geweiteten Augen zu Deswyn hinüber, die sich im nächsten Moment verzweifelt an Gvenn wendete:

»Halt! Warte! Es … es gibt etwas, das du wissen musst, bevor du das tust!«

Gvenn funkelte sie an.

»Ich weiß alles, was ich wissen muss. Er ist der letzte Erbe seines Hauses, das ich im Namen meines Vaters auszurotten geschworen habe. Nur noch ein kleiner Schnitt. Dann ist es getan …«

Sie bewegte das Messer ein wenig. Deswyn sah Jaarn zusammenzucken.

»Nein!«, rief Deswyn aus, ließ den Kopf sinken und flüsterte nun: »Dieser Junge … Er … er ist nicht seines Vaters Sohn. Er ist so wenig ein Rabe wie du und ich.«

Wie aus einem Munde entfuhr es Gvenn und Jaarn: »Was?«

Deswyns wenige Worte verwirrten die beiden so sehr, dass das Mädchen die Klinge etwas sinken ließ, ohne dabei jedoch Jaarn aus ihrem Griff zu entlassen.

Die Eisenmutter atmete tief durch, bevor sie aufblickte und ihm tief in die Augen schaute.

»Der jüngste Rabe starb bei seiner Geburt. Sein Vater aber wollte es nicht wahrhaben. Wie hätte der Sohn, den vor dem Krieg zu retten ihm seine Frau aufgetragen hatte, so sterben können?«

Fassungslos starrten Jaarn und Gvenn sie an, während Deswyn sich seufzend auf das Bett setzte. »Er befahl seinen Männern, hinauszugehen und ein Neugeborenes zu suchen. Irgendeinen gerade zur Welt gekommenen Jungen. Während er zusammen mit mir seinen Sohn im Keller des Turmes begrub, wo niemand ihn jemals finden sollte.«

Plötzlich schlossen Gvenns Finger sich wieder fester um den Dolch.

»Warum sollte ich dir glauben? Du erzählst das doch nur, um ihn zu retten.«

»Denkst du das wirklich? Diese Wahrheit mag ihm vielleicht das Leben retten, aber dafür bricht sie ihm das Herz.«

Stirnrunzelnd hielt das Mädchen inne. Jaarns Augen füllten sich mit Tränen, seine Kräfte schienen von einem Moment auf den anderen zu schwinden. Dann brach er zu Gvenns Füßen zusammen.

Verwirrt betrachtete diese den am Boden Liegenden. Und auch in ihren Augen schimmerten Tränen, als sie kaum hörbar fragte:

»Aber … aber warum …?«

Deswyn ahnte, dass in diesem Moment auch für sie eine Welt zusammenbrach.

Der Keiler hatte den Raben längst überlebt.

Als er wieder zu sich kam, konnte Jaarn noch immer nicht glauben, was er gerade hatte hören müssen. Wenn er tatsächlich nicht der Sohn Eonhs von Stahl war, war alles, wofür sie gekämpft hatten, sinnlos. Die Prophezeiung, das Ende seiner Brüder, selbst der Niedergang jener unwirklichen Stadt der Kadavriten.

Noch bevor er die Augen wieder öffnete, spürte er die Arme der Eisenmutter und die Nähe Gvenn Bitterklings. Doch weder das eine noch das andere war der Grund für sein Erwachen. Vielmehr hatte ihn ein Geräusch geweckt. Der laute, nicht allzu ferne Hall eines Horns. Und kaum war dieser verklungen, schien Deswyn plötzlich wie ausgewechselt. Sie packte ihn bei den Schultern und schüttelte ihn übermütig.

»Weißt du, was das bedeutet Jaarn?«, sie begann zu lachen. »Er lebt!«

Mit diesen Worten hastete sie zur Tür hinüber. Jaarn rappelte sich ungläubig auf und griff nach Gvenns Arm, die ihm verwirrt, aber bereitwillig folgte, als er der Eisenmutter nacheilte, die bereits bis hinunter in die Empfangshalle gehastet war.

Während im sanften Licht des frühen Morgens auch Gidwigk und Kydhan in die Halle geeilt kamen, öffneten sich langsam die Tore des Tempels. Davor stand, gesenkten Hauptes und sein erschöpftes Pferd am Zügel haltend, tatsächlich er: Rugk Ghirren. Findt Weissgluth. Hosk Fahlgrimm. Der Narbensammler. Und sie alle, abgesehen von Gvenn, rannten ihm entgegen und fielen ihm um den Hals.

Müde blickte der Verwundete in die Runde.

Kydhan war der Erste, der ihn aufgeregt ansprach.

»Du ahnst nicht, wie froh ich bin, dass du es geschafft hast. Aber sag, hat … hat die Weiße meine Botschaft bekommen?«

Der Narbige nickte.

»Oh ja, deine pestverseuchte Ratte im Brunnen hat ihren Teil getan. Gab schon die ersten Toten. Als ich sie verließ, war die Stadt in Aufruhr. Ihre falsche Pracht beginnt zu welken.«

»Dann ist es gut. Endlich widerfährt ihnen eine Ahnung dessen, was wir um ihrer Kriege willen so lange erdulden mussten. Damit ist meine Aufgabe erfüllt.«

Ungläubig nestelte Jaarn an dem zerrissenen, blutgetränkten Hemd seines Freundes herum und betrachtete die kaum verheilten Narben in seiner Brust. *Wie in aller Welt war das möglich?* Noch während seine Hand auf Rugks Wunden lag und er seinen unruhigen Herzschlag spürte, glaubte er zu verstehen. Alles, was er an der

Seite des Narbigen erlebt hatte, die Tatsache, dass er zugleich Halunke und Gelehrter war, all das fügte sich jetzt zusammen. Und selbst wenn er es zuvor sogar schon vermutet hatte: Jetzt war er sich sicher. Und als er nun zu Rugk emporblickte, wagte er, es auszusprechen:

»Du kannst nicht sterben. So ist es doch, nicht wahr?«

Müde lächelnd legte der Narbige Jaarn seine Hände auf die Schultern und schaute ihm tief in die Augen.

»So ähnlich is' es wohl. Wobei dieser Umstand mir in all den Jahren nich' immer Freude bereitet hat.« Er wendete den Kopf ein wenig, und Jaarn konnte sehen, wie er der Eisenmutter zuzwinkerte. »Obwohl es natürlich Ausnahmen gibt.«

»Aber warum hast du mir nicht verraten, wer du bist?«, fragte Jaarn mit leiser Stimme. »Denkst du nicht, dass ich inzwischen begriffen habe, dass du kein Geringerer als Arren van Gidmon bist und nicht sterben kannst, bis dein Auftrag erfüllt ist?«

Obwohl er seine Erkenntnis in hochfeierlichem Ton vortrug, hörte er, wie der Knochenkönig, während Rugk das Gesicht verzog, in schallendes Gelächter ausbrach. Verwundert blickte Jaarn in die Runde.

Der Mond erhob sich über dem Haus der Narben, in dem Jaarn es sich mit seinen Gefährten gut gehen ließ. Keiner von ihnen hatte geschlafen. Einen ganzen Tag lang hatten Rugk und die Eisenmutter, Gidwigk, Kydhan, Gvenn und er selbst gegessen, getrunken und gelacht, während unter ihnen der blinde Tätowierer die neuen Narben auf die Leiber der Brüder schrieb.

Für sie alle war es der sorgloseste Tag seit langem.

Selbst für Jaarn, den es nicht mehr scherte, was morgen geschah oder wer sein Vater war. Weil er sich unter Menschen befand, denen er bis ans Ende der Welt, und noch darüber hinaus, folgen würde, wenn es sein musste.

Sogar Gvenn, die ihn bis aufs Blut zu hassen gelernt hatte, veränderte sich im Laufe dieses Tages. Und als sie ihn schließlich gegen

Mittag, während der Wortvergolder einige wüste Geschichten zum Besten gab, anlächelte, gab es nichts, das Jaarn wichtiger hätte sein können.

Während Gidwigk und Kydhan mit der Dämmerung zu würfeln begannen, der alte Srigk zu Füßen seines Herrn schlummerte und Rugk sich mit der Eisenmutter zurückzog, warfen er und Gvenn einander scheue Blicke zu.

Und als niemand mehr auf sie achtete, begannen sie miteinander zu reden. Staunend hörte sie ihm zu, als er von der Bibliothek und den Büchern berichtete. Seine Worte schienen ihr so fremd, seine Erzählungen derart erstaunlich, dass sie sich kaum von seinen Lippen lösen konnte.

Im Gegenzug erzählte sie ihm von ihrer Zeit in den Wäldern, von Jagd und Kampf und davon, wie Zadt Mhaw sie den Umgang mit Klinge und Bogen gelehrt hatte.

Und irgendwann schliefen sie, während der Wortvergolder und der Knochenkönig im Hintergrund betrunken miteinander stritten, aneinander gelehnt und mit einem Schafsfell um die Schultern ein.

Spät in der Nacht wurde Jaarn von einem der Brüder geweckt. Er rieb sich die Augen, erhob sich leise und ließ Gvenn vorsichtig mit dem Fell auf die Bank gleiten. Gidwigk und Kydhan waren verschwunden.

Verwundert folgte er dem Kuttenträger zur Treppe und in das Gewölbe hinab. Es war beinahe wie damals, in der Nacht, als Khronh ihn geweckt hatte …

Als er wenig später aus der Halle am Fuß der Stufen den monotonen Gesang der Narbenbrüder vernahm, war alle Unbeschwertheit des vorangegangenen Tages plötzlich vergessen. Zögernd blickte Jaarn sich noch einmal nach dem oberen Treppenabsatz um. Doch sein Begleiter mahnte zur Eile.

Im Gewölbe hatten sich Deswyn, Kydhan, Gidwigk und Rugk um den dunklen Tisch versammelt. Zwischen ihnen stand, auf das

Eherne Buch gestützt, der blinde Tätowierer. Und hinter ihnen intonierte die Bruderschaft der Narben ihre dunklen Gesänge.

Schon als er den Raum betrat, spürte Jaarn, dass hier etwas Bedeutsames vor sich ging. Das Schweigen, die Haltung seiner Freunde, die ganze Atmosphäre verstörte ihn zutiefst. Deswyn, die Rugks Hand hielt, Kydhan, dessen Hand auf der Schulter des Narbensammlers ruhte, und Gidwigk, der betreten auf den Boden starrte.

Langsam ging Jaarn auf seine Freunde zu. Der Gesang der Brüder wurde lauter. Und nun bemerkte er die Tränen in den Augen der Eisenmutter und des Knochenkönigs.

Kydhan löste sich als Erster von Rugk. Die beiden Männer wechselten einen kurzen Blick. Dann folgte Gidwigk, der noch einmal die Hand des Narbigen ergriff. Sie nickten einander zu. Als auch der Wortvergolder sich zurückgezogen hatte, fiel die Eisenmutter Rugk um den Hals. Zuletzt blieb der Narbensammler mit dem blinden alten Mann im Zentrum des Raumes zurück.

Schweigend schritten die anderen an Jaarn vorbei Richtung Treppe. Keiner wagte ihm ins Gesicht zu blicken.

Verwirrt ging er nun auf Rugk zu und wollte wissen, was all das zu bedeuten hatte. Bevor er aber überhaupt eine Frage stellen konnte, hatte der Narbige ihn bereits in die Arme geschlossen und flüsterte:

»Ich will dir danken, dass du mich und das Buch bis hierher begleitet hast. Hätte wohl niemand außer dir vermocht. Hab immer dran geglaubt, dass es dir gelingen würde.«

Verstört schaute Jaarn sich um, blickte den anderen hinterher, sah zu den Narbenbrüdern hinüber, zu dem Blinden mit der Geschichtenklinge und zuletzt wieder zu Rugk.

»Was … was geht hier vor sich?«

»Müssen Abschied nehmen. Mein Weg endet hier. Im Haus der Narben, wie es mir vorherbestimmt is'.«

»Aber warum? Uns fehlt doch bloß noch eine letzte Geschichte, bevor …«

»*Ich bin die letzte Geschichte,* Jaarn. Das Einzige, was noch fehlt.«

Jaarn blickte Rugk verständnislos an, doch dieser fuhr bereits fort: »Der letzte Hieb van Gidmons hat einen Mann getötet, der ihm das Buch zu stehlen versuchte. Ein kleiner Dieb, der seine Chance gekommen glaubte. Das war meine erste Narbe. Und seitdem kann ich nicht sterben. Weil ich jene letzte Geschichte, ohne die das Eherne Buch nicht vollständig wäre, in mir trage.«

Während er sprach, begann der Narbensammler, sich zu entkleiden. Er zog langsam das Hemd von seinem Oberkörper und entblößte neben jener einen auch all die anderen Narben, die ihn über Jahrhunderte hinweg gezeichnet hatten. Zugleich sah Jaarn hinter ihm an der Wand, im Licht der Kerzen, das Pergament, auf dem die Bruderschaft jede einzelne davon verzeichnet hatte.

Langsam ahnte er, was die Worte des Narbigen bedeuteten.

»Dann … dann wirst du also nicht zusammen mit mir vor den Thron des Kriegbringers treten?«, fragte er leise.

»War nie geplant. Wollte dir nur helfen, soweit ich konnte. Dir zumindest bei zwei Geschichten zur Seite stehen. Die dritte wirst du dir leider allein holen müssen«, antwortete Rugk und begann seine Hose abzulegen.

Jaarn dachte kurz nach.

»Aber wenn ich gar nicht der Auserwählte bin, nicht der Sohn des alten Raben, nicht vorherbestimmt, dann … dann ist es nicht länger meine Aufgabe! Dann müsste ich dich nicht …«

Rugk beugte sich vor, ergriff mit beiden Händen sein Gesicht, legte den Kopf an seine Stirn und flüsterte:

»Es ist nicht unsere Geburt oder das Wort eines andern, was unsere Bestimmung ausmacht. Einzig das, was wir tun. Glaub mir, du bist wie kein anderer zuvor dazu bestimmt, das Ganze zu vollenden.«

Während der Narbige ihn anblickte, brannten Tränen in Jaarns Augen.

Auf der anderen Seite des dunklen Tisches begannen nun auch der Blinde und die Narbenbrüder ihre Kutten abzulegen. Wenig später sah Jaarn sich einem Dutzend Männer gegenüber, auf deren

Oberkörper die Narbenkarte prangte. Und direkt vor ihm stand Rugk. Der Einzige, dessen Narben erhaben und nicht bloß gezeichnet waren.

Von den Wänden brandeten die Wogen des dunklen Chorals und erfüllten das gesamte Gewölbe.

Da wendete der Narbige sich von ihm ab und begann, wortlos von einem Narbenbruder zum nächsten zu schreiten. Jeden von ihnen umarmte er, flüsterte ihm etwas zu und drückte ihn an sich, sodass echte und falsche Narben einander für einen kurzen Moment berührten.

Die Stunde des Abschieds war gekommen.

Zuletzt sah Jaarn seinen Freund vor den blinden Tätowierer treten, dessen trübe Augen ebenfalls feucht schimmerten. Die beiden Männer schienen sich eine kleine Ewigkeit in den Armen zu halten. Sie wechselten leise Worte, die für ihn inmitten der Gesänge nicht zu verstehen waren.

Als Rugk danach zu Jaarn herüberkam, trug er das Eherne Buch auf seinen nach oben gestreckten Handflächen und reckte es ihm feierlich entgegen. Der Narbensammler neigte den Kopf und Jaarn griff zögernd nach der Geschichtenklinge.

In dem Moment, da er sie berührte, war es, als ob sie einander erkannten. Wieder spürte er die Geschichten, die ihren kühlen Stahl durchströmten, und zugleich auch beinahe schmerzhaft das Fehlen der letzten.

Ihre Blicke trafen sich und endlich verstand Jaarn, was Rugk ihn zu tun ausersehen hatte.

Wortlos deutete er auf eine blasse Narbe knapp unterhalb seines Herzens.

Da Jaarn aber nicht reagierte, griff Rugk schließlich selbst nach der Klinge und hob sie sanft so weit an, dass sie auf seinen Brustkorb wies.

Jaarn spürte ein Zittern, ein sachtes Vibrieren, das durch die Klinge bis in seine Hände fuhr und stärker wurde, je näher sie jener fast verheilten Narbe kam.

»Ich … ich kann es nicht«, murmelte er mit tonloser Stimme, und bemerkte, wie erneut Tränen in ihm aufstiegen. Rugk stützte das Schwert sachte mit seinen Fingern.

Dann ließ er sich langsam nach vorne sinken.

Jaarn wandte sein Gesicht ab, umklammerte den Griff der Klinge und hielt sie fest, während das Lied der Narbenbrüder lauter wurde und er schaudernd den nachgebenden Widerstand an der Spitze fühlte. Doch er hielt stand, ließ es geschehen und spürte plötzlich Rugks Hände, die sich auf seine Schultern legten. Er hob seinen Kopf und blickte, als die fehlende Geschichte ihren Weg zurück in das Eherne Buch fand, seinem Freund ein letztes Mal in die Augen.

Der Tod des Schäfers

Es geschah in den Tagen der hohen Fürsten zu Ellwor, dass einem einfachen Manne ein Sohn mit Namen Whimrin geboren wurde, der dazu bestimmt war, im Laufe seines Lebens den Tod mehr als einmal zu überlisten. Und obwohl nicht einmal seine Eltern von dieser Bestimmung etwas ahnen konnten, offenbarte sich doch recht früh die sonderbare Verbundenheit jenes Whimrin mit dem Tode. Keine vier Jahre war er alt, als ein schlimmes Fieber von ihm Besitz ergriff, das Vater und Mutter bangen ließ und tagelang nicht von ihm lassen wollte. Jeden Abend fürchteten sie, den Knaben tot zu sehen, und fanden ihn doch stets zur Nacht in seinem Schweiße liegend, mit schmerzverzerrtem Gesicht zwar, aber doch am Leben, in seiner Wiege. Es schien, als stritte er Stunde um Stunde, Tag um Tag mit dem Tode selbst und mit aller Kraft um jedes bisschen Leben, dass er in der kurzen Zeit angehäuft hatte. Und es schien, als ließe der Tod sich von ihm beeindrucken: Denn nach einer Woche war das Fieber vertrieben wie einst die Barbaren von Delkmars Küste. Spurlos und wie nie gewesen. Doch war der junge Whimrin von jener Stunde an mit einer sonderbaren Gabe bedacht, von der er zeitlebens nicht sagen konnte, ob sie Segen oder

Fluch war: Kaum dass er genesen war, vermochte er auf der Stirn jener, die der Tod zu sterben bestimmt hatte, ein schwarzes Kreuz zu sehen.

Seine eigene Mutter war es, an der das Kind diese Gabe als Erstes erfahren musste. Verwirrt sah es das Zeichen auf ihrer Stirn und ahnte nicht, was es verhieß, bis die Mutter plötzlich und unerwartet am folgenden Tage verstarb. Von da an sah Whimrin das schwarze Kreuz auf vielen Stirnen blühen. Wer immer zu sterben bestimmt war, sei es durch Krankheit, Unfall oder Mord, den vermochte Whimrin fortan zu erkennen.

Eine Zeit lang versuchte er, die Menschen zu warnen. Doch es war sinnlos: War sein Mal zu erkennen, war der Tod nicht mehr aufzuhalten. Sodann versuchte Whimrin, das wunderliche Wissen nutzend, seinen Lebensunterhalt damit zu bestreiten. Denn wenn dieser wusste, dass jener sterben würde, dann nutzte es ihm mitunter. Aber auch dieses Geschäft brachte ihm kein Glück. Die einen riefen Whimrin einen Ketzer, die anderen einen Zauberer, die nächsten einen Scharlatan, und im Laufe der Jahre, nachdem er die heimischen Gefilde längst hinter sich gelassen hatte, beschloss er, den Menschen seine Gabe zu verschweigen. In der Fremde ließ er sich nieder, erlernte die Schäferei und lebte, um der Menschen Schicksal nicht vorherzusehen, friedlich allein mit seinen Tieren.

Und so hielt er es einige Jahre, bis er eines Tages, da er sein Spiegelbild im klaren Wasser einer Quelle sah, das schwarze Kreuz auf seiner eigenen Stirn erblickte. Da erschrak der junge Mann sehr, führte er doch dort oben in den Hügeln ein glückliches Leben, von dem er noch nicht lassen wollte. Darum sann er nach, grübelte einige Stunden und begab sich hernach in die Stadt, um etwas Wolle zu verkaufen und dafür etwas zu erstehen, womit er den Tod ein weiteres Mal zu bezwingen gedachte. Er erwarb Hut und Kleidung eines dicken Kaufmanns, dazu, was ihn ein kleines Vermögen kostete und des besten Barbiers der Stadt bedurfte, in einem Stück auch seinen Bart und seine Augenbrauen. All diese Dinge machte er sich zu eigen, schlüpfte in das kostbare Wams, klebte sich die falschen Haare an, stopfte seinen Bauch aus und schob sich Steine in die Backen. In dieser Verkleidung hätte ihn niemand, vermutlich nicht einmal sein Vater, erkannt. Und seinem Plan gemäß sollte es auch dem Tode nicht gelingen.

Als der Tod am folgenden Tag an der Hütte des Schäfers erschien, um ihn zu holen, war dieser nicht dort. Einige Stunden wanderte der Tod durch die Hügel, wo die Schafe herrenlos umherstreiften, und begab sich hernach in die Stadt, um dort nach dem Schäfer zu suchen. Doch auch dort fand er ihn nicht. Niemand vermochte ihm zu sagen, wohin Whimrin der Schäfer verschwunden war. Und dass er dabei schließlich sogar den verkleideten Schäfer selbst befragte, bewies, wie gut dessen Verkleidung tatsächlich war. So gut nämlich, dass sie selbst den Tod zu täuschen vermochte! Und während dieser am Ende jenes Tages unverrichteter Dinge in sein Reich zurückkehrte, schlüpfte Whimrin wieder in seine eigenen Kleider und begab sich heim in die Hügel zu seinen Schafen.

Dort lebte er das Leben des einfachen Mannes, in dem es ihm an nichts mangelte, er Zwiesprache hielt mit den Dingen und nichts vermisste, das ein mancher sich zu brauchen einredete. Bis er beim Trinken aus jener Quelle erneut das Zeichen auf seiner Stirn erblickte.

Ein weiteres Mal machte er sich auf in die Stadt, verkaufte wieder Wolle und erwarb dafür Gewand und Haare eines halbblinden, einbeinigen Bettlers, dessen Rolle er einnahm, wie er es zuvor bei dem Kaufmann getan hatte. Sein rechtes Bein verbergend setzte Whimrin sich am kommenden Morgen mit einer Augenklappe an eine Straßenecke und reckte den Menschen mit zitternder Hand seine tönerne Schale entgegen.

Und selbst der Tod hätte ihm beinahe eine Münze zugeworfen, als er in die Stadt kam, um nach dem Schäfer zu suchen, den er in den Hügeln wieder nicht hatte finden können. Doch auch dieses Mal musste er unverrichteter Dinge in die Welt jenseits des Lebens zurückkehren, da er den Bestimmten nicht fand.

Während Whimrin zurück zu seinen Schafen ging, begriff der Tod, dass er schon zum zweiten Mal betrogen worden war. Er zürnte jenem eitlen Menschen, der sich über die Ordnung der Dinge zu erheben und gegen die Vergänglichkeit aufzulehnen versuchte! So sehr, dass er beschloss, Whimrin in alle Ewigkeit zu verschonen, auf dass ihm das Leben, das er nicht loslassen wollte, zur unerträglichen Bürde würde.

So lebte Whimrin also fort und fort in den Hügeln, wo sich bald das Glück des einfachen mit den Gebrechen des alternden Mannes vermengte. Doch siebzig weitere Jahre brauchte es, bis er begriff, dass der Tod nicht mehr kommen würde. Vieles versuchte der Schäfer, um ihn anzulocken, und vollführte manches, was zu überleben wohl nicht möglich gewesen wäre, hätte man den Tod nicht derart gegen sich aufgebracht.

Doch weiß blieb seine Stirn, unendlich fern schien das Sterben, und Whimrin begann zu verzweifeln. Nach und nach wurde er lahm und beinahe blind, und Schmerz begann in seinen Gliedern zu nisten. Doch alles Beten und Klagen half nichts. Der Tod hatte seinen Blick auf ewig von ihm abgewandt.

Er litt bis zu dem Tag, da er begriff, wie er dem Tode ein weiteres Mal ein Schnippchen schlagen konnte. Wieder zog er in die Stadt, verkaufte Wolle und schaute sich nach jemandem um, in dessen Rolle er schlüpfen konnte. Dieses Mal jedoch schaute er nicht nach einem, dessen Äußeres ihn vor dem Tode verbergen, sondern nach einem, der ihn direkt zu ihm führen würde!

Bald fand er einen Mann, der das schwarze Kreuz auf der Stirn trug und alt genug war, dass Whimrin sein Äußeres annehmen konnte. Auch wollte dieser noch nicht sterben, weil seiner Tochter gerade ein Kind geboren war, das er wohl gerne aufwachsen sehen wollte. So war es ihm ein Leichtes, den Mann zu überreden und ihn mit einer hübschen Summe für einen Tag in die Ferne zu schicken, während Whimrin sich an seiner statt zum Sterben in sein Bett legte. Zuvor jedoch verriet er ihm, wie er, wenn er doch einmal zu sterben wünschte, den Tod seinerseits überlisten könne, und rang ihm das Versprechen ab, auch jenen, dessen Rolle er im Sterben übernahm, in das Geheimnis einzuweihen.

Sodann machte der mit dem Leben Beschenkte sich davon und Whimrin harrte geduldig des Todes, von dem er wusste, dass er ihn im Laufe eines Tages ereilen würde.

Tatsächlich kam der Tod und holte den, den er für einen anderen hielt, um ihn in die Hintere Halle zu bringen, wo seine Ahnen so lange schon auf ihn warteten. Whimrin, so erzählt man sich, war einer der wenigen, die laut lachend dort einzogen.

Als Jaarn schließlich mit dem Ehernen Buch in Händen den oberen Teil des Tempels betrat, erwarteten die anderen ihn bereits. Wie betäubt, sein Blick von Tränen beinahe blind, nahm er die letzten Stufen.

Dabei hatte er einen bitteren Geschmack im Mund und spürte eine dumpfe Leere in seinem Inneren, an der auch seine Gefährten nichts ändern konnten. So sehr sie sich auch mühten, so innig sie ihn auch in die Arme schlossen.

XIX

So kurz nach Rugks Tod war der Abschied von Gvenn und den anderen, als er das Haus der Narben mit dem Ehernen Buch verlassen hatte, besonders schmerzhaft gewesen. Doch sie alle wussten, dass Jaarn diesen letzten Teil des Weges alleine gehen musste.

Schwermütig schritt er, von dunklen Gedanken begleitet, über die Ebene zwischen den ersten steinernen Ausläufern des Gebirges hindurch auf das Bergmassiv zu. So vieles war geschehen, seit er in jener schicksalhaften Nacht aus der Mitte der Bücherbrüder gerissen worden war. Mit einem Mal war er der Sohn eines Fürsten gewesen, hatte eine Bestimmung und einen Verbündeten gehabt, der sich schließlich als eine lebende Legende herausgestellt hatte. Nun aber war von all dem lediglich das Legendeneisen auf seinem Rücken geblieben. Es wog schwer. Und sein Wunsch, diese Klinge endlich abzulegen, um ein neues Leben zu beginnen, wuchs mit jedem Meter, den er sich dem Gul'Firrin näherte.

Durch die öde Steppe weiter auf den Berg zutrottend, konnte Jaarn bald schon die riesige Treppe erkennen, die einst von den Vätern seiner Vorväter in diesen Fels geschlagen worden war und zum ersten Tempel des Kriegbringers emporführte.

Plötzlich ließ ihn das Geräusch von Hufen in seinem Rücken aus seinen Gedanken schrecken. Verwundert drehte er sich um und erkannte in einiger Entfernung einen Reiter, der inmitten einer Staubwolke in wildem Galopp auf ihn zuhielt. Jaarn hatte seine Hand bereits am Dolch, als er ihn zu erkennen glaubte: Es war Gvenn, an deren Hüftkordel eine kurze Klinge funkelte und die die Kutte der Narbenbrüder so weit über den Sattel zurückgezerrt hatte, dass er, während sie auf ihn zuhetzte, ihre nackten Schenkel sehen konnte.

Als es ihm schließlich gelang, sich vom Anblick ihrer Beine loszureißen, und er ihr ins Gesicht blickte, wusste er, weshalb sie ihm folgte. Aus dem gleichen Grund, aus dem auch er ihr gefolgt wäre.

Im nächsten Moment zügelte sie neben ihm auch schon ihr Pferd, ließ sich herabgleiten und schaute ihn verwegen an.

»Ich dachte, wenn schon die anderen dich nicht begleiten, sollte wenigstens ich bei dir sein.«

Jaarn verneigte sich spielerisch und mit großer Geste.

»Es wäre mir ein Vergnügen, Gvenn Bitterkling, Tochter des Keilers, an deiner Seite dem Krieg ein Ende zu setzen.«

»Das Vergnügen, Jaarn, wessen Sohn auch immer, wäre ganz meinerseits. Zumal wir uns ja beide am Ende dieses Abenteuers ein neues Leben suchen müssen.«

»Fürwahr. Obwohl ich nicht einmal weiß, was geschieht, wenn wir Dhur'Kharr das Schwert zu Füßen legen.« Er wies zum Tempel auf der Spitze des Berges hinauf.

»Dann lass es uns herausfinden. Zusammen.«

Sie nickte ihm zu und streckte ihm ihre Hand entgegen. Und auch wenn er diesen Handel noch lieber mit seinen Lippen besiegelt hätte, ergriff er sie und blickte Gvenn dabei fest in die Augen.

Der Fuß der steinernen Treppe lag hinter einer zerklüfteten Felsverwerfung. Im Näherkommen erkannten sie alte, in den Fels eingelassene Eisenringe, an denen die Kriegsherren vergangener Zeitalter einst ihre Pferde festgebunden hatten, bevor sie hinaufgestiegen waren, um von Dhur'Kharr seinen Segen für bevorstehende Schlachten zu erbitten. Es waren Dutzende dieser Ringe, die, von Rost zerfressen, einige ausgerissen und aufgebrochen, dort vor ihnen im Felsen staken.

Unvermittelt griff Gvenn, die inzwischen abgestiegen war und neben Jaarn herschritt, nach dessen Arm und hielt ihn zurück. Den

Finger an die Lippen legend deutete sie, ohne den Zügel dabei loszulassen, mit der anderen Hand zu dem Felsvorsprung hinüber. Jaarn sah das Hinterteil eines Pferdes, das an einem der letzten Ringe festgezurrt sein musste. Stirnrunzelnd blickte er Gvenn an, die sich nun mit einer Hand das rechte Auge abdeckte.

Zadt Mhaw! Sie hatte sein Pferd erkannt.

Jaarn zuckte zusammen. Was sollten sie tun? Dem General würde es, nach allem, was er durchgemacht hatte, vermutlich nicht genügen, zu erfahren, dass er kein legitimer Sohn des hohen Hauses von Stahl war. Es bedurfte nur eines Blickes in Gvenns Augen und er wusste, dass sie ebenso dachte. Wenn Mhaw tatsächlich am Fuß dieser Treppe auf ihn wartete, würde Jaarn nicht umhinkommen, sich ihm zu stellen.

Der Einäugige aber gab ihnen nicht die Gelegenheit, sich weiter Gedanken über ihn zu machen. Im nächsten Moment hörten sie, wie er sich schwerfällig und mit knirschender Lederrüstung von den Stufen erhob. Kurz darauf trat er auch schon um die Ecke und baute sich mit finsterer Miene vor ihnen auf.

Gvenn erschrak bei seinem Anblick. Der Einäugige wirkte heruntergekommen, geradezu verwahrlost. In seinem wirren Bart waren Dreck und Essensreste zu erkennen, das lange graue Haar hing ihm verfilzt über die Schultern und das Hemd unter seiner verschrammten Rüstung starrte vor Schmutz. Von dem Offizier, dem Jaarn einst begegnet war, war nicht mehr viel übrig.

Mhaw scherte sich nicht um das Staunen der beiden.

»Da bist du also. Ohne Verkleidung. Du selbst. Jaarn von Stahl.« Seine Zunge schien schwer. Aus seiner Stimme klangen Zorn und Alkohol. Mhaws verbliebenes Auge leuchtete auf. Erst jetzt bemerkte der General auch Gvenn, die etwas hinter Jaarn stand. Er stutzte und fuhr sich nachdenklich über das unrasierte Kinn.

»Du? Mit ihm? Nach all den Jahren?«

Unter seinem ungläubigen Blick hob sie stolz ihren Kopf und wollte gerade ansetzen, als Mhaw energisch abwinkte.

»Nein. Sag nichts. Ich hatte angenommen, dass der Albino dich in irgendeinem Kerker gefangen hält. Ich war bereit, alles zu tun, um dich dort rauszuholen.« Er deutete mit finsterem Blick auf Jaarn. »Hätte diesen kleinen Rabenbastard von Kopf bis Fuß aufgeschlitzt und das dreimal verdammte Legendeneisen ein für alle Mal vernichtet. Selbst wenn es mich auch noch das andere Auge gekostet hätte. Ich hätte es für dich getan. Und das Vermächtnis deines Vaters. Das dich ja aber augenscheinlich nicht mehr schert.« Seine Stimme klang bitter. Jaarn glaubte beinahe zu sehen, wie in dem Einäugigen etwas zerbrach, als dieser nun eine Hand auf den Schwertknauf legte, seinen Kopf senkte und vor sich in den Sand spie.

Gvenn aber hob noch einmal an:

»Ich weiß, wie dankbar ich dir sein muss. Aber du solltest wissen, dass …«

»Er wird dir nicht zuhören«, flüsterte Jaarn. Und der General des Keilers gab ihm recht, indem er seinen Kopf hob und langsam sein Schwert zog.

»Genug geredet!« Mhaw funkelte Gvenn an. »Und danke mir nicht. Alles was ich tat, habe ich für die Tochter meines Herrn getan. Nicht für dich, die du mit dem letzten Spross des Hauses von Stahl reitest und auf das Wappen deiner Ahnen spuckst.« Seine Stimme zitterte, genau wie sein Schwert, das er nun kreisen ließ.

Gvenn wollte dem Einäugigen etwas entgegen, doch Jaarn winkte ab und blickte sie ernst an.

»Du wirst nichts ändern. Er glaubt an etwas, das er sich einst selbst prophezeite. Und davon wird er sich nicht abbringen lassen. Weder von dir noch von mir.«

»Woher willst du das wissen? Du kennst ihn doch gar nicht! Ich bin an seiner Seite aufgewachsen und …«

»Ich habe auf meinem Weg einiges über Menschen gelernt. Vor allem über solche, die sich so lange an ihre Bestimmung klammern, bis ihnen nichts anderes mehr bleibt.« Mit diesen Worten zerrte er das Eherne Buch von seinem Rücken und reichte es Gvenn. Hinter sich vernahm er Mhaws höhnische Stimme.

»Solltest die Klinge nicht weggeben, Bursche. Mit deinem Dolch wirst du es gegen mein Schwert nicht lange machen. Und ich werde keine Rücksicht nehmen, nur weil du noch ein Kind bist.«

Ehrfürchtig ergriff Gvenn die mit Stoff umwundene Geschichtenklinge. Jaarn nickte ihr zu und wendete sich dann, den Dolch aus seinem Gürtel ziehend, dem Einäugigen zu.

»Auch wenn ihr mir überlegen seid, Meister Mhaw, werde ich nicht den gleichen Fehler wie Arren van Gidmon begehen. Diese Klinge ist für Höheres geschaffen. Also wird mein Dolch genügen müssen. Wie immer es auch endet.«

»Gesprochen wie ein Mann, kleiner Rabe. Es werden allerdings deine letzten Worte sein«, knurrte der Einäugige und richtete sein Schwert auf Jaarn.

Jaarn wusste, dass er keine Chance hatte, hielt seinen Dolch jedoch, ohne zu zittern. Einen kurzen Moment lang glaubte er, so etwas wie Respekt im Auge seines Gegners aufleuchten zu sehen, bevor Mhaw auf ihn zukam.

Während er ihn fixierte, wich Jaarn zurück. Langsam begannen die beiden sich im Kreis zu bewegen. Mochte der General noch so heruntergekommen sein, im Vergleich zu seinem Schwert wirkte Jaarns Dolch tatsächlich geradezu mickrig. Um diesen Kampf zu gewinnen, würde er ein Wunder brauchen. Das begriff er spätestens, als der Einäugige einen Ausfallschritt machte und seine Klinge niedersausen ließ.

Knapp gelang es ihm auszuweichen.

Kaum dass sein Schwert neben Jaarn niedergegangen war, riss der General es wieder empor, ließ es auf Höhe seiner Schulter kreisen und schnellte wieder vor. Noch einmal versuchte Jaarn sich wegzuducken, stolperte jedoch, sodass Mhaws Klinge seinen Oberarm streifte. Mit einem Aufschrei ließ er seinen Dolch fallen und sprang, nach seinem Arm greifend, zwei Schritte zurück.

Lächelnd wischte Mhaw den Dolch mit dem Fuß beiseite und setzte ihm nach. Er hatte Jaarn beinahe schon wieder erreicht, als Gvenn sich ihm mit voller Wucht in die Seite warf. Fluchend strauchelte der General, fing sich und wendete sich nun bedrohlich langsam dem Mädchen zu. Bedächtig zog er seine Augenklappe zurecht und wog sein Schwert in der Hand.

»Ich hätte nie gedacht, dass du dich einmal gegen mich wenden würdest. Aber soll mir recht sein. Dann gibt es nichts mehr, das ich fürchten muss. Denn dann wird der Keiler endgültig tot sein. Gestorben mit allem, woran ich während der letzten Jahre geglaubt habe.«

Verstört blickte Jaarn zu Gvenn, die dem Einäugigen jetzt ebenfalls nur mit ihrem Dolch gegenüberstand. Zögernd wendete er den Kopf und sah die in Stoff eingeschlagene Geschichtenklinge neben den Pferden am Felsen lehnen. Ihre Stimme aber ließ ihn wieder herumfahren.

»Wenn es so sein soll, soll es so sein. Was immer aber auch geschieht, alter Mann, deine Kriege werde ich nicht kämpfen. Verstehst du?«

»Dann ist dies dein letzter Kampf, Mädchen. Und ich werde weinen, wenn ich dich mit deinem Vater in der Hinteren Halle vereint habe.«

»Sei dir da nicht zu sicher. Du weißt, wie gut ich mit dem Dolch bin. Ich hatte einen guten Lehrer.«

»Und du bedenke, dass ich beim Kämpfen stets Angst um die Tochter meines Herrn hatte. Du aber bist niemand, auf den ich noch Rücksicht nehmen müsste.«

Dann hoben sie und der General ihre Klingen und stürmten aufeinander zu. Blitzschnell schlugen und stachen sie aufeinander ein, wichen aus, tauchten unter den Angriffen des anderen hinweg, um abermals anzugreifen und zurückzuweichen. Sie verfehlten einander, fingen die Klinge des Gegners mit ihrer Parierstange ab und stießen sie fort. Wieder und wieder. Was Gvenn dabei durch Schnelligkeit und Wendigkeit herausholte, machte der Einäugige durch Kraft und Präzision wett. Er nutzte nicht jede Gelegenheit zum Angriff und führte seine Klinge stattdessen mit mehr Bedacht, als Jaarn es von einem betrunkenen verbitterten Mann erwartet hätte. Vermutlich war es die Routine des Kriegers, die ihn, kaum dass er ein Schwert in Händen hielt, sicherer werden ließ.

Staunend beobachtete Jaarn, wie die beiden ihre Klingen tanzen ließen.

Gvenn schlug sich wacker. Auch wenn schnell klar wurde, was es bedeutete, wenn Mhaw sich nicht zurückhielt. Schweiß glänzte auf ihrer Stirn und verklebte ihr wildes rotes Haar. Ihre Bewegungen wurden kaum merklich langsamer.

Und dann geschah es: Ein von Mhaw zielgerichtet angesetzter Hieb brachte sie, kaum dass er sie bis zur Treppe zurückgedrängt hatte, aus dem Gleichgewicht. Gvenn stolperte und stürzte auf die Stufen. Blitzschnell fuhr sie wieder herum, doch nur um sich dem erhobenen Schwert ihres Gegners gegenüberzusehen. Starr blickte Mhaw auf sie herab. Sein verbliebenes Auge schimmerte feucht, als er murmelte:

»Es tut mir leid, Kleines. Sag ihm, ich habe es versucht.«

Dann holte er aus.

In diesem Moment aber stieß Jaarn ihm mit aller Kraft von der Seite seinen Dolch in die Rippen. Fast lautlos drang die Klinge durch die Rüstung.

Für einen kurzen quälenden Augenblick, in dem Mhaws Schwert reglos in der Luft schwebte und Gvenn bereits mit ihrem Leben abgeschlossen hatte, schien die Zeit stillzustehen.

Dann entwich die Luft mit einem rasselnden Laut den Lungen des Generals. Seine Augen weiteten sich, als er sein eigenes Blut schmeckte, ihm die Klinge aus den Händen glitt und klirrend auf die Stufen fiel. Der Einäugige brach in die Knie. Ungläubig starrte er Jaarn an, dann wurde sein Blick starr und sein Kopf sackte leblos zur Seite.

Gvenn sprang herbei, stützte mit Mühe den schweren, in sich zusammensackenden Körper und schloss Mhaw schließlich behutsam das Auge.

»Nun wirst du ihn grüßen müssen, alter Mann …«, flüsterte sie. Jaarn konnte Tränen auf ihren Wangen sehen. Doch als sie sich wieder aufrichtete, blickte sie ihn entschlossen an.

»Begraben wir ihn.«

Und kurz darauf begannen sie, dem General am Fuß des Gul'Firrin mit seinem eigenen Schwert ein Grab auszuheben.

Als sie die rissigen Stufen hinaufstiegen, zwischen denen Moose und dürre Gräser hervorquollen, fragte Jaarn sich, wie lange wohl niemand sie beschritten haben mochte.

Nachdenklich blickte er zurück. Die Pferde und das Grab Zadt Mhaws, des letzten Keilerknechts, waren am Fuß der Treppe kaum noch zu erkennen. Über Steppe und Wälder hinweg konnte er einige kleinere Ortschaften und in der Ferne sogar die Mauern der Weißen Stadt ausmachen. Außerdem ein gutes Dutzend Rauchsäulen, die aus den umliegenden Wäldern und Dörfern aufstiegen. Selbst über der Weißen glaubte er Rauch zu sehen. Womöglich, dachte er insgeheim, würde die Pest sie tatsächlich zu einem besseren Ort machen.

»Wollen …«, hörte er hinter sich Gvenns Stimme, »wollen wir kurz ausruhen, bevor wir weitergehen?« Er blinzelte zum Gipfel empor, von dem sie noch einmal doppelt so viele Stufen trennten, wie sie schon hinter sich hatten.

»Nein! Je früher es erledigt ist, desto eher sind wir frei.« Er warf Gvenn einen aufmunternden Blick zu und setzte seinen Fuß auf die nächste Stufe.

Während der folgenden Meter aber beschlich ihn plötzlich die Angst, auf dem Gipfel bloß noch einen verwaisten und verfallenen Tempel vorzufinden. Wieder riss Gvenn ihn aus seinen trüben Gedanken.

»Es ist sonderbar, wie die Dinge sich verändert haben. Vor zwei Tagen wollte ich dir noch das Herz aus dem Leib reißen. Ohne Deswyn hätte ich wohl nie verstanden, dass das dort draußen nicht mein Krieg ist.« Sie blickte Jaarn ernst an, betrachtete seine spärlichen Bartstoppeln, die traurigen Augen und das zerzauste Haar. »Obwohl ich an ihn geglaubt habe. Nun aber … glaube ich an etwas anderes.« Mit diesen Worten legte sie ihm die Hand auf die Schulter. Jaarn lächelte müde, rückte das Schwert auf seinem Rücken zurecht und schritt auf den uralten Stufen weiter Richtung Gipfel.

Nachdem sie über jene schier endlos scheinende Treppe weiter und weiter emporgestiegen und die gewaltigen Säulen auf dem Gipfel über ihnen herangewachsen waren, erreichten die beiden schließlich das Ziel ihrer Reise, den hohen Tempel des Dhur'Kharr. Gvenn stellte sich neben Jaarn und legte ihren Arm um ihn. Wohlig schaudernd ließ er es geschehen. Vor ihnen eröffnete sich ein mächtiges, aus dem blanken Fels geschlagenes Tor. Staunend stand Jaarn davor, betrachtete die in den Stein gemeißelten Schlachtszenen, Reiter und Fußsoldaten, die unter Dutzenden Wappen aufeinander eindrangen. Aus den steinernen Pfeilern wuchsen ihm brennende Städte und wehende Banner entgegen, Belagerungsmaschinen und Ballisten, während die feingemeißelten Armeen darüber wie zwei Wogen aus Stein aufeinandertrafen.

Als er das Legendeneisen von seinem Rücken nahm und über seinem Knie bedächtig den groben Stoff aufschlug, fragte er sich mit einem Mal, ob der Krieg nicht womöglich doch das natürliche Gesetz sein könnte, dem die Welt zu unterliegen hatte.

Dann spürte er Gvenns Hand auf seiner Schulter.

Er schaute sie an und verwarf den Gedanken wieder. Sie waren der beste Beweis dafür, dass der Krieg sich nicht alle holte, die für ihn bestimmt waren. Dass nicht jedes Schwert sich am Blut seiner Feinde laben musste. Gemeinsam hatten Gvenn und er den Gräueln des Krieges getrotzt.

Jetzt erst bemerkte Jaarn die Risse im Stein. Flechten und Verfall trübten das prächtige Bild. Auf den zweiten Blick wirkte das riesige Tor völlig verzogen, der Fels bröckelte und zwischen den steinernen Armeen wucherte wildes Moos … Da erklang von jenseits des Tores plötzlich eine Stimme:

»Gegen alle Widerstände habt ihr es also geschafft. Wahrlich, der Narbensammler hätte sich keinen Besseren aussuchen können. Er muss sehr stolz auf dich gewesen sein, Junge!«

Als Jaarn den Blick hob, stand inmitten eines Felsenganges ein bärtiger alter Mann in einer Kutte, wie er schon viele zuvor gesehen hatte. Dieses Mal jedoch war das Gewand schwarz, mit kunstvoll gewobenen Verzierungen, stilisierten Flammen an den Säumen, Ärmelaufschlägen und einem Kragen, über dem sich ein hagerer, beinahe haarloser Kopf erhob. Aus schattigen Höhlen leuchteten ihm zwei müde graue Augen entgegen.

Hinter dem Mann standen zwei weitere Kuttenträger, von denen einer den Alten stützte.

Langsam kamen die drei näher, und der Fremde sprach weiter, wobei er lächelnd die neben Jaarn am Boden kniende Gvenn in Augenschein nahm.

»Verzeiht, ich sollte mich wohl vorstellen: Mein Name ist Dhurgodt M'hall, Vorsteher im Hohen Haus des Krieges, Bewahrer des ersten Tempels Dhur'Kharrs, Vertrauter des Kriegbringers und Gestalt seines Willens in der Welt.«

Jaarn hob das Eherne Buch von seinem Knie und reichte es dem Hohepriester wortlos und gesenkten Hauptes auf seinen ausgestreckten Händen dar.

Lächelnd gebot sein Gegenüber ihm, sich zu erheben.

»Nein, steh auf, Jaarn. Die Zeremonie des Buches werden wir später abhalten. So wie es Brauch ist seit ehedem. Sobald Dunkelheit sich über das Reich senkt und die Feuer Dhur'Kharr zu Ehren brennen.«

Jaarn stutzte. *Wie es Brauch ist seit ehedem?* Hatte der Alte das tatsächlich gesagt? Fragend warf er einen Blick zu Gvenn, die diese Worte offenbar ebenso verwundert hatten.

Dhurgodt und seine Begleiter bedeuteten den beiden, ihnen ins Innere des Tempels zu folgen. Jaarn und Gvenn taten wie geheißen, durchschritten das Tor und verschwanden zusammen mit den anderen in dem dahinter liegenden, von Fackeln gesäumten Gang.

Staunend sahen sie, wie der erste Tempel des Kriegbringers von innen beschaffen war: Vom fensterlosen Hauptgang zweigten einige kleinere Gänge ab, an deren Enden wiederum Treppen zu erkennen waren, die nach oben wie auch nach unten führten, und dabei erahnen ließen, wie tief die Diener des Kriegbringers in diesen Berg vorgedrungen waren.

Das Innere des massiven Hauptganges war mit ähnlich kunstvollen Steinmetzarbeiten wie das Tor versehen. Heroische Szenen aus längst vergessenen Schlachten mit ebenso vergessenen Helden, auf deren Schilden Wappen prangten, die weder Jaarn noch Gvenn je zuvor gesehen hatten.

An seinem Ende erhob sich ein weiteres schweres, dieses Mal jedoch verschlossenes Tor, das sich erst auf ein Zeichen des Hohepriesters auftat. Hinter diesem wiederum eröffnete sich ihnen ein Anblick, mit dem die zwei nicht gerechnet hätten: Inmitten eines Kraters standen, um einen kleinen Rundtempel angeordnet, auf Wiesen zwischen Bäumen und Felsen am Rande eines Bergsees zahlreiche Hütten und Ställe. Jaarn erkannte sogar einige kleine Koppeln, auf denen Ziegen grasten und Schweine sich suhlten. Um all das herum herrschte geschäftiges Treiben. Wobei sich nicht nur Kuttenträger über die schmalen Wege zwischen den Hütten bewegten, vor den Häusern hockten oder am Rande des Sees ihre Wäsche wuschen. Unter den Dienern Dhur'Kharrs entdeckte er auch gewöhnlich gekleidete Männer und Frauen, die scherzten, lachten und den Eindruck erweckten, an einem Ort zu leben, wie es ihn überall im Reich hätte geben können.

Dhurgodt bemerkte die Verwunderung, mit der die Neuankömmlinge die Siedlung musterten.

»Macht euch keine Gedanken. Wenn das Eherne Buch zur Nacht seinen Platz in der Bibliothek findet, werdet ihr alles verstehen. Sorgt euch nicht, das Gästehaus ist lange schon für euch vorbereitet. Ihr seid hier unter Freunden.«

Nachdenklich hörte Jaarn ihm zu. Gvenn hingegen wagte es, dem Alten etwas zu entgegnen:

»Verzeiht, aber das scheinen selbst für jemanden, der den Willen des Kriegbringers zu kennen vorgibt, gewagte Worte.«

Dhurgodt schmunzelte.

»Dann wirst du hier oben womöglich etwas Neues lernen müssen, Keilermädchen. Hier, Gvenn Bitterkling, haben wir andere Lehrer als Meister Mhaw. Und auch andere Lehren.«

Sie nickte zögerlich. Doch allein ihr Blick ließ Jaarn erahnen, dass sie dem Hohepriester keinen Glauben schenkte. Und er tat es ebenfalls nicht. Jaarn war auf seinem Weg ebenso von Feinden wie von Freunden belogen, hinters Licht und in die Irre geführt worden. Oder besser: *durch die Irre zur Wahrheit*, schoss es ihm durch den Kopf.

Der Alte ließ sie mit einem seiner Brüder zurück, der ihnen den Weg zu einer der hinteren Hütten wies. Während sie ihm folgten, verneigten sich die Menschen vor Jaarn. Jeder, der ihnen begegnete. Und dabei lächelten sie. Ein wohlwollendes, wissendes Lächeln. Als ob sie alle längst wüssten, was ihm bevorstand, wenn er dem Kriegbringer das Legendeneisen zu Füßen legte.

Es war später Abend und die Sonne bereits hinter dem Kraterrand verschwunden, als ein Bote Dhurgodts Jaarn und Gvenn aus der Hütte am Rande des verborgenen Dorfes auf dem Gul'Firrin holte.

Rings um den Rundtempel im Zentrum der Siedlung hatte man Feuerschalen und Fackeln entzündet, deren Flammen den Krater gespenstisch erhellten, und in deren Schein die Leute dicht beieinanderstanden. Schweigend beobachteten sie Jaarn, der, das Legendeneisen in Händen und die Tochter des Keilers an seiner Seite, langsam auf den Tempel zuschritt.

Er konnte sich nicht erinnern, jemals eine derartige Stille erfahren zu haben. Sie ließ ihn ahnen, dass der Krieg hier oben, hoch über dem Rest der Welt, womöglich längst geendet hatte.

Vor dem Tempel erwartete sie der alte Dhurgodt, von einem der Brüder gestützt, mit erhabener Miene. Je näher sie ihm kamen, desto lauter klang die Stille in Jaarns Ohren. Als ob jene Menschen, die den Tempel umstanden, nicht einmal atmeten, als ob selbst die Fackeln lautlos brannten, als ob in diesem Moment kein Geräusch, kein Ton, kein Wort existierte, das dieses unendliche Schweigen hätte brechen können.

Für den Bruchteil eines Augenblicks verspürte Jaarn den Drang, es auszuprobieren. Irgendetwas zu flüstern, zu schreien gar. Allein, um zu prüfen, ob es möglich war. Und doch wagte er es nicht.

Dann standen sie endlich, unter den Augen aller, im unruhigen Licht der Flammen vor dem Hohepriester und dem Tor des kleinen Tempels. Da breitete der erste Priester des Kriegbringers seine Arme aus und hob an, die Stille mit feierlichen, scheinbar alten Riten entstammenden Worten zu brechen:

»Du, der du den Gul'Firrin erstiegst, dem Herrn des Krieges das Eherne Buch zu Füßen zu legen, so wie er es dem großen Eisengerber einst auftrug, wir beugen das Knie vor dir.«

Während Dhurgodt weitersprach, knieten die Menschen um ihn und Gvenn herum nieder und senkten den Kopf. Jaarn lief ein kalter Schauer über den Rücken.

»Durch die Wirren der Schlachten, durch Feuer und Blut trugst du das Erbe deiner Väter, um Dhur'Kharr zu geben, was er dereinst gefordert.«

Bei diesen Worten öffnete sich leise knarrend die niedrige zweiflügelige Tür im Rücken des Alten, hinter der Jaarn einen schmucklosen Raum ausmachen konnte, in dessen Zentrum sich vor einem kunstvoll bestickten schwarzen Vorhang die grob gehauene Statue des grimmig dreinblickenden Kriegbringers erhob. In einen schweren Umhang gehüllt, eine Axt in der Linken und ein Schwert in der Rechten, starrte die Figur mit finsterem Blick auf ein Felspodest hinab. In diesem erkannte er eine Vertiefung, die die Form eines Schwertes zu haben schien.

Hier also hatte das Abbild Dhur'Kharrs seit Hunderten von Jahren darauf gewartet, dass jemand kam, um ihm das Eherne Buch zu Füßen zu legen …

Wieder vernahm Jaarn die Stimme des Alten:

»Tritt ein, vollbringe, wofür du gekommen bist, und empfange den Lohn, den Dhur'Kharr einst versprach.«

Dhurgodts Worte hallten von den fernen Kraterwänden wider, als er ihm den Weg ins Innere des Tempels wies.

Zögernd setzte Jaarn sich in Bewegung. Gvenn wollte ihm folgen, doch der Hohepriester hielt sie zurück.

Während seine Schritte auf dem steinernen Boden in der Stille wie Donnerhall erklangen, gedachte er seiner Gefährten. Dhimwidt und seine Männer, die in der Natterngrube ihr Leben gelassen hatten. Van Vailor, der an nichts geglaubt, aber für diesen einen Moment gestorben war. Deswyn, Kydhan und Gidwigk, die er im Haus der Narben zurückgelassen hatte. Und natürlich Rugk. Aber auch der alte Rabe, der Hohe Bruder, Zadt Mhaw, die Nacht und der Albino schlichen sich auf diesen letzten Metern in seine Gedanken. Da waren so viele, die ihm begegnet waren und ihn zu dem Menschen gemacht hatten, der den Gipfel des Gul'Firrin erreicht hatte. Und er, wessen Sohn auch immer er war, beendete nun, was Arren van Gidmon vor Urzeiten begonnen hatte.

Im zitternden Licht Hunderter Kerzen trat Jaarn in den Tempel, schritt, den Atem anhaltend, auf die Statue zu und schloss, als er das Eherne Buch mit bebenden Händen der Statue zu Füßen legte, die Augen.

Er wusste nicht, was er erwartet hatte. Was immer es aber auch gewesen war, es trat nicht ein.

Denn als er das Schwert in die dafür vorgesehene Vertiefung in jenem steinernen Podest zu Füßen der Statue gleiten ließ, geschah *nichts*. Weder mit ihm noch mit seiner Umgebung, weder mit dem Abbild des Kriegbringers noch mit dem Buch noch mit irgendetwas anderem um ihn herum.

Da hörte er, wie sich die Tore des Tempels in seinem Rücken mit einem leisen Knarren schlossen. Als er sich daraufhin umdrehte, blickte er in Dhurgodts faltiges Gesicht.

Lächelnd trat der Hohepriester auf ihn zu und schloss ihn in seine Arme.

»Du bist gekommen, um ein Wunder zu erfahren. Doch alles, was wir dir hier oben geben können, sind alte Rituale. Mehr haben wir nicht. Aber lass mich dir eine Wahrheit anstelle jenes Wunders geben …«

Der Hohepriester löste die Umarmung und humpelte unter Jaarns verwunderten Blicken zum Standbild des Kriegbringers hinüber.

»Schon die Väter unserer Väter lebten am Fuße dieses Berges in der Hoffnung, dass die Götter einst zu ihrem Wort stehen würden«, murmelte er und legte versonnen seine faltige Hand auf den kalten Stein. »Und schon damals wusste man auf diesem Gipfel, dass sie es nicht tun würden. Weder Dhur'Kharr noch irgendein anderer Gott.« Stirnrunzelnd starrte Jaarn Dhurgodt an, während dieser andächtig über den Umhang des Kriegbringers fuhr. »Es ist lange her, dass einer von ihnen ein Gebet erhörte oder gar ein Wunder vollbrachte. Wir aber, ihre Hohepriester, haben beschlossen, es für uns zu behalten und den Menschen ihren Glauben zu lassen. Was geblieben ist, sind alte Abbilder und erstarrte Rituale. Denn die Götter, mein Junge, haben diese Welt vor langer Zeit schon verlassen.«

Jaarn wurde schwindelig. Das konnte nicht wahr sein. Nicht nach allem, was geschehen war! Wie betäubt flüsterte er:

»Aber das ... das ist Ketzerei!«

»Wenn du es aussprichst, ist es das. Wenn ich es tue, nicht«, gab der Alte ihm zur Antwort, während in Jaarn wieder die Leere zu rumoren begann.

»Aber dann ... dann ist alles umsonst gewesen«, sprach er wie zu sich selbst, verbarg sein Gesicht mit den Händen und vernahm dabei Dhurgodts eindringliche Stimme.

»Nein. Das war es ganz gewiss nicht. Nicht dieses Mal und auch nicht die anderen Male. Die Götter mögen vielleicht längst keine Wunder mehr wirken, doch es gibt noch immer welche. Eines davon legtest du eben einem Gott zu Füßen, der seinen Blick längst von uns abgewandt hat.«

»Aber wofür, wenn es keinen Frieden bringt? Wofür habe ich es auf mich genommen, wofür sind all diese Menschen gestorben?«

»Für den Frieden, mein Junge. Einen Frieden, wie nur Menschen ihn erringen können. In dem vollen Bewusstsein, dass er es wert ist. Und du warst es, der sie kraft des Ehernen Buches daran erinnert hat.«

»Tss, das Buch. Was ist es denn noch? Bloß eine Sammlung belangloser alter Geschichten. Märchen, Legenden. Von Menschen für Menschen ersonnen. Nichts, das einen Wert hätte, verglichen mit ...«

Da fuhr der Hohepriester ihm ins Wort, hob seinen dürren Zeigefinger und sprach in einem derart beschwörenden Ton, dass Jaarn sogleich verstummte:

»Das Eherne Buch ist mehr, als du ahnst. Gewiss, all das wurde einst von Menschen für Menschen ersonnen. So wie auch der Krieg. Und ebenso der Frieden. Gestalt gewordener Menschenwille. Nicht weniger, nicht mehr. Egal, wie sehr man auch versucht, beides mit den Namen alter Götter zu beseelen. Nichts in dieser Welt ist wirklich, mein Junge. Nichts außer dem Willen der Menschen.«

Müde schaute der Alte ihn an. Jaarn ertrug diesen Blick nicht. In seinen Augen brannten Tränen, als er sich aufrichtete und das Eherne Buch wütend von seinem Podest fegte.

»Aber was nützen diese Geschichten dann noch?«, schrie er, während es zu Boden klirrte. Schweigend humpelte der Hohepriester herbei, ging neben der Skulptur in die Knie und hob das Legendeneisen schnaufend vom Boden auf.

»Geschichten, mein Junge, sind, was uns geblieben ist. Jeder, der von dir und deiner Bestimmung hörte, jeder, den du das Eherne Buch berühren ließest, wird fortan am Krieg zweifeln. Einzig weil er weiß, dass die Geschichtenklinge existiert. Und mit ihr die Hoffnung. Denn dafür steht sie. Allein dafür. Mitsamt ihren Geschichten.«

Die Leere in ihm begann seine Kräfte zu verschlingen. Jaarn taumelte, stützte sich mit beiden Händen am Sockel des Kriegbringers ab und schloss die Augen.

Unterdessen trat Dhurgodt vor den Vorhang an der Rückwand des Raumes.

»Wir danken dir von Herzen. Dafür, dass du es hergebracht hast. Hierher, zu den anderen seiner Art …« Er hörte, wie der Hohepriester den Vorhang beiseitezog, hob den Kopf und öffnete wieder seine Augen. Ungläubig erkannte Jaarn ein Dutzend hölzerner Schwerthalterungen und in sieben davon Klingen, die dem Legendeneisen beinahe vollkommen glichen. »… an seinen angestammten Platz. In die Eherne Bibliothek.«

Das Eherne Buch eines von vielen? Wie konnte das sein? Das war unmöglich! Wenn es tatsächlich …

»Ich verstehe deine Verwirrung, Junge. Niemand hat dich auf diesen Anblick vorbereitet. Vermutlich nicht einmal der Narbensammler.«

»Er … er hat davon gewusst?«

»Oh ja. Rugk hat alles gewusst. Es gab im Laufe der Zeit, da er zu sterben versuchte, kaum etwas, dass er nicht ergründet hätte. Wie hätte der erste Schmied einst nur ein Legendeneisen schmieden können? Wo doch die Fürsten den Frieden erst lieben, wenn sie sich alles und jeden untertan gemacht haben … Nein. Es waren zwölf Eherne Bücher, die der Herr der Essen einst erschaffen ließ. Und jedes davon ließ er in den Geschichten dieser Welt härten. Auf dass zumindest eines den Weg in diesen Tempel finden würde.«

»Aber Arrens Legende, die Geschichte …«

»Die Geschichte *eines* Schwertes. Die tragischste, gewiss. Die das Leben des Narbensammlers zerstörte und dich am Ende auf den Gipfel des Gul'Firrin führte. Zwei weitere fanden ohne Umwege hierher. Und eine andere brachte man, obwohl einige ihrer Legenden verlorengingen. Jedes dieser Schwerter hat seine eigene Geschichte. Keines davon aber brachte den Kriegbringer dazu, sein Wort zu halten. Zwei wiederum bekamen die Fürsten in ihre Gewalt und schmolzen sie ein …«

Jaarn schüttelte den Kopf. Er verstand es nicht. Wollte es nicht wahrhaben.

»Aber wenn er all das gewusst hat, dann wusste er doch auch, dass es der anderen verlorenen Geschichten nicht bedurfte! Er … er hätte nur jemanden finden müssen, der ihm das Schwert in den Leib rammt, und wäre erlöst gewesen!«

»Du weißt, dass ihm das nicht entsprochen hätte. Er hat es für die Menschen getan. Und natürlich für dich. Damit du werden konntest, der du bist. Aber auch für Gvenn. Damit ihr lernt, den Krieg mit anderen Augen zu sehen. Und nun ist es an euch, es auch den Rest der Welt zu lehren.«

»Wenn … wenn ihr wirklich recht habt, dann sind dort draußen …«

»… irgendwo noch immer zwei Legendeneisen. Verloren, verborgen. Darauf wartend, hierher zwischen die anderen geführt zu werden und jeden, der sie auf ihrem Weg berührt, zu verändern.«

Zögernd streckte Jaarn seine Hand nach den Klingen an der Wand aus. In jeder davon spürte er jene Geschichten pulsieren, die auch er hierhergebracht hatte. Sie glichen einander tatsächlich beinahe völlig, unterschieden sich einzig im Zustand der Klingen und den Edelsteinen in ihren Parierstangen. Bei einigen fehlten sie, andere waren gesprungen, die nächsten anders angeordnet. Die einen Klingen waren schartig, andere von Rauch und Feuer dunkel geworden. Aber sie alle schienen die gleichen Wunder in sich zu tragen. Doch dass Rugk all das gewusst hatte, wollte Jaarn noch immer nicht wahrhaben.

Dhurgodt schien zu ahnen, was er dachte.

»Rugk Ghirren war ein guter Mann. Oder er ist es zumindest geworden. Das Eherne Buch, mein Junge, hat im Laufe der Zeit viele Menschen geläutert. Selbst den alten Raben, von dem du glaubtest, er wäre dein Vater.« Fragend blickte Jaarn den Hohepriester an. »Oh ja, auch der alte Eonh hat dich in mehr als einer Sache belogen. Wie er etwa in den Besitz des Legendeneisens gelangte, hat er dir nicht erzählt. Als Rugk das Buch zum ersten Mal wiederfand, war der alte Rabe noch jung. Beinahe fünfzig Jahre ist es her, dass der Narbensammler sich mit der Klinge und einigen engen Gefährten auf dem Weg hierher befand und der Rabe sich ihnen mit seiner Armee entgegenstellte. Sie fügten Rugk einige neue Narben zu und machten seine Männer nieder. Nur drei kamen lebend davon. Einer verlor ein Bein, ein anderer sein Augenlicht und der letzte einen Arm.«

Jetzt erst, da er Dhurgodts Worte vernahm, verstand Jaarn auch den Sinn hinter denen Ceswell Hammergrams.

»Ballgadt, Meister Hammergram und der blinde Tätowierer.«

»Rugks älteste Begleiter. Freunde, die niemals aufgehört haben, zu glauben. Sowohl an ihn als auch an den Frieden.« Zufrieden hängte der Hohepriester das Eherne Buch zu den übrigen und rückte es vorsichtig zurecht.

»Was ist mit den anderen? Unseren Freunden?«

»Du kannst sie herholen. Ihnen alles offenbaren. Wie es dir beliebt. Wobei ich fürchte, dass keiner von ihnen hier oben auf Dauer glücklich werden würde. Vor allem der Geier nicht.« Dhurgodt zögerte und legte Jaarn seine Hand auf die Schulter. »Nicht alle Menschen sind für den Frieden gemacht.« Er ahnte, wie recht der Alte hatte. Weder die Eisenmutter noch Kydhan hätte Jaarn sich hier oben vorstellen können.

Aufmunternd schaute der Hohepriester ihn an.

»Nun aber lass uns gehen. Dort draußen warten Menschen darauf, dich zu ehren und mit dir zu feiern.«

Fragend blickte Jaarn den Alten an.

»Wer sind diese Menschen dort draußen?«

»Hier oben, mein Junge, leben die Kinder und Kindeskinder derer, die uns diese Geschichtenklingen brachten«, entgegnete der Hohepriester und öffnete das Tor.

Spät am Abend, als er viele Nachfahren der früheren Friedensbringer mit Namen kannte und Gvenn von der Ehernen Bibliothek im Inneren des Tempels erzählt hatte, erklomm Jaarn zusammen mit ihr den Rand des Kraters, wo er sich im Licht des Mondes auf flachen, moosbewachsenen Felsen niederließ.

Als Gvenn sich hinter ihn kniete, ihre Arme um ihn schlang und den Kopf auf seine Schulter legte, da fühlte es sich, allen Widrigkeiten, allen Enttäuschungen und allen Lügen zum Trotz, so an, als wäre er am Ziel seiner Reise angelangt.

Seufzend hob er den Kopf, schaute zu den Sternen empor und fragte sich, wie ein Unsterblicher sich wohl in der Hinteren Halle machte.

Schließlich küsste Gvenn seinen Nacken, und Jaarn legte vorsichtig eine Hand auf ihren Arm und blickte nachdenklich zum Fuß des Berges hinab.

Die Dunkelheit wurde einzig von den Feuern am Rande der Schlachtfelder erhellt. Jetzt erst erkannte er, wie viele es waren. Große und kleinere, die zu Hunderten von den Schrecken und Wirren des Krieges kündeten.

Als sein Blick sich verfinsterte, musterte sie ihn verwundert. Er aber schwieg. Bis er sachte über ihren Arm strich und nachdenklich flüsterte:

»Wahrscheinlich geht es nicht anders. Nur so und hier auf dem Gul'Firrin.«

Besorgt schaute sie ihn an.

»Und doch wirkst du traurig. Warum?«

Jaarn schloss seine Augen.

»Mehr … Ich glaube, sie hätten mehr schmieden sollen …«

www.hobbitpresse.de

Anthony Ryan
Rabenschatten

Aus dem Englischen von
Sara und Hannes Riffel

Band 1: Das Lied des Blutes
ISBN 978-3-608-93925-5

Band 2: Der Herr des Turmes
ISBN 978-3-608-96018-1

Beide Bände ca. 800 Seiten,
gebunden mit Schutzumschlag

»Draufgängerisch, voll alter Magie, erbarmungsloser Intrigen und fesselnder Action« *Publishers Weekly*

»Das Lied des Blutes« hat viele Leser in eine faszinierende Fantasywelt voller Geheimnisse, Gefahren und religiöser Konflikte eingeführt. Im zweiten Band der Rabenschatten-Trilogie muss Vaelin al Sorna erkennen, dass es vor dem Schicksal kein Entrinnen gibt.

Hobbit Presse
Klett-Cotta

www.hobbitpresse.de

Tad Williams
Bobby Dollar

Aus dem Amerikanischen von
Cornelia Holfelder-von der Tann

Band 1:
Die dunklen Gassen des Himmels
Band 2:
Happy Hour in der Hölle
Band 3:
Spät dran am Jüngsten Tag

Alle Bände je ca. 550 Seiten,
gebunden mit Schutzumschlag

Der Kampf zwischen Himmel und Hölle ist entbrannt.

Bobby Dollar ist ein Engel – und als Engel weiß er alles über die Sünden der Menschen. Er ist nämlich Anwalt. Anwalt für die Seelen, um die zwischen Himmel und Hölle gekämpft wird. Die Trilogie von Tad Williams um Bobby Dollar ist an Spannung und Witz nicht zu überbieten.

Hobbit Presse
Klett-Cotta

www.hobbitpresse.de

Eudora Welty
Der Räuberbräutigam

Aus dem Amerikanischen von
Hans J. Schütz
156 Seiten, gebunden mit
Schutzumschlag
ISBN 978-3-608-96028-0

Das Vorbild für »Die Brautprinzessin« von William Goldman

Der Räuberbräutigam erzählt die himmelschreiend komische Liebesgeschichte der schönen Rosamond und des Räubers Jamie Lockhart. Eudora Weltys Roman schlägt eine völlig neue und überbordend einfallsreiche Richtung in der Fantasy ein.

Hobbit Presse
Klett-Cotta